Paulo Coelho est l'un des auteurs vivants les plus lus au monde. Son œuvre, traduite dans plus de 66 langues et récompensée par de nombreux prix internationaux, a déjà dépassé les 100 millions d'exemplaires vendus dans 160 pays. Natif de Rio de Janeiro, Paulo Coelho siège à l'Académie brésilienne de littérature depuis 2002. Il est également chevalier de l'ordre national de la Légion d'honneur en France.

L'écrivain s'est mis au service des plus pauvres dans la société brésilienne à travers l'Institut Paulo Coelho qu'il a fondé avec son épouse Christina Oiticica. Conseiller spécial pour le dialogue interculturel et les convergences spirituelles auprès de l'Unesco, il défend les valeurs attachées au multiculturalisme. Il a été nommé Messager de la Paix pour les Nations Unies en septembre 2007.

La solitude
du vainqueur

PAULO
COELHO

La solitude
du vainqueur

ROMAN

Traduit du portugais (Brésil)
par Françoise Marchand Sauvagnargues

Titre original :
O VENCEDOR ESTÁ SÓ
Éditeur original : Agir

www.paulocoelho.com

© Paulo Coelho, 2008

Pour la traduction française :
© Éditions Flammarion, 2009

Ô Marie conçue sans péché,
priez pour nous qui faisons appel à Vous.
Amen

Ensuite, il dit à ses disciples : « Voilà pourquoi je vous dis : Ne vous inquiétez pas pour votre vie de ce que vous mangerez, ni pour votre corps de quoi vous le vêtirez. Car la vie est plus que la nourriture, et le corps plus que le vêtement. Observez les corbeaux : ils ne sèment ni ne moissonnent, ils n'ont ni cellier ni grenier ; et Dieu les nourrit. Combien plus valez-vous que les oiseaux ! Et qui d'entre vous peut par son inquiétude prolonger tant soit peu son existence ? Si donc vous êtes sans pouvoir même pour si peu, pourquoi vous inquiéter pour tout le reste ? Observez les lis : ils ne filent ni ne tissent et, je vous le dis : Salomon lui-même, dans toute sa gloire, n'a jamais été vêtu comme l'un d'eux. »

Luc 12, 22-27

Toi qui que tu sois, qui me tiens
à cette heure dans ta main, L'absence
d'une seule chose rendra tout inutile,
Laisse-moi t'avertir avant que tu n'essaies
plus loin : Je suis tellement différent
de celui que tu crois.

Qui donc s'apprête à devenir mon sectateur ?
Qui se déclare candidat à mes affections ?

Route douteuse, résultat incertain,
voire destructeur !
Obligation de tout abandonner,
moi seul devenant ton critère unique
et exclusif, Perspective de noviciat long et épuisant,
Devoir de quitter les théories de vies anciennes
et la conformité à ton entourage, Allez,
ne te fais plus de souci, lâche-moi,
ôte tes mains de mes épaules, Chasse-moi
de tes pensées, passe ton chemin.

Walt WHITMAN, Feuilles d'herbe

Pour N. D. P.,
rencontrée sur Terre pour montrer
le chemin du Bon Combat

Préface

L'un des thèmes récurrents de mes livres est qu'il est important de payer le prix de ses rêves. Mais dans quelle mesure nos rêves peuvent-ils être manipulés ? Nous vivons depuis ces dernières décennies au sein d'une culture qui a privilégié notoriété, richesse et pouvoir, et la plupart des gens ont été portés à croire que c'étaient là les vraies valeurs auxquelles il fallait se conformer.

Ce que nous ignorons, c'est que, en coulisse, ceux qui tirent les ficelles demeurent anonymes. Ils savent que le véritable pouvoir est celui qui ne se voit pas. Et puis, il est trop tard, et on est piégé. Ce livre parle de ce piège.

Dans *La Solitude du vainqueur*, trois des quatre principaux personnages voient leurs rêves manipulés :

Igor, le millionnaire russe, qui pense avoir le droit de tuer si c'est pour la bonne cause, éviter la souffrance d'un être, par exemple, ou s'attirer de nouveau les faveurs de la femme qu'il aime.

Hamid, le magnat de la mode, qui a démarré avec les meilleures intentions, jusqu'à ce qu'il soit rattrapé par le système qu'il tentait d'utiliser.

Gabriela, qui, comme la plupart des gens de nos jours, est persuadée que la gloire est une fin en soi, la récompense suprême dans un monde qui glorifie la célébrité comme l'accomplissement d'une vie.

Ce livre n'est pas un thriller, mais le tableau à peine ébauché du monde d'aujourd'hui.

Paulo COELHO

3 h 17

Le pistolet Beretta Px4 compact est un peu plus gros qu'un téléphone mobile. Il pèse environ 700 grammes et peut tirer dix coups. Peu volumineux, léger et ne laissant aucune marque visible dans la poche qui le porte, ce petit calibre a un énorme avantage : au lieu de traverser le corps de la victime, la balle frappe les os et fait éclater tout ce qui se trouve sur sa trajectoire.

Évidemment, les chances de survivre à un coup de ce calibre sont élevées aussi ; dans des milliers de cas, aucune artère vitale n'est sectionnée, et la victime a le temps de réagir et de désarmer son agresseur. Mais, si le tireur a un peu d'expérience dans ce domaine, il peut choisir entre une mort rapide – en visant la zone entre les yeux, le cœur – ou quelque chose de plus lent, plaçant le canon de l'arme à un angle déterminé près des côtes, et pressant la détente. La personne atteinte met un certain temps à se rendre compte qu'elle est mortellement blessée – elle essaie de contre-attaquer, de fuir, d'appeler au secours. C'est là le grand avantage : la victime a tout le temps de voir celui qui est en train de la tuer, tandis qu'elle perd peu à peu ses forces, au point de tomber à terre, sans perdre beaucoup de sang, sans bien comprendre ce qui lui arrive.

Pour les connaisseurs, c'est loin d'être l'arme idéale. « Elle convient bien mieux aux femmes qu'aux espions », dit un fonctionnaire des services secrets britanniques à James Bond dans le premier film de la série, tandis qu'il lui confisque le vieux pistolet et lui remet un nouveau modèle. Mais cela n'est valable que pour les professionnels, bien sûr, car, pour ce qu'il veut en faire, il n'y a rien de mieux.

Il a acheté son Beretta au marché noir, il sera donc impossible d'identifier l'arme. Il y a cinq balles dans le chargeur, bien qu'il n'ait l'intention d'en utiliser qu'une, sur la pointe de laquelle il a fait un « X » à l'aide d'une lime à ongles. Ainsi, quand la balle sera tirée et atteindra un objet solide, elle se séparera en quatre fragments.

Mais il ne se servira du Beretta qu'en dernier recours. Il a d'autres méthodes pour effacer un monde, détruire un univers, et elle va certainement comprendre le message dès que l'on trouvera la première victime. Elle saura qu'il a fait cela au nom de l'amour, qu'il n'a aucun ressentiment et qu'il acceptera qu'elle revienne sans poser de questions sur ce qui s'est passé ces deux dernières années.

Il espère que ces six mois de préparation méticuleuse donneront un résultat, mais il n'en aura la certitude qu'à partir du lendemain matin. Son plan est le suivant : laisser les Furies, antiques figures de la mythologie grecque, descendre avec leurs ailes noires sur ce paysage blanc et bleu envahi par les diamants, le Botox, les voitures ultrarapides, absolument inutiles parce qu'elles ne contiennent pas plus de deux passagers. Rêves de pouvoir, de succès, de renommée et d'argent – tout cela peut être interrompu d'une heure à l'autre par les petits instruments qu'il a apportés avec lui.

Il aurait pu remonter à sa chambre, parce que la scène qu'il attendait a eu lieu à 23 h 11, bien qu'il se fût préparé à attendre plus longtemps. L'homme est entré accompagné de la belle femme, tous les deux en tenue de rigueur, pour une de ces fêtes de gala organisées toutes les nuits après les dîners importants, plus recherchées que la sortie de n'importe quel film présenté au Festival.

Igor a ignoré la femme. Il s'est servi d'une de ses mains pour couvrir son visage d'un journal français (un magazine russe aurait suscité des soupçons), pour qu'elle ne puisse pas le voir. C'était une précaution inutile : comme toutes celles qui se sentent reines du monde, elle ne regardait jamais autour d'elle. Elles sont là pour briller, elles évitent de faire attention à ce que portent les gens – le nombre de diamants et l'exclusivité des vêtements des autres risqueraient de leur causer une dépression, de la mauvaise humeur, un sentiment d'infériorité, même si leurs vêtements et accessoires ont coûté une fortune.

L'homme qui l'accompagne, bien habillé et cheveux argentés, est allé au bar et a commandé du champagne, apéritif nécessaire avant une nuit qui promet d'être riche en contacts, avec de la bonne musique, et une vue imprenable sur la plage et sur les yachts ancrés dans le port.

Il a vu qu'il traitait la serveuse avec respect. Il a dit « merci » quand il a reçu les coupes. Il a laissé un bon pourboire.

Tous trois se connaissaient. Igor a senti une joie immense quand l'adrénaline a commencé à se mêler à son sang ; le lendemain il allait faire en sorte qu'elle sache qu'il était là. À un moment donné, ils se rencontreraient.

Et Dieu seul savait ce qu'il résulterait de cette rencontre. Igor, un catholique orthodoxe, avait fait une promesse et un serment dans une église de Moscou, devant les reliques de sainte Madeleine (qui se trouvaient dans la capitale russe pour une semaine, pour que les fidèles pussent les adorer). Il passa cinq heures ou presque dans la queue et quand il arriva tout près il était convaincu que tout cela n'était qu'une invention des prêtres. Mais il ne voulait pas courir le risque de manquer à sa parole.

Il demanda à sainte Madeleine de le protéger, qu'il puisse atteindre son but sans que trop de sacrifice fût nécessaire. Et il promit une icône en or, qui serait commandée à un peintre renommé dans un monastère de Novossibirsk, quand tout serait terminé et qu'il pourrait de nouveau poser le pied dans son pays natal.

À 3 heures du matin, le bar de l'hôtel Martinez sent la cigarette et la sueur. Bien que Jimmy ait déjà fini de jouer du piano (Jimmy porte une chaussure de couleur différente à chaque pied) et que la serveuse soit extrêmement fatiguée, les personnes qui sont encore là se refusent à partir. Pour elles, il est indispensable de rester dans ce hall, au moins encore une heure, toute la nuit s'il le faut, jusqu'à ce qu'il se passe quelque chose !

Après tout, le festival de Cannes a commencé depuis quatre jours, et il ne s'est encore rien passé. Aux différentes tables, tous veulent la même chose : rencontrer le Pouvoir. Les jolies femmes attendent qu'un producteur tombe amoureux d'elles et leur offre un rôle important dans leur prochain film. Il y a là quelques acteurs qui bavardent entre eux, riant et faisant comme si tout cela ne les concernait pas, tout en gardant un œil sur la porte.

Quelqu'un va arriver.

Quelqu'un doit arriver. Les jeunes réalisateurs, qui ont des tas d'idées, des vidéos faites à l'université dans leur CV, qui ont lu toutes les thèses au sujet de la photographie et du scénario, attendent leur chance. Quelqu'un qui, revenant d'une fête, chercherait une table vide, demanderait un café, allumerait une cigarette, se sentirait épuisé d'aller toujours aux mêmes endroits et serait ouvert à une nouvelle aventure.

Quelle naïveté !

Si cela arrivait, la dernière chose dont cette personne aimerait entendre parler, c'est d'un nouveau « projet que personne n'a encore fait » ; mais le désespoir peut tromper le désespéré. Les puissants qui entrent de temps à autre se contentent de jeter un coup d'œil, puis ils montent dans leurs chambres. Ils ne sont pas inquiets. Ils savent qu'ils n'ont rien à craindre. La Superclasse ne pardonne pas les trahisons, et tous connaissent leurs limites – ils ne sont pas arrivés là où ils sont en marchant sur la tête des autres, même si c'est ce que dit la légende. Et puis, d'ailleurs, si l'on devait faire une découverte imprévue et importante – que ce soit dans le monde du cinéma, de la musique ou de la mode –, elle serait le fruit des recherches, et ce ne serait pas dans les bars d'hôtel.

La Superclasse fait maintenant l'amour avec la fille qui a réussi à s'introduire dans la fête et accepte tout. Elle se démaquille, regarde ses rides, pensant que l'heure d'une nouvelle chirurgie esthétique est venue. Elle cherche dans les informations en ligne ce qui est sorti au sujet de la récente annonce qu'elle a faite au cours de la journée. Elle prend l'inévitable pilule pour dormir, et la tisane qui promet l'amaigrissement sans effort. Elle remplit le menu avec les articles désirés pour le petit déjeuner dans la chambre et le pose sur le bouton de la porte, à côté du carton « Ne pas déranger ». La Superclasse ferme les yeux et pense : « J'espère que le sommeil viendra vite, demain j'ai un rendez-vous avant 10 heures. »

Mais, au bar du Martinez, tous savent que les puissants sont là. Et s'ils sont là, ils ont une chance.

Il ne leur passe pas par la tête que le Pouvoir ne parle qu'au Pouvoir. Qu'ils ont besoin de se rencontrer de temps en temps, boire et manger ensemble, donner des fêtes prestigieuses, laisser croire que le monde du luxe et du glamour est accessible à tous ceux qui ont le courage de s'en tenir à une idée. Empêcher les guerres quand elles ne sont pas lucratives et stimuler l'agressivité entre pays ou compagnies quand ils sentent que cela peut rapporter davantage de pouvoir et d'argent. Feindre d'être heureux, même s'ils sont maintenant otages de leur propre réussite. Continuer à lutter pour accroître leur richesse et leur influence, bien qu'elle soit déjà énorme ; parce que la Superclasse est présomptueuse, ils sont tous en concurrence pour voir qui est au sommet du sommet.

Dans le monde idéal, le Pouvoir parlerait aux acteurs, réalisateurs, stylistes et écrivains, qui ont en ce moment les yeux rouges de fatigue, se demandant comment ils vont regagner les chambres qu'ils ont louées dans des villes éloignées, pour reprendre demain le marathon des demandes, des possibilités de rencontres, de la disponibilité.

Dans le monde réel, le Pouvoir est à cette heure enfermé dans sa chambre, consultant son courrier électronique, se plaignant que les fêtes se ressemblent toujours, que le bijou de l'amie était plus gros que le sien, que le yacht du concurrent a une décoration unique – comment est-ce possible ?

Igor n'a personne à qui parler, et cela ne l'intéresse pas non plus. C'est la solitude du vainqueur.

Igor, patron et président prospère d'une compagnie de téléphonie en Russie. Il a réservé la plus belle suite du Martinez (qui oblige tout le monde à payer au moins douze jours d'hébergement, quelle que soit la durée du séjour) un an à l'avance, il est arrivé cet après-midi en jet privé, il a pris un bain et il est descendu dans l'espoir d'assister à une seule et simple scène.

Pendant quelque temps, il a été dérangé par des actrices, des acteurs, des réalisateurs, mais il avait pour tous une réponse formidable :

« *Don't speak English, sorry. Polish.* »

Ou bien :

« *Don't speak French, sorry. Mexican.* »

Quelqu'un a bredouillé quelques mots en espagnol, mais Igor a trouvé un nouveau recours. Noter des chiffres sur un cahier, pour n'avoir l'air ni d'un journaliste (qui attire la curiosité de tous), ni d'un homme lié à l'industrie du cinéma. À côté de lui, un magazine économique en russe (après tout, la plupart ne savaient pas distinguer le russe du polonais ou de l'espagnol) avec la photo d'un cadre inintéressant en couverture.

Les habitués du bar se disent qu'ils comprennent bien le genre humain, ils laissent Igor en paix, pensant qu'il est sans doute l'un de ces millionnaires qui ne vont à Cannes que pour se trouver une petite amie. Après que la cinquième personne s'est assise à sa table et a demandé une eau minérale en prétextant qu'« il n'y a pas d'autre chaise vide », le bruit court, tous ici savent déjà que l'homme solitaire n'appartient pas à l'industrie du cinéma ou de la mode, et il est abandonné comme un « parfum ».

« Parfum » est le terme argotique dont se servent les actrices (ou « starlettes », comme on les appelle pendant le Festival) : il est facile de changer de marque, et ils peuvent souvent se révéler de vrais trésors. Les « parfums » seront abordés les deux derniers jours du Festival si elles ne trouvent absolument rien d'intéressant dans l'industrie du film. Cet homme bizarre, apparemment riche, peut donc attendre. Toutes savent qu'il vaut mieux partir d'ici avec un petit ami (qui peut se convertir en producteur de cinéma) que de se rendre à l'événement suivant en répétant toujours le même rituel – boire, sourire (surtout sourire), feindre de ne regarder personne, tandis que les battements de leur cœur s'accélèrent, les minutes sur la montre passent vite, les soirées de gala ne sont pas encore terminées, elles n'ont pas été invitées, mais eux l'ont été.

Elles savent ce que les « parfums » vont dire, car c'est toujours la même chose, mais elles font semblant de croire :

a) « Je peux changer votre vie. »

b) « Bien des femmes aimeraient être à votre place. »

c) « Pour le moment, vous êtes encore jeune, mais pensez à ce que vous serez dans quelques années. Il est temps de faire un investissement à plus long terme. »

d) « Je suis marié, mais mon épouse... » (ici la phrase peut avoir différentes fins : « est malade », « a juré de se suicider si je la quittais », et cetera).

e) « Vous êtes une princesse et vous méritez d'être traitée comme telle. Sans même le savoir, je vous attendais. Je ne crois pas aux coïncidences, et je pense que nous devons donner une chance à cette relation. »

La conversation ne varie pas. Ce qui varie, c'est le désir d'obtenir le maximum de cadeaux (de préférence des bijoux, que l'on peut revendre), se faire inviter à des fêtes sur des yachts, prendre le plus possible de cartes de visite, écouter de nouveau la même conversation, trouver un moyen d'être invitée à des courses de formule 1, où viennent le même type de gens et où la grande opportunité les attend peut-être.

« Parfum » est aussi la façon dont les jeunes acteurs font allusion aux vieilles millionnaires, avec chirurgie plastique et Botox, plus intelligentes que les hommes. Elles ne perdent jamais de temps : elles arrivent aussi dans les derniers jours, sachant que tout leur pouvoir de séduction est dans leur argent.

Les « parfums » masculins se trompent : ils pensent que les longues jambes et les visages juvéniles se sont laissé séduire et qu'ils peuvent maintenant les manipuler à volonté. Les « parfums » féminins font confiance au pouvoir de leurs brillants, et c'est tout.

Igor ne connaît aucun de ces détails : c'est la première fois qu'il vient ici. Et il vient d'avoir la preuve, à sa surprise, que personne ne paraît s'intéresser beaucoup aux films – excepté dans ce bar. Il a feuilleté quelques magazines, ouvert l'enveloppe dans laquelle sa compagnie avait mis les invitations pour les fêtes les plus importantes, et absolument aucune ne mentionnait une avant-première. Avant de débarquer en France, il a voulu savoir quels films étaient en compétition – il a eu une immense difficulté pour obtenir cette information. Et puis un ami a déclaré :
« Oublie les films. Cannes est un festival de mode. »

La Mode, qu'en pensent les gens ? Croient-ils que la mode est ce qui change avec la saison de l'année ? Sont-ils venus de tous les coins du monde pour montrer leurs robes, leurs bijoux, leur collection de chaussures ? Ils ne savent pas ce que cela signifie. « Mode » est seulement une façon de dire : j'appartiens à votre monde. Je porte l'uniforme de votre armée, ne tirez pas dans cette direction.

Depuis que des groupes d'hommes et de femmes ont commencé à vivre ensemble dans les cavernes, la mode est le seul moyen de dire quelque chose que tous comprennent, même sans se connaître : nous nous habillons de la même manière, je suis de votre tribu, nous sommes unis contre les plus faibles et c'est ainsi que nous survivons.

Mais ici se trouvent des gens qui croient que la « mode » est tout. Deux fois par an, ils dépensent une fortune pour changer un petit détail et rester dans la tribu très fermée des riches. S'ils faisaient maintenant une visite dans la Silicon Valley, où les milliardaires des industries de l'informatique portent des montres en plastique et des pantalons râpés, ils comprendraient que le monde n'est plus le même, tous semblent appartenir à la même classe sociale, personne n'accorde la moindre attention à la grosseur du diamant, à la marque de la cravate, au modèle du portefeuille en cuir. D'ailleurs cravates et portefeuilles en cuir sont introuvables dans cette région du monde, mais près de là se trouve Hollywood, une machine relativement plus puissante – bien que décadente – grâce à laquelle les ingénus admirent encore les robes de haute couture, les colliers d'émeraude, les énormes limousines. Et comme c'est cela qui est encore présenté dans les magazines, qui a intérêt à détruire une industrie qui brasse des milliards de dollars en publicité, ventes d'objets inutiles, changement de tendances sans nécessité, création de crèmes qui sont toujours les mêmes mais avec des étiquettes différentes ?

Ridicules. Igor ne parvient pas à cacher sa haine pour ceux dont les décisions touchent la vie de millions d'hommes et de femmes travailleurs, honnêtes, qui assurent leur quotidien avec dignité parce qu'ils ont la santé, un lieu où habiter, et l'amour de leur famille.

Pervers. Quand tout paraît en ordre, quand les familles se réunissent autour de la table pour dîner, le fantôme de la Superclasse vient leur vendre des rêves impossibles : luxe, beauté, pouvoir. Et la famille se désagrège.

Le père passe des nuits blanches à faire des heures supplémentaires pour pouvoir acheter le nouveau modèle de tennis pour le fils, ou bien il sera jugé à l'école comme un marginal. L'épouse pleure en silence parce que ses amies portent des vêtements de marque, et elle n'a pas d'argent. Les adolescents, au lieu de connaître les vraies valeurs de la foi et de l'espoir, rêvent de devenir artistes. Les filles de province perdent leur identité et commencent à envisager l'hypothèse de partir pour la grande ville et d'accepter n'importe quoi, absolument n'importe quoi, du moment qu'elles pourront posséder tel ou tel bijou. Un monde qui devrait marcher vers la justice se met à tourner autour de l'objet matériel, qui en six mois ne sert plus à rien et doit être renouvelé. Ainsi seulement, le cirque peut continuer à maintenir au sommet du monde ces créatures méprisables qui maintenant se trouvent à Cannes.

Certes, Igor ne se laisse pas influencer par ce pouvoir destructeur. Il continue à faire un travail des plus enviables au monde. Il continue à gagner beaucoup plus d'argent par jour qu'il n'en pourrait dépenser en un an, même s'il décidait de se permettre tous les plaisirs possibles – légaux ou illégaux. Il n'a aucune difficulté à séduire une femme, avant même qu'elle sache s'il est ou non un homme riche – il en a fait l'expérience très souvent, et cela a toujours marché. Il vient d'avoir quarante ans, est en pleine forme, a fait son check-up annuel et l'on ne lui a découvert aucun problème de santé. Il n'a pas de dettes. Il n'a pas besoin de porter une marque de vêtements déterminée, de fréquenter tel restaurant, de passer les vacances sur la plage où « tout le monde va », d'acheter un modèle de montre seulement parce que tel sportif à succès l'a recommandé. Il peut signer des contrats importants avec un stylo à trois sous, porter des vestes confortables et élégantes, faites à la main dans une petite boutique proche de son bureau, sans aucune étiquette visible. Il peut faire ce qu'il désire, sans avoir besoin de prouver à quiconque qu'il est riche, qu'il a un travail intéressant et qu'il est enthousiasmé par ce qu'il fait.

Peut-être est-ce là le problème : toujours enthousiasmé par ce qu'il fait. Il est convaincu que c'est la raison pour laquelle la femme qui, il y a quelques heures, est entrée dans le bar n'est pas assise à sa table.

Il essaie de continuer à réfléchir, pour passer le temps. Il demande à Kristelle une nouvelle dose d'alcool – il connaît le nom de la serveuse parce qu'il y a une heure, quand il y avait moins d'agitation (les gens étaient dans les dîners), il a commandé un verre de whisky et elle a remarqué qu'il avait l'air triste, qu'il devrait manger quelque chose et reprendre courage. Il l'a remerciée, content que quelqu'un s'inquiète de son état d'esprit.

Il est peut-être le seul à savoir comment s'appelle la personne qui le sert ; les autres veulent connaître le nom – et, si possible, la fonction – des personnes qui sont assises aux tables et dans les fauteuils.

Il essaie de continuer à réfléchir, mais il est déjà plus de 3 heures du matin, et la belle femme et l'homme bien élevé – qui, soit dit en passant, lui ressemble beaucoup physiquement – ne sont pas réapparus. Peut-être sont-ils allés directement dans leur chambre et en ce moment font l'amour, peut-être boivent-ils encore du champagne sur un des yachts où les fêtes commencent quand toutes les autres sont déjà en train de s'achever. Peut-être sont-ils couchés, lisant des magazines, sans un regard l'un pour l'autre.

Cela n'a pas d'importance. Igor est seul, fatigué, il a besoin de dormir.

7 h 22

Il se réveille à 7 h 22 du matin. C'est beaucoup plus tôt que son corps ne le réclamait, mais il n'a pas encore eu le temps de s'adapter au décalage horaire entre Moscou et Paris ; s'il était allé à son bureau, il aurait déjà eu au moins deux ou trois réunions avec ses subordonnés, et se préparerait à aller déjeuner avec un nouveau client.

Mais là, il a autre chose à faire : trouver quelqu'un et sacrifier cette personne au nom de l'amour. Il lui faut une victime, pour qu'Ewa puisse comprendre le message dès ce matin.

Il prend un bain, descend boire son café dans le restaurant où presque toutes les tables sont vides, et va se promener sur la Croisette, le large trottoir qui borde les principaux hôtels de luxe. Il n'y a pas de circulation. Une partie de la voie est interdite, et seules les voitures munies d'une autorisation officielle peuvent passer ; l'autre est vide, car même les gens qui vivent dans la ville se préparent encore avant de se rendre au travail.

Il n'a pas de ressentiment – il a déjà surmonté la phase la plus difficile, quand il ne pouvait pas dormir à cause de la souffrance et de la haine qu'il ressentait. Aujourd'hui, il peut comprendre l'attitude d'Ewa : après tout, la monogamie est un mythe que l'on a fait gober à l'être humain. Il a beaucoup lu sur le sujet : il ne s'agit pas d'excès d'hormones ou de vanité, mais d'une configuration génétique que l'on trouve chez pratiquement tous les animaux.

Les recherches ne se trompent pas : des scientifiques qui ont pratiqué des tests de paternité sur des oiseaux, des singes, des renards, ont découvert que, si ces espèces développent une relation sociale très semblable au mariage, cela ne veut pas dire que les partenaires sont fidèles. Dans 70 % des cas, le petit est un bâtard. Igor garde en mémoire un paragraphe de David Barash, professeur de psychologie à l'Université de Washington, à Seattle :

« On dit que seuls les cygnes sont fidèles, mais même cela, c'est un mensonge. La seule espèce dans la nature qui ne commet pas l'adultère est une amibe, *Diplozoon paradoxum*. Les deux partenaires se rencontrent quand ils sont encore jeunes, et leurs corps se fondent en un organisme unique. Tout le reste est capable de trahir. »

C'est pourquoi il ne peut rien reprocher à Ewa – elle n'a fait que suivre un instinct de la race humaine. Mais, comme elle a été éduquée par des conventions sociales qui ne respectent pas la nature, en ce moment elle doit se sentir coupable, penser qu'il ne l'aime plus, qu'il ne lui pardonnera jamais.

Au contraire ; il est prêt à tout, y compris à envoyer des messages qui mettront fin à d'autres mondes, seulement pour qu'elle comprenne que non seulement elle sera à nouveau la bienvenue, mais que le passé sera enterré sans même une question.

Il rencontre une jeune fille qui arrange des marchandises sur le trottoir. Des pièces d'artisanat d'un goût discutable.

Oui, ce sera elle, le sacrifice. C'est elle le message qu'il doit envoyer – et qui assurément sera compris dès qu'il arrivera à destination. Avant de s'approcher, il la contemple avec tendresse ; elle ne sait pas que, d'ici peu, si le sort est de son côté, son âme errera dans les nuages, libérée pour toujours de ce travail stupide qui ne lui permettra jamais d'arriver là où elle voudrait être dans ses rêves.

« Combien cela coûte-t-il ? s'informe-t-il dans un français parfait.

— Que désirez-vous ?

— Tout. »

La petite – qui ne doit pas avoir plus de vingt ans – sourit.

« Ce n'est pas la première fois qu'on me fait cette proposition. L'étape suivante, ce sera : vous voulez faire un tour avec moi ? Vous êtes trop mignonne pour être là à vendre cette camelote. Je suis...

— ...Non, je ne suis pas. Je ne travaille pas dans le cinéma. Je ne veux pas faire de vous une actrice et changer votre vie. Je ne m'intéresse pas non plus aux objets que vous vendez. Je n'ai besoin que de parler, et nous pouvons faire cela ici même. »

La petite détourne les yeux.

« Ce sont mes parents qui font ce travail, et je suis fière de ce que je fais. Un jour, quelqu'un passera par ici et reconnaîtra la valeur de ces pièces. Je vous en prie, allez voir plus loin, vous n'aurez aucun mal à trouver quelqu'un qui écoutera ce que vous avez à dire. »

Igor sort de sa poche une liasse de billets et la pose gentiment à côté d'elle.

« Pardonnez ma grossièreté. J'ai dit cela seulement pour que vous baissiez le prix. Enchanté, je m'appelle Igor Malev. Je suis arrivé hier de Moscou et je suis encore perturbé par le décalage horaire.

— Je m'appelle Olivia, dit la jeune fille », feignant de croire au mensonge.

Sans demander la permission, il s'assoit près d'elle. Elle s'écarte un peu.

« De quoi voulez-vous causer ?

— Prenez d'abord les billets. »

Olivia hésite. Mais, regardant autour d'elle, elle comprend qu'elle n'a aucune raison d'avoir peur. Les voitures commencent à circuler sur la seule voie disponible, des jeunes se dirigent vers la plage, et un couple de vieux s'approche sur le trottoir. Elle met l'argent dans sa poche sans le compter – elle est assez grande pour savoir que c'est plus que suffisant.

« Merci d'avoir accepté mon offre, reprend le Russe. De quoi je veux parler ? En réalité, rien de très important.

— Vous devez être ici pour une raison. Personne ne visite Cannes dans cette période où la ville est insupportable autant pour les habitants que pour les touristes. »

Igor regarde la mer et allume une cigarette.

« Fumer est dangereux pour la santé. »

Il ignore le commentaire.

« Pour vous, quel est le sens de la vie ? demande-t-il.

— L'amour. »

Olivia sourit. Quelle manière formidable de commencer la journée – en parlant de choses plus profondes que le prix de chaque pièce d'artisanat ou de la façon dont les gens étaient habillés !

« Et pour vous, quel sens a-t-elle ?

— L'amour, en effet. Mais j'ai pensé qu'il était aussi important d'avoir assez d'argent pour montrer à mes parents que j'étais capable de gagner. J'ai réussi, et aujourd'hui ils sont fiers de moi. J'ai rencontré la femme parfaite, j'ai fondé une famille. J'aurais aimé avoir des enfants, pouvoir honorer et redouter Dieu. Les enfants, cependant, ne sont pas venus. »

Olivia a pensé qu'il serait très déplacé de demander pourquoi. L'homme de quarante ans, s'exprimant dans un français parfait, continue :

« Nous avons pensé adopter un enfant. Pendant deux ou trois ans nous y avons réfléchi. Mais la vie est devenue très agitée – voyages, fêtes, rencontres, négociations.

— Quand vous vous êtes assis là pour bavarder, j'ai pensé que vous étiez un de ces millionnaires excentriques en quête d'aventure. Mais je suis contente de parler de ces choses-là.

— Pensez-vous à votre avenir ?

— J'y pense, et je crois que mes rêves sont les mêmes que les vôtres. Évidemment, j'ai l'intention d'avoir des enfants. »

Elle a fait une pause. Elle ne voulait pas blesser le compagnon qui s'était présenté d'une manière aussi inattendue.

« ... si c'est possible, bien sûr. Parfois, Dieu a d'autres projets. »

Il semble n'avoir accordé aucune attention à la réponse.

« Il n'y a que des millionnaires qui viennent à ce Festival ?

— Des millionnaires, des gens qui se croient ou qui veulent devenir millionnaires. Pendant le Festival, cette partie de la ville ressemble à un hospice, tous se comportent comme des personnes importantes, sauf ceux qui le sont réellement– ceux-là sont plus gentils, ils n'ont rien à prouver à personne. Ils n'achètent pas toujours ce que j'ai à vendre, mais au moins ils sourient, me disent quelques mots gentils, et me regardent avec respect. Et vous, qu'est-ce que vous faites ici ?

— Dieu a bâti le monde en six jours. Mais qu'est-ce que le monde ? C'est ce que nous voyons, vous ou moi. Chaque fois qu'une personne meurt, une partie de l'univers est détruite. Tout ce que cet être humain a senti, vécu, contemplé disparaît avec lui, de même que les larmes sont englouties sous la pluie.

— "Comme des larmes sous la pluie"... Oui, j'ai entendu cette phrase dans un film. Je ne souviens pas duquel.

— Je ne suis pas venu pour pleurer. Je suis venu pour envoyer des messages à la femme que j'aime. Et pour cela, je dois effacer quelques univers, ou quelques mondes. »

Olivia rit, nullement inquiétée par cette déclaration. Cet homme, beau et bien habillé, avec son français parfait, n'a vraiment rien d'un fou. Elle en a assez d'entendre toujours les mêmes commentaires : vous êtes très jolie, vous pourriez avoir une bien meilleure situation, quel est le prix de ceci, combien coûte cela, c'est très cher, je vais faire un tour et je reviens plus tard (ce qui n'arrive jamais, bien entendu), et cetera. Au moins, le Russe a le sens de l'humour.

« Et pourquoi détruire le monde ?

— Pour reconstruire le mien. »

Olivia peut essayer de consoler la personne qui est à côté d'elle. Mais elle redoute d'entendre la fameuse phrase « J'aimerais que vous donniez un sens à ma vie » ; la conversation prendrait fin tout de suite, parce qu'elle a d'autres plans pour son avenir. En outre, il serait complètement idiot de sa part de tenter d'apprendre à un homme plus âgé et plus prospère qu'elle à surmonter ses difficultés.

La solution, c'est de chercher à en savoir plus sur sa vie. Après tout, il l'a payée – et bien – pour le temps qu'il la retient.

« Comment avez-vous l'intention de vous y prendre ?

— Vous avez des connaissances au sujet des crapauds ?

— Les crapauds ? »

Il poursuit :

« Plusieurs études en biologie démontrent qu'un crapaud placé dans un récipient avec l'eau de son lac reste immobile pendant tout le temps où l'on fait chauffer le liquide. Le crapaud ne réagit pas à l'augmentation progressive de la température, aux changements de l'environnement, et il meurt quand l'eau bout, gonflé et heureux.

« D'autre part, un autre crapaud jeté dans ce récipient alors que l'eau est déjà bouillante bondit immédiatement pour en sortir. Légèrement brûlé, mais vivant. »

Olivia ne comprend pas très bien ce que cela a à voir avec la destruction du monde. Igor continue :

« Il m'est arrivé de me comporter comme un crapaud bouilli. Je n'ai pas compris les changements. Je pensais que tout allait bien, que le mal passerait, que ce n'était qu'une question de temps. J'étais prêt à mourir parce que j'avais perdu ce qui comptait le plus dans ma vie et, au lieu de réagir, je suis resté à flotter, apathique, dans l'eau qui se réchauffait à chaque minute. »

Olivia s'enhardit et pose la question :

« Qu'est-ce que vous avez perdu ?

— En réalité, je n'ai rien perdu ; il y a des moments où la vie sépare deux personnes seulement pour qu'elles comprennent combien elles comptent l'une pour l'autre. Disons que, hier soir, j'ai vu ma femme avec un autre homme. Je sais qu'elle désire revenir, qu'elle m'aime encore, mais elle n'a pas le courage de franchir ce pas. Il y a des crapauds bouillis qui croient encore que ce qui est fondamental, c'est l'obéissance et non la compétence : celui qui peut commande, le sage obéit. Où est la vérité dans tout ça ? Il vaut mieux sortir d'une situation légèrement brûlé, mais vivant et prêt à agir.

« Et je suis certain que vous pouvez m'aider dans cette tâche. »

Olivia imagine un peu ce qui se passe dans la tête de l'homme qui est à côté d'elle. Comment a-t-on pu abandonner une personne qui paraît si intéressante, capable de parler de choses qu'elle n'avait jamais entendues ? Finalement, l'amour n'a aucune logique – malgré son jeune âge, elle le sait. Son amoureux, par exemple, peut se comporter brutalement, de temps à autre il la frappe sans raison, et pourtant elle ne peut pas passer un jour loin de lui.

De quoi parlaient-ils ? De crapauds. Et de l'aide qu'elle pouvait lui apporter. Évidemment, c'est impossible, mieux vaut donc changer de sujet.

« Et comment prétendez-vous détruire le monde ? »

Igor indique la seule voie de circulation libre sur la Croisette.

« Disons que je ne désire pas que vous alliez à une fête, mais je ne peux pas le dire ouvertement. Si j'attends l'heure des embouteillages et arrête une voiture au milieu de cette rue, en dix minutes toute l'avenue devant la plage sera congestionnée. Les automobilistes penseront : "Il a dû y avoir un accident" et ils patienteront un peu. En quinze minutes, la police arrivera avec un camion pour enlever la voiture.

— C'est arrivé des centaines de fois.

— Mais je serai sorti de la voiture et j'aurai répandu devant des clous et des objets coupants. En prenant soin que personne ne s'en rende compte. J'aurai la patience de peindre tous ces objets en noir, pour qu'ils se confondent avec l'asphalte. Au moment où le camion s'approchera, ses pneus éclateront. Maintenant, nous avons deux problèmes, et l'embouteillage va jusqu'à la banlieue de cette petite ville, où peut-être vous habitez.

— Très créatif comme idée. Mais tout ce que vous aurez obtenu, c'est que j'aie une heure de retard. »

Igor sourit à son tour.

« Bon, je pourrais discourir des heures sur la façon d'aggraver ce problème – quand les gens se rassembleront pour aider, par exemple, je jetterai quelque chose comme une petite bombe fumigène sous le camion. Tous prendront peur. Je monterai dans ma voiture, feignant le désespoir, et je mettrai le moteur en marche, seulement je répandrai en même temps un peu de gaz pour briquet sur le tapis de la voiture et je mettrai le feu. J'aurai le temps de sauter et d'assister à la scène : la voiture prenant feu petit à petit, le réservoir d'essence atteint, l'explosion, la voiture derrière atteinte également – et la réaction en chaîne. Tout ça avec une voiture, quelques clous, une bombe fumigène qui peut s'acheter dans n'importe quelle boutique, et une petite recharge de gaz pour briquet... »

Igor retire de sa poche un tube à essai, contenant un peu de liquide.

« ... de la taille de ceci. J'aurais dû le faire quand j'ai vu qu'Ewa allait partir. Retarder sa décision, pour qu'elle pense un peu plus, qu'elle mesure les conséquences. Quand les gens commencent à réfléchir aux décisions qu'ils doivent prendre, en général ils finissent par renoncer. Il faut beaucoup de courage pour franchir certains pas.

« Mais j'ai été orgueilleux, j'ai pensé que c'était provisoire, qu'elle allait se rendre compte. Je suis certain que maintenant elle regrette et désire revenir, je le répète. Mais, pour cela, il faudra que je détruise quelques mondes. »

Son expression a changé, et Olivia ne trouve plus aucun attrait à cette histoire. Elle se lève.

« Bon, je dois travailler.

— Mais je vous ai payée pour que vous m'écoutiez. J'ai payé suffisamment pour toute votre journée de travail. »

Elle met la main dans sa poche pour en retirer l'argent qu'il lui a donné, et, à ce moment, voit le pistolet pointé vers son visage.

« Asseyez-vous. »

Son premier mouvement a été de courir. Le couple de vieux s'approche lentement.

« Ne courez pas, dit-il, comme s'il lisait dans ses pensées. Je n'ai pas la moindre intention de tirer, si vous vous asseyez et écoutez jusqu'au bout. Si vous ne faites rien, si vous m'obéissez, je jure que je ne tire pas. »

Dans la tête d'Olivia, une série d'options défilent rapidement : la première, courir en zigzag, mais elle sent que ses jambes lui échappent.

« Asseyez-vous, répète l'homme. Je ne vous tirerai pas dessus si vous faites ce que je vous demande. Je le promets. »

En effet. Ce serait une folie de tirer avec cette arme par cette matinée ensoleillée, avec des voitures qui passent dans la rue, des gens qui vont à la plage, la circulation de plus en plus en plus dense et des passants qui commencent à se promener sur le trottoir. Mieux vaut faire ce que dit l'homme – simplement parce qu'elle n'est pas en condition d'agir autrement ; elle est sur le point de s'évanouir.

Elle obéit. Elle doit maintenant le convaincre qu'elle n'est pas une menace, écouter ses lamentations de mari abandonné, promettre qu'elle n'a rien vu, et dès qu'un policier viendra faire sa ronde habituelle, se jeter à terre et appeler au secours en hurlant.

« Je sais exactement ce que vous ressentez – la voix de l'homme tente de la calmer. Les symptômes de la peur sont les mêmes depuis la nuit des temps. C'était cela quand les êtres humains affrontaient les bêtes sauvages, et c'est encore la même chose de nos jours : le sang disparaît du visage et de l'épiderme, protégeant le corps et empêchant le saignement – d'où la sensation de pâleur. Les intestins se relâchent et se vident, pour éviter que des matières toxiques ne contaminent l'organisme. Dans un premier temps, le corps se refuse à bouger, pour ne pas provoquer le fauve et l'empêcher d'attaquer au moindre geste suspect. »

« Tout cela est un rêve », se dit Olivia. Elle pense à ses parents, qui en réalité auraient dû être là ce matin, mais qui ont passé la nuit à travailler les bijoux parce que la journée devait être mouvementée. Il y a quelques heures, elle faisait l'amour avec son petit ami, qui se prenait pour l'homme de sa vie, même s'il la maltraitait de temps en temps ; ils avaient eu un orgasme simultané, ce qui n'était pas arrivé depuis longtemps. Après le petit déjeuner, ce matin, elle avait décidé de ne pas prendre sa douche habituelle, parce qu'elle se sentait libre, pleine d'énergie, contente de vivre.

Non, ce n'est pas vrai. Mieux vaut faire preuve d'un peu de calme.

« Nous allons parler. Vous avez acheté toute la marchandise, et nous allons parler. Je ne me suis pas levée pour m'en aller. »

Il appuie discrètement le canon de son arme contre les côtes de la jeune fille. Le couple de vieux passe, et les regarde tous les deux sans s'apercevoir de rien. C'est la fille du Portugais, qui comme toujours essaie d'impressionner les hommes avec ses gros sourcils et son sourire enfantin. Ce n'est pas la première fois qu'ils la voient avec un étranger, et celui-là, habillé comme il l'est, est certainement riche.

Olivia les regarde fixement, comme si le regard pouvait dire quelque chose. L'homme à côté d'elle lance joyeusement :

« Bonjour ! »

Le couple s'éloigne sans un mot – ce n'est pas dans leurs habitudes de parler aux étrangers, ou de saluer des vendeuses ambulantes.

« Oui, nous allons parler – le Russe a brisé le silence. Je ne vais pas entraver la circulation, je donnais seulement un exemple. Ma femme va savoir que je suis ici quand elle commencera à recevoir les messages. Je ne vais pas faire ce qui est le plus évident, chercher à la rencontrer – il faut qu'elle vienne à moi. »

Voilà une sortie possible.

« Je peux transmettre les messages, si vous voulez. Il suffit de me dire à quel hôtel elle est descendue. »

L'homme rit.

« Vous avez le défaut des gens de votre âge : vous vous croyez plus maligne que le reste du monde. À peine partie d'ici, vous irez immédiatement à la police. »

Son sang s'est glacé. Alors, ils vont rester là sur ce banc toute la journée ? Finira-t-il par tirer, puisqu'elle connaît son visage ?

« Vous avez dit que vous n'alliez pas tirer.

— J'ai promis que je ne le ferais pas si vous vous comportiez comme une adulte, qui respecte mon intelligence. »

Oui, il a raison. Et être adulte, c'est parler un peu d'elle. Peut-être tirer parti de la compassion qui existe toujours dans l'esprit d'un fou. Expliquer qu'elle vit une situation semblable, même si ce n'est pas vrai.

Un garçon passe en courant, iPod sur les oreilles. Il ne prend même pas la peine de tourner la tête.

« Je vis avec un homme qui fait de ma vie un enfer, et pourtant je n'arrive pas à m'en libérer. »

Le regard d'Igor change.

Olivia est convaincue qu'elle a trouvé un moyen de sortir de ce piège. « Sois intelligente. Ne t'expose pas, essaie de penser à la femme de l'homme qui est à côté de toi. »

Sois authentique.

« Il m'a isolée de mes amis. Il est jaloux, alors qu'il a toutes les femmes qu'il désire. Il critique tout ce que je fais, il dit que je n'ai aucune ambition. Il contrôle le peu d'argent que je gagne, ma commission sur la vente des bijoux. »

L'homme est silencieux, il regarde la mer. Le trottoir se remplit de monde ; que se passerait-il si elle se levait tout simplement et prenait la fuite ? Serait-il capable de tirer ? Est-ce une vraie arme ?

Mais elle sait qu'elle a abordé un sujet qui semble lui plaire. Mieux vaut ne pas courir le risque de faire une folie – elle se rappelle son regard et sa voix quelques minutes avant.

« Et pourtant, je n'arrive pas à le quitter. Le meilleur des êtres humains, le plus riche, le plus généreux pourrait se présenter, je n'échangerais mon petit ami pour rien au monde. Je ne suis pas masochiste, je ne prends pas plaisir à me laisser constamment humilier, mais je l'aime. »

Elle a senti de nouveau le canon de l'arme se presser contre ses côtes. Elle a dit quelque chose qu'il ne fallait pas.

« Je ne ressemble pas à votre canaille de petit ami – la voix est à présent pure haine. J'ai beaucoup travaillé pour construire tout ce que j'ai. J'ai travaillé dur, j'ai pris des coups, j'ai survécu à tous, j'ai lutté honnêtement, même si j'ai dû parfois être dur et implacable. J'ai toujours été un bon chrétien. J'ai des amis influents, et je n'ai jamais été ingrat. Bref, j'ai tout fait comme il fallait.

« Je n'ai jamais détruit personne sur mon chemin. Chaque fois que je l'ai pu, j'ai encouragé ma femme à faire ce qu'elle voulait, et voilà le résultat : maintenant je suis seul. Oui, j'ai tué des êtres humains dans une guerre stupide, mais je n'ai pas perdu le sens de la réalité. Je ne suis pas un vétéran de guerre traumatisé qui entre dans un restaurant et décharge sa mitraillette au hasard. Je ne suis pas un terroriste. Je pourrais penser que la vie a été injuste avec moi, qu'elle m'a volé le plus important : l'amour. Mais il y a d'autres femmes, et les douleurs amoureuses passent toujours. J'ai besoin d'agir, je suis las d'être un crapaud qui cuit à petit feu.

— Si vous savez qu'il y a d'autres femmes, si vous savez que les douleurs passent, alors pourquoi souffrir autant ? »

Oui, elle se comporte en adulte – surprise du calme avec lequel elle tente de contrôler le fou qui est près d'elle.

Il paraît hésiter.

« Je ne saurais vous répondre. Peut-être parce que j'ai été abandonné très souvent. Peut-être parce que j'ai besoin de me prouver de quoi je suis capable. Peut-être parce que j'ai menti, et qu'il n'y a pas d'autres femmes, mais une seule. J'ai un plan.

— Quel est votre plan ?

— Je vous l'ai dit. Détruire quelques mondes, jusqu'à ce qu'elle comprenne à quel point elle compte pour moi. Que je suis capable de prendre tous les risques pour qu'elle revienne. »

La police !

Ils ont remarqué tous les deux qu'une voiture de police approchait.

« Pardon, a dit l'homme. Je voulais parler un peu plus, la vie n'est pas juste avec vous non plus. »

Olivia comprend que c'est une sentence de mort. Et, comme maintenant elle n'a plus rien à perdre, elle fait mine de se lever de nouveau. Mais cet étranger touche de sa main son épaule droite, comme pour la serrer affectueusement contre lui.

Le Samozaschita Bez Orujiya, ou Sambo, comme l'appellent les Russes, est l'art de tuer rapidement avec les mains, sans que la victime se rende compte de ce qui est en train de se passer. Il a été développé au long des siècles, quand peuples ou tribus devaient affronter des envahisseurs sans l'aide d'aucune arme. Il a été largement utilisé par l'appareil soviétique pour éliminer sans laisser de traces. On a tenté de l'introduire comme art martial aux jeux Olympiques de Moscou en 1980, mais il a été écarté parce que trop dangereux – malgré tous les efforts des communistes de l'époque pour inclure dans les Jeux un sport qu'eux seuls savaient pratiquer.

Parfait. Ainsi, seules quelques rares personnes connaissent cette technique.

Le pouce droit d'Igor fait pression sur la gorge d'Olivia et le sang cesse de circuler jusqu'au cerveau. En même temps, son autre main presse un point déterminé près de l'aisselle, provoquant la paralysie des muscles. Il n'y a pas de contractions ; maintenant ce n'est plus que l'affaire de deux minutes.

Olivia semble endormie dans ses bras. La voiture de police passe derrière eux, empruntant la voie fermée au transit. Ils n'ont même pas remarqué le couple enlacé – ils ont d'autres sujets de préoccupation ce matin : ils doivent faire le maximum pour que la circulation automobile ne soit pas interrompue, une tâche littéralement impossible. Ils viennent de recevoir un appel radio, il paraît qu'un millionnaire ivre a eu un accident avec sa limousine à trois kilomètres de là.

Sans retirer le bras qui soutient la petite, Igor se baisse et se sert de son autre main pour ramasser devant le banc la nappe sur laquelle étaient exposés ces objets de mauvais goût. Il plie le tissu avec agilité, faisant un traversin improvisé.

Quand il voit qu'il n'y a personne à proximité, il couche doucement le corps inerte sur le banc ; la jeune fille semble dormir – et, dans ses rêves, elle doit se rappeler une belle journée, ou faire des cauchemars avec son amoureux violent.

Seul le couple de vieux a remarqué qu'ils étaient ensemble. Et si l'on découvrait qu'il y a eu crime – ce qu'Igor juge peu probable parce qu'il n'y a pas de marques visibles – ils le décriraient à la police comme un individu blond, ou brun, plus vieux ou plus jeune qu'il ne paraît en réalité ; il n'a pas la moindre raison de s'inquiéter, les gens ne font jamais attention à ce qui se passe autour d'eux.

Avant de partir, il pose un baiser sur la tête de la belle au bois dormant, et murmure :

« Vous avez vu, j'ai tenu ma promesse. Je n'ai pas tiré. »

Après avoir fait quelques pas, il a été pris d'un terrible mal de tête. C'était normal : le sang inondait le cerveau, réaction absolument acceptable pour quelqu'un qui vient de se libérer d'un état de tension extrême.

Malgré le mal de tête, il était heureux. Oui, il avait réussi.

Oui, il en était capable. Et il était plus heureux encore d'avoir libéré l'âme de ce corps fragile, de cet esprit qui ne parvenait pas à réagir aux mauvais traitements d'un lâche. Si cette relation malsaine avait continué, la jeune fille aurait bientôt été déprimée et anxieuse, elle aurait perdu l'estime d'elle-même et serait devenue de plus en plus dépendante du pouvoir de son petit ami.

Rien de tout cela n'était arrivé à Ewa. Elle avait toujours su prendre ses décisions, elle avait son soutien moral et matériel quand elle avait décidé d'ouvrir sa boutique de haute couture, elle était libre de voyager quand et aussi longtemps qu'elle le voulait. Il avait été un homme et un mari exemplaire. Pourtant, elle avait commis une erreur – elle n'avait pas su comprendre son amour de même qu'elle n'avait pas compris son pardon. Mais il espérait qu'elle recevrait les messages – finalement, le jour où elle avait décidé de partir, il avait dit qu'il détruirait des mondes pour la faire revenir.

Il prend le mobile récemment acquis, jetable, dans lequel il a mis le moins de crédit possible. Il tape un message.

11 heures

Selon la légende, tout commence avec une jeune Française inconnue de dix-neuf ans, posant en bikini sur la plage pour les photographes qui n'avaient rien d'autre à faire pendant le festival de Cannes de 1953. Peu après, elle était élevée au rang de star, et son nom devint une légende : Brigitte Bardot. Et maintenant elles pensent toutes qu'elles peuvent faire la même chose ! Personne ne comprend ce que signifie être actrice ; la beauté est la seule chose qui compte.

C'est pourquoi les longues jambes, les cheveux teints, les fausses blondes font des centaines, des milliers de kilomètres pour se trouver là, ne serait-ce que pour passer la journée sur le sable, espérant être vues, photographiées, découvertes. Elles veulent échapper au piège qui attend toutes les femmes : devenir des ménagères qui préparent le dîner pour le mari tous les soirs, mènent les enfants au collège tous les jours et essaient de découvrir un petit détail dans la vie monotone de leurs voisins pour en faire un sujet de conversation à partager avec leurs amies. Elles veulent la célébrité, les paillettes et le glamour. Elles veulent faire envie aux habitants de leur ville, aux petites filles et petits garçons qui les ont traitées de vilain petit canard, sans savoir qu'elles allaient s'épanouir comme un cygne, une fleur convoitée par tous. Une carrière dans le monde des rêves, voilà ce qui importe – même si elles doivent emprunter de l'argent pour une injection de silicone dans les seins, ou l'achat de robes plus provocantes. Des cours de théâtre ? Ce n'est pas indispensable, il suffit d'être belle et d'avoir de bons contacts. Tout est possible dans le cinéma.

Du moment qu'on réussit à entrer dans ce monde.

Elles feraient tout pour échapper au piège de la ville de province et des jours qui se répètent. Il y a des millions de personnes qui s'en satisfont, eh bien, qu'elles vivent leur vie de la manière qui leur convient. Celle qui vient au Festival doit laisser ses craintes à la maison et être prête à tout : agir sans aucune hésitation, mentir chaque fois que c'est nécessaire, se rajeunir, sourire à ceux qu'elle déteste, feindre de s'intéresser à des personnes sans aucun charme, dire « je t'aime » sans penser aux conséquences, planter un couteau dans le dos de l'amie qui l'a aidée à un certain moment mais est maintenant devenue une concurrente indésirable. Aller de l'avant, sans remords et sans honte. La récompense mérite tous les sacrifices.

Célébrité.

Paillettes et glamour.

Ces pensées agacent Gabriela : ce n'est pas la meilleure manière de commencer une nouvelle journée. Et puis, elle a la gueule de bois.

Mais, au moins, elle a une consolation : elle ne s'est pas réveillée dans un hôtel cinq étoiles, avec un homme près d'elle lui disant de s'habiller et de sortir, parce qu'il a beaucoup de choses importantes à régler, par exemple acheter ou vendre des films qu'il a produits.

Elle se lève et regarde autour d'elle, pour voir si l'une de ses amies est encore là. Non, bien sûr, elles sont parties pour la Croisette, les piscines, les bars d'hôtel, les éventuels déjeuners et les rencontres sur la plage. Cinq matelas étaient étendus sur le sol du petit studio loué pour la saison à un prix exorbitant.

Autour des matelas, des vêtements en désordre, des chaussures jetées en vrac, des cintres tombés par terre que personne ne s'est donné la peine de remettre dans l'armoire.

« Ici, les vêtements méritent plus d'espace que les personnes. »

Bien sûr, comme aucune d'elles ne pouvait s'offrir le luxe de rêver de s'habiller chez Elie Saab, Karl Lagerfeld, Versace, Galliano, restait ce qui paraissait infaillible, mais occupait pratiquement tout l'appartement : des bikinis, minijupes, tee-shirts, chaussures à talons compensés, et une énorme quantité de maquillage.

« Un jour, je porterai ce que je veux. Pour le moment, j'ai seulement besoin d'une occasion. »

Pourquoi une occasion ?

Simplement parce qu'elle sait qu'elle est la meilleure de toutes, malgré son expérience à l'école, la déception qu'elle a causée à ses parents, les défis qu'elle s'est efforcée d'affronter depuis pour se prouver qu'elle pouvait surmonter les difficultés, les frustrations et les défaites qu'elle a subies. Elle est née pour gagner et briller, elle n'en a pas le moindre doute.

« Et quand j'obtiendrai ce que j'ai toujours désiré, je sais que je me demanderai : suis-je aimée et admirée parce que je suis moi-même, ou parce que je suis célèbre ? »

Elle connaît des personnes qui sont devenues des vedettes sur les planches. Contrairement à ce qu'elle imaginait, ils ne sont pas en paix ; ils manquent d'assurance, ils sont pleins de doutes, malheureux quand ils ne sont pas sur scène. Ils désirent être acteurs pour ne pas avoir à jouer leur propre rôle, ils ne cessent d'avoir peur de faire un faux pas qui mettrait fin à leur carrière.

« Mais je suis différente. J'ai toujours été moi-même. »

Vraiment ? Ou est-ce que tous ceux qui sont à sa place pensent la même chose ?

Elle se lève et prépare un café – la cuisine est sale, aucune de ses amies n'a pris la peine de faire la vaisselle. Elle ne sait pas pourquoi elle s'est réveillée de si mauvaise humeur et avec tant de doutes. Elle connaît son travail, elle s'y est consacrée de toute son âme, et pourtant on dirait que personne ne désire découvrir son talent. Elle connaît aussi les êtres humains, surtout les hommes – futurs alliés dans une bataille qu'il lui faudra gagner très vite, parce qu'elle a déjà vingt-cinq ans, et bientôt elle sera trop vieille pour l'industrie des rêves. Elle sait que :

a) Ils sont moins traîtres que les femmes ;

b) Ils ne regardent jamais nos vêtements, parce qu'ils ne font que nous déshabiller des yeux ;

c) Seins, cuisses, fesses, ventre : il suffit d'avoir cela à sa place et le monde sera conquis.

À cause de ces trois arguments, et parce qu'elle sait que toutes les autres femmes qui sont en concurrence avec elle cherchent à exagérer leurs attributs, elle ne fait attention qu'à l'article « c » de sa liste. Elle fait du sport, s'efforce de garder la forme, évite les régimes et s'habille exactement à l'opposé de ce que commande la logique : ses vêtements sont discrets. Cela lui a réussi jusqu'à présent, finalement elle paraît plus jeune que son âge. Elle espère que cela marchera aussi à Cannes.

Seins, fesses, cuisses. Qu'ils s'y intéressent pour le moment, si c'est absolument indispensable. Le jour viendra où ils verront tout ce dont elle est capable.

Elle boit son café, et elle commence à comprendre la raison de sa mauvaise humeur. Elle est entourée des plus belles femmes de la planète ! Elle a beau ne pas se trouver laide, il n'y a pas la moindre possibilité de rivaliser avec elles. Elle doit prendre une résolution ; ce voyage a été une décision difficile, l'argent est compté, et elle n'a pas beaucoup de temps pour décrocher un contrat. Elle est allée dans plusieurs endroits les deux premiers jours, elle a distribué son *curriculum vitae*, ses photos, mais elle n'a obtenu qu'une invitation à la fête de la veille – un restaurant de cinquième catégorie, avec la musique à plein volume, où personne de la Superclasse n'est venu. Elle a bu pour perdre ses inhibitions, elle est allée au-delà de ce que son organisme pouvait supporter, et à la fin elle ne savait plus où elle était ni ce qu'elle y faisait. Tout paraissait bizarre – l'Europe, la manière dont les gens étaient habillés, les langues différentes, la fausse gaieté de tous les participants, qui auraient aimé être invités pour un événement plus important, et cependant se trouvaient dans cet endroit minable, à écouter la même musique et à parler en hurlant de la vie des autres et des injustices des puissants.

Gabriela en a assez de parler de l'injustice des puissants. Ils sont comme ils sont, point final. Ils font leurs choix, ils n'ont à satisfaire personne – c'est pourquoi elle a besoin d'un plan. Beaucoup d'autres filles qui font le même rêve (mais n'ont pas le même talent, évidemment) doivent être en train de distribuer leurs CV et leurs photos ; les producteurs qui sont venus au Festival sont inondés de dossiers, de vidéos, de cartes de visite.

Comment faire la différence ?

Elle doit réfléchir. Elle n'aura pas d'autre chance comme celle-là, surtout qu'elle a dépensé l'argent qu'il lui restait pour venir ici. Et puis – terreur des terreurs – elle devient vieille. Vingt-cinq ans. Sa dernière occasion.

Elle boit son café en regardant par la petite fenêtre qui donne sur une impasse. Elle n'aperçoit qu'un tabac, et une fillette qui mange du chocolat. Oui, sa dernière occasion. Elle espère qu'elle sera différente de la première.

50

Elle fait un retour dans le passé. Elle avait onze ans et jouait sa première pièce de théâtre à l'école à Chicago, où elle avait passé son enfance à étudier dans un des collèges les plus chers de la région. Son désir de gagner n'était pas né d'une acclamation unanime de la part du public présent, composé de pères, de mères, de parents et de professeurs.

Bien au contraire : elle jouait le rôle du Chapelier fou que rencontre Alice dans son pays des merveilles. Elle avait passé un test avec beaucoup d'autres garçons et de filles, puisque le rôle était l'un des plus importants de la pièce.

La première phrase qu'elle devait prononcer était : « Vous auriez grand besoin d'une coupe de cheveux. »

À ce moment, Alice devait répliquer : « Cela montre que vous êtes grossier avec vos invités. »

Lorsqu'arriva le moment attendu, après tant de répétitions, elle était tellement nerveuse qu'elle oublia son texte, et dit : « Vous auriez grand besoin de faire pousser vos cheveux. » La fillette qui jouait Alice répondit par la même phrase sur la grossièreté, et l'assistance n'y aurait vu que du feu. Mais Gabriela comprit son erreur.

Et elle devint muette. Comme le Chapelier fou est un personnage nécessaire pour la suite de la scène et que les enfants ne sont pas habitués à improviser sur l'estrade (bien qu'ils le fassent dans la vie réelle), personne ne savait quoi faire. Et puis, après de longues minutes durant lesquelles les acteurs se regardaient les uns les autres, la professeur commença à applaudir, expliqua que l'heure de l'intermède était arrivée et fit sortir tout le monde de scène.

Non seulement Gabriela en sortit, mais elle quitta l'école en larmes. Le lendemain, elle apprit que la scène du Chapelier fou avait été coupée et que les acteurs passaient directement au jeu de croquet avec la Reine. La professeur eut beau dire que cela n'avait pas la moindre importance, vu que l'histoire d'*Alice au pays des merveilles* n'avait ni queue ni tête, à l'heure de la récréation, tous les garçons et toutes les filles se réunirent et lui infligèrent une correction.

Ce n'était pas la première volée de coups qu'elle recevait. Elle avait appris à se défendre avec énergie comme elle pouvait s'attaquer aux enfants plus faibles qu'elle – et cela arrivait au moins une fois par semaine. Mais cette fois elle prit les coups sans dire un mot et sans verser une larme. Sa réaction fut tellement surprenante que la bagarre dura très peu – finalement, tout ce que ses camarades attendaient, c'était qu'elle souffre et crie, mais comme elle avait l'air de s'en ficher, cela ne les intéressait plus.

C'est qu'à ce moment-là, à chaque gifle qu'elle recevait, Gabriela pensait :

« Je serai une grande actrice. Et tous, absolument tous, regretteront ce qu'ils ont fait. »

Qui dit que les enfants ne sont pas capables de décider de ce qu'ils veulent de la vie ?

Les adultes.

Et quand on grandit, on finit par croire que ce sont eux les plus sages, qu'ils ont toute la raison du monde. Beaucoup d'enfants ont vécu la même situation quand ils jouaient le Chapelier fou, la Belle au bois dormant, Aladin, ou Alice – et à ce moment-là, ils ont décidé d'abandonner pour toujours les lumières des projecteurs et les applaudissements du public. Mais Gabriela, qui jusqu'à onze ans n'avait jamais perdu une seule bataille, était la plus intelligente, la plus jolie, celle qui avait les meilleures notes en classe, comprenait intuitivement : « Si je ne réagis pas maintenant, je serai perdue. »

Prendre des coups de ses camarades, c'était une chose – elle aussi savait frapper. C'en était une autre d'avoir à porter pour le restant de ses jours une défaite. Parce que nous le savons tous : ce qui commence par une erreur dans une pièce de théâtre, l'inaptitude à bien danser comme les autres, des réflexions à supporter sur des jambes trop maigres ou une tête trop grosse, des choses que tous les enfants affrontent, peut avoir des conséquences radicalement différentes.

Quelques-uns décident de se venger, voulant être les meilleurs dans un domaine où tout le monde pense qu'ils en sont incapables. « Un jour, vous m'envierez », se disent-ils.

Mais la plupart acceptent qu'il y ait une limite, et dès lors tout empire. Ils grandissent anxieux, obéissants (même s'ils rêvent toujours du jour où ils seront libres et pourront faire tout ce dont ils ont envie), elles se marient pour que l'on ne dise pas qu'elles étaient vraiment laides (même si elles continuent à se trouver laides), ils ont des enfants pour que l'on ne dise pas qu'ils sont stériles (même s'ils ont vraiment envie d'avoir des enfants), s'habillent bien pour que l'on ne dise pas qu'ils sont mal habillés (même s'ils savent qu'on le dira de toute manière, quels que soient les vêtements qu'ils portent).

À l'école, on avait déjà oublié l'épisode de la pièce la semaine suivante. Mais Gabriela avait décidé qu'elle reviendrait un jour dans cette école – cette fois en actrice mondialement connue, avec des secrétaires, des gardes du corps, des photographes et une légion de fans. Elle jouerait *Alice au pays des merveilles* pour les enfants abandonnés, elle serait dans le journal, et ses vieux amis d'enfance pourraient dire :

« Un jour nous avons été sur scène avec elle ! »

Sa mère voulait qu'elle fasse des études d'ingénieur chimiste ; dès qu'elle eut terminé le lycée, ses parents l'envoyèrent à l'Illinois Institute of Technology. Tandis qu'elle étudiait pendant la journée les chemins des protéines et la structure du benzène, elle fréquentait Ibsen, Coward et Shakespeare le soir, dans un cours de théâtre qu'elle payait avec l'argent envoyé par ses parents pour l'achat des vêtements et des livres exigés par l'université. Elle fréquenta les meilleurs professionnels, eut d'excellents professeurs. Elle reçut des éloges, des lettres de recommandation, elle se produisit (à l'insu de ses parents) comme choriste dans un groupe de rock et danseuse du ventre dans un spectacle sur Lawrence d'Arabie.

Il était toujours bon d'accepter tous les rôles : un jour, quelqu'un d'important serait par hasard dans le public et lui proposerait un essai pour de bon. Ses jours de galère, sa lutte pour une place devant les projecteurs prendraient fin.

Les années commencèrent à passer. Gabriela acceptait des spots publicitaires, des affiches pour un dentifrice, des emplois de mannequin, et un jour elle fut tentée de répondre à la proposition d'un groupe spécialisé dans le recrutement d'accompagnatrices pour exécutifs, parce qu'elle avait désespérément besoin d'argent pour faire préparer un livre imprimé avec ses photos, qu'elle avait l'intention d'envoyer aux principales agences de mannequins et d'actrices aux États-Unis. Mais elle fut sauvée par Dieu – en qui elle n'avait jamais perdu foi. Le jour même, on lui offrit un rôle de figurante dans le vidéoclip d'une chanteuse japonaise, qui allait être tourné sous le viaduc où passe le train suspendu qui coupe la ville de Chicago. Elle fut payée plus qu'elle ne l'espérait (apparemment, les producteurs avaient demandé une fortune pour l'équipe étrangère) et, avec les bénéfices, elle fit faire le livre de photos (ou book, ainsi qu'on l'appelle dans toutes les langues du monde) tant rêvé – qui coûta également beaucoup plus cher qu'elle ne l'imaginait.

Elle se disait toujours qu'elle était encore en début de carrière, même si les jours et les mois commençaient à filer. Elle était capable de jouer Ophélie dans *Hamlet* au cours de théâtre, mais la vie lui offrait en général des publicités pour des déodorants et des crèmes de beauté. Quand elle allait dans une agence montrer son book et les lettres de recommandation de professeurs, d'amis, de gens avec qui elle avait déjà travaillé, elle rencontrait dans la salle d'attente des filles qui lui ressemblaient, toutes souriantes, se détestant toutes mutuellement, faisant leur possible pour obtenir n'importe quoi, absolument n'importe quoi qui leur donnerait une « visibilité », comme disaient les professionnels.

Elle attendait des heures qu'arrive son tour, et pendant ce temps elle lisait des livres sur la méditation et la pensée positive. Elle se retrouvait assise devant une personne – homme ou femme – qui ne prêtait jamais attention aux lettres, allait droit aux photos et ne faisait aucun commentaire. Ils notaient son nom. Éventuellement elle était appelée pour un essai – qui de temps à autre aboutissait. Et elle était de nouveau là, avec tout le talent qu'elle jugeait posséder, devant un appareil photo et des gens grossiers, qui demandaient tout le temps : « Mettez-vous à l'aise, souriez, tournez à droite, baissez un peu la mâchoire, mouillez vos lèvres. »

Voilà : encore une photo de faite pour une nouvelle sorte de café.

Et quand on ne l'appelait pas ? Elle n'avait qu'une idée : le refus. Mais petit à petit elle apprit à vivre avec, comprit qu'elle passait par des épreuves nécessaires, que l'on testait sa persévérance et sa foi. Elle refusait d'accepter que le cours, les lettres, le CV rempli de petites prestations dans des lieux sans importance, tout cela ne servait absolument...

Le téléphone mobile a sonné.

... à rien.

Le téléphone a continué à sonner.

Sans bien comprendre ce qui se passait – elle voyageait vers son passé, tandis qu'elle regardait le tabac et la fillette qui mangeait du chocolat –, elle a répondu.

La voix à l'autre bout disait que l'essai était confirmé pour dans deux heures.

L'ESSAI ÉTAIT CONFIRMÉ !

À Cannes !

Finalement, cela valait la peine d'avoir fait tous ces efforts pour traverser l'océan, débarquer dans une ville où tous les hôtels étaient pleins, se retrouver à l'aéroport avec d'autres filles dans sa situation (une Polonaise, deux Russes, une Brésilienne), aller avec elles frapper aux portes jusqu'à ce qu'elles trouvent un petit studio hors de prix. Après toutes ces années à tenter sa chance à Chicago, à aller à Los Angeles de temps en temps en quête de nouveaux agents, de nouvelles publicités, de nouveaux refus, son avenir était en Europe !

Dans deux heures ?

Elle n'avait pas la moindre chance d'attraper un autobus parce qu'elle ne connaissait pas les lignes. Elle était logée en haut d'une colline, et jusqu'à présent elle n'avait descendu cette pente raide que deux fois – pour distribuer ses books et pour la fête insignifiante de la nuit passée. Quand elle arrivait en bas, elle demandait à des étrangers de la prendre en stop, en général des hommes solitaires dans leurs belles voitures décapotables. Tout le monde savait que Cannes était un endroit sûr, et toutes les femmes savaient que la beauté aidait beaucoup dans ces moments-là, mais elle ne pouvait pas compter sur le hasard, elle devait résoudre seule le problème. Dans un essai de casting, l'horaire est rigoureux, c'est l'une des premières choses que l'on apprend dans n'importe quelle agence d'artistes. En outre, comme elle avait noté le premier jour qu'il y avait toujours des embouteillages, il ne lui restait plus qu'à s'habiller et à sortir en courant. En une heure et demie elle y serait – elle se souvenait de l'hôtel où la production était installée, parce qu'il avait fait partie de son pèlerinage de l'après-midi précédent, en quête d'une opportunité.

Le problème maintenant était celui de toujours :

« Comment m'habiller ? »

Elle s'est jetée furieusement sur la valise qu'elle avait apportée, a choisi un jean Armani fabriqué en Chine, et acheté au marché noir dans la banlieue de Chicago pour un cinquième du prix. On ne pourrait pas dire que c'était une contrefaçon, car ça ne l'était pas : tout le monde savait que les entreprises chinoises envoyaient 80 % de leur production vers les boutiques originales, alors que leurs employés se chargeaient de mettre en vente – sans taxes – les 20 % restants. C'était, disons, l'excédent du stock.

Elle a mis un tee-shirt blanc, DKNY, plus cher que le pantalon ; fidèle à ses principes, elle sait que plus discrète elle sera, mieux cela vaudra. Pas question de jupes courtes et de décolletés audacieux – parce que si d'autres femmes sont convoquées pour l'essai, elles seront toutes habillées de cette manière.

Elle a hésité sur le maquillage. Elle a choisi une base très discrète, et un contour des lèvres plus naturel encore. Elle a déjà perdu quinze précieuses minutes.

11 h 45

Les gens ne sont jamais contents. S'ils n'ont rien, ils veulent beaucoup. S'ils ont beaucoup, ils veulent encore plus. S'ils ont encore plus, ils désirent se contenter de peu, mais ils sont incapables de faire le moindre effort dans ce sens.

Ne comprennent-ils pas que le bonheur est très simple ? Que voulait cette fille qui est passée en courant, portant jean et chemise blanche ? Qu'est-ce qui pouvait être tellement urgent, au point de l'empêcher de contempler la belle journée de soleil, la mer bleue, les enfants dans leurs poussettes, les palmiers au bord de la plage ?

« Ne cours pas, petite ! Tu ne pourras jamais échapper aux deux présences les plus importantes dans la vie de tout être humain : Dieu et la mort. Dieu accompagne tes pas, irrité de voir que tu ne prêtes aucune attention au miracle de la vie. Et la mort ? Tu viens de passer près d'un cadavre, et tu ne l'as même pas remarqué. »

Igor est retourné plusieurs fois sur le lieu du meurtre. À un certain moment, il a conclu que ses allées et venues allaient éveiller des soupçons ; alors il a décidé de rester prudemment à une distance de deux cents mètres des lieux, appuyé sur la balustrade donnant sur la plage, portant des lunettes noires (ce qui n'avait rien de suspect, non seulement à cause du soleil, mais aussi du fait que les lunettes noires, dans un endroit fréquenté par des célébrités, sont synonymes de statut).

Il est surpris de voir qu'il est presque midi et que personne ne s'est rendu compte qu'il y avait une morte sur la plus grande avenue d'une ville qui en cette période est le centre de toutes les attentions.

Un couple s'approche maintenant du banc, visiblement en colère. Ils se mettent à crier après la Belle au bois dormant ; ce sont les parents de la fille, et ils l'insultent en voyant qu'elle n'est pas au travail. L'homme la secoue violemment. Puis la femme se penche et couvre son champ de vision.

Igor n'a aucun doute sur ce qui se passera ensuite.

Des cris de femme. Le père sortant son téléphone mobile de sa poche, s'éloignant un peu, agité. La mère secouant sa fille, le corps qui ne réagit plus. Les passants s'approchent ; maintenant, oui, il peut retirer ses lunettes noires et venir tout près, après tout, il n'est qu'un curieux de plus dans la foule.

La mère pleure, serrant la fille contre elle. Un jeune l'écarte et tente le bouche-à-bouche, mais il renonce aussitôt – le visage d'Olivia présente déjà une légère coloration violacée.

« Une ambulance ! Une ambulance ! »

Plusieurs personnes appellent le même numéro, toutes se sentent utiles, importantes, dévouées. On entend déjà au loin le bruit de la sirène. La mère crie de plus en plus fort, une jeune fille essaie de la tenir contre elle et de la calmer, mais elle la repousse. Quelqu'un soutient le cadavre et tente de le tenir assis, un autre lui dit de le laisser allongé sur le banc, qu'il est trop tard pour faire quoi que ce soit.

« Overdose de drogue, c'est certain, déclare quelqu'un près de lui. Cette jeunesse est vraiment perdue. »

Ceux qui ont entendu le commentaire acquiescent de la tête. Igor assiste impassible à l'arrivée des ambulanciers, les voit retirer les appareils de la voiture, pratiquer les chocs électriques sur le cœur ; un médecin plus expérimenté suit tout cela sans rien dire, car il sait qu'il n'y a plus rien à faire, mais il ne veut pas que ses subordonnés soient accusés de négligence. Ils descendent le brancard, le mettent dans l'ambulance, la mère s'accroche à sa fille, ils discutent un peu avec elle, l'autorisent finalement à monter et partent à toute vitesse.

Entre le moment où le couple a découvert le cadavre et le départ du véhicule, il ne s'est pas passé plus de cinq minutes. Le père est encore là, assommé, ne sachant pas exactement où aller, que faire. Ignorant qui il est, la personne qui a fait le commentaire au sujet de la drogue va vers lui et répète sa version des faits :

« Ne vous en faites, monsieur. Cela se produit tous les jours ici. »

Le père ne réagit pas. Il tient son mobile allumé dans les mains et regarde le vide. Ou bien il ne comprend pas le commentaire, ou bien il ne sait pas ce qui se passe tous les jours, ou il est en état de choc, ce qui l'a envoyé rapidement dans une dimension inconnue, où la douleur n'existe pas.

Exactement comme elle avait surgi du néant, la foule se disperse. Il ne reste que l'homme au mobile ouvert, et l'homme aux lunettes noires à la main.

« Vous connaissiez la victime ? » demande Igor.

Pas de réponse.

Il vaut mieux faire comme les autres – continuer à se promener sur la Croisette, et voir ce qui se passe en cette matinée cannoise ensoleillée. Comme le père, il ne sait pas exactement ce qu'il ressent : il a détruit un monde qu'il ne serait pas capable de reconstruire, même s'il avait tout le pouvoir du monde. Est-ce qu'Ewa méritait cela ? Du ventre de cette petite – Olivia, il connaissait son nom et cela le mettait très mal à l'aise, car elle n'était plus seulement un visage dans la foule – aurait pu sortir un génie qui aurait découvert un traitement pour guérir le cancer ou le moyen de parvenir à un accord pour que le monde puisse enfin vivre en paix. Il avait mis fin non seulement à une personne, mais à toutes les générations futures qui auraient pu naître d'elle ; qu'avait-il fait ? L'amour, si grand et si intense soit-il, pouvait-il justifier cela ?

Il a commis une erreur avec la première victime. Elle ne sera jamais dans le journal, Ewa ne comprendra jamais le message.

N'y pense pas, c'est du passé. Tu es prêt à aller plus loin, va de l'avant. La petite va comprendre que sa mort n'a pas été un acte inutile, mais un sacrifice au nom du grand amour. Regarde autour de toi, vois ce qui se passe dans la ville, comporte-toi comme un citoyen normal – tu as déjà eu ta part de souffrance dans cette vie, tu mérites maintenant un peu de réconfort et de tranquillité.

Profite du Festival. Tu es prêt.

Même en maillot de bain, il aurait eu du mal à atteindre le bord de la mer. Apparemment, les hôtels avaient droit à de larges espaces de sable où ils déployaient chaises, logos, serveurs et gardes du corps, qui dans chaque accès au sable réservé demandaient la clef de la chambre ou tout autre moyen d'identifier l'hôte. D'autres portions de la plage étaient occupées par de grandes tentes blanches, où une maison de production de films, une marque de bière ou de produits de beauté lançait une nouveauté dans ce qu'ils appelaient un « déjeuner ». Dans ces lieux, les gens étaient habillés normalement, si l'on considère comme « normal » une casquette sur la tête, une chemise de couleur et un pantalon clair pour les hommes, et des bijoux, des robes légères, des bermudas, des chaussures plates pour les femmes.

Lunettes noires pour les deux sexes. Et pas trop d'exhibition de leur physique, parce que la Superclasse a passé l'âge, toute démonstration serait considérée comme ridicule ou, plutôt, pathétique.

Igor observe un autre détail : le téléphone mobile. La pièce la plus importante de tout l'accoutrement.

Il était important de recevoir des messages ou des appels à chaque minute, d'interrompre n'importe quelle conversation pour répondre à un appel qui en réalité n'avait aucune urgence, de taper d'énormes textes par l'intermédiaire de ce qu'on appelle les SMS. Ils avaient tous oublié que ces initiales voulaient dire service de messages courts (*short message service*), et ils se servaient du petit clavier comme d'une machine à écrire. C'était lent, inconfortable, cela pouvait provoquer de graves lésions aux pouces, mais quelle importance ? À ce moment exact, pas seulement à Cannes, mais dans le monde entier, l'espace était inondé de choses du genre « Bonjour, mon amour, je me suis réveillé en pensant à toi et je suis content de t'avoir dans ma vie », « J'arrive dans dix minutes, s'il te plaît prépare mon déjeuner et assure-toi que les vêtements ont bien été envoyés à la teinturerie », « La fête ici est très chiante, mais je n'ai pas d'autre endroit où aller, t'es où toi ? ».

Des messages que l'on met cinq minutes à écrire, et seulement dix secondes à prononcer, ainsi va le monde. Igor sait bien ce dont il s'agit, car il a gagné des centaines de millions de dollars grâce au fait que le téléphone n'était plus seulement un moyen de communiquer avec les autres, mais un fil d'espoir, une manière de ne pas se sentir seul. Un moyen de montrer à tous que l'on est important.

Ce mécanisme était en train de rendre le monde complètement dément. Par un ingénieux système inventé à Londres, pour 5 euros par mois, une centrale envoyait des messages types toutes les trois minutes. Lorsqu'on est en conversation avec quelqu'un que l'on désire impressionner, il suffit de s'être connecté avant à un numéro déterminé et d'activer le système. Dans ce cas, l'alarme sonne, on sort le téléphone de sa poche, on ouvre le message, on le consulte rapidement, on affirme que ce message peut attendre (évidemment qu'il le pouvait : il était simplement écrit « conformément à votre demande » et l'heure). Ainsi, l'interlocuteur se sent plus important, et les affaires avancent plus vite, car il sait qu'il se trouve devant une personne occupée. Trois minutes plus tard, la conversation est de nouveau interrompue par un nouveau message, la pression augmente, et l'utilisateur peut décider si cela vaut la peine d'éteindre son téléphone quinze minutes ou bien prétexter qu'il était occupé et se débarrasser d'une compagnie désagréable.

Dans une seule situation, le téléphone doit être obligatoirement éteint. Pas dans les dîners formels, en plein milieu d'une pièce de théâtre ou d'un film, pendant l'air le plus difficile d'un opéra. Le seul moment où les gens sont vraiment effrayés par l'éventuelle dangerosité du téléphone, c'est quand ils montent dans un avion et entendent le mensonge habituel : « Vous êtes priés d'éteindre vos téléphones pendant toute la durée du vol, ils pourraient interférer avec les instruments de bord. »

Tout le monde le croit et obéit aux hôtesses.

Igor savait quand ce mythe avait été inventé : depuis des années les compagnies aériennes essaient de vendre par tous les moyens les appels passés des téléphones placés devant les sièges. Dix dollars la minute, utilisant le même système de transmission qu'un mobile. Ça n'a pas marché, mais la légende est restée – ils ont oublié de la rayer de la liste que l'hôtesse lit avant le décollage. Ce que personne ne sait, c'est que sur tous les vols il y a au moins deux ou trois passagers qui oublient d'éteindre les leurs. Que les ordinateurs portables peuvent accéder à l'Internet par l'intermédiaire du système qui permet à un téléphone de fonctionner. Jamais, nulle part au monde, un avion ne s'est écrasé à cause de cela.

Maintenant, elles ont essayé de modifier une partie de la légende sans choquer les passagers, tout en maintenant le prix fort : on peut se servir des mobiles dès lors qu'on utilise le système de navigation de l'avion. C'est quatre fois plus cher. Personne n'a bien expliqué ce qu'est « le système de navigation de l'appareil ». Mais, si les gens veulent se laisser berner de cette manière, c'est leur problème.

Il continue à marcher. Quelque chose dans le dernier regard de cette fille l'a mis mal à l'aise, mais il préfère ne pas y penser.

Encore des gardes du corps, des lunettes noires, des bikinis sur le sable, des vêtements clairs et des bijoux dans les déjeuners. Encore des gens qui marchent en se pressant comme s'ils avaient quelque chose de très important à faire ce matin. Encore des photographes éparpillés à tous les coins de rue, à la recherche désespérée d'une image inédite, encore des magazines et des journaux gratuits annonçant ce qui se passe pendant le Festival, des distributeurs de tracts adressés aux pauvres mortels qui n'ont pas été invités sous les tentes blanches, proposant des adresses de restaurants situés en haut de la colline, loin de tout, où l'on entendait peu parler de ce qui se passait sur la Croisette, où les mannequins louaient des studios à la saison, attendant qu'on les appelle pour un essai qui changerait leur vie à tout jamais.

Tout ça est tellement attendu. Tout ça est tellement prévisible. S'il décidait d'entrer maintenant dans un de ces « déjeuners », personne n'oserait lui demander ses papiers d'identité, parce qu'il est encore tôt et que les promoteurs redoutent que l'événement ne se termine en fiasco. Mais, dans une demi-heure, si les choses marchaient bien, les gardes du corps avaient l'ordre express de ne laisser passer que des filles jolies et non accompagnées.

Pourquoi ne pas essayer ?

Il obéit à son impulsion – après tout, il a une mission à accomplir. Il emprunte un des accès à la plage, qui, au lieu de mener jusqu'au sable, conduit à une vaste tente blanche avec fenêtres en plastique, air conditionné, meubles clairs, chaises et tables vides pour la plupart. Un garde du corps lui demande s'il a une invitation, il répond oui. Il feint de chercher dans sa poche. Une réceptionniste vêtue de rouge demande si elle peut l'aider.

Il tend sa carte de visite – le logo de sa compagnie de téléphonie, Igor Malev, président. Il affirme qu'il est certainement sur la liste, mais qu'il a dû laisser l'invitation à l'hôtel – il sort d'une série de rendez-vous et il a oublié de la prendre avec lui. La réceptionniste lui souhaite la bienvenue et l'invite à entrer ; elle a appris à juger les hommes et les femmes à la manière dont ils sont habillés, et elle sait aussi que « président », cela signifie la même chose partout dans le monde. En outre, président d'une compagnie russe ! Tout le monde sait que les Russes, quand ils sont riches, aiment montrer qu'ils nagent dans l'argent. Il n'est pas indispensable de vérifier la liste.

Igor entre, va jusqu'au bar – en réalité, la tente est très bien équipée, elle dispose même d'une piste de danse –, commande un jus d'ananas sans alcool, parce que cela va bien avec la couleur du décor.

Et surtout parce qu'au milieu du verre paré d'une petite ombrelle japonaise bleue il y a une paille noire.

Il s'assoit à l'une des nombreuses tables vides. Parmi les rares personnes présentes se trouve un homme de plus de cinquante ans, cheveux teints d'acajou, bronzage artificiel, le corps travaillé jusqu'à l'épuisement dans des salles de gymnastique qui promettent la jeunesse éternelle. Il porte un tee-shirt défraîchi, et il est assis avec deux autres hommes, vêtus ceux-là d'impeccables complets de haute couture. Les deux hommes le dévisagent, et Igor détourne la tête – bien qu'il continue à prêter attention à la table, à l'abri de ses lunettes noires. Les hommes en complet continuent à analyser le nouveau venu, et bientôt s'en désintéressent.

Mais Igor demeure intéressé.

L'homme n'a même pas de mobile sur la table, alors que ses assistants ne cessent de répondre à des appels.

S'ils laissent entrer un type comme celui-là, en tenue négligée, en sueur, laid et se croyant beau, et lui donnent de surcroît l'une des meilleures tables. Si son téléphone est débranché. S'il remarque que fréquemment un garçon s'approche et lui demande s'il désire quelque chose. Si l'homme ne daigne même pas répondre, fait simplement un signe négatif de la main, Igor sait qu'il se trouve devant un personnage vraiment très important.

Il sort de sa poche un billet de 50 euros et le tend au garçon qui commence à placer les couverts et les assiettes sur la table.

« Qui est le monsieur avec ce tee-shirt bleu décoloré ? – il a tourné le regard vers la table.

— Javits Wild. Un homme très important. »

Parfait. Après une personne totalement insignifiante comme la fille sur la plage, quelqu'un comme Javits Wild, ce serait l'idéal. Pas un personnage célèbre, mais important. Quelqu'un qui fait partie de ceux qui décident qui doit être sous la lumière des projecteurs et qui se moquent totalement de paraître, parce qu'on sait qui ils sont. Ceux qui tirent les ficelles de leurs marionnettes, leur faisant croire qu'elles sont les personnes les plus privilégiées et les plus convoitées de la planète, jusqu'au jour où, pour une raison quelconque, ils décident de couper ces fils et les pantins tombent, sans vie et sans pouvoir.

Un homme de la Superclasse.

Cela signifie : quelqu'un qui a de faux amis et beaucoup d'ennemis.

« Encore une question. Est-il admissible de détruire des mondes au nom d'un grand amour ? »

Le garçon rit.

« Vous êtes Dieu, ou vous êtes gay ?

— Ni l'un ni l'autre. Mais merci tout de même d'avoir répondu. »

Il comprend qu'il a commis une erreur. D'abord, parce qu'il n'a besoin du soutien de personne pour justifier ce qu'il est en train de faire ; il est convaincu que, si tout le monde doit mourir un jour, il faut que quelques-uns perdent la vie au nom d'une cause supérieure. Il en est ainsi depuis la nuit des temps, où des hommes se sacrifiaient pour nourrir leurs tribus, où des vierges étaient livrées aux prêtres pour apaiser la colère des dragons et des dieux. Ensuite, parce qu'il a attiré l'attention d'un étranger en montrant qu'il s'intéressait à l'homme à la table en face.

Il oubliera, mais il n'est pas nécessaire de prendre des risques inutiles. Il se dit que dans un festival comme celui-là il est normal que les gens veuillent savoir qui sont les autres, et plus normal encore que cette information soit rémunérée. Il a déjà fait cela des centaines de fois, dans divers restaurants du monde, et l'on a déjà très certainement fait la même chose avec lui – payer le serveur pour savoir qui il est, pour obtenir une meilleure table, pour envoyer un message discret. Non seulement les garçons y sont habitués, mais ils espèrent ce type de comportement.

Non, il ne se souviendra de rien. Il est devant sa prochaine victime ; s'il parvient à mener son plan jusqu'au bout, et si le garçon est interrogé, il dira que la seule chose bizarre ce jour-là, ç'a été quelqu'un qui lui a demandé s'il était admissible de détruire des mondes au nom d'un grand amour. Peut-être qu'il ne se rappellera même pas la phrase. « Comment était-il ? – Je n'ai pas fait vraiment attention. Mais il n'était pas gay. » Les policiers avaient l'habitude des intellectuels français, qui choisissaient en général les bars pour faire des thèses et des analyses supercompliquées au sujet, par exemple, de la sociologie d'un festival de cinéma. Et ils laisseraient tomber.

Mais une chose le dérangeait.

Le nom. Les noms.

Il avait déjà tué, avec les armes et la bénédiction de son pays. Il ne savait pas combien de personnes, mais rarement il avait pu voir leurs visages, et jamais, absolument jamais, il ne leur avait demandé leurs noms. Parce que avoir cette connaissance, cela signifie aussi savoir que l'on se trouve devant un être humain, et non un ennemi. Le nom transforme quelqu'un en un individu unique et particulier, avec passé et avenir, ascendants et éventuels descendants, réussites et défaites. Les personnes sont leur nom, en sont fières, le répètent des milliers de fois au cours de leur vie et s'y identifient. C'est le premier mot qu'ils apprennent après les termes génériques « papa » et « maman ».

Olivia. Javits. Igor. Ewa.

Mais l'esprit n'a pas de nom, il est la vérité pure, il habite ce corps pour une période déterminée et, un jour, il le quittera – sans que Dieu ne se soucie de demander « qui es-tu ? » quand l'âme fera face au jugement dernier. Dieu demandera seulement : « As-tu aimé quand tu étais vivant ? » C'est cela l'essence de la vie : la capacité d'aimer, et pas le nom que nous portons sur nos passeports, cartes de visite, cartes d'identité. Les grands mystiques changeaient leurs noms et parfois les abandonnaient pour toujours. Quand on demande à Jean-Baptiste qui il est, il dit seulement : « Je suis la voix qui hurle dans le désert. » Lorsqu'il rencontre celui qui bâtira son Église, Jésus ignore que sa vie durant il a répondu au nom de Simon, et il se met à l'appeler Pierre. Moïse demande à Dieu son nom : « Je suis » est la réponse.

Peut-être aurait-il dû chercher quelqu'un d'autre. Il suffisait d'une victime avec un nom : Olivia. Mais, à ce moment, il sent qu'il ne peut plus reculer, bien qu'il soit décidé à ne plus demander comment s'appelle le monde qu'il est sur le point de détruire. Il ne peut pas reculer parce qu'il veut être juste envers la pauvre fille sur la plage, totalement sans protection, une victime si facile et si douce. Son nouveau défi – pseudo-athlète, cheveux acajou, transpirant, avec un air de s'ennuyer et un pouvoir qui doit être très grand – est beaucoup plus difficile. Les deux hommes en complet ne sont pas seulement ses assistants ; il a noté que fréquemment leurs têtes parcouraient les lieux, surveillant tout ce qui se passait autour. S'il veut être digne d'Ewa et juste envers Olivia, il doit se montrer courageux.

Il laisse la paille reposer dans le jus d'ananas. Les gens arrivent peu à peu. Il faut maintenant attendre que la salle se remplisse – mais cela ne tardera pas. De même qu'il n'avait pas projeté de détruire un monde au milieu d'une avenue cannoise, en plein jour, il ne sait pas non plus comment exécuter son plan ici. Mais quelque chose lui dit qu'il a choisi l'endroit parfait.

Il ne pense plus à la pauvre fille de la plage ; l'adrénaline est injectée rapidement dans son sang, son cœur bat plus vite, il est excité et content.

Javits Wild n'irait pas perdre son temps rien que pour manger et boire à l'œil dans l'une des milliers de fêtes auxquelles il devait être invité tous les ans. S'il était là, c'était sans doute pour quelque chose, ou pour quelqu'un.

Ce quelque chose, ou ce quelqu'un, serait à n'en pas douter, pour Igor, le meilleur alibi.

12 h 26

Javits voit les invités arriver, la salle se remplir, et il pense :

« Qu'est-ce que je fais ici ? Je n'ai pas besoin de ça. D'ailleurs, je n'attends pas grand-chose des autres – j'ai tout ce que je veux. Je suis célèbre dans le milieu du cinéma, j'ai les femmes que je désire, même si je sais que je suis laid et mal habillé. Je tiens à le rester. Finie l'époque où je n'avais qu'un seul costume, et dans les rares occasions où j'obtenais une invitation de la Superclasse (après avoir rampé, imploré, promis), je me préparais à un déjeuner de ce genre comme si c'était la chose la plus importante au monde. Aujourd'hui, je sais que la seule chose qui change, ce sont les villes ; le reste est prévisible et ennuyeux.

« Des gens viendront dire qu'ils adorent mon travail. D'autres me traiteront en héros et me remercieront de donner leur chance aux exclus. Des femmes jolies et intelligentes qui ne se laissent pas berner par l'apparence remarqueront l'agitation autour de ma table, demanderont au garçon qui je suis, et trouveront vite un moyen de s'approcher, convaincues que la seule chose qui m'intéresse est le sexe. Tous, absolument tous, veulent me demander quelque chose. C'est pour cela qu'ils me couvrent d'éloges, m'adulent, m'offrent ce dont j'ai besoin à leur avis. Mais tout ce que je désire, c'est rester seul.

« J'ai assisté à des milliers de fêtes comme celle-là. Et je suis ici sans aucune raison particulière, excepté le fait que je n'arrive pas à dormir, même si je suis venu dans mon jet privé, une merveille technologique capable de voler à plus de 11 000 mètres d'altitude directement de Californie en France sans arrêt pour le ravitaillement. J'ai fait changer la configuration d'origine de la cabine : bien que l'avion puisse transporter dix-huit personnes avec tout le confort possible, j'ai réduit le nombre de fauteuils à six invités, et j'ai gardé la cabine séparée pour les quatre membres d'équipage. Il y a toujours quelqu'un qui demande : "Puis-je venir avec vous ?" J'ai toujours la bonne excuse : il n'y a pas de place. »

Javits avait équipé son nouveau jouet, pour un prix de l'ordre de 40 millions de dollars, avec deux lits, une table de conférences, une douche, un équipement de son Miranda (Bang & Olufsen avait un design superbe et une excellente campagne publicitaire, mais c'était dépassé), deux machines à café, un four à micro-ondes pour l'équipe et un four électrique pour lui (il détestait les aliments réchauffés). Javits ne buvait que du champagne, celui qui voulait partager avec lui une bouteille de Moët & Chandon 1961 était toujours le bienvenu. Mais sa cave dans l'avion contenait toutes sortes d'alcools pour les invités. Et deux écrans 21 pouces à cristaux liquides, toujours prêts à présenter les films les plus récents encore inédits dans les cinémas.

Le jet était l'un des meilleurs du monde (bien que les Français affirment avec insistance que le Falcon Dassault avait plus de qualités), mais il avait beau avoir de l'argent et du pouvoir, il n'aurait pas fait changer l'heure sur toutes les montres d'Europe. En ce moment, il était 3 h 43 du matin à Los Angeles, et maintenant seulement il commençait à se sentir vraiment fatigué. Il avait passé une nuit blanche, allant d'une fête à l'autre, répondant aux deux questions idiotes qui commencent toute conversation :

« Comment s'est passé votre vol ? »

Javits répondait toujours par une autre question : « Pourquoi ? »

Comme les gens ne savaient plus très bien quoi dire, ils souriaient jaune, et passaient à la question suivante de la liste :

« Combien de temps allez-vous rester ici ? »

Et Javits rétorquait une fois de plus : « Pourquoi ? » À ce moment-là, il feignait de prendre un appel sur son mobile, s'excusait et s'éloignait avec ses deux inséparables amis.

Personne d'intéressant par ici. Mais qui serait intéressant pour un homme qui a pratiquement tout ce que l'argent peut acheter ? Il a essayé de changer d'amis, recherchant des gens totalement éloignés du milieu du cinéma : des philosophes, des écrivains, des jongleurs de cirque, des cadres d'entreprises du secteur de l'alimentation. Au début, c'était une formidable lune de miel, et puis venait l'inévitable question : « Cela vous plairait-il de lire mon scénario ? » Ou bien la seconde inévitable question : « J'ai un(e) ami(e) qui a toujours désiré être acteur/actrice. Cela vous ennuierait-il de le/la rencontrer ? »

Oui, cela l'aurait ennuyé. Il avait autre chose à faire dans la vie que son travail. Une fois par mois, il prenait l'avion pour l'Alaska, entrait dans le premier bar, s'enivrait, mangeait une pizza, marchait dans la nature, parlait avec les vieux habitants des petites villes. Il s'entraînait deux heures par jour dans sa salle de gymnastique privée, et pourtant il était en surpoids, les médecins disaient qu'il risquait à tout moment un problème cardiaque. Il se souciait peu de sa forme physique, ce qu'il voulait, c'était se décharger un peu de la tension constante qui semblait l'anéantir à chaque seconde de la journée, faire une méditation active, soigner les blessures de son âme.

Quand il était à la campagne, il demandait toujours aux gens qu'il rencontrait par hasard ce qu'était une vie « normale », parce que lui avait oublié depuis très longtemps. Les réponses variaient et il découvrit peu à peu qu'il était absolument seul au monde, même s'il était toujours entouré.

Il finit par compiler un catalogue de la normalité, fondé sur les actes des gens plutôt que sur leurs réponses.

Javits regarde autour de lui. Il y a un homme à lunettes noires qui prend un jus de fruits, qui paraît étranger à tout ce qui l'entoure et contemple la mer comme s'il était loin d'ici. Beau, cheveux grisonnants, bien habillé. Il est arrivé parmi les premiers, il devait savoir qui il était, et pourtant il n'a pas fait le moindre effort pour se présenter. En plus, c'était courageux de rester là, tout seul ! La solitude à Cannes est un anathème, cela revient à n'intéresser personne, à n'avoir ni importance ni contacts.

Il a envié cet homme. Assurément il n'entrait pas dans le cadre du « catalogue de la normalité » qu'il portait toujours dans sa poche. Il paraissait indépendant, libre, et il aurait beaucoup aimé discuter avec lui, mais il était trop fatigué.

Il se tourne vers l'un des « amis » :

« Qu'est-ce qu'être normal ?

— Vous avez un problème de conscience ? Vous pensez que vous avez fait quelque chose que vous n'auriez pas dû faire ? »

Javits avait posé la mauvaise question à la mauvaise personne. Son compagnon allait peut-être croire maintenant qu'il avait des regrets et désirait commencer une nouvelle vie. Il n'en était rien. Et même s'il avait des regrets, il était trop tard pour retourner au point de départ ; il connaissait les règles du jeu.

« Je vous demande ce qu'est être normal. »

L'un des « amis » est déconcerté. L'autre continue à regarder autour de lui, surveillant le mouvement.

« Vivre comme ces gens qui n'ont aucune ambition », répond-il finalement.

Javits sort la liste de sa poche et la pose sur la table.

« Je ne m'en sépare jamais. Je vais ajouter des articles. »

L'« ami » répond qu'il ne peut pas regarder ça maintenant, qu'il doit être attentif à ce qui se passe. Mais l'autre, plus détendu et plus sûr de lui, lit ce qui est écrit :

Catalogue de la normalité :

1) Est normal tout ce qui nous fait oublier qui nous sommes et ce que nous désirons, pour que nous puissions travailler pour produire, reproduire, et gagner de l'argent.

2) Avoir des règles pour la guerre (Convention de Genève).

3) Passer des années dans une université pour ensuite ne pas trouver de travail.

4) Travailler de 9 heures du matin à 5 heures du soir dans quelque chose qui ne procure aucun plaisir, du moment que, au bout de trente ans, on puisse prendre sa retraite.

5) Prendre sa retraite, découvrir que l'on n'a plus d'énergie pour profiter de la vie et mourir d'ennui au bout de quelques années.

6) Utiliser du Botox.

7) Comprendre que le pouvoir est beaucoup plus important que l'argent, et que l'argent est beaucoup plus important que le bonheur.

8) Ridiculiser celui qui cherche le bonheur plutôt que l'argent, le traitant de « personne sans ambition ».

9) Comparer des objets tels que voitures, maisons, vêtements, et définir la vie en fonction de ces com-

paraisons, au lieu d'essayer de connaître vraiment la vraie raison de vivre.

10) Ne pas causer aux étrangers. Dire du mal du voisin.

11) Toujours croire que les parents ont raison.

12) Se marier, avoir des enfants, rester ensemble même si l'amour est fini, sous prétexte que c'est pour le bien de l'enfant (comme s'il n'assistait pas aux querelles incessantes).

12a) Critiquer tous ceux qui essaient d'être différents.

13) Se réveiller avec un réveil hystérique à côté du lit.

14) Croire absolument à tout ce qui est imprimé.

15) Porter un bout de tissu de couleur accroché au cou, sans aucune fonction apparente, mais qui répond au nom pompeux de « cravate ».

16) Ne jamais poser de questions directes, même si l'autre comprend ce que l'on veut savoir.

17) Garder un sourire aux lèvres quand on meurt d'envie de pleurer. Avoir pitié de ceux qui manifestent leurs sentiments.

18) Penser que l'art vaut une fortune, ou qu'il ne vaut absolument rien.

19) Toujours mépriser ce qui a été acquis facilement, parce qu'il n'y a pas eu le « sacrifice nécessaire », donc cela ne doit pas avoir les qualités requises.

20) Suivre la mode, même si tout paraît ridicule et inconfortable.

21) Être convaincu que toute personne célèbre a accumulé des tonnes d'argent.

22) Beaucoup investir dans la beauté extérieure, et peu se soucier de la beauté intérieure.

23) Recourir à tous les moyens possibles pour montrer que l'on a beau être une personne normale, on est infiniment au-dessus des autres êtres humains.

24) Dans un moyen de transport public, ne jamais regarder quelqu'un dans les yeux, sinon cela pourrait être interprété comme un geste de séduction.

25) Quand on monte dans un ascenseur, garder le corps tourné vers la sortie et faire comme si l'on était tout seul à l'intérieur, si plein soit-il.

26) Ne jamais rire tout fort au restaurant, même si l'histoire est bien bonne.

27) Dans l'hémisphère Nord, porter toujours le vêtement qui va avec la saison ; bras nus au printemps (tant pis s'il fait froid) et gilet de laine en automne (tant pis s'il fait chaud).

28) Dans l'hémisphère Sud, mettre du coton sur l'arbre de Noël, l'hiver n'a pourtant rien à voir avec la naissance du Christ.

29) À mesure que l'on vieillit, se croire maître de toute la sagesse du monde, même si on n'a pas assez vécu pour savoir ce qui est juste ou pas.

30) Se rendre à un gala de charité et penser qu'ainsi on en a fait assez pour venir à bout des inégalités sociales dans le monde.

31) Manger trois fois par jour, avec ou sans faim.

32) Croire que les autres sont toujours meilleurs en tout : ils sont plus beaux, plus capables, plus riches, plus intelligents. Il est très risqué de s'aventurer au-delà de ses propres limites, mieux vaut ne rien faire.

33) Utiliser la voiture comme une arme et une armure invincible.

34) Proférer des injures sur la route.

35) Penser que toutes les bêtises que fait son enfant sont la faute de ses petits camarades.

36) Se marier avec la première personne qui vous offre une position sociale. L'amour peut attendre.

37) Toujours dire « j'ai essayé », même si on n'a absolument rien tenté.

38) Reporter ce qu'il y a de plus intéressant dans la vie au moment où l'on n'aura plus la force de le vivre.

39) Éviter la dépression par des doses quotidiennes et massives de télévision.

40) Croire qu'il est possible d'être sûr de tout ce que l'on a gagné.

41) Penser que les femmes n'aiment pas le football et que les hommes n'aiment pas la décoration et la cuisine.

42) Accuser le gouvernement de tout ce qui va mal.

43) Être convaincu que, si vous êtes une personne bonne, décente, respectueuse, les autres penseront que vous êtes faible, vulnérable, et facilement manipulable.

44) Être convaincu également que l'agressivité et l'absence de courtoisie dans la façon de traiter les autres sont synonymes d'une forte personnalité.

45) Avoir peur de la fibroscopie (les hommes) et de l'accouchement (les femmes).

L'« ami » rit.

« Vous devriez faire un film là-dessus », déclare-t-il.

« Encore ! Ils ne pensent vraiment qu'à ça. Ils ne savent pas ce que je fais, ils sont pourtant toujours avec moi. Je ne fais pas de films. »

Un film, cela commence toujours par quelqu'un qui fait déjà partie du milieu – celui que l'on appelle le producteur. Il a lu un livre, ou il a eu une idée brillante en conduisant sur les autoroutes de Los Angeles, en réalité une grande banlieue qui cherche à être une ville. Mais il est seul, dans la voiture et dans son envie de transformer cette brillante idée en quelque chose que l'on pourrait voir à l'écran.

Il cherche à savoir si les droits du livre sont encore disponibles. Si la réponse est négative, il se met en quête d'un autre produit – après tout, on publie plus de soixante mille titres par an rien qu'aux États-Unis. Si la réponse est positive, il téléphone directement à l'auteur et fait l'offre la plus basse possible, généralement acceptée parce que les acteurs et actrices ne sont pas les seuls qui aiment se voir associés à la machine à rêves : un auteur se sent plus important quand ses mots sont transformés en images.

Ils prennent rendez-vous pour un déjeuner. Le producteur dit qu'il se trouve devant « une œuvre d'art extrêmement cinématographique », et que l'écrivain est « un génie qui mérite d'être reconnu ». L'écrivain explique qu'il a passé cinq ans à travailler sur ce texte, et il demande de participer au scénario. « Ce n'est pas une bonne idée, parce que c'est une langue différente », lui répond-on. « Mais vous serez satisfait du résultat. »

Et pour finir : « Le film sera fidèle au livre. » Ce qui est un mensonge total, et ils le savent l'un et l'autre.

L'écrivain pense que cette fois il lui faut accepter les conditions proposées, et il se dit que, la prochaine, ce sera différent. Il donne son accord. Le producteur démontre maintenant qu'il est indispensable de s'associer à un grand studio pour le financement du projet. Il annonce qu'il y aura telle et telle célébrité dans les rôles principaux – ce qui est un autre mensonge absolu, mais toujours répété, et qui réussit toujours au moment de séduire quelqu'un. Il achète l'« option », c'est-à-dire qu'il paie environ 10 000 dollars pour conserver les droits pendant trois ans. Et que se passera-t-il ensuite ? « Nous paierons dix fois cette somme et vous aurez droit à 2 % du bénéfice net. » Cela met fin à la partie financière de la conversation, puisque l'écrivain croit qu'il va gagner une fortune sur le bénéfice.

S'il s'était renseigné auprès de ses amis, il saurait que les comptables d'Hollywood arrivent par magie à faire qu'un film n'ait JAMAIS un solde positif.

Le déjeuner se termine, le producteur tire un immense contrat de sa poche, et il lui demande s'il peut signer maintenant pour que le studio sache qu'il a vraiment le produit entre les mains. L'écrivain, l'œil sur le pourcentage (inexistant) et sur la possibilité de voir son nom sur la façade d'un cinéma (inexistante également, car le maximum qu'il aura est une ligne dans le générique, « adaptation du roman de... »), signe sans trop réfléchir.

Vanité des vanités, tout est vanité, et il n'y a rien de nouveau sous le soleil, disait déjà Salomon voilà plus de trois mille ans.

Le producteur commence à frapper aux portes des studios. Il a déjà un nom, alors certaines s'ouvrent, mais sa proposition n'est pas toujours acceptée. Dans ce cas, il ne prend même pas la peine d'appeler l'écrivain pour un nouveau déjeuner – il envoie une lettre disant que, malgré son enthousiasme, l'industrie du cinéma n'a pas encore compris ce genre d'histoire et qu'il renvoie le contrat (qu'il n'a pas signé, bien entendu).

Si la proposition est acceptée, le producteur va trouver la personne au plus bas de l'échelle et la moins chère de la hiérarchie : le scénariste. Celui qui va passer des jours, des semaines, des mois, à réécrire plusieurs fois l'idée originale ou l'adaptation du livre pour l'écran. Les scénarios sont envoyés au producteur (jamais à l'auteur du livre), qui a pour habitude de refuser automatiquement le premier jet, certain que le scénariste peut mieux faire. Encore des semaines et des mois de café, d'insomnie et de rêve pour le jeune talent (ou le vieux professionnel – ici pas de moyens termes) qui refait chacune des scènes, qui sont refusées ou transformées par le producteur (et le scénariste se demande : « S'il sait écrire mieux que moi, pourquoi ne le fait-il pas ? » Puis il pense à son salaire et retourne devant son ordinateur sans broncher).

Enfin, le texte est quasi prêt : le producteur demande alors qu'on supprime toute allusion politique qui pourrait heurter un public très conservateur. Il veut que l'on ajoute des scènes d'amour parce que cela plaît aux femmes, et exige que l'histoire ait un commencement, un milieu, une fin, et un héros qui arrache des larmes à tout le monde à force de sacrifice et de dévouement. Il faut que quelqu'un perde la personne adorée au début du film et la retrouve à la fin. Au fond, la grande majorité des scénarios peut se résumer en une ligne :

Un homme aime une femme. Un homme perd une femme. Un homme récupère une femme.

Quatre-vingt-dix pour cent des films sont des variations sur ce thème.

Les films qui échappent à cette règle doivent contenir une extrême violence pour compenser, ou beaucoup d'effets spéciaux pour satisfaire le public. Et la formule, déjà éprouvée des milliers de fois, est toujours gagnante ; mieux vaut donc ne pas courir de risques.

Muni d'une histoire qu'il considère comme bien écrite, vers qui se tourne maintenant notre producteur ?

Vers le studio qui a financé le projet. Mais celui-ci a en attente une quantité de films à placer dans les salles de cinéma du monde entier, de moins en moins nombreuses. Il demande au producteur d'attendre un peu, ou de chercher un distributeur indépendant – non sans lui avoir d'abord fait signer un autre énorme contrat (qui prévoit même des droits d'exclusivité « hors de la planète Terre ») se considérant responsable de l'argent dépensé.

« C'est exactement à ce moment-là qu'entre en scène quelqu'un comme moi. » Le distributeur indépendant, qui peut marcher dans la rue sans être reconnu, bien que, dans les fêtes de l'industrie, tout le monde sache qui il est. Celui qui n'a pas découvert le sujet, n'a pas suivi le scénario et n'a pas investi un centime.

Javits est l'intermédiaire. C'est lui le distributeur !

Il reçoit le producteur dans son petit bureau (il a un grand avion, une maison avec piscine, des invitations pour tout ce qui se passe dans le monde, mais c'est exclusivement pour son confort – le producteur ne mérite même pas une eau minérale). Il prend le DVD du film, l'emporte chez lui et regarde les cinq premières minutes. Si cela lui plaît, il va jusqu'au bout – mais cela arrive une fois sur cent. Dans ce cas, il dépense 10 centimes pour un appel téléphonique et dit au producteur de se présenter tel jour à telle heure.

« Signons un engagement, dit-il, comme s'il accordait une grande faveur. Je distribue. »

Le producteur tente de négocier. Il veut savoir dans combien de salles de cinéma, dans combien de pays, sous quelles conditions. Questions absolument inutiles, car il sait déjà ce qu'il va entendre : « Cela dépend des premières réactions du public test. » Le produit est montré à des spectateurs, sélectionnés dans toutes les couches sociales, qui ont été désignés par des cabinets de recherche spécialisés. Le résultat est analysé par des professionnels. S'il est positif, dix autres centimes sont dépensés pour un appel, et le lendemain Javits reçoit le producteur avec trois copies d'un nouveau contrat énorme. Celui-ci demande du temps pour que son avocat le lise. Javits dit qu'il n'a rien contre, mais, comme il doit clore le programme de la saison, il ne peut pas garantir qu'au retour il n'aura pas mis un autre film dans le circuit.

Le producteur regarde seulement la clause qui dit combien il va gagner. Satisfait de ce qu'il voit, il signe. Il ne désire pas perdre cette occasion.

Des années ont passé depuis qu'il s'est assis avec l'écrivain pour discuter de l'affaire, et il a oublié qu'il vit maintenant la même situation que lui.

Vanité des vanités, tout est vanité, et il n'y a rien de nouveau sous le soleil, disait déjà Salomon voilà plus de trois mille ans.

Tandis qu'il voit le salon se remplir de convives, Javits se demande de nouveau ce qu'il fait là. Il contrôle plus de cinq cents salles de cinéma aux États-Unis, il a un contrat d'exclusivité avec cinq mille autres dans le reste du monde, où les exploitants ont été obligés d'acheter tout ce qu'il offrait, même si parfois cela n'aboutissait à rien. Ils savaient qu'un film qui fait un grand nombre d'entrées peut en compenser avantageusement cinq autres qui n'ont pas eu un public suffisant. Ils dépendaient de Javits, le mégadistributeur indépendant, le héros qui a réussi à briser le monopole des grands studios et à devenir une légende dans le milieu.

Ils n'ont jamais demandé comment il avait réussi cette prouesse ; du moment qu'il continue à leur offrir un grand succès pour cinq échecs (la moyenne des grands studios était un grand succès pour neuf échecs), cette question n'a pas la moindre importance.

Mais Javits savait pourquoi il avait atteint une telle réussite. C'est pourquoi il ne sortait jamais sans ses deux « amis », qui en ce moment se chargeaient de répondre aux appels, de prendre des rendez-vous, d'accepter des invitations. Bien qu'ils eussent tous les deux un physique à peu près normal, et pas la corpulence des gorilles qui étaient à la porte, ils avaient la force d'une armée. Ils s'étaient entraînés en Israël, avaient servi en Ouganda, en Argentine et au Panama. Tandis que l'un se concentrait sur le mobile, l'autre tournait sans cesse les yeux – scrutant chaque personne, chaque mouvement, chaque geste. Ils se relayaient dans leur tâche, comme le font les interprètes et les contrôleurs aériens ; le savoir-faire exige une pause toutes les quinze minutes.

Qu'est-ce qu'il fait dans ce « déjeuner » ? Il aurait pu rester à l'hôtel dormir, il en a assez des basses flatteries, des éloges, et de devoir dire à chaque minute, en souriant, qu'il ne faut pas lui donner de carte de visite parce qu'il va la perdre. Quand ils insistent, il leur demande gentiment de s'adresser à l'une de ses secrétaires (convenablement hébergée dans un autre hôtel de luxe sur la Croisette, n'ayant pas le droit de dormir, toujours attentive au téléphone qui n'arrête pas de sonner, elle répond sans cesse aux courriers électroniques des salles de cinéma internationales, qui arrivent avec en pièce jointe des publicités pour accroître la taille du pénis ou obtenir des orgasmes répétés, malgré tous les filtres contre les messages indésirables). Un signe de la tête, et l'un de ses assistants donne l'adresse et le téléphone de sa secrétaire, ou explique qu'il n'a plus de cartes en ce moment.

Il se demande encore ce qu'il fait dans ce « déjeuner » ? À Los Angeles, il serait l'heure de dormir même s'il était rentré tard d'une fête. Javits connaît la réponse, mais il ne veut pas l'admettre : il a peur de rester seul. Il envie l'homme qui est arrivé tôt et a commencé à boire son cocktail, le regard lointain, apparemment détendu, qui ne se soucie pas de se montrer occupé ou important. Il décide de l'inviter à boire quelque chose avec lui. Mais il remarque qu'il n'est plus là.

À cet instant, il sent une piqûre dans son dos.

« Des moustiques. Voilà pourquoi je déteste les fêtes à la plage. »

Quand il gratte la morsure, il retire de son corps une petite aiguille. Une plaisanterie stupide. Derrière lui il voit, à environ deux mètres, tandis que plusieurs invités passent entre eux, un Noir coiffé à la mode rasta éclater de rire, tandis qu'un groupe de femmes le regarde avec respect et désir.

Il est trop fatigué pour accepter la provocation et préfère laisser le Noir faire son malin – c'est tout ce qu'il a dans la vie pour impressionner les autres.

« Idiot. »

Les deux compagnons de table réagissent au soudain changement de position de l'homme qu'ils sont chargés de protéger pour 435 dollars par jour. L'un d'eux porte la main à son épaule droite, où une arme automatique se trouve dans un étui invisible à l'extérieur du veston. L'autre se lève et, d'un saut discret (après tout, ils se trouvent dans une fête), se place entre le Noir et son patron.

« Ce n'est rien, dit Javits. Une simple plaisanterie. » Il montre l'aiguille.

Ces deux nigauds sont préparés pour des attaques à main armée, des coups de poing, des agressions physiques, des menaces terroristes. Ils sont toujours les premiers à entrer dans sa chambre d'hôtel, prêts à tirer si nécessaire. Ils devinent quand quelqu'un porte une arme (beaucoup de gens dans le monde sont armés) et ils ne détachent pas les yeux de la personne en question jusqu'à ce qu'elle ait prouvé qu'elle n'était pas une menace. Quand Javits prend un ascenseur, il est coincé entre les deux, qui se collent contre lui pour former une sorte de mur. Il ne les a jamais vus sortir leurs pistolets, si cela s'était produit, ils auraient tiré ; en général, ils résolvent les problèmes d'un regard et en discutant calmement.

Des problèmes ? Il n'a jamais eu aucun problème depuis qu'il a trouvé ces « amis ». Comme si leur seule présence suffisait à éloigner les mauvais esprits et les intentions malveillantes.

« Cet homme. L'un des premiers à arriver ici, qui s'est assis tout seul à cette table, dit l'un. Il était armé, non ? »

L'autre murmure quelque chose comme « c'est bien possible ». Mais il a depuis longtemps disparu de la fête. Et puis il a été bien surveillé, car derrière ses lunettes noires, on ne savait pas très bien ce qu'il regardait.

Ils se détendent. L'un s'occupe du téléphone, l'autre garde les yeux fixés sur le Noir jamaïcain, qui lui rend son regard, sans aucune crainte. Il y a quelque chose de bizarre chez cet homme, mais, s'il fait encore un geste, il devra désormais porter un râtelier. Tout sera fait avec le maximum de discrétion, sur le sable, loin des regards, et par un seul des deux, pendant que l'autre attendra le doigt sur la détente. Des provocations comme celle-là peuvent être une ruse, dont le seul objectif consiste à éloigner les gardes du corps de la victime. Ils connaissent ce vieux truc.

« Tout va bien…

— Pas du tout. Appelez une ambulance. Je ne peux plus bouger la main. »

12 h 44

Quelle chance !

Elle s'attendait à tout ce matin-là, sauf à rencontrer l'homme qui – elle en était certaine – allait changer sa vie. Mais il est là, avec son air insouciant habituel, assis avec deux amis, parce que les puissants n'ont besoin de rien pour montrer leur pouvoir. Pas même de gardes du corps.

Selon Maureen, on peut ranger les gens à Cannes dans deux catégories :

a) Les bronzés, qui passent toute la journée au soleil (éventuellement parce qu'ils sont déjà des vainqueurs), et portent un badge réclamé dans les zones fermées du Festival. Quand ils arrivent dans leurs hôtels, diverses invitations les attendent – la grande majorité finit à la poubelle.

b) Les pâles, qui courent d'un bureau obscur au suivant, affrontant des épreuves, voient des choses formidables qui seront perdues parce que l'offre est trop abondante ou subissent de véritables horreurs, qui peuvent se faire une place au soleil (chez les bronzés) parce qu'ils ont le bon contact avec la bonne personne.

Javits arbore un bronzage à faire des envieux.

L'événement qui s'empare de cette petite ville du sud de la France pendant douze jours, qui fait grimper tous les prix, qui permet que seules les voitures autorisées circulent dans les rues, celui qui remplit l'aéroport de jets privés et les plages de mannequins, n'est pas seulement constitué d'un tapis rouge entouré de photographes et foulé par les grandes vedettes qui se dirigent vers l'entrée du palais des Festivals.

Cannes, ce n'est pas la mode, c'est le cinéma !

Bien que le côté luxe et glamour soit le plus visible, la véritable âme du Festival est le gigantesque marché parallèle de l'industrie : acheteurs et vendeurs venus du monde entier se rencontrent pour négocier produits finis, investissements et idées. Lors d'une journée normale, quatre cents projections ont lieu dans toute la ville – en majorité dans des studios loués à la saison, avec des gens installés inconfortablement autour des lits, se plaignant de la chaleur et exigeant de l'eau minérale et des attentions spéciales, ce qui exaspère au plus haut point les exploitants. Ils doivent tout accepter, céder à toutes les provocations, car il est important pour eux de montrer ce qui leur a coûté en général des années d'efforts.

En même temps, alors que ces 4 800 nouvelles productions luttent bec et ongles pour avoir une chance de quitter cette chambre d'hôtel et obtenir une vraie sortie dans des salles de cinéma, le monde des rêves commence à tourner à l'envers : les nouvelles technologies gagnent du terrain, les gens ne sortent plus de chez eux à cause de l'insécurité, de l'excès de travail, des chaînes de télévision par câble – sur lesquelles ils peuvent choisir généralement environ cinq cents films par jour pour un coût quasi nul.

Pis encore : Internet permet aujourd'hui à tout le monde de s'autoproclamer cinéaste. Des sites spécialisés présentent des films de bébés qui marchent, d'hommes décapités dans les guerres, de femmes qui exhibent leur corps pour le seul plaisir de savoir que quelqu'un de l'autre côté aura un moment de plaisir solitaire, de personnes congelées, d'accidents réels, ou encore de sport, de défilés de mode, de vidéos prises par des caméras cachées qui prétendaient créer des situations embarrassantes pour les innocents qui passent devant elles.

Bien sûr, les gens continuent à sortir. Mais ils préfèrent dépenser leur argent dans des restaurants et des vêtements de marque, parce que le reste se trouve sur l'écran de leur télévision haute définition ou dans leurs ordinateurs.

Des films. L'époque où tout le monde se rappelait les grands vainqueurs de la Palme d'or a disparu dans un passé lointain. Maintenant, on se demande qui a gagné l'année précédente, même les gens qui avaient participé au Festival sont incapables de s'en souvenir. « Un Roumain », dit l'un. « Non, je suis certain que c'est un Allemand », commente l'autre. Ils sont allés consulter en douce le catalogue pour découvrir que c'était un Italien – qui d'ailleurs n'a été présenté que dans les circuits alternatifs.

Les salles de cinéma, qui s'étaient développées de nouveau après une période de concurrence avec les boutiques de location de vidéos, semblent dans une nouvelle phase de décadence – en compétition avec les DVD des vieux films qui sont remis quasi gratuitement avec l'achat d'un journal, la location par Internet, le piratage mondialisé. Cela rend la distribution plus sauvage : si un nouveau lancement est considéré par un studio comme un énorme investissement, ils font tout pour qu'il soit dans le maximum de salles en même temps, ce qui laisse peu de place à une nouvelle production qui s'aventurerait dans cette branche.

Et les rares aventuriers qui décident de courir le risque – malgré tous les signaux contraires – découvrent trop tard qu'il ne suffit pas de tenir un produit de qualité. Pour qu'un film arrive dans les grandes capitales du monde, les coûts de promotion sont prohibitifs : publicités en pleine page dans les journaux et magazines, réceptions, attachés de presse, voyages promotionnels, équipes de plus en plus chères, équipements de tournage sophistiqués, main-d'œuvre qui commence à se faire rare. Et le pire de tous les problèmes : trouver un distributeur.

Pourtant, chaque année, cela continue, le pèlerinage d'un lieu à l'autre, les rendez-vous, la Superclasse attentive à tout sauf à ce qui est projeté sur l'écran, des compagnies prêtes à payer un dixième du prix juste pour offrir à un certain cinéaste l'« honneur » que son travail soit montré à la télévision. On demande de refaire tout le matériel pour ne pas offenser les familles, on exige une nouvelle révision, on promet (sans toujours tenir parole) que, si on change complètement le scénario et si on investit dans un certain thème, on aura un contrat l'année suivante.

Les gens comprennent et acceptent – ils n'ont pas le choix. La Superclasse règne sur le monde, elle n'impose rien, sa voix est douce, son sourire délicat, mais ses décisions irreversibles. C'est elle qui sait, accepte ou refuse. Elle a le pouvoir.

Et le pouvoir ne négocie avec personne, seulement avec lui-même. Cependant, tout n'est pas perdu. Dans le monde de la fiction comme dans la réalité, il y a toujours un héros.

Maureen regarde toute fière : le héros est devant ses yeux ! La grande rencontre va enfin avoir lieu dans deux jours, après presque trois ans d'efforts, de rêves, de coups de téléphone ; des voyages à Los Angeles, des cadeaux, des requêtes auprès d'amis de sa Banque des Faveurs, l'intervention d'un ex-amant qui a suivi avec elle les cours de l'école du cinéma et a trouvé beaucoup plus sûr de travailler dans un grand magazine cinématographique que de risquer de perdre la tête et son argent avec.

« Je lui parlerai, a dit l'ex-amant. Mais Javits ne dépend de personne, même pas de journalistes qui peuvent faire la promotion de ses produits comme les détruire. Il est au-dessus de tout : nous avons pensé faire un reportage pour tenter de découvrir comment il avait réussi à s'emparer de toutes ces salles de cinéma, et aucune des personnes qui travaillent avec lui n'a voulu faire de déclarations à ce sujet. Je vais lui parler, mais je ne fais aucune pression. »

Il lui a parlé et a obtenu que Javits regarde *Les Secrets de la cave*. Le lendemain, elle a reçu un coup de téléphone disant qu'ils se rencontreraient à Cannes.

Maureen n'a même pas osé dire qu'elle se trouvait à dix minutes de taxi de son bureau : elle a pris rendez-vous dans cette lointaine ville française. Elle a trouvé un billet d'avion pour Paris, a pris un train qui a mis la journée pour arriver sur place, a présenté un reçu au gérant mal luné d'un hôtel de cinquième zone, s'est installée dans une chambre simple dans laquelle il fallait enjamber les valises chaque fois qu'elle devait aller aux toilettes, s'est débrouillée pour avoir – encore grâce à son ex-petit ami – des invitations pour quelques événements de seconde catégorie, comme la promotion d'une nouvelle sorte de vodka ou le lancement d'une nouvelle ligne de tee-shirts ; il était trop tard pour obtenir le passe qui donne accès au palais des Festivals.

Elle avait dépensé plus que son budget et voyagé plus de vingt heures d'affilée, mais elle obtiendrait ses dix minutes.

Et elle était certaine qu'à la fin elle partirait avec un contrat et un avenir tout tracé. Certes, l'industrie du cinéma était en crise, et après ? Les films (même moins nombreux qu'autrefois) n'avaient-ils pas encore du succès ? Les villes n'étaient-elles pas pleines d'affiches annonçant les prochaines sorties ? Sur qui les revues people faisaient-elles des articles ? Les artistes de cinéma ! Maureen savait – à vrai dire, elle en était convaincue – que la mort du cinéma avait été décrétée à plusieurs reprises, et pourtant il survivait. « Le cinéma est mort » à l'arrivée de la télévision. « Le cinéma est fini » quand sont apparues les boutiques de location. « Le cinéma est fini » quand Internet a commencé à permettre l'accès à des sites de piratage. Mais le cinéma est là, dans ces rues de la petite ville sur la Méditerranée, qui doit justement sa renommée au Festival.

Maintenant, il s'agit de profiter de cette chance tombée du ciel.

Et de tout accepter, absolument tout. Javits Wild est là. Javits a déjà vu son film. Le sujet a tout pour réussir : l'exploitation sexuelle, volontaire ou forcée, est en train de devenir très médiatique à cause d'une série d'affaires qui ont eu une répercussion mondiale. C'est le bon moment pour que *Les Secrets de la cave* soient à l'affiche dans la chaîne d'exploitation qu'il contrôle.

Javits Wild, le rebelle avec une cause, l'homme en train de révolutionner la manière dont les films touchent le grand public. Seul l'acteur Robert Redford avait fait une tentative semblable, avec son Festival du film de Sundance, pour les cinéastes indépendants, cependant, malgré des décennies d'efforts, Redford n'avait pas encore réussi à briser la grande barrière qui déplaçait les centaines de millions de dollars aux États-Unis, en Europe et en Inde. Mais Javits était un gagneur.

Javits Wild, la rédemption des cinéastes, le grand mythe, l'allié des minorités, l'ami des artistes, le nouveau mécène – qui grâce à un système intelligent (qu'elle ignorait totalement, mais qu'elle savait efficace) contrôlait maintenant aussi des salles dans le monde entier.

Javits Wild lui avait proposé une rencontre de dix minutes le lendemain. Cela voulait simplement dire qu'il avait accepté son projet, et ce n'était plus qu'une question de détails.

« J'accepterai tout, absolument tout », se répète-t-elle.

Évidemment en dix minutes Maureen ne parviendra absolument pas à raconter tout ce qu'elle a vécu pendant les huit ans (autrement dit, un quart de sa vie) qu'elle a consacrés à la production de son film. Inutile d'expliquer qu'elle a suivi un cours de cinéma à la faculté, dirigé quelques spots publicitaires, fait deux courts-métrages qui ont reçu un formidable accueil dans plusieurs salons de province, ou dans des bars branchés à New York. Elle ne dira pas non plus que, pour récolter le million de dollars nécessaire à la production, elle a hypothéqué la maison héritée de ses parents. C'était là son unique chance, vu qu'elle n'aurait pas d'autre maison pour faire la même chose.

Elle avait suivi de près la carrière de ses autres amis d'études, qui après avoir beaucoup lutté avaient choisi le monde confortable des commerciaux – de plus en plus présents – ou un emploi obscur mais sécurisant dans l'une des nombreuses entreprises qui produisaient des séries pour la télévision. Après que ses petits travaux ont été bien acceptés, elle a commencé à rêver plus haut, et dès lors elle n'avait plus aucun moyen de contrôler cela.

Elle était convaincue qu'elle avait une mission : rendre ce monde meilleur pour les générations à venir. Se joindre à d'autres personnes comme elle, montrer que l'art n'était pas seulement un moyen de distraire ou de divertir une société en perdition. Condamner les défauts des dirigeants, sauver les enfants qui en ce moment mouraient de faim quelque part en Afrique. Dénoncer les problèmes climatiques. Mettre fin à l'injustice sociale.

Bien sûr, c'était un projet ambitieux, mais elle était certaine que son obstination lui permettrait d'aller jusqu'au bout. Alors, elle devait purifier son âme, et elle avait toujours recours aux quatre forces qui la guidaient : l'amour, la mort, le pouvoir et le temps. Aimer est nécessaire, parce que nous sommes aimés de Dieu. La conscience de la mort est obligatoire pour bien comprendre la vie. Il est indispensable de lutter pour progresser – mais sans tomber dans le piège du pouvoir que nous en obtenons, car nous savons qu'il ne vaut rien. Enfin, il nous faut accepter que notre âme – bien qu'éternelle – est en ce moment emprisonnée dans la toile du temps, avec ses opportunités et ses limites.

Même prisonnière dans la toile du temps, elle pouvait trouver dans le travail plaisir et enthousiasme. Et, à travers ses films, elle saurait laisser sa contribution au monde qui paraissait se désintégrer autour d'elle, changer la réalité et transformer les êtres humains.

Quand son père est mort, après s'être plaint toute sa vie de n'avoir jamais eu l'occasion de faire ce dont il avait toujours rêvé, elle a compris une chose très importante : c'est justement dans les moments de crise que les transformations ont lieu.

Elle n'aimerait pas finir sa vie comme lui. Elle n'aimerait pas dire à sa fille : « J'ai voulu, j'aurais pu à un certain moment, mais je n'ai pas eu le courage de tout risquer. » En recevant son héritage, elle a compris immédiatement qu'il lui était donné pour une seule raison : lui permettre d'accomplir son destin.

Elle a relevé le défi. Contrairement aux autres adolescentes qui désiraient toujours devenir des artistes célèbres, elle rêvait de raconter des histoires que les générations suivantes verraient encore, pour sourire et rêver. Son grand modèle, c'était *Citizen Kane*. Premier film d'un homme de radio qui désirait critiquer un puissant magnat de la presse américaine, il est devenu un classique non seulement grâce à son histoire, mais parce qu'il innovait dans la manière d'aborder les problèmes éthiques et techniques de son temps. Il a suffi d'un simple film pour que son auteur ne soit jamais oublié.

« Son premier film. »

Il peut avoir du succès dès la sortie. Même Orson Welles n'a plus jamais rien fait de ce calibre. Il a disparu du décor et n'est maintenant étudié que dans les écoles de cinéma : assurément, on va bientôt « redécouvrir » son génie. *Citizen Kane* n'est pas le seul héritage qu'il a laissé : il a prouvé à tout le monde qu'il suffisait d'un excellent premier pas pour avoir des propositions pour le restant de ses jours.

Elle honorerait ces propositions. Elle s'était promis de ne jamais oublier les difficultés qu'elle avait traversées, et de faire de sa vie quelque chose qui rende l'être humain plus digne.

Et comme il n'existe qu'UN premier film, elle a concentré tous ses efforts physiques, ses prières, son énergie émotionnelle sur un projet unique. Contrairement à ses amis qui ne cessaient d'envoyer des scénarios, des propositions, des idées, et finissaient par se lancer dans différents travaux en même temps sans qu'aucun n'aboutisse, Maureen s'est consacrée corps et âme aux *Secrets de la cave*, l'histoire de cinq religieuses qui reçoivent la visite d'un maniaque sexuel. Plutôt que de le convertir au salut chrétien, elles comprennent que le seul dialogue possible est d'accepter les normes de son monde plein d'aberrations ; elles décident de livrer leurs corps pour lui faire comprendre la gloire de Dieu à travers l'amour.

Son plan était simple : les actrices à Hollywood, si célèbres soient-elles, disparaissent normalement des castings quand elles atteignent trente-cinq ans. Elles continuent à fréquenter quelque temps les pages des magazines people, on les voit dans les ventes de charité, dans les grandes fêtes, elles participent à des causes humanitaires, et quand elles constatent qu'elles vont vraiment s'éloigner des projecteurs, elles commencent à se marier et à divorcer, à faire de l'esclandre – tout cela pour encore quelques mois, quelques semaines, quelques jours de gloire. Or, pendant cette période qui va du chômage à l'obscurité totale, l'argent n'a plus d'importance : elles accepteraient n'importe quoi pour revenir sur les écrans.

Maureen a côtoyé des femmes qui moins d'une décennie auparavant étaient au sommet de la gloire. Elles sentaient maintenant que le sol commençait à se dérober sous leurs pieds et avaient désespérément besoin de retourner là où elles vivaient avant. Le scénario était bon ; il a été envoyé à leurs agents, qui ont demandé un salaire absurde et reçu pour réponse un simple « non ». L'étape suivante a consisté à frapper à la porte de chacune d'entre elles ; Maureen leur a dit qu'elle avait l'argent pour le projet, et toutes ont fini par accepter – demandant toujours de garder secret le fait qu'elles travailleraient gratuitement ou presque.

Dans une industrie comme celle-là, il était impossible de débuter en pensant avec humilité. De temps à autre, dans ses rêves, le fantôme d'Orson Welles apparaissait : « Tente l'impossible. Ne commence pas par le bas, parce que en bas tu y es déjà. Grimpe rapidement, avant qu'on ne retire l'échelle. Si tu as peur, fais une prière, mais continue. » Elle avait une histoire formidable, un casting de toute première qualité, et elle savait qu'il lui fallait produire quelque chose qui serait accepté par les grands studios et distributeurs, sans pour autant être obligée à renoncer à la qualité.

Il était possible et obligatoire que l'art et le commerce marchent main dans la main.

Le reste, c'était le reste : des critiques adeptes de la masturbation mentale qui vénéraient des films que personne ne comprenait. Des petits réseaux alternatifs où toutes les nuits, la même dizaine de personnes sortait des séances pour traîner jusqu'au petit matin dans des bars, à fumer et à commenter l'unique scène (dont la signification, d'ailleurs, était peut-être totalement différente de l'intention initiale). Des réalisateurs qui donnaient des conférences pour expliquer ce qui devrait être évident pour le public. Des réunions syndicales pour se plaindre de l'État qui ne soutenait pas le cinéma local. Des manifestes dans des revues intellectuelles, fruits de réunions interminables, dans lesquels on trouvait les mêmes protestations contre le gouvernement qui n'apportait plus son soutien aux artistes. Un article parmi d'autres publié dans la grande presse et lu généralement par les seuls intéressés ou par la famille des intéressés.

Qui change le monde ? La Superclasse. Ceux qui font. Ceux qui manipulent le comportement, les cœurs et les esprits du plus grand nombre de personnes possible.

C'est pour cela qu'elle voulait Javits. Elle voulait l'oscar. Elle voulait Cannes.

Et puisqu'elle ne pouvait y parvenir démocratiquement – tout ce que les autres voulaient, c'était donner leur opinion sur la meilleure manière de faire, sans jamais assumer les risques –, elle a simplement fait un gros pari. Elle a recruté l'équipe qui était disponible, elle a réécrit pendant des mois le scénario, convaincu de participer des directeurs artistiques, des costumières, des acteurs pour les rôles secondaires, tous formidables – et inconnus –, ne promettant aucun argent ou presque, mais une grande visibilité à l'avenir. Tous étaient impressionnés par la liste des cinq actrices principales (« Le budget doit être très, très élevé ! »), demandaient de gros salaires au début, et finissaient convaincus qu'un projet comme celui-là serait très important pour leur *curriculum*. Maureen était tellement imprégnée de son idée que l'enthousiasme semblait lui ouvrir toutes les portes.

À présent restait le saut final, celui qui allait tout changer. Il ne suffit pas pour un écrivain ou un musicien de développer un travail de qualité, il faut que son œuvre n'aille pas moisir sur une étagère ou dans un tiroir.

La vi-si-bi-li-té est indispensable !

Elle a envoyé une copie à une seule personne : Javits. Elle s'est servie de tous ses contacts. Elle a été humiliée, et pourtant elle a continué. Elle a été ignorée, mais elle n'a pas perdu courage. Elle a été maltraitée, ridiculisée, exclue, mais elle a continué à croire que c'était possible, parce qu'elle avait mis chaque goutte de son sang dans ce qu'elle venait de faire. Et puis son ex-petit ami est entré en scène et Javits Wild a pris rendez-vous avec elle.

Elle ne le quitte pas des yeux pendant le déjeuner, savourant à l'avance le moment qu'ils passeront ensemble, dans deux jours. Soudain, elle constate qu'il est paralysé, les yeux dans le vide. L'un de ses amis regarde derrière, de côté, gardant toujours la main dans son veston. L'autre attrape son mobile et commence à taper sur les touches de façon hystérique.

Se serait-il passé quelque chose ? Assurément non ; les personnes qui sont plus près de lui continuent à bavarder, à boire, à profiter d'une nouvelle journée de Festival, de fêtes, de soleil et de la beauté des corps.

Un des hommes essaie de le soulever et de le faire marcher, mais Javits apparemment ne peut pas bouger. Ce n'est sans doute rien. Au pire, excès d'alcool. La fatigue. Le stress.

Ce n'est rien, c'est sûr. Elle était allée si loin, elle était si près et…

Elle a commencé à entendre une sirène au loin. Ce doit être la police, qui ouvre la route dans la circulation éternellement congestionnée pour quelque personnalité importante.

L'homme prend Javits à bras-le-corps et le transporte vers la porte. La sirène se rapproche. L'autre, sans retirer la main de son veston, tourne la tête dans toutes les directions. À un moment donné, leurs yeux se croisent.

Tandis qu'un des amis emportait Javits en le soutenant sur ses épaules, Maureen se demandait comment quelqu'un qui paraissait si fragile pouvait porter sans grand effort un homme de cette corpulence.

Le bruit de la sirène s'arrête exactement devant le grand pavillon de toile. À ce moment-là, Javits a déjà disparu avec un de ses amis, mais le second homme marche dans sa direction, une main toujours dans le veston.

« Que s'est-il passé ? » demande-t-elle effrayée. Des années de travail dans l'art de diriger les acteurs lui avaient appris que le visage du sujet qui lui faisait face paraissait de pierre, comme celui d'un tueur à gages.

« Vous savez ce qui s'est passé. » Il avait un accent qu'elle ne parvenait pas à identifier.

« J'ai vu qu'il commençait à se sentir mal. Que s'est-il passé ? »

L'homme ne retire pas la main de l'intérieur de son veston. Et, à cet instant, Maureen commence à se demander si un petit incident n'a pas mis fin à ses espoirs.

« Puis-je me rendre utile ? Aller le voir ? »

La main paraît se détendre un peu, mais les yeux restent attentifs à chacun de ses mouvements.

« Je vais avec vous. Je connais Javits Wild. Je suis son amie. »

Dans ce qui a paru une éternité mais n'a pas dû durer plus d'une fraction de seconde, l'homme s'est tourné et il est sorti à pas rapides en direction de la Croisette, sans dire un mot.

Maureen faisait marcher sa tête à toute vapeur. Pourquoi avait-il dit qu'elle savait ce qui s'était passé ? Et pourquoi, subitement, avait-il cessé de s'intéresser à elle ?

Les autres convives ne remarquent absolument rien – sauf le bruit de la sirène, qu'ils attribuent probablement à un incident qui s'est produit dans la rue. Mais les sirènes, ça ne se marie pas bien avec la joie, le soleil, l'alcool, les contacts, les belles femmes, les hommes de belle prestance, les gens pâles et les bronzés. Les sirènes appartiennent à un autre monde, où existent accidents, crises cardiaques, maladies, crimes. Les sirènes n'intéressaient pas le moins du monde les personnes qui se trouvaient là.

Maureen reprend ses esprits. Quelque chose est arrivé à Javits, et c'était un cadeau du ciel. Elle court jusqu'à la porte, voit une ambulance s'engager à toute vitesse sur la voie interdite, sirènes en marche.

« C'est mon ami ! dit-elle à un garde du corps à l'entrée. Où l'a-t-on emmené ? »

L'homme donne le nom d'un hôpital. Sans réfléchir un seul instant, Maureen se met à courir à la recherche d'un taxi. Au bout de dix minutes, elle comprend qu'il n'y a pas de taxis dans la ville, excepté ceux appelés par les réceptions des hôtels, à coups de généreux pourboires. Comme elle n'a pas un sou en poche, elle entre dans une pizzeria, montre le plan qu'elle porte sur elle et apprend qu'elle doit continuer à courir au moins une demi-heure pour atteindre son objectif.

Elle a couru toute sa vie, ce n'est pas aujourd'hui que ça va changer.

12 h 53

« Bonjour.

— Bon après-midi, répond l'une. Il est plus de midi. »

Exactement comme elle l'avait imaginé. Cinq filles qui lui ressemblent physiquement. Toutes maquillées, jambes nues, décolletés provocants, occupées avec leurs téléphones et leurs SMS.

Aucune conversation, parce qu'elles se reconnaissent déjà comme des âmes sœurs, ayant traversé les mêmes difficultés, pris des coups sans se plaindre et affronté les mêmes défis. Toutes essayant de croire qu'un rêve n'a pas de date de péremption, la vie peut changer d'une heure à l'autre, que le bon moment est au coin de la rue, et que leur volonté est mise à l'épreuve.

Peut-être sont-elles toutes fâchées avec leurs familles, qui croyaient que leurs filles allaient finir dans la prostitution.

Toutes étaient montées sur les planches, avaient connu la souffrance et l'extase de voir le public, de savoir que les gens avaient les yeux fixés sur la scène face à elles, sentant l'électricité dans l'air et les applaudissements à la fin. Elles avaient toutes imaginé des centaines de fois qu'un personnage de la Superclasse serait dans le public, et qu'un jour on viendrait les voir dans leur loge après le spectacle pour leur faire une proposition plus concrète, plutôt que les inviter à dîner, leur promettre un coup de fil ou les complimenter pour leur excellent travail.

Elles avaient toutes accepté trois ou quatre de ces invitations, et puis elles avaient compris que cela ne menait pas plus loin que le lit d'un homme normalement plus vieux, puissant, mais ne cherchant qu'à les conquérir. Et en général marié, comme tous les hommes intéressants.

Elles avaient toutes un jeune amoureux, mais quand on leur demandait leur état civil, elles disaient : « Libre et sans empêchement. » Elles pensaient toutes qu'elles dominaient la situation. Elles avaient toutes entendu des centaines de fois qu'elles avaient du talent, qu'il ne manquait qu'une occasion, et que là, devant elles, se trouvait la personne qui allait complètement transformer leur vie. Elles y avaient toutes cru certaines fois. Elles étaient toutes tombées dans le piège de l'excès de confiance en elles, et puis elles s'étaient rendu compte le lendemain que le numéro de téléphone qu'on leur avait donné tombait sur le poste d'une secrétaire de mauvaise humeur, qui ne transmettait en aucun cas l'appel au patron.

Elles avaient toutes menacé de raconter qu'elles avaient été trompées, affirmant qu'elles avaient vendu l'histoire à des journaux à scandales. Aucune d'elles ne l'avait fait, parce qu'elles étaient encore dans la phase du « je ne peux pas me griller dans le milieu artistique ».

Une ou deux peut-être avaient connu l'épreuve d'*Alice au pays des merveilles,* et voulaient maintenant prouver à leur famille qu'elles étaient plus capables qu'ils ne le pensaient. D'ailleurs, les proches avaient déjà vu leurs filles dans des spots publicitaires, sur des posters ou des panneaux d'affichage partout dans la ville et, après les querelles initiales, étaient absolument convaincus que le destin de leurs petites était celui-là :

Paillettes et glamour.

Elles avaient toutes pensé que le rêve était possible, qu'un jour on reconnaîtrait leur talent, et puis elles avaient compris qu'il n'existe qu'un mot magique dans cette branche :

« Contacts. »

Elles avaient toutes distribué leur book, à peine arrivées à Cannes. Et elles surveillaient leur mobile, fréquentaient les endroits permis, essayaient d'entrer dans les endroits interdits, dans l'espoir que quelqu'un les inviterait aux fêtes et à la plus grande de toutes les récompenses : le tapis rouge du palais des Festivals. Mais ce rêve-là était peut-être le plus difficile à réaliser – tellement difficile qu'elles ne se l'avouaient même pas, pour éviter que les sentiments de rejet et de frustration ne finissent par détruire la gaieté dont elles devaient absolument faire preuve, même si elles n'étaient pas satisfaites.

Des contacts.

Parmi bien des mauvaises rencontres, elles en avaient obtenu un ou deux qui les avaient menées quelque part. C'est pour cela qu'elles étaient là. Parce qu'elles avaient des contacts, et par leur intermédiaire un producteur néo-zélandais les avait appelées. Aucune ne demandait pourquoi ; elles savaient seulement qu'elles devaient être ponctuelles, vu que personne n'avait de temps à perdre, encore moins les professionnels de l'industrie du spectacle. Les seules qui avaient du temps disponible, c'était elles, les cinq filles dans la salle d'attente, occupées avec leurs téléphones et leurs magazines, pianotant compulsivement des SMS pour voir si elles avaient été invitées quelque part ce jour-là, essayant de joindre leurs amis et n'oubliant jamais de dire qu'elles n'étaient pas disponibles en ce moment, qu'elles avaient un rendez-vous très important avec un producteur de cinéma.

Gabriela a été la quatrième personne appelée. Elle a essayé de lire dans les yeux des trois premières qui sont sorties de la salle sans dire un mot, mais elles étaient toutes… actrices. Capables de dissimuler tout sentiment de joie ou de tristesse. Elles marchaient d'un pas décidé vers la porte de sortie, souhaitaient « bonne chance » d'une voix ferme, comme pour dire : « Pas besoin d'être nerveuses, les filles, vous n'avez plus rien à perdre. Le rôle est déjà pour moi. »

Un des murs de l'appartement était recouvert d'un drap noir. Par terre, des câbles électriques de toutes sortes, des lampes surmontées d'une armature de cuivre sur laquelle ils avaient monté une sorte de parapluie avec un drap blanc tendu devant. L'équipement de son, des moniteurs, et une caméra vidéo trônaient là. Dans les coins se trouvaient des bouteilles d'eau minérale, des mallettes en métal, des trépieds, des feuilles éparpillées, et un ordinateur. Assise par terre, une femme d'environ trente-cinq ans, lunettes sur le nez, feuilletait son book.

« Horrible, dit-elle sans la regarder. Horrible », ne cesset-elle de répéter.

Gabriela ne sait pas exactement quoi faire. Peut-être feindre de ne pas entendre, aller dans le coin où le groupe de techniciens discute avec animation en allumant cigarette sur cigarette, ou simplement ne pas bouger.

« Je déteste celle-là, a poursuivi la femme.

— C'est moi. »

Elle ne pouvait pas se contrôler. Elle avait traversé en courant la moitié de Cannes, elle était restée presque deux heures dans une salle d'attente, avait rêvé encore une fois que sa vie allait changer pour toujours (même si ces délires étaient de plus en plus contrôlés, et qu'elle n'était plus excitée comme autrefois), il n'en fallait pas plus pour la déprimer.

« Je le sais, a dit la femme, sans lever les yeux des photos. Elles ont dû coûter une fortune. Il y en a qui vivent de ça, faire des books, rédiger des *curriculum*, donner des cours de théâtre, enfin gagner de l'argent grâce à la vanité de gens comme vous.

— Si vous trouvez cela horrible, pourquoi m'avez-vous appelée ?

— Parce que nous avons besoin d'une personne horrible. »

Gabriela rit. La femme lève enfin la tête et la regarde de haut en bas.

« Vos vêtements m'ont plu. Je déteste la vulgarité. »

Gabriela se reprenait à rêver. Son cœur a palpité.

La femme lui tend un papier.

« Allez jusqu'à la marque. »

Et, se tournant vers l'équipe :

« Éteignez les cigarettes ! Fermez la fenêtre pour que le son ne soit pas brouillé ! »

La « marque », c'était une croix faite avec un ruban adhésif jaune sur le sol. De cette manière, il n'était pas indispensable de régler l'éclairage, et la caméra n'avait pas à bouger – l'acteur était à l'endroit indiqué par l'équipement technique.

« La chaleur me fait transpirer. Puis-je au moins aller aux toilettes et mettre un fond de teint, un peu de maquillage ?

— Bien sûr, vous pouvez. Mais quand vous reviendrez, on n'aura plus de temps pour l'enregistrement. Nous devons livrer ce matériel avant la fin de l'après-midi. »

Toutes les autres filles qui sont entrées ont dû poser la même question et obtenir la même réponse. Pas de temps à perdre – elle retire un mouchoir en papier de son sac et touche légèrement son visage, tandis qu'elle marche vers la marque.

Un assistant se place devant la caméra, pendant que Gabriela lutte contre le temps, essayant de lire au moins une fois ce qui est écrit sur cette demi-feuille de papier.

« Essai numéro 25, Gabriela Sherry, Agence Thompson. »

« Vingt-cinq ? »

« Ça tourne », a dit la femme aux lunettes.

Le silence s'est fait dans la pièce.

« "Non, je ne te crois pas. Personne n'est capable de commettre des crimes sans raison."

— Recommencez. Vous parlez à votre petit ami.

— "Non, je ne te crois pas ! Personne n'est capable de commettre des crimes comme ça, sans raison !"

— Les mots "comme ça" ne sont pas dans le texte. Croyez-vous que le scénariste, qui a travaillé pendant des mois, n'a pas pensé à la possibilité de mettre "comme ça" ? Et ne les a-t-il pas éliminés parce qu'il les trouvait inutiles, superficiels et pas indispensables ? »

Gabriela inspire profondément. Elle n'a plus rien à perdre, sauf la patience. Maintenant elle va faire ce qu'elle sait bien faire, sortir de là, aller à la plage, ou retourner dormir un peu. Elle doit se reposer pour être en pleine forme quand commenceront les cocktails de l'après-midi.

Un calme étrange, délicieux, s'empare d'elle. Soudain, elle se sent protégée, aimée, reconnaissante d'être en vie. Personne ne l'obligeait à être là, à supporter de nouveau toute cette humiliation. Pour la première fois de toutes ces années, elle avait conscience de son pouvoir, auquel elle n'avait jamais cru.

« "Non, je ne te crois pas. Personne n'est capable de commettre des crimes sans raison."

— Phrase suivante. »

L'ordre était inutile. Gabriela allait continuer, de toute façon.

« "Il vaut mieux que nous allions chez le médecin. Je pense que tu as besoin d'aide."

— "Non", a répliqué la femme aux lunettes, qui jouait le rôle du petit ami.

— "C'est bon. N'allons pas chez le médecin. Allons nous promener un peu, et tu me raconteras exactement ce qui est en train de se passer. Je t'aime. Peut-être que personne dans ce monde ne se soucie de toi, mais moi si." »

Il n'y avait pas d'autres phrases sur la feuille de papier. La pièce était silencieuse. Une étrange énergie s'est emparée des lieux.

« Dites à la fille qui attend qu'elle peut s'en aller », ordonne la femme aux lunettes à une des personnes présentes.

Était-ce ce à quoi elle pensait ?

« Allez jusqu'au bout de la plage à gauche, à la marina qui se trouve au bout de la Croisette, en face de l'allée des Palmiers. Un bateau vous y attendra à 13 h 55 précises pour vous conduire à la rencontre de M. Gibson. Nous envoyons la vidéo maintenant, mais il aime connaître personnellement les personnes avec qui il pourrait travailler. »

Un sourire éclate sur le visage de Gabriela.

« J'ai dit "pourrait". Je n'ai pas dit "va travailler". »

Pourtant, le sourire demeure. Gibson !

13 h 19

Entre l'inspecteur Savoy et le légiste, allongée sur une table en acier inoxydable, se trouve une belle jeune fille d'une vingtaine d'années, complètement nue.

Et morte.

« Vous en êtes certain ? »

Le légiste se dirige vers un évier, également en acier inoxydable. Il a retiré ses gants de caoutchouc, les a jetés à la poubelle et a ouvert le robinet.

« Absolument certain. Aucune trace de drogue.

— Alors, qu'est-ce qui s'est passé ? Une jeune fille comme ça, avoir une crise cardiaque ? »

Dans la salle, seul résonne le bruit de l'eau qui coule.

« Ils pensent toujours à ce qui paraît évident : drogues, crise cardiaque, ce genre de chose. »

Il met plus de temps qu'il n'en faut à finir de se laver les mains – un peu de suspens ne fait pas de mal à son travail. Il se passe du désinfectant sur les bras et met à la poubelle le matériel jetable qu'il a utilisé pour l'autopsie. Puis il se retourne et demande à l'inspecteur de regarder le corps de la fille de haut en bas.

« Tous les détails, sans pudeur ; savoir s'attacher aux détails, cela fait partie de votre métier. »

Savoy examine soigneusement le cadavre. À un certain moment, il tend la main pour soulever un bras, mais le légiste le retient.

« Il n'est pas nécessaire de la toucher. »

Savoy parcourt des yeux le corps nu de la jeune femme. À ce stade, il en savait déjà pas mal à son sujet – Olivia Martins, fille de parents portugais, petite amie d'un jeune sans profession définie, habitué des nuits cannoises, qui en ce moment était interrogé loin de là. Un juge avait autorisé l'ouverture de son appartement, et on y avait trouvé des petits flacons de THC (le tétrahydrocanabinol, principal élément hallucinogène de la marijuana, qui de nos jours peut être ingéré dans un mélange à l'huile de sésame, ce qui ne laisse aucune odeur dans la pièce et qui a un effet beaucoup plus puissant que si on l'absorbe en fumant). Six enveloppes contenant chacune un gramme de cocaïne. Des marques de sang sur un drap qui était maintenant envoyé au laboratoire. Un petit trafiquant, sans plus. Connu de la police, qui avait fait un ou deux passages en prison, mais jamais accusé de violences physiques.

Olivia était jolie, même morte. Sourcils épais, air enfantin, seins...

« Je ne dois pas y penser. Je suis un professionnel. »

« Je ne vois absolument rien. »

Le légiste sourit – et Savoy est légèrement agacé par son air arrogant. Il indique une petite, imperceptible marque violacée entre l'épaule gauche et le cou de la jeune fille.

Ensuite, il montre une autre marque semblable, sur le côté droit du torse, entre deux côtes.

« Je pourrais commencer en décrivant des détails techniques, comme l'obstruction de la veine jugulaire et de l'artère carotide, en même temps qu'une autre force semblable était appliquée sur un faisceau déterminé de nerfs, mais avec une précision telle qu'elle peut causer une paralysie totale de la partie supérieure du corps... »

Savoy ne dit rien. Le légiste comprend que ce n'est pas le moment de montrer sa culture, ou de plaisanter de la situation. Il se sent malheureux : il est confronté à la mort tous les jours, vit entouré de cadavres et de gens sérieux, ses enfants ne parlent jamais de la profession de leur père, et il n'a jamais rien à dire dans les dîners, vu que les gens détestent aborder des sujets macabres. Plus d'une fois, il s'est demandé s'il avait choisi le bon métier.

« C'est-à-dire qu'elle est morte par strangulation. »

Savoy garde le silence. Sa tête travaillait à toute vitesse : strangulation au milieu de la Croisette, en plein jour ?

Les parents avaient été interrogés. La petite avait quitté la maison avec la marchandise – illégalement, vu que les vendeurs ambulants ne payent pas d'impôts à l'État et n'ont par conséquent pas le droit de travailler.

« Mais ce n'est pas notre affaire pour le moment. »

« Cependant, poursuit le légiste, il y a là-dedans quelque chose qui m'intrigue. Dans une strangulation normale, les marques apparaissent sur les deux épaules – c'est-à-dire la scène classique où quelqu'un saisit le cou de la victime pendant qu'elle se débat pour se libérer. Dans ce cas, une des mains, ou plutôt un seul doigt a empêché le sang d'atteindre le cerveau, pendant que l'autre doigt faisait que le corps reste paralysé, incapable de réagir. Quelque chose qui exige une technique extrêmement sophistiquée, et une parfaite connaissance de l'organisme humain.

— Se pourrait-il qu'elle soit morte ailleurs et qu'on l'ait portée sur le banc où nous l'avons trouvée ?

— Si c'était le cas, on aurait laissé des marques sur son corps en la traînant. C'est la première chose que j'ai vérifiée, en considérant l'hypothèse qu'elle ait été tuée par une seule personne. Comme je n'ai rien vu, j'ai cherché des traces de mains qui auraient tenu ses jambes et ses bras, dans l'éventualité où nous aurions plusieurs criminels. Rien. En outre, sans vouloir trop entrer dans des détails techniques, il y a certaines choses qui se passent au moment de la mort. L'urine, par exemple, et...

— Que voulez-vous dire ?

— Qu'elle est morte à l'endroit où on l'a trouvée. Que, d'après la marque des doigts, une personne seulement est responsable du crime. Qu'elle connaissait le criminel, vu que personne ne l'a vu s'enfuir. Qu'il était assis à sa gauche. Qu'il doit s'agir de quelqu'un d'entraîné, qui a une grande expérience dans les arts martiaux. »

Savoy remercie de la tête et se dirige rapidement vers la sortie. En chemin, il téléphone au commissariat où l'on était en train d'interroger le garçon.

« Oubliez cette histoire de drogues, a-t-il dit. Vous tenez un assassin. Essayez de savoir tout ce qu'il sait des arts martiaux. J'arrive directement.

— Non, a répondu une voix à l'autre bout de la ligne. Allez à l'hôpital. Je crois que nous avons un autre problème. »

13 h 28

Une mouette volait au-dessus d'une plage dans le Golfe, quand elle vit un rat. Elle descendit du ciel et demanda au rongeur :

« Mais où sont tes ailes ? »

Chaque bête parle sa propre langue, et le rat ne comprit pas ce qu'elle disait ; mais il nota que l'animal devant lui avait deux grandes choses bizarres qui sortaient de son corps.

« Elle doit avoir une maladie », pensa le rat.

La mouette s'aperçut que le rat regardait fixement ses ailes :

« Le pauvre petit. Il a été attaqué par des monstres, qui l'ont rendu sourd et lui ont volé ses ailes. »

Apitoyée, elle le prit dans son bec et l'emmena se promener dans les hauteurs. « Au moins, ça lui change les idées », pensait-elle, tandis qu'ils volaient. Puis, faisant très attention, elle le laissa sur le sol.

Le rat devint, pendant quelques mois, une créature profondément malheureuse : il avait connu les hauteurs, contemplé un monde vaste et beau.

Mais, avec le temps, il finit par s'habituer de nouveau à être un rat, et il pensa que le miracle qui s'était produit dans sa vie n'avait été qu'un rêve.

C'était une histoire de son enfance. Mais en ce moment, Hamid est dans le ciel : il aperçoit la mer bleu turquoise, les luxueux yachts, les gens en bas qui

112

ressemblent à des fourmis, les tentes tendues sur la plage, les collines, l'horizon à sa gauche au-delà duquel se trouve sûrement l'Afrique et tous ses problèmes.

Le sol se rapproche très vite. « Chaque fois que possible, il faut voir les hommes de haut, pense-t-il. C'est la seule manière de comprendre leur vraie dimension et leur petitesse. »

Ewa paraît ennuyée, nerveuse. Hamid n'a jamais très bien su ce qui se passe dans la tête de sa femme, bien qu'ils soient ensemble depuis plus de deux ans. Mais Cannes a beau être un sacrifice pour tout le monde, il ne peut pas quitter la ville avant l'heure prévue ; elle devrait déjà être habituée à tout cela, parce que la vie de son ex-mari ne semble pas très différente de la sienne ; les dîners auxquels il est obligé de participer, les événements qu'il doit organiser, les déplacements constants d'un pays, d'un continent, d'une langue à l'autre.

« Elle s'est toujours comportée comme cela, ou… serait-ce… qu'elle ne m'aime plus comme avant ? »

Pensée interdite. Concentre-toi sur d'autres choses, s'il te plaît.

Le bruit du moteur ne permet pas les conversations, sauf avec des écouteurs qui possèdent un microphone incorporé. Ewa ne les a même pas retirés du support près de son siège ; même si à ce moment il lui demandait de mettre les écouteurs pour lui répéter une énième fois qu'elle est la femme de sa vie, qu'il fera son possible pour qu'elle passe un excellent Festival, il n'y parviendrait pas. À cause de la sonorisation à bord, le pilote entend toujours la conversation – et Ewa déteste les démonstrations d'affection en public.

Ils sont là, dans cette bulle de verre qui est sur le point d'arriver au ponton. Il aperçoit la Maybach, la limousine la plus chère et la plus sophistiquée du monde. Plus sélecte que la Rolls-Royce. Bientôt ils seront assis à l'intérieur, avec une musique apaisante, du champagne bien frais et la meilleure eau minérale du monde.

Il a consulté sa montre en platine, copie certifiée d'un des premiers modèles produits dans une petite usine de la ville de Schaffhausen. Contrairement aux femmes, qui peuvent dépenser des fortunes en brillants, la montre est le seul bijou permis à un homme de bon goût, et seuls les vrais connaisseurs ont conscience de l'importance de ce modèle qui apparait rarement dans les publicités des magazines de luxe.

Mais la vraie sophistication est de savoir ce qui existe de mieux, même si les autres n'en ont jamais entendu parler.

Et faire ce qui existe de mieux, même si les autres perdent énormément de temps à le critiquer.

Il était presque 2 heures de l'après-midi, il devait parler avec son courtier à New York avant l'ouverture de la Bourse. Quand il arriverait, il passerait un coup de fil – seulement un coup de fil – avec ses instructions de la journée. Gagner de l'argent au « casino », comme il appelait les fonds d'investissement, n'était pas son sport favori, mais il devait feindre d'être attentif à ce que faisaient ses gérants et ses financiers. Ils avaient la protection, l'appui et la surveillance du cheikh, il était cependant important qu'il se montrât au fait de ce qui se passait.

Deux appels téléphoniques et aucune instruction particulière pour acheter ou vendre une action. Parce que son énergie est concentrée sur autre chose. Cet après-midi, au moins deux actrices – une importante et une inconnue – vont présenter ses modèles sur le tapis rouge. Bien sûr, il a des assistants qui peuvent s'occuper de tout, mais il aime s'engager personnellement, ne serait-ce que pour se rappeler constamment que chaque détail compte, qu'il n'a pas perdu contact avec les fondations de son empire. À part cela, il a l'intention d'occuper le reste de son temps en France à profiter au maximum de la compagnie d'Ewa : il la présentera à des gens intéressants, ils se promèneront sur la plage, déjeuneront seuls dans un restaurant inconnu d'une ville voisine, marcheront main dans la main dans les vignobles qu'il aperçoit à l'horizon en bas.

Il s'est toujours jugé incapable de se passionner pour autre chose que son travail, bien que la liste de ses conquêtes comporte nombre de relations dignes d'envie avec des femmes très désirables. Au moment où Ewa est apparue, il est devenu un autre homme : deux ans ensemble, et son amour était plus fort et plus intense que jamais.

Il était passionnément amoureux.

Lui, Hamid Hussein, l'un des stylistes les plus célèbres de la planète, la face visible d'un énorme conglomérat international dédié au luxe et au glamour. Lui, qui a lutté contre tout et contre tous, a affronté les préjugés dont sont victimes ceux qui viennent du Moyen-Orient et ont une religion différente, a eu recours à la sagesse ancestrale de son peuple pour survivre, apprendre, et parvenir au sommet du monde. Contrairement à ce qu'on imaginait, il ne venait pas d'une famille riche et baignant dans le pétrole. Son père était un marchand de tissus, qui un beau jour avait joui de la bienveillance d'un cheikh simplement parce qu'il avait refusé d'obéir à un ordre.

Quand il avait des doutes avant de prendre une décision, il aimait se rappeler l'exemple qu'on lui avait appris adolescent : dire « non » aux puissants, même si l'on court un très grand risque. Dans la quasi-totalité des cas, il agissait comme il fallait. Et dans les rares occasions où il avait fait un faux pas, il avait constaté que les conséquences n'étaient pas aussi graves qu'il l'imaginait.

Son père n'a jamais pu assister à sa réussite. Son père qui, quand le cheikh commença à acheter tous les terrains disponibles dans cette partie du désert pour pouvoir construire une des villes les plus modernes du monde, eut le courage de dire à l'un de ses émissaires :

« Je ne vendrai pas. Il y a des siècles que ma famille est ici. C'est ici que nous avons enterré nos morts. C'est ici que nous avons appris à survivre aux intempéries et aux envahisseurs. La place dont Dieu nous a chargés de prendre soin dans ce monde n'est pas à vendre. »

L'histoire lui revient à l'esprit.

Les émissaires firent monter les enchères. Comme ils n'arrivaient à rien, ils repartirent en colère et prêts à faire tout leur possible pour expulser cet homme. Le cheikh commençait à s'impatienter – il aurait voulu entreprendre tout de suite son projet parce qu'il avait de grandes ambitions, le prix du pétrole avait augmenté sur le marché international, l'argent devait être utilisé avant que les réserves ne s'épuisent et qu'il ne soit plus possible de créer une infrastructure attractive pour les investissements étrangers.

Mais le vieil Hussein continuait de refuser un prix quel qu'il soit pour sa propriété. Jusqu'au jour où le cheikh décida d'aller lui parler directement.

« Je peux vous offrir tout ce que vous désirez, dit-il au marchand de tissus.

— Alors, donnez une bonne éducation à mon fils. Il a déjà seize ans, et il n'a aucun avenir ici.

— En échange, vous me vendez la maison. »

Il y eut un long moment de silence, et puis il entendit son père, regardant le cheikh dans les yeux, tenir des propos auxquels il ne s'attendait pas.

« Vous avez l'obligation d'éduquer vos sujets. Et je ne peux pas échanger l'avenir de ma famille contre son passé. »

Il se souvient qu'il a vu une immense tristesse dans ses yeux, quand il a ajouté :

« Si mon fils peut avoir au moins une opportunité dans la vie, j'accepte votre offre. »

Le cheikh partit sans rien dire. Le lendemain, il demanda au commerçant de lui envoyer le garçon pour qu'ils aient une conversation. Il le rencontra dans le palais qui avait été construit près du vieux port, après être passé par des rues interdites, devant d'énormes grues métalliques, des ouvriers travaillant sans arrêt, des quartiers entiers en démolition.

Le vieux chef alla droit au but :

« Vous savez que je désire acheter la maison de votre père. Il reste très peu de pétrole dans notre pays et avant que nos puits ne rendent leur dernier soupir, il est nécessaire de ne plus en dépendre et de découvrir d'autres ressources. Nous prouverons au monde que nous avons la capacité de vendre non seulement notre or noir, mais aussi nos services. Cependant, pour faire les premiers pas, il faut mettre en place quelques réformes importantes, comme construire un bon aéroport. Nous avons besoin de terres pour que les étrangers puissent construire leurs immeubles – mon rêve est juste, et je suis bien intentionné. Nous allons avoir besoin de gens formés à la finance. Vous avez entendu la conversation avec votre père. »

Hamid s'efforçait de dissimuler sa peur ; plus d'une dizaine de personnes assistaient à l'audience. Mais son cœur avait une réponse toute prête pour chaque question formulée.

« Que désirez-vous faire ?

— Je veux apprendre la haute couture. »

Les personnes présentes se regardèrent. Elles ne savaient peut-être pas bien de quoi il parlait.

« Apprendre la haute couture. Une grande partie des tissus que mon père achète est revendue aux étrangers, qui à leur tour font des profits cent fois supérieurs quand ils les transforment en vêtements de luxe. Je suis certain que nous pouvons réaliser cela ici. Je suis convaincu que la mode sera un des moyens de briser le préjugé que le reste du monde a contre nous. S'ils comprennent que nous ne nous habillons pas comme des barbares, ils finiront par mieux nous accepter. »

Cette fois, on entendit un murmure traverser la cour. Les vêtements ? C'était une affaire d'Occidentaux, plus soucieux de ce qui se passait à l'extérieur qu'à l'intérieur d'une personne.

« D'autre part, le prix que paie mon père est très élevé. Je préfère qu'il garde la maison. Je travaillerai avec les tissus qu'il a, et si Dieu le Miséricordieux le désire, je réaliserai mon rêve. Comme Votre Altesse, je sais moi aussi où je veux arriver. »

Stupéfaite, la cour entendait un jeune homme défier le grand chef de la région, et refuser d'accomplir le désir de son propre père. Mais la réponse fit sourire le cheikh.

« Où étudie-t-on la haute couture ?

— En France. En Italie. En pratiquant avec les maîtres. En réalité, il y a plusieurs universités, mais rien ne remplace l'expérience. C'est très difficile, mais si Dieu le Miséricordieux le veut, je réussirai. »

Le cheikh lui demanda de revenir en fin d'après-midi. Hamid se promena dans le port, visita le bazar, s'émerveilla des couleurs, des tissus, des broderies – il adorait passer par là. Il imagina que tout cela serait bientôt détruit, et il en fut attristé parce qu'une part du passé et de la tradition allait se perdre. Était-il possible de freiner le progrès ? Était-il intelligent d'empêcher une nation de se développer ? Il se souvint de toutes les nuits blanches qu'il avait passées à dessiner à la lueur d'une bougie, reproduisant les modèles dont se servaient les Bédouins, redoutant que les coutumes tribales ne finissent aussi détruites par les grues et les investissements étrangers.

À l'heure convenue, il retourna au palais. Il y avait encore plus de monde autour du vieux chef.

« J'ai pris deux décisions, déclara le cheikh. La première : je vais subvenir à vos besoins pendant un an. Je pense que nous avons pas mal de jeunes gens qui s'intéressent aux finances, mais personne à ce jour n'est venu me dire qu'il s'intéressait à la couture. Cela me semble une folie, mais tout le monde dit que mes rêves me font perdre la raison, et pourtant regardez où je suis arrivé. Je ne peux donc pas faire mentir mon propre exemple.

« D'autre part, aucun de mes assistants n'a le moindre contact avec les personnes auxquelles vous avez fait allusion, de sorte que je paierai une petite pension pour que vous ne vous sentiez pas obligé de mendier dans la rue. Quand vous reviendrez ici, ce sera en vainqueur ; vous nous représenterez et les gens apprendront à respecter notre culture. Avant de partir, vous devrez apprendre les langues des pays où vous allez. Quelles sont-elles ?

— Anglais, français, italien. Je vous remercie pour votre générosité, mais le désir de mon père... »

Le cheikh lui fit signe de se taire.

« Et ma seconde décision est la suivante : la maison de votre père restera où elle est. Dans mes rêves, elle sera entourée de gratte-ciel, le soleil ne pourra plus entrer par les fenêtres, et il finira par déménager. Mais la maison sera conservée là pour toujours. À l'avenir, on se souviendra de moi, et l'on dira : *"Il a été grand, parce qu'il a transformé son pays. Et il a été juste, car il a respecté le droit d'un marchand de tissus."* »

L'hélicoptère se pose à l'extrémité du ponton, et les souvenirs sont mis de côté. Hamid descend le premier, et il tend la main pour aider Ewa. Il touche sa peau, regarde avec fierté la femme blonde, toute vêtue de blanc, ses vêtements rayonnant dans le soleil qui brille autour d'elle, tenant de son autre main le discret et beau chapeau d'un ton beige léger. Ils marchent entre les rangées de yachts ancrés des deux côtés, vers la voiture qui les attend, le chauffeur tenant déjà la portière ouverte.

Il prend la main de sa femme et lui murmure à l'oreille :

« J'espère que le déjeuner t'a plu. Ce sont de grands collectionneurs d'art. Et qu'ils aient mis un hélicoptère à la disposition de leurs invités, c'est très généreux de leur part.

— J'ai adoré. »

Mais ce qu'Ewa aurait vraiment voulu dire : « J'ai détesté. Et en plus, j'ai peur. J'ai reçu un message sur mon téléphone mobile, et je sais qui l'a envoyé, bien que je ne puisse identifier le numéro. »

Ils montent dans l'énorme voiture où ne tiennent que deux personnes ; le reste est vide. L'air conditionné est à la température idéale, la musique est parfaite pour un moment comme celui-là – aucun bruit extérieur ne pénètre à l'intérieur. Il s'assoit sur la confortable banquette en cuir, tend la main vers la console en bois, demande à Ewa si elle désire un peu de champagne bien frais. Non, une eau minérale lui suffit.

« J'ai vu ton ex-mari hier au bar de l'hôtel, avant de sortir pour dîner.

— Impossible. Il n'a rien à faire à Cannes. »

Elle aurait aimé dire : « Tu as peut-être raison, j'ai reçu un message sur mon téléphone. Mieux vaut que nous prenions le premier avion et que nous partions d'ici immédiatement. »

« J'en suis certain. »

Hamid constate que sa femme n'est pas très causante. Il a appris à respecter l'intimité de ceux qu'il aime et se force à penser à autre chose.

Il s'excuse, donne le coup de fil qu'il devait donner à son agent à New York. Il écoute patiemment deux ou trois phrases, et interrompt poliment les nouvelles concernant les fluctuations du marché. Tout cela ne dure pas plus de deux minutes.

Il fait un deuxième appel auprès du réalisateur qu'il a choisi pour son premier film. Il est en train de se rendre au bateau pour retrouver la Célébrité – eh oui, la fille a été sélectionnée, et elle devra se présenter à 2 heures de l'après-midi.

Il se tourne de nouveau vers Ewa, apparemment toujours peu disposée à causer, le regard lointain, ne se fixant absolument sur rien de ce qui se passe de l'autre côté des vitres de la limousine. Peut-être est-elle préoccupée parce qu'elle aura peu de temps à l'hôtel : ils devront se changer rapidement, et partir pour le défilé, pas très important, d'une couturière belge. Hamid doit voir de ses propres yeux ce mannequin africain, Jasmine, qui est, selon ses assistants, le visage idéal pour sa prochaine collection.

Il est curieux de savoir comment la fille va supporter la pression d'un événement à Cannes. Si tout se passe bien, elle sera l'une de ses principales étoiles à la Semaine parisienne de la mode, prévue en octobre.

Ewa garde les yeux rivés sur la vitre de la voiture, mais elle ne voit absolument rien de ce qui se passe à l'extérieur. Elle connaît bien l'homme élégant, aux manières douces, créatif, acharné, assis à côté d'elle. Elle sait qu'il la désire comme jamais un homme n'a désiré une femme, sauf celui qu'elle a quitté. Elle peut avoir confiance en lui, même s'il est toujours entouré des plus belles femmes de la planète. C'est une personne honnête, travailleuse, audacieuse, qui a affronté bien des défis pour arriver dans cette limousine et pouvoir lui offrir une coupe de champagne ou un verre en cristal contenant son eau minérale préférée.

Puissant, capable de la protéger de n'importe quel danger, sauf un, le pire de tous.

Son ex-mari.

Elle ne veut pas éveiller de soupçons maintenant, prenant son téléphone mobile pour relire ce qui y est écrit ; elle connaît le message par cœur :

« J'ai détruit un monde pour toi, Katyusha. »

Elle ne comprend pas le contenu. Mais plus personne au monde ne l'appellerait par ce prénom.

Elle a appris à aimer Hamid, même si elle déteste la vie qu'il mène, les fêtes qu'il fréquente, les amis qu'il a. Elle ne sait pas si elle a réussi – il y a des moments où elle entre dans une dépression si profonde qu'elle pense au suicide. Ce qu'elle sait, c'est qu'il a été son salut à un moment où elle se jugeait perdue pour toujours, incapable de sortir du piège de son mariage.

Dès années auparavant, elle était tombée amoureuse d'un ange. Qui avait eu une enfance triste, avait été convoqué par l'armée soviétique pour une guerre absurde en Afghanistan, était rentré dans un pays qui commençait à se désintégrer, et pourtant avait su surmonter toutes les difficultés. Il se mit à travailler dur, affronta d'énormes tensions pour obtenir des prêts de personnes dangereuses et passa des nuits blanches à se demander comment les rembourser. Il supporta sans se plaindre la corruption du système, vu qu'il était nécessaire de suborner un fonctionnaire d'État chaque fois qu'il demandait une nouvelle autorisation pour un emprunt qui allait améliorer la qualité de vie de son peuple. Il était idéaliste et amoureux. Le jour, il parvenait à exercer sa fonction de direction sans être remis en question, car la vie l'avait éduqué et le service militaire lui avait permis de comprendre le système hiérarchique. La nuit, il se serrait contre elle et lui demandait de le protéger, de le conseiller, de prier pour que tout marche bien, qu'il parvienne à sortir des nombreux pièges qui se présentaient quotidiennement sur son chemin.

Ewa lui caressait les cheveux, l'assurait que tout allait bien, qu'il était un honnête homme et que Dieu récompensait toujours les justes.

Peu à peu, les difficultés firent place aux opportunités. La petite entreprise qu'il avait montée après avoir beaucoup mendié pour signer des contrats commença à se développer, parce qu'il était l'un des rares qui eût investi dans une affaire à laquelle personne ne croyait dans un pays qui souffrait encore de systèmes de communication obsolètes. Le gouvernement changea et la corruption diminua. L'argent se mit à rentrer – lentement au début, puis en grandes, en énormes quantités. Cependant, ils n'oubliaient ni l'un ni l'autre les difficultés qu'ils avaient traversées, et ils ne gaspillaient jamais un centime. Ils contribuaient à des œuvres de charité et à des associations d'anciens combattants, ils vivaient sans grand luxe, rêvant du jour où ils pourraient tout quitter et aller vivre dans une maison retirée du monde. Alors, ils oublieraient qu'ils avaient été contraints de fréquenter des gens qui n'avaient aucune éthique et aucune dignité. Ils passaient une grande partie de leur temps dans des aéroports, des avions et des hôtels, ils travaillaient dix-huit heures par jour et, pendant des années, ils ne purent jamais prendre un mois de vacances ensemble.

Mais ils caressaient le même rêve : le moment où ce rythme frénétique ne serait plus qu'un lointain souvenir. Les cicatrices laissées par cette période seraient les médailles d'un combat mené au nom de la foi et des rêves. Après tout, l'être humain – elle le croyait alors – était né pour aimer et vivre avec la personne aimée.

Mais le processus commença à s'inverser. Ils ne mendiaient plus les contrats, ceux-ci se présentaient désormais spontanément. Un important journal d'affaires fit sa une avec son mari, et les notables locaux commencèrent à envoyer des invitations à des fêtes et à des événements. On se mit à les traiter comme roi et reine, et l'argent rentrait en quantités de plus en plus grandes.

Il était indispensable de s'adapter aux temps nouveaux : ils achetèrent une belle maison à Moscou dans laquelle ils avaient tout le confort possible. Les anciens associés de son mari – qui au début lui avaient prêté de l'argent, rendu au centime près malgré des intérêts exorbitants – finirent en prison pour des raisons qu'elle ne connaissait pas et ne voulait pas connaître. Pourtant, au bout d'un moment, Igor se fit accompagner par des gardes du corps. Dans un premier temps, ils n'étaient que deux, des vétérans et amis des combats en Afghanistan. D'autres se joignirent à eux, à mesure que la petite firme se transformait en une gigantesque multinationale, ouvrant des filiales dans plusieurs pays, présente sur sept fuseaux horaires différents et attirant des investissements de plus en plus élevés et de plus en plus diversifiés.

Ewa passait ses journées dans des centres commerciaux ou dans des salons de thé avec des amies, où elles parlaient toujours des mêmes choses. Mais Igor voulait aller plus loin.

Toujours plus loin, ce qui n'était pas étonnant ; après tout, s'il en était arrivé là, c'était grâce à son ambition et à son travail infatigable. Lorsqu'elle lui demandait s'ils n'étaient pas allés beaucoup plus loin qu'ils l'avaient projeté et s'il n'était pas temps de prendre leurs distances pour réaliser leur rêve de ne vivre que de l'amour qu'ils éprouvaient l'un pour l'autre, il demandait encore un peu de temps. C'est alors qu'elle se mit à boire. Un soir, après un long dîner entre amis, arrosé de vin et de vodka, elle eut une crise de nerfs en rentrant à la maison. Elle dit qu'elle ne supportait plus le vide de cette vie, qu'elle devait faire quelque chose ou qu'elle deviendrait folle.

Igor demanda si elle n'était pas satisfaite de ce qu'elle avait.

« Je suis satisfaite. C'est justement le problème : je suis satisfaite, mais toi non. Et tu ne le seras jamais. Tu n'es pas sûr de toi, tu as peur de perdre tout ce que tu as gagné, tu ne sais pas sortir d'un combat quand tu as obtenu ce que tu voulais. Tu vas finir par te détruire. Et c'en sera fini de notre mariage et de notre amour. »

Ce n'était pas la première fois qu'elle parlait ainsi à son mari ; ils avaient toujours eu des conversations honnêtes, mais elle sentit qu'elle était à bout. Elle ne supportait plus de faire du shopping, elle détestait les thés, elle haïssait les programmes de télévision qu'elle devait regarder en attendant qu'il rentre du travail.

« Ne dis pas cela. Ne dis pas que je mets fin à notre amour. Je promets que bientôt nous laisserons tout cela derrière nous, aie un peu de patience. C'est peut-être le moment de commencer à faire quelque chose, parce que tu dois mener une vie infernale. »

Au moins, il le reconnaissait.

« Qu'est-ce que tu aimerais faire ? »

C'était peut-être là la solution.

« Travailler dans la mode. J'en ai toujours rêvé. »

Le mari se plia immédiatement à son désir. La semaine suivante, il arriva avec les clefs d'une boutique dans l'un des plus grands centres commerciaux de Moscou. Ewa fut enthousiasmée – sa vie aurait maintenant un autre sens, les longues journées et nuits d'attente prendraient fin pour toujours. Elle lui emprunta de l'argent, et Igor fit l'investissement nécessaire pour qu'elle ait une chance d'accéder au succès mérité.

Les banquets et les fêtes – où elle se sentait toujours comme une étrangère – acquirent un intérêt nouveau. Grâce à ses contacts, au bout de deux ans, elle dirigeait la boutique de haute couture la plus convoitée de Moscou. Bien qu'elle eût un compte joint avec son mari et qu'il ne cherchât jamais à savoir ce qu'elle dépensait, elle insista pour rembourser l'argent qu'il lui avait prêté. Elle commença à voyager seule, à la recherche de dessins et de marques exclusifs. Elle recruta des employés, se mit à la comptabilité, se transforma – à sa propre surprise – en une excellente femme d'affaires.

Igor lui avait tout appris. Igor était le grand modèle, l'exemple à suivre.

Et justement quand tout allait bien, que sa vie avait acquis une signification nouvelle, l'Ange de la Lumière qui avait illuminé son chemin commença à manifester des signes de déséquilibre.

Ils étaient dans un restaurant à Irkoutsk, après un week-end dans un village de pêcheurs au bord du lac Baïkal. À cette époque, la société avait deux avions et un hélicoptère, ils pouvaient ainsi partir le plus loin possible et revenir le lundi pour recommencer la semaine. Ni l'un ni l'autre ne se plaignaient du peu de temps qu'ils passaient ensemble, mais il était évident que toutes ces années d'efforts commençaient à laisser des marques.

Cependant, ils savaient que l'amour était plus fort que tout et que, tant qu'ils seraient ensemble, ils seraient à l'abri.

Au milieu du dîner aux chandelles, un mendiant visiblement ivre entra dans le restaurant, marcha vers eux et s'assit à leur table pour causer, interrompant ce précieux moment où ils étaient seuls, loin de la vie trépidante de Moscou. Au bout d'une minute, le patron se préparait à le chasser, mais Igor lui demanda de n'en rien faire – il se chargerait lui-même du problème. Le mendiant s'énerva, prit la bouteille de vodka et but au goulot, commença à poser des questions (« Vous êtes qui, vous ? Comment vous faites pour avoir de l'argent, quand tout le monde ici vit dans la pauvreté ? »), se plaignit de la vie et du gouvernement. Igor toléra tout cela quelques minutes.

Ensuite il s'excusa, attrapa l'individu par le bras et l'entraîna dehors – le restaurant se trouvait dans une rue qui n'était même pas pavée. Ses deux gardes du corps l'attendaient. Ewa vit par la fenêtre que son mari échangeait quelques mots avec eux, quelque chose comme « Ne quittez pas ma femme des yeux », et se dirigeait vers une petite rue latérale. Il revint quelques minutes plus tard, sourire aux lèvres.

« Il ne dérangera plus personne », dit-il.

Ewa remarqua que ses yeux avaient changé ; ils semblaient empreints d'une immense joie, plus qu'il n'en avait manifesté pendant le week-end qu'ils avaient passé ensemble.

« Qu'est-ce que tu as fait ? »

Mais Igor réclama plus de vodka. Ils burent tous les deux jusqu'à la fin de la nuit – lui souriant, joyeux, et elle ne voulant comprendre que ce qui l'intéressait : il avait peut-être donné de l'argent à l'homme pour le sortir de la misère, puisqu'il s'était toujours montré généreux envers son prochain moins favorisé que lui.

Quand ils regagnèrent leur suite à l'hôtel, il fit un commentaire :

« J'ai appris ça dans ma jeunesse, lorsque je me battais dans une guerre injuste pour un idéal auquel je ne croyais pas. Il est toujours possible de venir à bout de la misère de façon définitive. »

Non, Igor ne peut pas être là, Hamid a dû se tromper. Ils ne se sont vus qu'une fois tous les deux, à l'entrée de l'édifice où ils habitaient à Londres, quand il a découvert leur adresse et est allé jusque-là implorer Ewa de revenir. Hamid est allé à la porte, mais ne l'a pas laissé entrer, menaçant d'appeler la police. Pendant une semaine, elle a refusé de sortir de la maison, disant qu'elle avait mal à la tête, mais sachant qu'en réalité l'Ange de la Lumière s'était transformé en Mal absolu.

Elle ouvre de nouveau son mobile et relit les messages.

Katyusha. Seule une personne pouvait l'appeler ainsi. Celui qui hante son passé et terrorisera son présent pour le restant de sa vie, même si elle pense être protégée, éloignée, vivant dans un monde auquel il n'a pas accès.

Celui-là même qui, au retour d'Irkoutsk – comme libéré d'une énorme pression –, avait commencé à parler plus librement des ombres qui peuplaient son âme.

« Personne, absolument personne ne peut menacer notre intimité. Nous avons perdu assez de temps pour créer une société plus juste et plus humaine ; quiconque ne respectera pas nos moments de liberté doit être écarté d'une manière telle qu'il ne pensera plus à revenir. »

Ewa avait peur de demander ce que signifiait « d'une manière telle ». Elle croyait connaître son mari, mais d'une heure à l'autre on aurait dit qu'un volcan sous-marin s'était mis à rugir, et les ondes de choc se propageaient avec une intensité de plus en plus violente. Elle se rappela certaines conversations la nuit avec le jeune homme qui avait été conduit à tuer un jour, pour se défendre pendant la guerre en Afghanistan. Elle n'avait jamais vu de regrets ni de remords dans ses yeux :

« J'ai survécu, et c'est cela qui importe. Ma vie aurait pu prendre fin un après-midi ensoleillé, au petit matin dans les montagnes couvertes de neige, un soir où nous jouions aux cartes au campement, certains d'avoir la situation sous contrôle. Et si j'étais mort, cela n'aurait pas changé la face du monde ; j'aurais été un de plus dans les statistiques de l'armée, et une médaille de plus pour la famille.

« Mais Jésus m'a aidé – j'ai toujours réagi à temps. Parce que j'ai traversé les épreuves les plus dures par lesquelles un homme peut passer, le destin m'a accordé deux choses, les plus importantes dans la vie : la réussite dans mon travail, et la personne que j'aime. »

Une chose était de réagir pour sauver sa propre vie, c'en était une autre d'« écarter à tout jamais » un pauvre ivrogne qui avait interrompu un dîner, et que le patron du restaurant aurait pu éloigner sans problème. Elle y pensait sans cesse ; elle allait à sa boutique plus tôt, et quand elle rentrait à la maison, elle restait tard devant son ordinateur. Elle voulait éviter une question. Elle parvint à se contrôler quelques mois, marqués par les programmes habituels : voyages, vacances, dîners, rendez-vous, ventes de charité. Elle en vint même à penser qu'elle avait mal interprété les propos de son mari à Irkoutsk, et elle se reprocha d'avoir été aussi superficielle dans son jugement.

Avec le temps, la question perdit de son importance. Et puis un jour, ils participaient à un dîner de gala dans un des plus luxueux restaurants de Milan, qui devait être suivi d'une vente de bienfaisance. Ils étaient tous les deux dans cette ville pour des raisons différentes : lui pour mettre au point les détails d'un contrat avec une société italienne, Ewa pour la Semaine de la mode, où elle avait l'intention de faire quelques achats pour sa boutique.

Et ce qui s'était passé au milieu de la Sibérie se reproduisit dans l'une des villes les plus sophistiquées du monde. Cette fois, un de ses amis, ivre lui aussi, vint s'asseoir à leur table sans demander la permission et commença à plaisanter, tenant des propos inconvenants pour l'un et pour l'autre. Ewa vit la main d'Igor se crisper sur sa fourchette. Avec toute la délicatesse et la gentillesse possibles, elle demanda à son ami de se retirer. À ce moment, il avait déjà bu plusieurs coupes d'asti spumante, ainsi que les Italiens désignent ce qu'on appelait autrefois « champagne ». L'usage du mot a été interdit à cause de ce qu'on nomme « appellation contrôlée » : le champagne est du vin blanc contenant un certain type de bactérie qui, par un rigoureux processus de contrôle de qualité, commence à former des gaz à l'intérieur de la bouteille à mesure qu'elle vieillit, pendant quinze mois au minimum – l'appellation se réfère à la région de sa production. Le spumante, c'est exactement la même chose, mais la loi européenne ne permet pas que l'on fasse usage du nom français, puisque ses vignobles se trouvent dans des endroits différents.

Ils commencèrent à parler de l'alcool et des lois, tandis qu'elle s'efforçait de repousser la question qu'elle avait oubliée et qui revenait maintenant de toute sa force. Tout en bavardant, ils buvaient de plus en plus, jusqu'au moment où elle ne parvint plus à se contrôler :

« Quel mal y a-t-il à ce que quelqu'un perde un peu son élégance et vienne nous déranger ? »

La voix d'Igor changea de ton.

« Nous voyageons rarement ensemble. Bien sûr, je m'interroge toujours sur le monde dans lequel nous vivons. Étouffés par les mensonges, nous faisons confiance à la science plus qu'aux valeurs spirituelles, ce qui nous oblige à nourrir notre âme avec ce qui est important aux yeux de la société. Pendant ce temps, nous mourons à petit feu parce que nous comprenons ce qui se passe autour de nous, nous savons que nous sommes forcés de faire des choses que nous n'avons pas programmées, et pourtant nous sommes incapables de tout quitter pour consacrer nos jours et nos nuits à ce qui constitue le vrai bonheur : la famille, la nature, l'amour. Pourquoi ? Parce que nous avons l'obligation de terminer ce que nous avons commencé, pour atteindre la stabilité financière tant désirée qui nous permettrait de nous consacrer l'un à l'autre pour le restant de nos vies. Je construis notre avenir, et bientôt nous serons libres de rêver et de vivre nos rêves. »

La stabilité financière, le couple n'en manquait pas. En outre, ils n'avaient pas de dettes, et ils auraient pu se lever de cette table avec leurs seules cartes de crédit, quitter le monde qu'Igor semblait détester, et tout recommencer sans jamais avoir à se préoccuper pour l'argent. Ils avaient eu cette conversation plusieurs fois, et Igor répétait toujours ce qu'il venait de dire : il fallait attendre encore un peu. Toujours encore un peu.

Mais l'heure n'était pas à discuter de l'avenir du couple.

« Dieu a pensé à tout, poursuivit-il. Nous sommes ensemble parce qu'Il l'a décidé. Sans toi, je ne sais pas si je serais allé aussi loin, même si je ne parviens pas encore à comprendre à quel point tu comptes dans ma vie. C'est Lui qui nous a placés côte à côte, et Il m'a prêté Son pouvoir pour te défendre chaque fois que ce serait nécessaire. Il m'a appris que tout obéissait à un plan déterminé ; je dois le respecter dans ses moindres détails. Sinon, je serais mort à Kaboul, ou bien dans la misère à Moscou. »

Et c'est là que le spumante, ou champagne, montra de quoi il était capable, quel que soit son nom.

« Que s'est-il passé avec ce mendiant quand nous étions au milieu de la Sibérie ? »

Igor ne se souvenait pas de ce dont elle parlait. Ewa lui rappela ce qui s'était passé dans le restaurant.

« J'aimerais connaître la suite.

— Je l'ai sauvé. »

Elle respira, soulagée.

« Je l'ai sauvé d'une vie immonde, sans perspective, avec ces hivers glaciaux, le corps lentement détruit par l'alcool. J'ai permis à son âme de partir vers la lumière, parce que j'ai compris, au moment où il est entré dans le restaurant pour détruire notre bonheur, que son esprit était habité par le Malin. »

Ewa sentit son cœur battre. Ce n'était pas la peine de lui demander de dire : « Je l'ai tué. » C'était clair.

« Sans toi, je n'existe pas. N'importe quoi, n'importe quelle personne, qui essaie de nous séparer ou de détruire le peu de temps que nous avons ensemble à ce moment de nos vies doit être traitée comme elle le mérite. »

Voulait-il dire : doit mourir ? Était-ce déjà arrivé avant, sans qu'elle l'ait remarqué ? Elle but, et but encore, tandis qu'Igor recommençait à se détendre. Comme il n'ouvrait son âme à personne, il adorait chacune de leurs conversations.

« Nous parlons la même langue, continua-t-il. Nous voyons le monde de la même façon. Nous nous complétons avec cette perfection qui n'est permise qu'à ceux qui placent l'amour au-dessus de tout. Je le répète : sans toi, je n'existe pas.

« Regarde la Superclasse qui nous entoure, qui se croit tellement importante, avec sa conscience sociale, payant des fortunes pour des pièces sans valeur dans des ventes de charité qui vont de la "collecte de fonds pour sauver les oubliés du Rwanda" à un "dîner de bienfaisance pour la préservation des pandas chinois". Pour eux, les pandas et les affamés veulent dire la même chose ; ils se sentent spéciaux, au-dessus de la moyenne, parce qu'ils font quelque chose d'utile. Sont-ils déjà allés au combat ? Non, ils créent les guerres, mais ne s'y battent pas. Si le résultat est bon, tous les compliments sont pour eux. Si le résultat est mauvais, c'est la faute des autres. Ils s'aiment.

— Mon amour, j'aimerais te demander autre chose… »

À ce moment-là, un présentateur montait sur la scène et remerciait tous ceux qui étaient venus au dîner. L'argent recueilli serait utilisé pour l'achat de médicaments dans les camps de réfugiés en Afrique.

« Sais-tu ce qu'il n'a pas dit ? continua Igor, comme s'il n'avait pas entendu sa question. Que seulement 10 % de la somme arrivera à destination. Le reste servira à financer cet événement, les frais du dîner, la diffusion, les personnes qui ont contribué – ou, plus exactement, celles qui ont eu la "brillante idée", tout cela à des prix exorbitants. Ils se servent de la misère comme d'un moyen de s'enrichir de plus en plus.

— Et pourquoi sommes-nous ici ?

— Parce que nous devons absolument être ici. Cela fait partie de mon travail. Je n'ai pas la moindre intention de sauver le Rwanda ou d'envoyer des médicaments aux réfugiés, mais moi, j'en suis conscient. Les autres se servent de leur argent pour laver leur conscience et leur âme de toute culpabilité. Pendant que le génocide avait lieu dans ce pays, j'ai financé une petite armée d'amis, qui a empêché plus de deux mille morts parmi les tribus hutues et tutsies. Tu le savais ?

— Tu ne me l'as jamais raconté.

— Ce n'est pas nécessaire. Tu sais combien je me préoccupe des autres. »

La vente commence par une petite valise de voyage Louis Vuitton. Elle est placée pour dix fois sa valeur. Igor assiste à tout cela impassible, tandis qu'elle boit une autre coupe, se demandant si elle doit ou non poser sa question.

Un artiste peint une toile en dansant, au son d'une chanson de Marilyn Monroe. Les enchères montent très haut – un prix équivalant à celui d'un petit appartement à Moscou.

Encore une coupe. Encore une pièce à vendre. Encore un prix absurde.

Elle a tellement bu cette nuit-là qu'il a fallu la ramener à l'hôtel.

Avant qu'il la mette au lit, encore consciente, elle a enfin eu le courage :

« Et si je te quittais un jour ?

— Bois moins la prochaine fois.

— Réponds.

— Ça ne pourra jamais arriver. Notre mariage est parfait. »

Elle retrouvait sa lucidité, mais comprenant qu'elle avait maintenant une excuse, elle a fait semblant d'être encore plus saoule qu'elle ne l'était.

« Mais si cela arrivait ?

— Je ferais en sorte que tu reviennes. Et je sais comment obtenir ce que je désire. Même s'il fallait détruire des univers entiers.

— Et si je me trouvais un autre homme ? »

Son regard ne semblait pas ennuyé, mais bienveillant.

« Tu aurais beau coucher avec tous les hommes de la Terre, mon amour est plus fort. »

Et dès lors, ce qui au début paraissait une bénédiction se transforma peu à peu en cauchemar. Elle était mariée avec un monstre, un assassin. Qu'est-ce que c'était que cette histoire de financement d'une armée de mercenaires pour résoudre un conflit tribal ? Combien d'hommes avait-il tué pour les empêcher de troubler la tranquillité de leur couple ? Évidemment il pouvait accuser la guerre, les traumatismes, les moments difficiles par lesquels il était passé, mais beaucoup d'autres avaient vécu la même chose, et ils n'en étaient pas sortis avec l'idée qu'ils exerçaient la Justice divine, qu'ils accomplissaient un Grand Projet supérieur.

« Je ne suis pas jaloux, répétait Igor chaque fois qu'elle partait en voyage pour son travail. Parce que tu sais combien je t'aime, et je sais combien tu m'aimes. Rien ne viendra jamais déstabiliser notre vie commune. »

Elle était maintenant plus convaincue que jamais : ce n'était pas de l'amour. C'était une relation morbide, et il lui appartenait de l'accepter et de vivre le reste de sa vie prisonnière de la terreur ou bien d'essayer de s'en libérer le plus tôt possible, à la première occasion qui se présenterait.

Plusieurs se présentèrent. Mais le plus insistant, le plus persévérant, c'était justement l'homme avec qui elle n'aurait jamais imaginé avoir une relation stable. Le couturier qui éblouissait le monde de la mode et devenait de plus en plus célèbre, celui qui recevait une énorme quantité d'argent de son pays pour que le monde puisse comprendre que « les tribus nomades » avaient des valeurs solides, qui allaient bien plus loin que la terreur imposée par une minorité religieuse. L'homme qui avait décidément le monde de la mode à ses pieds.

Chaque fois qu'ils se rencontraient à l'occasion d'une foire, il était capable de tout laisser tomber, de déplacer des déjeuners et des dîners, seulement pour qu'ils puissent rester ensemble quelque temps, en paix, enfermés dans une chambre d'hôtel, très souvent sans même faire l'amour. Ils regardaient la télévision, mangeaient, elle buvait (lui ne touchait jamais à une goutte d'alcool), sortaient se promener dans les parcs, entraient dans des librairies, conversaient avec des étrangers, parlaient peu du passé, pas du tout de l'avenir, et beaucoup du présent.

Elle résista autant qu'elle le put, elle n'était pas et n'a jamais été amoureuse de lui. Mais, quand il lui proposa de tout quitter et de partir vivre à Londres, elle accepta sur-le-champ. C'était le seul moyen de sortir de son enfer particulier.

Un autre message vient d'apparaitre sur son téléphone. Ce n'est pas possible ; ils ne communiquent plus depuis des années.

« J'ai détruit un monde pour toi, Katyusha. »

« Qui est-ce ?

— Je n'en ai pas la moindre idée. Il ne montre pas son numéro. »

Elle aurait voulu dire : « Je suis terrorisée. »

« Nous arrivons. Rappelle-toi que nous avons peu de temps. »

La limousine doit faire quelques manœuvres pour arriver jusqu'à l'entrée de l'hôtel Martinez. Des deux côtés, derrière des barrières métalliques placées par la police, des gens de tous âges passent la journée à attendre dans l'espoir de voir de près une célébrité. Ils prennent des photos avec leurs appareils numériques, en parlent à leurs amis, les envoient par Internet aux communautés virtuelles auxquelles ils appartiennent. Ce simple et unique moment de gloire signifiera que leur attente était justifiée : ils ont réussi à voir l'actrice, l'acteur, le présentateur de télévision !

Même si c'est grâce à eux que l'usine continue à tourner, ils n'ont pas l'autorisation de s'approcher. Des gardes du corps aux endroits stratégiques exigent de tous ceux qui entrent une preuve qu'ils sont descendus à l'hôtel, ou qu'ils y ont rendez-vous avec quelqu'un. À cette heure, il leur faut sortir de leur poche les cartes magnétiques qui servent de clefs, ou bien l'entrée leur sera refusée devant tout le monde. S'il s'agit d'une réunion de travail ou d'une invitation à prendre un verre au bar, ils donnent leur nom à la sécurité et, à la vue de tous, attendent le verdict : vérité ou mensonge. Le garde du corps se sert de sa radio pour appeler la réception, le temps semble interminable, et enfin ils sont admis – après l'humiliation publique.

Sauf pour ceux qui entrent en limousine, évidemment.

Les deux portières de la Maybach blanche ont été ouvertes – l'une par le chauffeur, l'autre par le portier de l'hôtel. Les appareils photo se tournent vers Ewa et commencent à crépiter ; bien que personne ne la connaisse, si elle est descendue au Martinez, si elle arrive dans une voiture de luxe, elle est certainement quelqu'un d'important. Peut-être la maîtresse de l'homme à côté d'elle – et dans ce cas, s'il cache une aventure extraconjugale, il sera toujours possible d'envoyer les photos à un journal à scandales. Mais la belle femme aux cheveux blonds est peut-être une célébrité étrangère très connue, qui n'est pas encore reconnue en France. Plus tard ils découvriront son nom dans les magazines qu'on appelle « people » et ils seront contents de s'être trouvés à quatre ou cinq mètres d'elle.

Hamid regarde la petite foule contenue derrière les barrières en fer. Il n'a jamais compris cela parce qu'il a été élevé quelque part où ces choses-là n'arrivent pas. Un jour, il a demandé à un ami pourquoi la célébrité suscitait tant d'intérêt :

« Ne pense pas que tu es toujours devant des fans, a répondu l'ami. Depuis que le monde est monde, l'homme est persuadé que la proximité d'une chose inatteignable et mystérieuse est source de bénédictions. D'où les pèlerinages en quête de gourous et de lieux sacrés.

— À Cannes ?

— Partout où une célébrité inatteignable apparaît au loin ; qu'elle fasse un signe, et c'est comme si elle aspergeait la tête de ses adorateurs des particules de l'ambroisie et de la manne des dieux.

« Le reste, c'est pareil. Les gigantesques concerts de musique ressemblent aux grands rassemblements religieux. Le public qui reste à l'extérieur d'un théâtre qui affiche complet, attendant que la Superclasse entre et sorte. Ou encore les foules qui vont dans les stades de football voir une bande d'hommes courir derrière un ballon. Des idoles. Des icônes, parce qu'ils deviennent des portraits semblables aux tableaux qu'on voit dans les églises. On leur rend un culte dans les chambres d'adolescents, de ménagères, et même dans les bureaux des grands patrons d'industrie, qui envient la célébrité malgré l'immense pouvoir qu'ils possèdent.

« Seule différence : dans ce cas le public est le juge suprême, qui aujourd'hui applaudit et qui demain voudra lire une chose terrible concernant son idole dans le premier journal à scandales. Ainsi, ils pourront dire : "Le pauvre. Heureusement que je ne suis pas comme lui." Aujourd'hui ils adorent, et demain ils lapideront et crucifieront sans le moindre sentiment de culpabilité. »

13 h 37

Contrairement à toutes les filles qui sont arrivées ce matin pour le job, et qui essaient de tuer l'ennui des cinq heures qui séparent le maquillage et la coiffure du moment du défilé avec leur iPod et leur téléphone mobile, Jasmine a les yeux plongés dans un nouveau livre. Un bon livre de poésie :

Deux routes divergeaient dans un bois jaune ;
Triste de ne pouvoir les prendre toutes deux,
Et de n'être qu'un seul voyageur, j'en suivis
L'une aussi loin que je pus du regard
Jusqu'à sa courbe du sous-bois.

Puis je pris l'autre, qui me parut aussi belle,
Offrant peut-être l'avantage
D'une herbe qu'on pouvait fouler,
Bien qu'en ce lieu, vraiment, l'état en fût le même,
Et que ce matin-là elles fussent pareilles,

Toutes deux sous des feuilles qu'aucun pas
N'avait noircies. Oh, je gardais
Pour une autre fois la première !
Mais comme je savais qu'à la route s'ajoutent
Les routes, je doutais de jamais revenir.

Je conterai ceci en soupirant,
D'ici des siècles et des siècles, quelque part :
Deux routes divergeaient dans un bois ; quant à moi,
J'ai suivi la moins fréquentée
Et c'est cela qui changea tout.

Robert FROST

Elle avait choisi la route la moins fréquentée. Cela lui avait coûté très cher, mais cela valait la peine. Les choses étaient arrivées au bon moment. L'amour s'était présenté quand elle en avait le plus besoin – et il durait. Elle faisait son travail par lui, avec lui, pour lui.

Ou plutôt : pour elle.

Jasmine s'appelle en réalité Cristina. Dans son *curriculum*, on peut lire qu'elle a été découverte par Anna Dieter au cours d'un voyage au Kenya, mais elle évite délibérément les principaux détails de l'histoire, laissant planer l'hypothèse d'une enfance malheureuse et affamée, en pleine guerre civile. En réalité, malgré sa couleur noire, elle est née dans la ville d'Anvers, en Belgique – fille de parents rescapés des éternels conflits entre les tribus hutues et tutsies, au Rwanda.

Alors qu'elle avait seize ans, au cours d'un week-end où elle accompagnait sa mère pour l'aider dans une de ses interminables corvées, un homme l'aborda et se présenta comme photographe.

« Votre fille est d'une beauté unique, dit-il. J'aimerais qu'elle puisse travailler avec moi comme mannequin.

— Vous voyez ce sac que je porte ? C'est du matériel de nettoyage. Je travaille jour et nuit pour qu'elle puisse fréquenter une bonne école et avoir un diplôme plus tard. Elle n'a que seize ans.

— C'est l'âge idéal, dit le photographe, tendant sa carte à la jeune fille. Si vous changez d'avis, prévenez-moi. »

Elles continuèrent à marcher, mais la mère remarqua que sa fille avait gardé la carte.

« N'y crois pas. Ce monde n'est pas le tien ; tout ce qu'ils désirent, c'est coucher avec toi. »

Ce commentaire n'était pas indispensable – même si les filles de sa classe mouraient de jalousie et que les garçons auraient fait n'importe quoi pour l'emmener à une fête, elle était consciente de ses origines et de ses limites.

Elle continua de ne pas y croire quand la même chose se produisit pour la deuxième fois. Elle venait d'entrer chez un marchand de glace quand une femme plus âgée qu'elle fit une remarque sur sa beauté, et lui dit qu'elle était photographe de mode. Elle remercia, accepta la carte, et promit qu'elle téléphonerait – ce qu'elle n'avait nullement l'intention de faire, bien que ce fût le rêve de toutes les filles de son âge.

Comme rien n'arrive que deux fois, trois mois plus tard elle regardait dans une vitrine des vêtements de luxe, quand une personne sortit et vint vers elle.

« Que faites-vous, mademoiselle ?

— Vous devriez me demander ce que je ferai. Je vais faire des études pour être vétérinaire.

— Vous êtes sur la mauvaise voie. Ça ne vous plairait pas de travailler pour nous ?

— Je n'ai pas le temps de vendre des vêtements. Quand je le peux, je travaille pour aider ma mère.

— Je ne vous propose pas de vendre quoi que ce soit. J'aimerais que vous fassiez quelques essais de photos pour notre collection. »

Et ces rencontres n'auraient été que de bons souvenirs pour plus tard, quand elle serait mariée, avec des enfants, épanouie dans son métier et en amour, sans un épisode qui allait se produire quelques jours plus tard.

Elle dansait avec des amis dans une boîte, contente d'être en vie, quand un groupe de dix garçons entra en hurlant. Neuf d'entre eux tenaient des bâtons dans lesquels ils avaient incrusté des lames de rasoir, et ils criaient à tout le monde de s'écarter. La panique s'installa immédiatement, les gens couraient, Cristina ne savait pas vraiment quoi faire, bien que son instinct lui conseillât de rester immobile et de regarder ailleurs.

Mais elle ne parvint pas à tourner la tête et vit le dixième garçon s'approcher d'un de ses amis, tirer un poignard de sa poche, l'attraper par derrière et l'égorger sur place. Le groupe repartit comme il était arrivé – pendant que les autres criaient, couraient, s'asseyaient par terre en pleurs. Certains s'étaient approchés de la victime pour tenter de la secourir, même s'ils savaient qu'il était trop tard. D'autres regardaient simplement la scène en état de choc, comme Cristina. Elle connaissait le garçon assassiné, elle savait qui était l'assassin, quel était le motif du crime (une bagarre qui avait eu lieu dans un bar peu avant qu'ils ne se rendent à la boîte), mais elle semblait flotter dans les nuages, comme si tout cela n'était qu'un rêve, et que bientôt elle se réveillerait, en sueur, mais contente de savoir que les cauchemars ont une fin.

Ce n'était pas un rêve.

En quelques minutes, elle était revenue sur terre, criait que quelqu'un fasse quelque chose, criait que personne ne fasse rien, criait sans savoir pourquoi, et ses hurlements semblaient rendre les gens encore plus nerveux. Le lieu s'était transformé en pandémonium, la police venait d'entrer armes à la main, avec des ambulanciers et des policiers qui alignèrent tous les jeunes contre un mur, commencèrent à les interroger immédiatement, demandèrent les documents, les téléphones, les adresses. Qui avait fait ça ? Pour quelle raison ? Cristina ne pouvait rien dire. Le cadavre, recouvert d'un drap, fut retiré. Une infirmière la força à prendre un comprimé, expliquant qu'elle ne pourrait pas conduire pour rentrer chez elle, qu'elle devait prendre un taxi ou un bus.

Le lendemain très tôt, le téléphone sonna chez elle. Sa mère avait décidé de passer la journée avec sa fille, qui semblait absente du monde. La police insista pour lui parler directement – elle devait se présenter dans un commissariat avant midi et demander un certain inspecteur. La mère refusa. La police se fit menaçante : elles n'avaient pas le choix.

Elles arrivèrent à l'heure. L'inspecteur voulait savoir si elle connaissait l'assassin.

Les mots de la mère résonnaient encore dans sa tête : « Ne dis rien. Nous sommes des immigrants et nous sommes noirs. Ils sont blancs et ils sont belges. Quand ils sortiront de prison, ils seront à tes trousses. »

« Je ne sais pas qui c'était. Je ne l'avais jamais vu. »

Elle savait qu'en disant cela elle perdait complètement son amour pour la vie.

« Bien sûr que vous le savez, rétorqua le policier. Ne vous inquiétez pas, il ne vous arrivera rien. Presque toute la bande a déjà été arrêtée, nous avons seulement besoin de témoins pour le procès.

— Je ne sais rien. J'étais loin quand c'est arrivé. Je n'ai pas vu qui c'était. »

L'inspecteur secoua la tête, désespéré.

« Vous répéterez ça au tribunal, dit-il. En sachant que le parjure, c'est-à-dire mentir devant le juge, ça peut entraîner une peine de prison aussi lourde que celle des assassins. »

Des mois plus tard, elle était convoquée au procès ; les garçons étaient tous là, avec leurs avocats, et ils semblaient continuer à s'amuser de la situation. Une des filles présente à la fête indiqua le meurtrier.

Vint le tour de Cristina. Le procureur lui demanda d'identifier la personne qui avait égorgé son ami.

« Je ne sais pas qui c'est », répéta-t-elle.

143

Elle était noire. Fille d'immigrants. Étudiante avec une bourse du gouvernement. Tout ce qu'elle désirait maintenant, c'était retrouver son envie de vivre, penser qu'elle avait un avenir. Elle avait passé des semaines à regarder le plafond de sa chambre, sans envie d'étudier ou de faire quoi que soit. Non, ce monde où elle avait vécu jusqu'à présent ne lui appartenait plus : à seize ans, elle avait appris de la pire manière possible qu'elle était absolument incapable de lutter pour sa propre sécurité – elle devait quitter Anvers à tout prix, parcourir le monde, recouvrer sa joie et ses forces.

Les garçons furent libérés faute de preuves – il aurait fallu deux témoignages pour appuyer l'accusation et obtenir que les coupables paient pour leur crime. À la sortie du tribunal, Cristina téléphona aux numéros inscrits sur les deux cartes de visite que les photographes lui avaient données, et elle prit rendez-vous. De là elle se rendit tout droit à la boutique de haute couture, où le propriétaire était venu lui parler.

Elle n'obtint rien – les vendeuses lui disaient que le patron avait d'autres boutiques dans toute l'Europe, il était très occupé, et elles n'étaient pas autorisées à donner son numéro de téléphone.

Mais les photographes ont de la mémoire ; ils savaient qui avait téléphoné, et ils prirent tout de suite rendez-vous.

Cristina rentra chez elle et fit part de sa décision à sa mère. Elle ne demanda rien, ne tenta pas de la convaincre, elle dit simplement qu'elle voulait quitter la ville pour toujours.

Et elle n'avait d'autre opportunité que d'accepter le travail de mannequin.

De nouveau Jasmine regarde autour d'elle. Il reste encore trois heures avant le défilé, et les mannequins mangent de la salade, boivent du thé, se racontent où elles iront après. Elles sont venues de différents pays, ont à peu près son âge – dix-neuf ans – et ne doivent avoir que deux préoccupations : obtenir un nouveau contrat cet après-midi, ou trouver un riche mari.

Elle connaît la routine de chacune : avant de se coucher, elles se passent plusieurs crèmes pour nettoyer les pores et hydrater leur peau – accoutumant très tôt leur organisme à dépendre d'éléments extérieurs pour garder sa tonicité idéale. Au réveil, elles massent leur corps avec d'autres crèmes, plus hydratantes. Elles prennent une tasse de café noir, sans sucre, accompagnée de fruits avec des fibres pour que les aliments qu'elles vont ingérer dans la journée passent rapidement dans les intestins. Elles font un peu d'exercice avant de sortir chercher du travail – en général, pour allonger les muscles. Il est encore très tôt pour la gymnastique, leurs corps finiraient par prendre une apparence masculine. Elles montent sur la balance trois ou quatre fois par jour – la plupart en emportent une en voyage, parce qu'elles ne sont pas toujours hébergées dans des hôtels, mais dans des chambres de pension. Elles sombrent dans la dépression pour chaque gramme de trop que l'aiguille accuse.

Leurs mères les accompagnent quand c'est possible, car la plupart ont entre dix-sept et dix-huit ans. Elles n'avouent jamais qu'elles sont amoureuses – bien que toutes ou presque le soient –, vu que l'amour rend les voyages plus longs et plus insupportables et éveille chez leurs petits amis l'étrange sensation qu'ils sont en train de perdre la femme (ou la jeune fille ?) aimée. Oui, elles pensent à l'argent, gagnent en moyenne 400 euros par jour, ce qui est un salaire enviable pour quelqu'un qui très souvent n'a même pas atteint l'âge minimal pour avoir un permis et conduire une voiture. Mais le rêve va bien au-delà : toutes sont conscientes que bientôt elles seront dépassées par de nouveaux visages, de nouvelles tendances, et qu'elles doivent de toute urgence montrer que le talent va plus loin que les podiums. Elles passent leur temps à demander à leurs agences de leur décrocher un essai qui leur permettrait de montrer qu'elles sont capables de travailler comme actrices – le rêve ultime.

Les agences, évidemment, affirment qu'elles vont le faire, mais qu'elles doivent attendre un peu car elles commencent leur carrière. En réalité, elles n'ont aucun contact hors du monde de la mode, elles gagnent un bon pourcentage, sont en concurrence avec d'autres agences. Le marché n'est pas gigantesque. Mieux vaut arracher tout ce qui est possible maintenant, avant que le temps passe et que le mannequin passe la barre périlleuse des vingt ans – quand sa peau sera détruite par l'abus de crèmes, son corps abîmé par l'alimentation à basses calories et son cerveau atteint par les médicaments coupe-faim, qui finissent par rendre le regard et la tête complètement vides.

Contrairement à ce que dit la légende, elles paient leurs dépenses – billet, hôtel, et les éternelles salades. Elles sont convoquées par les assistants de stylistes pour ce qu'ils appellent un *casting*, c'est-à-dire la sélection de celles qui iront affronter le podium ou la séance de photos. À ce moment-là, elles se trouvent face à des personnes invariablement de mauvaise humeur, qui se servent du peu de pouvoir qu'elles ont pour évacuer leurs frustrations quotidiennes et n'ont jamais un mot gentil ou encourageant : « horrible » est en général le commentaire le plus entendu. Elles sortent d'un essai, se rendent au suivant, s'accrochent à leur mobile comme si c'était une planche de salut, la révélation divine, le contact avec le Monde supérieur qu'elles rêvent d'atteindre, pour se projeter plus loin que tous ces jolis visages et devenir des stars.

Leurs parents sont fiers de leur fille qui a si bien commencé, et ils regrettent d'avoir déclaré qu'ils s'opposaient à cette carrière – après tout, elles gagent de l'argent et aident la famille. Leurs petits amis font des crises de jalousie, mais ils se contrôlent, parce que cela fait du bien à leur ego d'être avec une professionnelle de la mode. Leurs agents travaillent en même temps avec des dizaines de filles qui ont le même âge et les mêmes rêves, et ils ont les bonnes réponses aux sempiternelles questions : « Ne serait-il pas possible de participer à la Semaine de la mode à Paris ? », « Ne trouvez-vous pas que j'ai assez de charisme pour tenter quelque chose dans le cinéma ? ». Leurs amies les envient en secret et même ouvertement.

Elles fréquentent toutes les fêtes auxquelles elles sont invitées. Elles se comportent comme si elles étaient beaucoup plus importantes qu'elles ne le sont, mais au fond elles savent que, si quelqu'un parvient à franchir la barrière de glace artificielle que l'on a créée autour d'elles, cette personne sera bienvenue. Elles regardent les hommes plus âgés avec un mélange de répulsion et d'attirance – elles savent qu'ils ont dans leur poche la clef pour un grand saut, et en même temps elles ne veulent pas être prises pour des prostituées de luxe. On les voit toujours une coupe de champagne à la main, mais cela fait seulement partie de l'image qu'elles veulent transmettre. Elles savent que l'alcool fait grossir, de sorte que leur boisson préférée est l'eau minérale non gazeuse – le gaz, même s'il n'affecte pas le poids, a des conséquences immédiates sur le contour de l'estomac. Elles ont des idées, des rêves, de la dignité, même si tout cela va disparaître un jour, quand elles ne parviendront plus à masquer les marques précoces de cellulite.

Elles passent un pacte secret avec elles-mêmes : ne jamais penser à l'avenir. Elles dépensent une grande partie de leurs gains en produits de beauté qui promettent la jeunesse éternelle. Elles adorent les chaussures, mais celles-ci sont très chères ; pourtant, de temps en temps, elles s'offrent le luxe d'acheter les plus belles. Des amis leur trouvent robes et vêtements pour la moitié du prix. Elles vivent dans de petits appartements avec un père, une mère, un frère qui est à la faculté, une sœur qui a choisi une carrière de bibliothécaire ou de scientifique. Tout le monde s'imagine qu'elles gagnent une fortune, et l'on ne cesse de leur emprunter de l'argent. Elles prêtent, parce qu'elles veulent paraître importantes, riches, généreuses, au-dessus des autres mortels. Quand elles vont à la banque, le solde de leur compte est toujours dans le rouge et la limite de la carte de crédit largement dépassée.

Elles ont accumulé des centaines de cartes de visite, ont rencontré des hommes bien habillés avec des propositions de travail qu'elles savent mensongères, elles appellent de temps en temps seulement pour garder le contact, sachant qu'un jour peut-être ils auront besoin d'aide, même si cette aide a un prix. Elles sont toutes déjà tombées dans des pièges. Elles ont toutes rêvé d'une réussite facile, pour comprendre bien vite que cela n'existe pas. Elles ont toutes connu, à dix-sept ans, d'innombrables déceptions, trahisons, humiliations, et pourtant, elles y croient encore.

Elles dorment mal à cause des comprimés. Elles entendent des histoires sur l'anorexie – la maladie la plus courante dans le milieu, une sorte de trouble nerveux causé par l'obsession du poids et de l'apparence, qui finit par éduquer l'organisme à rejeter tout aliment. Elles disent que cela ne leur est pas arrivé. Mais quand les premiers symptômes s'installent, elles ne le remarquent jamais.

Elles sont sorties de l'enfance pour se jeter dans le monde du luxe et du glamour, sans passer par l'adolescence et la jeunesse. Quand on leur demande quels sont leurs projets d'avenir, elles ont toujours la

réponse sur le bout de la langue : « Faculté de philo-
sophie. Je suis ici seulement pour payer mes études. »

Elles savent que ce n'est pas vrai. Ou, plutôt, elles
savent qu'il y a quelque chose qui sonne faux dans la
phrase, mais elles ne peuvent l'identifier. Veulent-
elles vraiment un diplôme ? Ont-elles besoin de cet
argent pour payer leurs études ? Finalement, elles ne
peuvent pas s'offrir le luxe de fréquenter une école –
il y a toujours un casting pour le lendemain, une
séance de photos l'après-midi, un cocktail avant la
tombée de la nuit, une fête où elles doivent être présentes pour être vues, admirées, désirées.

Pour les gens qui les connaissent, leur vie est un
conte de fées. Et pendant une certaine période, elles
croient elles aussi que c'est vraiment cela le sens de
l'existence – elles ont presque tout ce qu'elles ont toujours envié aux filles des magazines et des publicités
pour les cosmétiques. Avec de la discipline, elles sont
même capables de mettre de côté un peu d'argent. Et
puis, lors de l'examen quotidien et minutieux de leur
peau, elles découvrent la première marque du temps.
Dès lors, elles savent, avant que le styliste ou le photographe ne remarque la même chose, que ce n'est
plus qu'une question de chance. Leurs jours sont
alors comptés.

> *J'ai choisi la moins fréquentée*
> *Et c'est cela qui changea tout.*

Au lieu de retourner à son livre, Jasmine se lève,
remplit une coupe de champagne (elle a toujours le
droit, elle le fait rarement), prend un hot-dog et va
jusqu'à la fenêtre. Elle reste là, silencieuse, à regarder
la mer. Son histoire est différente.

13 h 46

Igor se réveille en sueur. Il regarde la montre sur la table de chevet, et constate qu'il n'a dormi que quarante minutes. Il est épuisé, il a peur, il panique. Il s'est toujours jugé incapable de faire du mal à qui que ce fût, et finalement il a tué deux personnes innocentes ce matin. Ce n'était pas la première fois qu'il détruisait un monde, mais il avait toujours eu de bonnes raisons.

Il a rêvé que la petite sur le banc de la plage venait à sa rencontre, et le bénissait au lieu de le condamner. Il pleurait dans ses bras, lui demandait pardon, mais cela ne semblait pas lui importer, elle caressait seulement ses cheveux et le priait de se calmer. Olivia, la générosité et le pardon. Il se demande maintenant si son amour pour Ewa mérite ce qu'il est en train de faire.

Il préfère croire qu'il a raison. Si la jeune fille est de son côté, s'il l'a rencontrée dans un plan supérieur et plus près du Divin, si les choses ont été plus faciles qu'il ne l'avait imaginé, ce n'est certainement pas par hasard.

Il n'a eu aucun mal à tromper la vigilance des « amis » de Javits. Il connaissait ce genre de types : outre le fait qu'ils étaient préparés pour réagir avec rapidité et précision, ils étaient formés pour apprendre par cœur chaque visage, suivre tous les mouvements, sentir intuitivement le péril. Ils savaient certainement qu'il était armé, ils l'avaient donc surveillé très longtemps. Mais leur attention s'était relâchée quand ils avaient compris qu'il n'était pas une menace. Ils ont même dû s'imaginer qu'il faisait partie de la même équipe, qu'il était venu en avance pour évaluer l'atmosphère et vérifier qu'il n'y avait aucun danger pour leur patron.

Il n'avait pas de patron. Et il était une menace. Au moment où il est entré et a décidé qui serait sa prochaine victime, il ne pouvait plus reculer – ou bien il aurait perdu tout respect pour lui-même. Il a noté que la rampe qui menait jusqu'à la tente était surveillée, mais rien de plus facile que de passer par la plage. Il est sorti dix minutes après être entré, espérant que les « amis » de Javits le remarqueraient, puis a fait un tour, est descendu par la rampe réservée aux hôtes du Martinez (il a dû montrer la carte magnétique qui sert de clef) et a marché de nouveau vers le lieu du « déjeuner ». Marcher dans le sable en chaussures n'était pas la chose la plus agréable du monde, et Igor a senti à quel point il était fatigué par le voyage, la peur d'avoir préparé un plan impossible à réaliser, et la tension ressentie peu après qu'il eut détruit l'univers et les futures générations de la pauvre marchande d'artisanat. Mais il était indispensable d'aller jusqu'au bout.

Avant d'entrer de nouveau dans le grand pavillon de toile, il a retiré de sa poche la petite paille du jus d'ananas, qu'il avait soigneusement conservée. Il a ouvert le petit flacon en verre qu'il avait montré à la marchande d'artisanat : contrairement à ce qu'il lui avait dit, il ne contenait pas de l'essence mais des objets absolument insignifiants : un morceau de bouchon et une aiguille. À l'aide d'une lame métallique, il l'a adaptée au diamètre de la paille.

Ensuite, il est retourné à la fête, remplie à ce moment-là d'invités qui parcouraient les lieux en s'embrassant, en se donnant l'accolade, en poussant de petits cris quand ils se reconnaissaient, en tenant des cocktails de toutes les couleurs possibles pour que leurs mains soient occupées et qu'ils puissent ainsi être moins anxieux, en attendant l'ouverture du buffet pour pouvoir s'alimenter – avec modération, parce qu'il y avait des régimes et des plastiques à entretenir et des dîners en fin de journée, où ils seraient éventuellement obligés de manger, même sans faim, car l'étiquette le recommande.

La plupart des convives étaient des gens plutôt âgés. Cela signifiait que cet événement était réservé aux professionnels. L'âge des participants représentait un point de plus en faveur de son plan, vu que presque tous avaient besoin de lunettes pour voir de près. Personne ne les portait, bien sûr, parce qu'une « vue fatiguée » est un signe de vieillissement. Ici, ils doivent tous s'habiller et se comporter comme des personnes dans la fleur de l'âge, « jeunes d'esprit », dans une « forme enviable », feignant de ne pas faire attention à ce qui se passe parce qu'ils ont d'autres soucis – alors qu'en réalité l'unique raison est qu'ils ne voient pas très bien. Leurs lentilles de contact leur permettaient de reconnaître une personne à quelques mètres de distance : ils savaient tout de suite avec qui ils parlaient.

Seuls deux invités ont repéré tout le monde – les « amis » de Javits. Mais, cette fois, c'étaient eux qui étaient observés.

Igor a mis la petite aiguille dans la paille, et fait semblant de la plonger de nouveau dans le verre.

Un groupe de jolies filles, près de la table, semblait écouter attentivement les histoires extraordinaires d'un Jamaïcain ; en réalité, chacune devait faire des plans pour écarter les concurrentes et l'emmener dans leurs lits – la légende disait qu'ils étaient des partenaires sexuels imbattables.

Il s'est approché, a retiré la paille du verre, soufflé l'aiguille dans la direction de sa victime. Il n'est resté près de là que le temps suffisant pour voir l'homme porter les mains à son dos.

Ensuite, il s'est éloigné pour retourner à l'hôtel et tenter de dormir.

On peut trouver le curare, qui servait à l'origine aux Indiens d'Amérique du Sud pour chasser avec des lances, dans les hôpitaux européens – car dans des conditions contrôlées on l'utilise pour paralyser certains muscles, ce qui facilite le travail du chirurgien. À doses mortelles – comme dans la pointe de l'aiguille qu'il a lancée – les oiseaux tombent sur le sol en deux minutes, les sangliers agonisent en un quart d'heure, et il faut aux grands mammifères – comme l'homme – vingt minutes pour mourir.

Quand il atteint le flux sanguin, toutes les fibres nerveuses du corps se relâchent dans un premier temps, puis cessent de fonctionner, ce qui provoque une lente asphyxie. Le plus curieux – le pire, diraient certains –, c'est que la victime est absolument consciente de ce qui se passe, mais ne peut pas bouger pour demander de l'aide, ni empêcher le processus de lente paralysie qui s'empare de son corps.

Dans la forêt, si quelqu'un se coupe le doigt sur la lance ou sur la flèche empoisonnée au cours d'une chasse, les Indiens savent quoi faire : bouche-à-bouche, et utilisation d'un antidote à base d'herbes qu'ils emportent toujours avec eux, parce que de tels accidents sont courants. Dans les villes, les procédures normales des ambulanciers sont absolument inutiles – parce qu'ils croient avoir affaire à une crise cardiaque.

Igor est rentré en marchant, sans se retourner. Il savait qu'en ce moment-même l'un des deux « amis » cherchait le coupable, tandis que l'autre appelait une ambulance, qui arriverait rapidement sur place, mais sans bien savoir ce qui se passait. Ils descendraient avec leurs uniformes de couleur, leurs gilets rouges, un défibrillateur – appareil qui donne des chocs sur le cœur – et une unité mobile d'électrocardiogramme. Dans le cas du curare, le cœur paraît être le dernier muscle touché, et il continue à battre même après la mort cérébrale.

Ils ne noteraient rien d'anormal dans les battements cardiaques, lui injecteraient du sérum dans une veine, considéreraient éventuellement qu'il s'agit d'un malaise passager dû à la chaleur ou d'une intoxication alimentaire. Il faudrait néanmoins prendre toutes les précautions d'usage, ce qui pouvait inclure un masque à oxygène. À ce stade, les vingt minutes seraient déjà passées, et même si le corps pouvait être encore vivant, l'état végétatif était inévitable.

Igor a souhaité que Javits n'eût pas la chance d'être secouru à temps ; il aurait passé le restant de ses jours sur un lit d'hôpital, tel un légume.

Oui, il a tout planifié. Il a utilisé son avion privé pour pouvoir entrer en France avec un pistolet qui ne serait pas identifié et divers poisons qu'il avait obtenus grâce à ses relations avec des criminels tchétchènes qui sévissaient à Moscou. Chaque pas, chaque mouvement avait été soigneusement étudié et répété avec précision, comme il avait coutume de le faire dans un rendez-vous d'affaires. Il avait dressé une liste de victimes dans sa tête : excepté la seule qu'il connaissait personnellement, toutes les autres devaient être de classes, âges et nationalités différents. Il avait analysé pendant des mois la vie de tueurs en série, se servant d'un programme informatique très prisé chez les terroristes et qui ne laissait pas de traces de ses recherches. Il avait pris toutes les dispositions nécessaires pour s'échapper sans se faire remarquer, après avoir accompli sa mission.

Notre homme est en sueur. Non, il ne s'agit pas de regret – Ewa mérite peut-être tout ce sacrifice – mais de l'inutilité de son projet. Évidemment, la femme qu'il aime le plus doit savoir qu'il serait capable de tout pour elle, y compris de détruire des univers, mais cela vaut-il vraiment la peine ? Ou bien à certains moments faut-il accepter le destin, laisser les choses suivre leur cours normal et les personnes redevenir raisonnables ?

Il est fatigué et ne parvient plus à réfléchir. Qui sait si le martyre n'est pas mieux que le meurtre. Se rendre, et ainsi faire preuve du plus grand sacrifice, celui de quelqu'un qui offre sa vie par amour. C'est ce que Jésus a fait pour le monde, il est son meilleur exemple ; quand ils l'ont vu vaincu, attaché sur une croix, ils ont pensé que tout s'arrêtait là. Ils sont partis fiers de leur geste, vainqueurs, certains d'avoir à tout jamais mis fin à un problème.

Il est perturbé. Son plan, c'est de détruire des univers, et non d'offrir sa liberté par amour. La fille aux gros sourcils ressemblait à une pietà dans son rêve ; la mère avec son fils dans ses bras, à la fois fière et souffrante.

Il va jusqu'à la salle de bains, met la tête sous la douche froide. C'est peut-être le manque de sommeil, le lieu étranger, le décalage horaire, ou le fait qu'il est déjà en train de faire ce qu'il a projeté – et ne s'est jamais cru capable de réaliser. Il se rappelle la promesse faite devant les reliques de sainte Madeleine à Moscou. Mais a-t-il raison d'agir ainsi ? Il a besoin d'un signe.

Le sacrifice. Oui, il aurait dû y penser, mais peut-être que l'expérience qu'il a faite en détruisant deux mondes ce matin lui a seulement permis de voir plus clair. La rédemption de l'amour par l'abandon total.

Son corps sera livré aux bourreaux qui ne jugent que les gestes et oublient les intentions et les raisons qui sont derrière tout acte considéré comme « fou » par la société. Jésus (qui comprend que l'amour mérite absolument tout) recevra son esprit, et Ewa gardera son âme. Elle saura ce dont il a été capable : se rendre, s'immoler devant la société, tout cela au nom d'une femme. Il ne sera pas condamné à mort, puisque la guillotine a été abolie en France depuis des décennies, mais il passera peut-être des années en prison. Ewa se repentira de ses péchés. Elle ira lui rendre visite, lui apportera de la nourriture, ils auront le temps de converser, de réfléchir, d'aimer – même si leurs corps ne se touchent pas, leurs âmes seront finalement plus que jamais réunies. Même s'ils doivent attendre pour vivre dans la maison qu'il a l'intention de construire près du lac Baïkal, cette attente les purifiera et les bénira.

Oui, le sacrifice. Il ferme la douche, contemple un peu son visage dans le miroir, et ce n'est pas lui qu'il voit, mais l'Agneau qui est sur le point d'être de nouveau immolé. Il remet les vêtements qu'il portait le matin, descend dans la rue, marche jusqu'à l'endroit où la petite marchande venait s'asseoir, et il s'approche du premier policier qu'il voit.

« J'ai tué la fille qui était là. »

Le policier regarde l'homme bien habillé, mais les cheveux en désordre et les yeux cernés.

« Celle qui vendait de l'artisanat ? »

Il confirme de la tête : celle qui vendait de l'artisanat.

Le policier n'est pas très attentif à la conversation. Il salue de la tête un couple qui passe, chargé de sacs de supermarché :

« Vous devriez vous trouver un domestique !

— Du moment que vous payez son salaire, répond la femme en souriant. Impossible de trouver des gens pour travailler dans cet endroit du monde.

— Chaque semaine, vous apparaissez avec un nouveau diamant au doigt. Je ne pense pas que ce soit la vraie raison. »

Igor regarde la scène sans comprendre. Il vient d'avouer un crime.

« Vous n'avez pas compris ce que j'ai dit ?

— Il fait très chaud. Allez dormir un peu, reposez-vous, Cannes a beaucoup à offrir à ses visiteurs.

— Mais la fille ?

— Vous la connaissiez ?

— Je ne l'avais jamais vue de toute ma vie. Elle était là ce matin. Je...

— ...Vous avez vu l'ambulance arriver, une personne que l'on emportait. Je comprends. Et vous avez conclu qu'elle avait été assassinée. Je ne sais pas d'où vous venez, je ne sais pas si vous avez des enfants, mais faites attention aux drogues. On dit qu'elles ne font pas vraiment de mal, et voyez ce qui est arrivé à la pauvre fille des Portugais. »

Et il s'éloigne sans attendre de réponse.

Il aurait dû insister, fournir les détails techniques, ainsi lui au moins l'aurait pris au sérieux ? Bien sûr, il était impossible de tuer une personne en plein jour sur la principale avenue de Cannes. Il était disposé à parler de l'autre monde qui s'était éteint dans une fête bondée.

Mais le représentant de la loi, de l'ordre, des bonnes mœurs, ne l'a pas écouté. Dans quel monde vit-on ? Faudrait-il qu'il sorte l'arme de sa poche et tire dans toutes les directions pour qu'enfin on le croie ? Faudrait-il qu'il se comporte comme un barbare, qu'il commette des actes sans aucun motif, pour qu'enfin on lui prête l'oreille ?

Igor suit des yeux le policier, le voit traverser la rue et entrer dans un petit bar. Il décide de rester là encore un instant, attendant qu'il change d'avis, qu'il reçoive un renseignement du commissariat, et revienne causer avec lui et demander d'autres informations sur le crime.

Mais il est quasi certain que cela n'arrivera pas : il se rappelle la réflexion au sujet du diamant au doigt de la femme. Le policier savait-il par hasard d'où il venait ? Non, évidemment : sinon, il l'aurait emmenée au commissariat et accusée d'usage de matière criminelle.

Pour la femme, bien sûr, le brillant était apparu par magie dans une boutique de luxe, après avoir été – comme le disent toujours les vendeurs – taillé par des joailliers hollandais ou belges. Il était classé selon sa transparence, son poids, le type de coupe. Le prix pouvait varier de quelques centaines d'euros à une somme vraiment extravagante aux yeux de la plupart des mortels.

Le diamant. Brillant, si l'on préfère l'appeler ainsi. Tout le monde le sait, un simple morceau de charbon, travaillé par la chaleur et par le temps. Comme il ne contient rien d'organique, il est impossible de savoir le temps qu'il faut pour que sa structure soit modifiée, mais les géologues estiment que cela prend entre trois cents millions et un milliard d'années. Généralement formé à 150 kilomètres de profondeur, il remonte peu à peu à la surface, ce qui permet la dépuration du minerai.

Le diamant, la matière la plus résistante et la plus dure créée par la nature, qui ne peut être coupé et taillé que par un autre. Les particules, les restes de cette taille, seront utilisées dans l'industrie, dans des machines permettant de polir, de couper, et c'est tout. Le diamant sert uniquement de bijou, et en cela réside son importance : il est absolument inutile à quoi que ce soit d'autre.

La suprême manifestation de la vanité humaine.

Il y a quelques décennies, le monde paraissant se tourner vers des choses fonctionnelles et vers l'égalité sociale, les diamants disparaissaient du marché. Jusqu'à ce que la plus grande compagnie minière du monde, dont le siège était en Afrique du Sud, décide de contacter l'une des meilleures agences de publicité de la planète. La Superclasse rencontre la Superclasse, des recherches sont effectuées, et il en résulte une seule et unique phrase de quatre mots :

« *Les diamants sont éternels.* »

Voilà, le problème était résolu, les joailleries commencèrent à investir dans l'idée, et l'industrie redevint florissante. Si les diamants sont éternels, rien de mieux pour exprimer l'amour, qui théoriquement doit aussi être éternel. Rien de plus déterminant pour distinguer la Superclasse des milliards d'habitants qui se trouvent au pied de la pyramide. La demande de pierres augmenta, les prix commencèrent à monter. En quelques années, ce groupe sud-africain, qui jusque-là dictait les règles du marché international, se vit entouré de cadavres.

Igor sait de quoi il parle ; quand il lui a fallu aider les armées qui se battaient au corps à corps dans un conflit tribal, il a été obligé de suivre un chemin difficile. Il ne le regrette pas : il est parvenu à éviter beaucoup de morts, bien que personne ou presque ne le sache. Il a fait une allusion en passant au cours d'un dîner oublié avec Ewa, mais il a décidé de ne pas pousser le sujet plus loin. Quand vous faites la charité, que votre main gauche ne sache jamais ce que fait votre main droite. Il a sauvé beaucoup de vies grâce aux diamants, même si cela ne figurera jamais dans sa biographie.

Ce policier qui se fiche qu'un criminel avoue ses péchés, et admire le joyau au doigt d'une femme portant des sacs remplis de papier hygiénique et de produits d'entretien, n'est pas à la hauteur de sa profession. Il ne sait pas que cette industrie inutile brasse autour de 50 milliards de dollars par an, emploie une gigantesque armée d'ouvriers dans les mines, de transporteurs, de compagnies privées de sécurité, d'ateliers de taille, d'assurances, de vendeurs en gros et dans les boutiques de luxe. Il ne se rend pas compte qu'elle commence dans la boue et traverse des fleuves de sang, avant d'arriver dans une vitrine.

La boue dans laquelle se trouve le travailleur qui passe sa vie à chercher la pierre qui va enfin lui apporter la fortune désirée. Il en trouve plusieurs et vend pour une moyenne de 20 dollars quelque chose qui coûtera finalement 10 mille dollars au consommateur. Mais en fin de compte il est content, parce que là où il vit les gens gagnent moins de 50 dollars par an, et cinq pierres suffisent pour lui permettre de mener une vie courte et heureuse, vu que les conditions de travail sont les pires possibles.

Les pierres sont remises à des acheteurs non identifiés et immédiatement repassées à des armées non régulières au Liberia, au Congo ou en Angola. Là-bas, un homme est désigné pour se rendre sur une piste d'atterrissage illégale, entouré de gardes armés jusqu'aux dents. Un avion se pose, un homme en costume en descend, accompagné d'un autre en général en manches de chemise, avec une petite mallette. Ils se saluent froidement. L'homme aux gardes du corps remet de petits paquets ; peut-être par superstition, ils sont enveloppés dans des chaussettes usées.

L'homme en manches de chemise retire de sa poche une lentille spéciale, la place sur son œil gauche, et commence à vérifier pièce par pièce. Au bout d'une heure et demie il a déjà une idée du matériel ; alors il retire de sa valise une petite balance électronique de précision, et il vide les chaussettes sur le plateau. Quelques calculs sont faits sur un bout de papier. Le matériel est placé dans la mallette avec la balance, l'homme en costume fait un signe aux gardes armés, et cinq ou six d'entre eux montent dans l'avion. Ils commencent à décharger de grandes caisses, qui sont laissées là, au bord de la piste, pendant que l'avion décolle. Toute l'opération n'a pas duré plus d'une demi-journée.

Les grandes caisses sont ouvertes. À l'intérieur, fusils de précision, mines antipersonnel, balles qui explosent au premier impact, lançant des dizaines de petites boules de métal mortifères. L'armement est livré aux mercenaires et aux soldats, et bientôt le pays se trouve de nouveau confronté à un coup d'État d'une cruauté sans limites. Des tribus entières sont assassinées, des enfants perdent pieds et bras à cause des munitions à fragmentation, des femmes sont violées. Pendant ce temps, très loin de là – en général à Anvers ou à Amsterdam, des hommes sérieux et sûrs d'eux-mêmes travaillent avec tendresse, dévouement et amour, coupant soigneusement les pierres, s'émerveillant de leur propre habileté, hypnotisés par les étincelles qui commencent à apparaître sur chacune des nouvelles faces de ce morceau de charbon dont la structure a été transformée par le temps. Diamant coupant le diamant.

Des femmes hurlant de désespoir d'un côté, le ciel couvert de nuages de fumée. De l'autre, de beaux édifices anciens visibles à travers des salons bien éclairés.

En 2002, les Nations unies promulguent une résolution, le Kimberley Process, afin de tracer l'origine des pierres et interdire que les joailleries achètent celles qui viennent des zones de conflit. Pendant un certain temps, les respectables diamantaires européens reviennent au monopole sud-africain à la recherche de matière. Mais on trouve aussitôt des formules pour rendre un diamant « officiel », et la résolution ne sert plus qu'à permettre aux politiciens de dire qu'ils « font quelque chose pour en finir avec les diamants de sang », comme on les appelle.

Il y a cinq ans, Igor a échangé des pierres contre des armes, créé un petit groupe destiné à mettre fin à un sanglant conflit au nord du Liberia, et a atteint son but – seuls les assassins sont morts. Les petits villages ont retrouvé la paix, et les diamants ont été vendus à des joailliers en Amérique, sans aucune question indiscrète.

Quand la société n'agit pas pour venir à bout du crime, l'homme a tout à fait le droit de faire ce qu'il juge le plus correct.

Il s'est passé quelque chose de semblable voilà quelques minutes sur cette plage. Quand les meurtres seront découverts, quelqu'un viendra dire publiquement la phrase habituelle :

« Nous faisons notre possible pour identifier l'assassin. »

Alors, qu'ils le fassent. De nouveau le destin, toujours généreux, a montré le chemin à suivre. Le martyre n'est pas la solution. À bien y réfléchir, Ewa aurait beaucoup souffert de son absence, elle n'aurait eu personne à qui parler pendant les longues nuits et les interminables journées où elle aurait attendu sa libération. Elle aurait pleuré en l'imaginant dans le froid, regardant les murs blancs de la prison. Et quand l'heure de partir pour la maison du lac Baïkal serait arrivée pour de bon, l'âge ne leur aurait peut-être plus permis toutes les aventures qu'ils avaient prévu de vivre ensemble.

Le policier est sorti du petit bar et revenu sur le trottoir.

« Vous êtes encore là ? Vous êtes perdu, vous avez besoin d'aide ?

— Non, merci.

— Allez vous reposer, comme je vous l'ai suggéré. À cette heure-ci, le soleil peut être très dangereux. »

Il retourne à l'hôtel, ouvre la douche, et se lave. Il demande à la standardiste de le réveiller à 4 heures de l'après-midi – il pourra ainsi se reposer suffisamment pour retrouver la lucidité nécessaire, et ne pas faire une bêtise comme celle qui a failli mettre fin à ses plans.

Il appelle le *concierge*, et réserve une table sur la terrasse pour quand il se réveillera ; il aimerait prendre un thé sans être dérangé. Ensuite, il reste à regarder le plafond, attendant que le sommeil vienne.

Peu importe l'origine des diamants du moment qu'ils brillent.

Dans ce monde, seul l'amour mérite absolument tout. Le reste n'a pas la moindre logique.

Igor s'est de nouveau senti, comme déjà plusieurs fois dans sa vie, en présence de la sensation de liberté totale. La confusion disparaissait peu à peu, la lucidité revenait.

Il avait remis son destin entre les mains de Jésus. Jésus avait décidé qu'il devait poursuivre sa mission.

Il s'est endormi sans aucun sentiment de culpabilité.

13 h 55

Gabriela décide de marcher lentement jusqu'à l'endroit qu'on lui a indiqué. Elle doit mettre de l'ordre dans sa tête, elle a besoin de se calmer. À ce moment, ses rêves les plus secrets comme ses cauchemars les plus ténébreux peuvent devenir réalité.

Le téléphone émet un signal. C'est un message de son agent :

« FÉLICITATIONS. QUOI QU'ON TE PROPOSE, ACCEPTE. BISES. »

Elle regarde la foule qui semble arpenter la Croisette sans savoir ce qu'elle désire. Elle, elle a un but ! Elle n'est plus une des aventurières qui arrivent à Cannes et ne savent pas exactement par où commencer. Elle a un CV sérieux, un bagage professionnel respectable, elle n'a jamais cherché à gagner dans la vie en se servant de ses seuls avantages physiques : elle est talentueuse ! C'est pour cela qu'elle a été sélectionnée pour la rencontre avec le célèbre réalisateur, sans l'aide de personne, sans s'habiller de façon provocante, sans avoir le temps de bien jouer son rôle.

Il prendra certainement tout cela en considération.

Elle s'est arrêtée pour manger un morceau – jusqu'à présent, elle n'a absolument rien avalé – et, à peine a-t-elle bu la première goutte de café que ses pensées ont paru revenir à la réalité.

Pourquoi a-t-elle été choisie ?

Quel sera son rôle dans le film ?

Et si, au moment où il recevra la vidéo, Gibson découvre qu'elle n'est pas exactement la personne qu'il cherche ?

« Du calme. »

Elle n'a rien à perdre, elle tente de s'en convaincre. Mais une voix insiste :

« Tu es devant une occasion unique dans ta vie. »

Il n'existe pas d'occasions uniques, la vie donne toujours une autre chance. Et la voix insiste de nouveau :

« Possible. Mais dans combien de temps ? Tu sais l'âge que tu as, n'est-ce pas ? »

Oui, bien sûr. Vingt-cinq ans, dans une carrière que les actrices, même les plus courageuses... et cetera.

Inutile de répéter cela. Elle paie le sandwich et le café, marche jusqu'au quai – essayant cette fois de contrôler son optimisme, se surveillant pour ne pas traiter les gens d'aventuriers, récitant mentalement les règles de pensée positive qu'elle parvient à se rappeler – ainsi, elle évite de penser au rendez-vous.

« *Si tu crois en la victoire, la victoire croira en toi.* »

« *Risque tout au nom de la chance, et éloigne-toi de tout ce qui t'offrirait un monde confortable.* »

« *Le talent est un don universel. Mais il faut beaucoup de courage pour s'en servir ; n'aie pas peur d'être la meilleure.* »

Il ne suffit pas de se concentrer sur ce que disent les grands maîtres, il est indispensable d'appeler le ciel à l'aide. Elle commence à prier, comme elle le fait toujours quand elle est angoissée. Elle sent qu'elle doit faire une promesse, et elle décide après Cannes de se rendre au Vatican, si elle obtient le rôle.

Si le film se fait vraiment.

« Si c'est un grand succès mondial. »

Non, il suffit de participer à un film avec Gibson, cela attirera l'attention d'autres réalisateurs et producteurs. Si cela arrive, elle fera le pèlerinage.

Elle arrive à l'endroit indiqué, regarde la mer, vérifie de nouveau le message qu'elle a reçu de son agent ; si elle est déjà au courant, c'est que l'engagement doit vraiment être sérieux. Mais que signifie accepter n'importe quoi ? Coucher avec le réalisateur ? Avec l'acteur principal ?

Elle ne l'a jamais fait, mais maintenant elle est prête à tout. Et, au fond, qui ne rêve pas de coucher avec une grande célébrité du cinéma ?

Elle se concentre de nouveau sur la mer. Elle aurait pu passer à la maison pour se changer, mais elle est superstitieuse : si elle est arrivée jusqu'à ce quai en jeans et tee-shirt blanc, elle doit au moins attendre jusqu'à la fin de la journée pour un changement de costume. Elle desserre sa ceinture, s'assoit en position du lotus, et commence à faire du yoga. Elle respire lentement, et son corps, son cœur, ses pensées, tout semble reprendre sa place.

Elle voit le canot s'approcher, un homme qui en saute et se dirige vers elle :

« Gabriela Sherry ? »

Elle fait un signe de tête affirmatif, l'homme lui demande de le suivre. Ils montent sur le canot, ils s'engagent sur une mer embouteillée de yachts de tous types et de toutes dimensions. Il ne lui adresse pas la parole, comme s'il était loin de là, rêvant peut-être lui aussi à ce qui se passe dans les cabines de ces petits bateaux, et se disant que ce serait bien d'en posséder un. Gabriela hésite : elle a la tête pleine de questions, de doutes, et toute parole sympathique peut faire de l'inconnu un allié, qui lui donnera de précieuses informations sur la manière de se comporter en ce moment. Mais qui est-il ? A-t-il quelque influence auprès de Gibson, ou n'est-il qu'un fonctionnaire de cinquième catégorie, chargé des tâches telles qu'aller chercher des actrices inconnues et les mener jusqu'à son patron ?

Mieux vaut se taire.

Cinq minutes plus tard, ils s'arrêtent près d'un énorme bateau entièrement peint en blanc. Elle peut lire le nom écrit sur la proue : *Santiago*. Un marin descend une échelle et l'aide à monter à bord. Il est passé par le vaste salon central où, apparemment, on prépare une grande fête pour ce soir. Ils vont jusqu'à la poupe, où se trouvent une petite piscine, deux tables avec parasols, quelques chaises longues. Profitant du soleil de ce début d'après-midi, il y a là Gibson et la Célébrité !

« Ça ne me dérangerait pas de coucher avec l'un ou l'autre », se dit-elle, souriante. Elle se sent plus confiante, même si son cœur bat plus vite qu'à l'accoutumée.

La Célébrité la regarde de haut en bas, et lui adresse un sourire sympathique qui la tranquillise. Gibson lui serre la main d'une manière ferme et décidée, se lève, va chercher une chaise autour de la table la plus proche et la prie de s'asseoir.

Il téléphone à quelqu'un et demande le numéro d'une chambre d'hôtel. Il répète tout haut, en la regardant.

C'était ce qu'elle imaginait. Chambre d'hôtel.

Il raccroche.

« En partant d'ici, allez jusqu'à cette suite au Hilton. Les robes de Hamid Hussein y sont exposées. Ce soir vous êtes invitée à la fête à Cap-d'Antibes.

Ce n'est pas ce qu'elle imaginait. Elle a le rôle ! Et la fête à Cap-d'Antibes, la fête à CAP-D'ANTIBES !

Il se tourne vers la Célébrité.

« Qu'en pensez-vous ?

— Mieux vaut écouter un peu ce qu'elle a à dire. »

Gibson fait un signe positif de la tête, et de la main un geste qui suggère « Parlez-nous un peu de vous ». Gabriela commence par le cours de théâtre, les publicités auxquelles elle a participé. Elle voit que ni l'un ni l'autre ne font plus attention, ils ont sans doute entendu cette histoire des milliers de fois. Mais elle ne peut pas s'arrêter, elle parle de plus en plus vite, pensant qu'elle n'a plus rien à dire, l'occasion de sa vie dépend d'un mot juste qu'elle ne trouve pas. Elle respire profondément, essaie de prouver qu'elle est à l'aise, veut être originale, plaisante un peu, mais elle est incapable de sortir du schéma que son agent lui a appris à suivre dans un moment comme celui-là.

Au bout de deux minutes, Gibson l'interrompt.

« Parfait, tout cela nous le savons, c'est dans votre CV. Pourquoi ne parlez-vous pas de vous ? »

Une barrière intérieure s'écroule sans avertissement. Elle ne panique pas, sa voix est maintenant plus calme et plus ferme.

« Je ne suis que l'une des milliers de personnes dans le monde qui ont toujours rêvé de se trouver ici sur ce yacht, à regarder la mer, parler de la possibilité de travailler avec au moins l'un de vous deux. Et vous en êtes conscients. À part cela, je pense que rien de ce que je peux dire ne changera quoi que soit. Si je suis célibataire ? Oui. Comme toute femme célibataire, j'ai un homme qui m'aime, qui en ce moment m'attend à Chicago, et qui espère ardemment que rien ne marchera pour moi. »

Ils rient tous les deux. Elle se détend un peu plus.

« Je veux me battre le plus possible, même si je sais que je suis presque à la limite de mes possibilités, vu que mon âge commence à être un problème pour les critères du cinéma. Je sais que beaucoup ont autant ou plus de talent que moi. J'ai été choisie, je ne sais pas très bien pourquoi, mais j'ai décidé d'accepter, quoi qu'on me propose. C'est peut-être ma dernière chance, et le fait que je dise cela maintenant va peut-être diminuer ma valeur, mais je n'ai pas le choix. Toute ma vie, j'ai imaginé un moment comme celui-là : participer à un essai, être choisie, et pouvoir travailler avec de vrais professionnels. Ce moment est arrivé. Si cela ne va pas plus loin que ce rendez-vous, si je rentre chez moi les mains vides, je sais au moins que je suis arrivée jusque-là grâce à ce que je crois posséder : l'intégrité et la persévérance.

« Je suis ma meilleure amie, et ma pire ennemie. Avant de venir ici, je pensais que je ne le méritais pas, que j'étais incapable de correspondre à ce qu'on attend de moi, et qu'on s'était certainement trompé au moment de sélectionner la candidate. Pendant ce temps, l'autre partie de mon cœur me disait que j'étais récompensée parce que je n'avais pas renoncé, j'avais fait un choix et je m'étais battue jusqu'au bout. »

Elle a détourné les yeux des deux hommes – soudain elle a senti une immense envie de pleurer, mais elle s'est contrôlée parce que cela risquait d'être compris comme un chantage émotionnel. La belle voix de la Célébrité a brisé le silence.

« Comme dans toute autre industrie, nous avons ici aussi des gens honnêtes, qui valorisent le travail professionnel. C'est pour cela que je suis arrivé où je suis aujourd'hui. Et il est arrivé la même chose à notre réalisateur. Je suis passé par la situation dans laquelle vous êtes maintenant. Nous savons ce que vous ressentez. »

Toute sa vie jusqu'à ce moment a défilé devant ses yeux. Toutes les années où elle avait cherché sans trouver, où elle avait frappé sans que la porte s'ouvre, où elle avait demandé sans même entendre un seul mot en réponse – seulement l'indifférence, comme si elle n'existait pas pour le monde. Tous les « non » qu'elle avait entendus quand quelqu'un se rendait compte qu'elle était vivante et méritait au moins de savoir.

« Je ne peux pas pleurer. »

Tous ceux qui lui avaient dit qu'elle poursuivait un rêve irréalisable et qui, si tout marchait enfin, diraient : « Je savais que tu avais du talent ! » Ses lèvres se sont mises à trembler : c'était comme si tout cela sortait brusquement de son cœur. Elle était contente d'avoir eu le courage de se montrer humaine, fragile, et cela changeait tout dans son âme. Si maintenant Gibson regrettait ce choix, elle pourrait repartir sur le canot sans aucun regret ; au moment de la lutte, elle s'était montrée courageuse.

Elle dépendait des autres. Elle avait payé cher pour apprendre cette leçon, mais elle avait finalement compris qu'elle dépendait des autres. Elle connaissait des personnes qui se vantaient de leur indépendance émotionnelle, même si en réalité elles étaient aussi fragiles qu'elle, pleuraient en cachette, n'appelaient jamais au secours. Elles croyaient en une règle non écrite, affirmant que « le monde appartient aux forts » et que « seul le plus apte survit ». S'il en était ainsi, les êtres humains n'existeraient plus, parce qu'ils font partie d'une espèce qui a besoin de protection pendant une longue période. Son père lui avait raconté un jour que nous n'atteignons une certaine capacité de survie qu'après l'âge de neuf ans, alors qu'une girafe ne met que cinq heures et qu'une abeille est déjà indépendante en moins de cinq minutes.

« À quoi pensez-vous ? demande la Célébrité.

— Je n'ai pas besoin de faire semblant d'être forte, et cela me procure un grand soulagement. Durant une partie de ma vie, j'ai eu constamment des problèmes relationnels, parce que je jugeais que je savais mieux que tous comment arriver là où je désirais arriver. Mes petits amis me détestaient et je ne comprenais pas pourquoi. Un jour, en tournée pour une pièce, j'ai attrapé une grippe qui m'a empêchée de quitter la chambre, malgré mon épouvante à l'idée qu'une autre reprenne mon rôle. Je ne mangeais pas, je délirais de fièvre et on a appelé un médecin – qui m'a renvoyée chez moi. J'ai pensé que

170

j'avais perdu le boulot et le respect de mes collègues. Mais ce n'est pas ce qui s'est passé : j'ai reçu des fleurs et des coups de téléphone. On voulait savoir comment j'allais. Soudain, ces personnes que je prenais pour mes adversaires, qui étaient en compétition pour la même place sous les projecteurs, se souciaient de moi ! L'une d'elles m'a envoyé une carte avec le texte d'un médecin qui était parti travailler dans un pays lointain :

« En Afrique centrale, nous connaissons tous la maladie du sommeil. Ce que nous devons savoir, c'est qu'il existe une maladie semblable qui s'attaque à l'âme – et qui est très dangereuse, parce qu'elle s'installe sans qu'on s'en aperçoive. Quand tu noteras le moindre signe d'indifférence et d'absence d'enthousiasme envers ton semblable, sois sur tes gardes ! Le seul moyen de se prémunir contre cette maladie, c'est de comprendre que l'âme souffre, et souffre beaucoup, quand nous l'obligeons à vivre superficiellement. L'âme aime les choses belles et profondes. »

Des phrases. La Célébrité s'est rappelé son vers préféré, un poème qu'elle avait appris à l'école, et qui lui faisait peur à mesure qu'elle voyait le temps passer : *« Vous devrez renoncer à tout le reste, car j'ai la prétention d'être votre modèle unique et exclusif. »* Faire un choix était peut-être la chose la plus difficile dans la vie d'un être humain ; à mesure que la débutante racontait son histoire, l'acteur célèbre revoyait son propre parcours.

La première grande occasion – grâce aussi à son talent au théâtre. La vie qui changeait d'une heure à l'autre, la renommée qui grandissait trop vite pour qu'il ait le temps de s'adapter, si bien qu'il finissait par accepter des invitations pour des endroits où il n'aurait pas dû aller, et refuser des rendez-vous qui l'auraient aidé à aller beaucoup plus loin dans sa carrière. L'argent qui, même s'il n'en avait pas énormément, lui donnait la sensation qu'il était tout-puissant. Les cadeaux onéreux, les voyages dans un monde inconnu, les jets privés, les restaurants de luxe, les suites d'hôtel pareilles aux chambres de rois et de reines qu'il imaginait enfant. Les premières critiques : le respect, les éloges, des mots qui touchaient son âme et son cœur. Les lettres qui arrivaient du monde entier, auxquelles au début il répondait une par une, prenant rendez-vous avec les femmes qui envoyaient des photos. Puis il découvrit qu'il était impossible de tenir ce rythme – et son agent non seulement le lui déconseillait, mais lui disait pour l'effrayer qu'il risquait de se faire piéger. Pourtant, il éprouvait encore un certain plaisir quand il rencontrait les fans qui suivaient chaque étape de sa carrière, ouvraient des pages sur Internet consacrées à sa carrière, distribuaient des petits journaux racontant tout ce qui se passait dans sa vie – plutôt les choses positives – et le défendaient contre toutes les attaques de la presse, quand le rôle choisi n'était pas célébré comme il le devait.

Et les années qui passent. Ce qui était autrefois un miracle ou une chance du destin pour laquelle il avait promis de ne jamais se laisser réduire en esclavage devenait peu à peu sa seule raison de vivre. Alors il regarde un peu plus loin, et son cœur se serre : cela risque de finir un jour. D'autres acteurs plus jeunes, qui acceptent moins d'argent en échange de plus de travail et de visibilité apparaissent. Il entend sans cesse commenter le grand film qui l'a lancé, que tout le monde cite, bien qu'il ait fait quatre-vingt-dix-neuf autres films dont personne ne se souvient.

Les conditions financières ne sont déjà plus les mêmes – parce qu'il a pensé que c'était un travail infini, et forcé son agent à ne pas baisser son tarif. Résultat : il est de moins en moins sollicité, même si maintenant il se fait payer moitié moins pour participer à un film. Le désespoir commence à donner ses premiers signes de vie dans un monde qui jusque-là n'était fait que de l'ambition d'arriver toujours plus loin, plus haut, plus vite. Il ne peut pas se dévaloriser d'une heure à l'autre ; quand se présente un contrat, il est contraint de dire « le rôle m'a beaucoup plu, et j'ai décidé de le jouer de toute façon, même si le salaire n'est pas compatible avec ce que je gagne d'habitude ». Les producteurs font semblant de le croire. L'agent feint d'avoir réussi à les tromper, mais il sait que son « produit » doit continuer à se montrer dans des festivals comme celui-ci, toujours occupé, toujours gentil, toujours distant – c'est important pour ceux qui deviennent des mythes.

L'attaché de presse suggère qu'il soit photographié en train d'embrasser une actrice célèbre ; on peut en tirer une couverture de magazine à scandales. Ils sont déjà entrés en contact avec la personne choisie, qui a besoin elle aussi de publicité supplémentaire – maintenant, toute la question est de choisir le moment adéquat au cours du dîner de gala de ce soir. La scène doit paraître spontanée et ils doivent avoir la certitude qu'il y a un photographe dans les parages – même si ni l'un ni l'autre ne peuvent en aucun cas « s'apercevoir » qu'ils sont surveillés. Plus tard, quand les photos seront publiées, ils reviendront sur les manchettes niant l'événement, disant que c'est une intrusion dans leur vie privée, des avocats feront des procès aux magazines et leurs attachés de presse respectifs s'efforceront de faire durer le sujet le plus longtemps possible.

Au fond, malgré des années de travail et une renommée mondiale, il n'était pas dans une situation très différente de celle de cette fille devant lui.

« *Vous devrez renoncer à tout, je serai votre modèle unique et exclusif.* »

Gibson rompt le silence qui s'était installé trente secondes dans ce décor parfait : le yacht, le soleil, les boissons fraîches, le bruit des mouettes, la brise qui souffle et repousse la chaleur.

« Je pense que vous aimeriez avant tout savoir quel rôle vous allez jouer, vu que le titre du film peut changer d'ici sa sortie. La réponse est la suivante : vous serez sa partenaire. »

Et il fait signe vers la Célébrité.

« C'est l'un des rôles principaux. Et votre question suivante, logiquement, doit être : pourquoi moi, et pas une vedette ?

— Exactement.

— Explication : le prix. En ce qui concerne le scénario que j'ai été chargé de réaliser, et qui sera le premier film produit par Hamid Hussein, nous avons un budget limité. Et la moitié va à la promotion, pas au produit final. Nous avons donc besoin d'une célébrité pour attirer le public, et d'une personne inconnue, mal payée, mais qui sera lancée comme elle le mérite. Ça ne date pas d'aujourd'hui : depuis que l'industrie du cinéma a commencé à dominer le monde, les studios font la même chose pour que l'idée que renommée et argent sont synonymes reste intacte. Je me souviens que je voyais, petit, ces grandes demeures à Hollywood, et que je pensais que les acteurs gagnaient une fortune.

« Mensonge. Dix ou vingt célébrités dans le monde entier peuvent affirmer qu'elles gagnent une fortune. Le reste vit d'apparences ; la maison louée par le studio, les couturiers et joailliers qui prêtent vêtements et bijoux, les voitures cédées pour une période limitée, pour que l'on puisse les associer au luxe. Le studio paie tout ce qui relève du glamour, et les acteurs gagnent un faible salaire. Ce n'est pas le cas de la personne qui est ici assise avec nous, mais ce sera votre cas. »

La Célébrité ne sait pas si Gibson disait vrai, s'il croyait réellement être devant l'un des plus grands acteurs au monde, ou s'il lui tendait une perche. Mais cela ne change rien, du moment qu'ils signent le contrat, que le producteur ne change pas d'avis à la dernière minute, que les scénaristes sont capables de remettre le texte à la date fixée, que le budget est rigoureusement respecté et qu'une excellente campagne de relations publiques commence à fonctionner. Il a vu des centaines de projets être interrompus ; cela fait partie de la vie. Mais après son dernier travail, passé presque inaperçu du public, il a désespérément besoin d'un gros succès. Et Gibson en a les moyens.

« J'accepte, a dit la fille.

— Nous avons déjà parlé de tout avec votre agent. Vous signerez un contrat d'exclusivité avec nous. Sur le premier film, vous gagnerez 5 mille dollars par mois, pendant un an – et vous devrez vous montrer dans les fêtes, répondre aux sollicitations de notre département de relations publiques, aller où nous vous enverrons, dire ce que nous voulons, ne pas dire ce que vous pensez. C'est clair ? »

Gabriela fait de la tête un signe positif. Que pouvait-elle ajouter : que 5 mille dollars, c'est le salaire d'une secrétaire en Europe ? C'était à prendre ou à laisser, et elle ne voulait montrer aucune hésitation : bien sûr, elle comprenait les règles du jeu.

« Alors, poursuit Gibson, vous allez vivre comme une millionnaire, vous comporter comme une grande star, mais n'oubliez pas que rien de tout cela n'est vrai. Si tout va bien, nous ferons passer votre salaire à 10 mille dollars au prochain film. Ensuite nous rediscuterons, vu que vous n'aurez plus qu'une idée en tête : "Un jour, je me vengerai de tout ça." Votre agent, c'est clair, a entendu notre proposition ; elle savait déjà à quoi s'attendre. Je ne sais pas si vous le saviez.

— Cela n'a pas d'importance. Je n'ai pas non plus l'intention de me venger. »

Gibson a fait semblant de ne pas entendre.

« Je ne vous ai pas fait venir ici pour parler de votre essai : il était parfait, le meilleur que j'aie vu depuis très longtemps. Notre chargée de casting a pensé la même chose. Je vous ai appelée ici pour que vous sachiez clairement dès le début sur quel terrain vous vous engagez. Beaucoup d'actrices ou d'acteurs, après le premier film, quand ils ont bien compris que le monde est à leurs pieds, veulent changer les règles. Mais ils ont signé des contrats, ils savent que c'est impossible, alors ils s'enfoncent dans des crises dépressives, autodestructrices, des choses de ce genre. Aujourd'hui, notre politique a changé : nous expliquons clairement ce qui va se passer. Il y aura deux femmes en vous : si tout se passe bien, l'une sera celle que le monde entier adore. L'autre est celle qui sait, à tout moment, qu'elle n'a absolument aucun pouvoir.

« Je vous conseille donc, avant d'aller au Hilton chercher les vêtements de la soirée, de bien penser à toutes les conséquences. Au moment où vous entrerez dans la suite, quatre copies d'un énorme contrat vous attendront. Avant de le signer, le monde entier vous appartient, et vous pouvez faire de votre vie ce que vous désirez. Au moment où vous mettrez votre signature sur le papier, vous ne serez plus maîtresse de rien ; nous contrôlerons tout, de votre coupe de cheveux aux endroits où vous devez manger – même si vous n'avez pas faim. Évidemment, vous pourrez gagner de l'argent dans la publicité, grâce à votre renommée, c'est pour cela que les gens acceptent ces conditions. »

Les deux hommes se lèvent.

« Vous êtes content de jouer avec elle ?

— Elle fera une excellente actrice. Elle a montré de l'émotion à un moment où tous ne veulent montrer que de l'efficacité.

— Ne pensez pas que ce yacht m'appartient », dit Gibson, après avoir appelé quelqu'un pour la raccompagner jusqu'au canot qui la reconduirait au port.

Elle a parfaitement compris le message.

« Allons au premier étage prendre un café, dit Ewa.

— Mais le défilé est dans une heure. Et tu sais qu'il y a beaucoup de circulation.

— Nous avons le temps pour un café. »

Ils montent l'escalier, tournent à droite, vont jusqu'au bout du couloir, l'agent de sécurité placé à la porte les connaît et les salue simplement. Ils passent devant des vitrines de bijoux – diamants, rubis, émeraudes – et ressortent vers le soleil de la terrasse qui se trouve au premier étage. C'est là que la célèbre marque de bijouterie loue tous les ans l'espace pour recevoir amis, célébrités et journalistes. Des meubles de bon goût, un buffet chargé de mets constamment renouvelé. Ils s'assoient à une table protégée par un parasol. Un garçon s'approche, ils commandent une eau minérale gazeuse et un express. Le garçon leur demande s'ils veulent quelque chose du buffet. Ils remercient, disent qu'ils ont déjà déjeuné.

En moins de deux minutes, il revient avec leur commande.

« Tout va bien ?

— Parfaitement. »

« Tout va très mal, pense Ewa. Excepté le café. »

Hamid sait qu'il arrive quelque chose de bizarre à sa femme, mais il doit remettre la conversation à plus tard. Il ne veut pas y penser. Il ne veut pas prendre le risque d'entendre une déclaration du genre « je vais te quitter ». Il est assez discipliné pour se contrôler.

À une autre table se trouve l'un des plus célèbres stylistes du monde, son appareil photographique à côté de lui, et un regard lointain – comme quelqu'un qui désire manifester clairement qu'il ne veut pas être dérangé. Personne ne l'approche, et quand une personne mal avisée tente d'aller vers lui, la chargée de relations publiques de l'endroit, une sympathique dame de cinquante ans, demande gentiment qu'on le laisse en paix ; il a besoin de se reposer un peu des mannequins, journalistes, clients, entrepreneurs qui l'assiègent constamment.

Il se rappelle la première fois qu'il l'a vu, il y a si longtemps que cela paraît une éternité. Il était déjà à Paris depuis plus de onze mois, il s'était fait quelques amis dans le milieu, avait frappé à diverses portes, et grâce aux contacts du cheikh (qui avait dit ne connaître personne dans la profession, mais avait des amis à d'autres positions de pouvoir) avait trouvé un emploi de modéliste dans une maison de haute couture des plus respectées. Au lieu de réaliser seulement les croquis basés sur les matériaux qu'il avait devant lui, il restait dans l'atelier jusque tard dans la nuit, travaillant pour son propre compte avec les échantillons du matériel qu'il avait rapporté de son pays. Au cours de cette période, il y fut rappelé deux fois : la première, il apprit que son père était mort et lui avait laissé en héritage la petite entreprise familiale d'achat et vente de tissus. Avant même qu'il ait eu le temps de réfléchir, il sut par un émissaire du cheikh que quelqu'un se chargerait d'administrer l'affaire, qu'ils feraient les investissements nécessaires pour qu'elle prospère, et que tous les droits resteraient à son nom.

Il demanda pourquoi, puisque le cheikh avait manifesté une méconnaissance totale ou un manque d'intérêt pour le sujet.

« Une firme française, un fabricant de valises, a l'intention de s'installer ici. La première chose qu'ils ont faite a été d'aller voir nos fournisseurs de tissu, promettant qu'ils l'utiliseraient dans certains de leurs produits de luxe. Alors nous avons déjà des clients, nous honorons nos traditions, et nous gardons le contrôle de la matière première. »

Il revint à Paris sachant que l'âme de son père était au Paradis, et que sa mémoire demeurerait dans le pays qu'il avait tant aimé. Il continua à travailler jusque tard dans la nuit, faisant des dessins avec des thèmes des Bédouins, expérimentant les échantillons qu'il avait apportés avec lui. Si cette firme française – connue pour son audace et son bon goût – s'intéressait à ce que l'on produisait dans son pays, la nouvelle arriverait certainement bientôt dans la capitale de la mode et la demande serait importante.

Tout était une question de temps. Mais, apparemment, les nouvelles allaient vite.

Un matin, le directeur l'appela. Pour la première fois il entrait dans cette sorte de temple sacré, la salle du grand couturier, et il fut impressionné par la désorganisation de la pièce. Des journaux dans tous les coins, des papiers empilés sur la table ancienne, une immense quantité de photos personnelles avec des célébrités, des couvertures de magazines encadrées, des échantillons de matériel, et un vase plein de plumes blanches de toutes les tailles.

« Ce que vous faites est formidable. J'ai jeté un coup d'œil sur les croquis que vous laissez là, exposés à la vue de tous. Je vous en prie, faites plus attention ; nous ne savons jamais si quelqu'un va changer d'emploi demain et emporter de bonnes idées pour une autre marque. »

Hamid n'apprécia guère de savoir qu'il était espionné. Mais il resta calme, tandis que le directeur poursuivait.

« Pourquoi dis-je que vous êtes bon ? Parce que vous venez d'un pays où les gens s'habillent différemment, et vous commencez à comprendre comment adapter cela pour l'Occident. Seulement, il y a un gros problème : ce type de tissu, nous ne le trouvons pas ici. Ce type de dessin a des connotations religieuses ; or la mode habille surtout la chair, même si elle reflète beaucoup ce que l'esprit veut dire. »

Le directeur se dirigea vers une pile de magazines dans un coin, et comme s'il savait par cœur tout ce qui s'y trouvait, il retira quelques numéros, peut-être achetés chez les *bouquinistes* – les libraires qui depuis l'époque de Napoléon étalent leurs livres sur les quais de la Seine. Il ouvrit un vieux *Paris Match* avec Christian Dior en couverture.

« Qu'est-ce qui a fait de cet homme une légende ? Il a su comprendre le genre humain. Parmi les nombreuses révolutions qu'il a suscitées dans la mode, l'une mérite d'être soulignée : peu après la Seconde Guerre mondiale, quand dans toute l'Europe on n'avait pratiquement rien à se mettre parce que les tissus étaient rares, il a créé des modèles qui nécessitaient une énorme quantité de matériel. De cette manière, il ne montrait pas seulement une belle femme habillée, mais le rêve que tout redeviendrait comme avant ; élégance, abondance, excès. Il a été diffamé, mais il savait qu'il allait dans la bonne direction – qui est toujours la direction contraire. »

Il remit le *Paris Match* exactement à la place où il l'avait pris et revint avec un autre magazine.

« Et voici Coco Chanel. Abandonnée enfant par ses parents, ex-chanteuse de cabaret, le genre de femme qui a tout pour n'attendre de la vie que le pire. Mais elle a profité de la seule chance qu'elle avait – de riches amants – et en peu de temps elle est devenue la femme la plus importante dans la couture à son époque. Qu'a-t-elle fait ? Elle a libéré les autres femmes de l'esclavage des corsets, ces instruments de torture qui moulaient le thorax et empêchaient tout mouvement naturel. Elle a toutefois commis une erreur : elle a caché son passé, alors que cela l'aurait aidée à devenir une légende encore plus puissante – la femme qui a survécu, malgré tout. »

Il remit la revue à sa place, et continua :

« Vous devez vous demander : et pourquoi n'ont-ils pas fait cela avant ? Nous n'aurons jamais la bonne réponse. Bien sûr ils ont dû essayer – des couturiers que l'Histoire a totalement oubliés, parce qu'ils n'ont pas su refléter dans leurs collections l'esprit de leur temps. Pour que le travail de Chanel puisse avoir la répercussion qu'il méritait, le talent de la créatrice ou les riches amants ne suffisaient pas : il fallait que la société soit prête pour la grande révolution féministe qui a eu lieu dans la même période. »

Le directeur fit une pause.

« C'est maintenant le moment de la mode du Moyen-Orient. Justement parce que les tensions et la peur qui tiennent le monde en suspens viennent de votre pays. Je le sais parce que je suis le directeur de cette maison. En fin de compte, tout commence par une rencontre des principaux fournisseurs de teinture et de pigmentation. »

« En fin de compte, tout commence dans une rencontre des principaux fournisseurs de teinture et de pigmentation. » Hamid a regardé de nouveau le grand styliste assis tout seul, sur la terrasse, l'appareil photographique posé sur le fauteuil à côté de lui. Peut-être que lui aussi l'a vu entrer, et se demande maintenant d'où il a sorti tout cet argent pour devenir son principal concurrent.

L'homme qui maintenant regarde le vide et feint de ne se préoccuper de rien a fait son possible pour qu'il n'entre pas dans la Fédération. Il imaginait que le pétrole finançait ses affaires, ce qui était une concurrence déloyale. Il ne savait pas que, huit mois après la mort de son père, et deux mois après que le directeur de la marque pour laquelle il travaillait lui eut offert un poste supérieur – même si son nom ne pouvait apparaître, puisque la maison avait un autre styliste attitré pour briller sous les projecteurs et sur les podiums –, le cheikh l'avait fait appeler de nouveau, cette fois pour un rendez-vous personnel.

Quand il arriva dans ce qui était autrefois sa ville, il eut du mal à reconnaître les lieux. Des squelettes de gratte-ciel formaient une file interminable sur la seule avenue de la ville, la circulation était insupportable, le vieil aéroport était proche du chaos total, mais l'idée du gouvernant commençait à se matérialiser : il y aurait là un lieu de paix au milieu des guerres, le paradis des investissements à l'abri des tumultes du marché financier mondial, la face visible de la nation que tant de gens se plaisaient à critiquer, à humilier, à couvrir de préjugés. D'autres pays de la région s'étaient mis à croire en cette ville qui s'élevait en plein désert, et l'argent avait commencé à affluer – d'abord une source, puis une rivière torrentueuse.

Mais le palais n'avait pas changé, bien qu'un autre beaucoup plus grand fût en construction pas très loin. Hamid arriva excité au rendez-vous, disant qu'il avait reçu une excellente proposition de travail, et qu'il n'avait plus besoin d'aide financière ; bien au contraire, il allait rendre chaque centime qu'on avait investi en lui.

« Démissionnez », dit le cheikh.

Hamid ne comprit pas. Il savait bien que l'entreprise que son père lui avait laissée donnait d'excellents résultats, mais il rêvait d'autre chose pour son avenir. Pourtant, il ne pouvait pas défier pour la seconde fois l'homme qui l'avait tellement aidé.

« Lors de notre seule rencontre, j'ai pu dire "non" à Votre Altesse parce que je défendais les droits de mon père, qui ont toujours compté plus que tout dans ce monde. Mais maintenant, je dois me plier à la volonté de mon vieux chef. Si vous pensez que j'ai perdu votre argent en l'investissant dans mon travail, je ferai ce que vous demandez. Je reviendrai ici et je m'occuperai de mon héritage. S'il me faut renoncer à mon rêve pour honorer le code de ma tribu, je le ferai. »

Il prononça ces mots d'une voix ferme. Il ne pouvait pas montrer de faiblesse devant un homme qui respecte la force de l'autre.

« Je ne vous ai pas demandé de revenir ici. Si vous avez eu une promotion, c'est que vous savez déjà ce qu'il faut pour fonder votre propre marque. C'est ce que je veux.

— Que je crée ma propre marque ? Je ne suis pas sûr de comprendre.

— Je vois de plus en plus de grandes marques de luxe s'installer ici, poursuivit le cheikh. Et elles savent ce qu'elles font : nos femmes commencent à penser et à s'habiller autrement. Plus que n'importe quel investissement étranger, ce qui a le plus transformé notre région, c'est la mode. J'ai parlé avec des hommes et des femmes qui s'y entendent ; je ne suis qu'un vieux Bédouin qui, lorsqu'il a vu sa première voiture, a pensé qu'elle devait être nourrie comme les chameaux.

« J'aimerais que les étrangers lisent nos poètes, écoutent notre musique, dansent et chantent sur les airs qui se transmettent de génération en génération à travers la mémoire de nos ancêtres. Mais apparemment personne ne s'y intéresse. Pour qu'ils apprennent à respecter notre tradition, il n'y a qu'une seule voie : celle dans laquelle vous travaillez. S'ils comprennent qui nous sommes à travers notre façon de nous vêtir, ils finiront par comprendre le reste. »

Le lendemain, il rencontra un groupe d'investisseurs d'autres pays. Ils mirent à sa disposition une somme d'argent fantastique, et un délai pour tout rembourser. Ils lui demandèrent s'il relevait le défi, s'il était prêt.

Hamid demanda du temps pour réfléchir. Il se rendit sur le tombeau de son père, pria tout l'après-midi. Il marcha la nuit dans le désert, sentit le vent qui lui gelait les os, et revint à l'hôtel où étaient descendus les étrangers. « Béni soit celui qui parvient à donner à ses enfants des ailes et des racines », dit un proverbe arabe.

Il avait besoin des racines : il existe un lieu au monde où nous sommes nés, avons appris une langue et découvert comment nos ancêtres avaient surmonté leurs problèmes. À un moment donné, nous devenons responsables de ce lieu.

Il avait besoin des ailes. Elles nous montrent les horizons infinis de l'imagination, nous portent jusqu'à nos rêves, nous conduisent dans des endroits lointains. Ce sont les ailes qui nous permettent de connaître les racines de nos semblables, et d'apprendre d'eux.

Il demanda à Dieu de l'inspirer, et commença à prier. Deux heures plus tard, il se souvint d'une conversation entre son père et un des amis qui fréquentaient le magasin de tissus :

« Ce matin, mon fils m'a demandé de l'argent pour acheter un mouton ; dois-je l'aider ?

— Ce n'est pas une situation d'urgence. Alors, attends encore une semaine avant de répondre à ton fils.

— Mais j'ai les moyens de l'aider maintenant ; qu'est-ce que cela changera d'attendre une semaine ?

— Cela fera une très grande différence. Mon expérience montre que l'on n'accorde de valeur à quelque chose que lorsqu'on a l'occasion de se demander si on obtiendra ou non ce qu'on désire. »

Il fit attendre les émissaires une semaine, ensuite il accepta le défi. Il avait besoin de gens pour s'occuper de l'argent, l'investir selon ses instructions, d'employés, de préférence venant du même village. Il lui fallait un an de plus dans son emploi actuel, pour apprendre ce qui lui manquait.

C'était tout.

« Tout commence dans une fabrique de teintures. »

Ce n'est pas exactement cela : tout commence quand les sociétés qui enquêtent sur les tendances du marché, connues sous le nom de « cabinets de tendance » (en français, en anglais *trend adapters*), notent qu'une couche déterminée de la population s'intéresse à certains sujets plutôt qu'à d'autres – et cela n'a rien à voir directement avec la mode. Cette enquête est faite sur la base d'entretiens avec des consommateurs, d'études d'échantillons, mais surtout à travers l'observation minutieuse d'une armée de personnes – en général entre vingt et trente ans – qui fréquentent les boîtes, se promènent dans les rues, lisent tout ce qui paraît dans les blogs sur Internet. Elles ne regardent jamais les vitrines, même de marques respectées ; ce qui s'y trouve a déjà atteint le grand public, et est condamné à mourir.

Ce que les génies des cabinets de tendance veulent savoir exactement, c'est quelle sera la prochaine préoccupation ou curiosité du consommateur. Les jeunes, parce qu'ils n'ont pas assez d'argent pour consommer les produits de luxe, sont obligés d'inventer de nouveaux vêtements. Comme ils vivent scotchés à leur ordinateur, ils partagent leurs intérêts avec d'autres, et très souvent cela finit par devenir une sorte de virus qui contamine toute la communauté. Les jeunes influencent les parents en politique, en lecture, en musique – et non le contraire, comme le pensent les naïfs. D'autre part, les parents influencent les jeunes dans ce qu'on appelle « le système de valeurs ». Même si les adolescents sont rebelles par nature, ils croient toujours que la famille a raison ;

ils peuvent s'habiller d'une manière bizarre et aimer des chanteurs qui poussent des hurlements et brisent des guitares – mais c'est tout. Ils n'ont pas le courage d'aller plus loin et de provoquer une vraie révolution des mœurs.

« Ils ont fait cela il y a bien longtemps. Mais, heureusement, cette vague est révolue et retournée à la mer. »

En ce moment les cabinets de tendance montrent que la société se dirige à présent vers un style plus conservateur, loin de la menace qu'ont signifié les « suffragettes » (qui au début du XXᵉ siècle se sont battues et ont obtenu le droit de vote pour les femmes), ou les hippies chevelus et crasseux (une bande de fous qui jugea un jour que la vie en paix et l'amour libre étaient possibles).

En 1960, par exemple, engagé dans les guerres sanglantes de la période postcoloniale, épouvanté par le risque d'une guerre atomique et en même temps en pleine prospérité économique, le monde avait désespérément besoin de trouver un peu de joie. De même que Christian Dior avait compris que l'espoir d'abondance était dans l'excès de tissus, les stylistes cherchèrent une combinaison de couleurs qui relèverait l'humeur générale : ils arrivèrent à la conclusion que le rouge et le violet avaient un effet à la fois calmant et provocateur.

Quarante ans plus tard, la vision collective a totalement changé : le monde n'est plus menacé par la guerre, mais par de graves problèmes environnementaux : les stylistes ont opté pour des tons liés à la nature, comme le sable du désert, les forêts, l'eau de la mer. Entre une période et l'autre, diverses tendances apparaissent et disparaissent : psychédélique, futuriste, aristocratique, nostalgique.

Avant que les grandes collections soient définies, les cabinets qui étudient la tendance du marché donnent un panorama général de l'état d'esprit du monde. Et actuellement, il semble que le thème central des préoccupations humaines – malgré les guerres, la faim en Afrique, le terrorisme, la violation des droits humains, l'arrogance de certaines nations développées – soit le moyen de sauver notre pauvre Terre des nombreuses menaces que la société a créées.

« L'écologie. Sauver la planète. C'est ridicule. »

Hamid sait qu'il ne sert à rien de lutter contre l'inconscient collectif. Les tons, les accessoires, les tissus, les prétendues actions de bienfaisance de la Superclasse, les livres qui sont publiés, les chansons qui passent sur les radios, les documentaires d'ex-politiciens, les nouveaux films, le matériau utilisé pour les chaussures, les systèmes d'approvisionnement des voitures, les pétitions pour les députés, les bonus vendus par les plus grandes banques du monde, tout paraît concentré sur une seule chose : sauver la planète. Des fortunes se créent du jour au lendemain, de grandes multinationales obtiennent de l'espace dans les journaux pour une action ou une autre absolument sans intérêt dans ce domaine, des organisations non gouvernementales sans aucun scrupule arrivent à placer des publicités sur de puissantes chaînes de télévision, et tous reçoivent des centaines de millions de dollars de dons parce qu'ils ont l'air terriblement concernés par la destinée de la Terre.

Chaque fois qu'il lisait dans les journaux ou dans les magazines que tous les politiciens se servaient du réchauffement global ou de la destruction de l'environnement comme plateforme pour leurs campagnes électorales, il se disait :

« Comment pouvons-nous être aussi arrogants ? La planète est, a été et sera toujours plus forte que nous. Nous ne pouvons pas la détruire ; si nous franchissons une certaine frontière, elle se chargera de nous éliminer complètement de sa surface, et continuera d'exister. Pourquoi pas "ne laissons pas la planète nous détruire" ? »

Parce que « sauver la planète », cela donne une sensation de pouvoir, d'action, de noblesse. Tandis que « ne pas laisser la planète nous détruire », cela peut nous conduire au désespoir, à l'impuissance, à la vraie dimension de nos pauvres capacités limitées.

Mais enfin, c'était cela que montraient les tendances, et la mode doit s'adapter aux désirs des consommateurs. Les usines de teintures s'occupaient maintenant des plus belles nuances pour la prochaine collection. Les fabricants de tissu cherchaient des fibres naturelles, les créateurs d'accessoires comme les ceintures, sacs, lunettes, montres faisaient leur possible pour s'adapter – ou du moins feindre de s'adapter, se servant normalement de feuillets explicatifs, en papier recyclé, pour montrer l'énorme effort qu'ils avaient fait pour préserver l'environnement. Tout cela serait montré aux grands stylistes lors de la plus grande foire de la mode, fermée au public, sous le nom suggestif de *Première Vision*.

À partir de là, chacun dessinerait ses collections, userait de sa créativité, et tous auraient la sensation que la haute couture est absolument créative, originale et différente. Il n'en est rien. Tous suivent au pied de la lettre ce qu'ont dicté les cabinets de tendance du marché. Plus la marque est importante, moins ils ont envie de prendre de risques, vu que l'emploi de centaines de milliers de personnes dans le monde entier dépend des décisions d'un petit groupe, la Superclasse de la couture, lasse de faire semblant de vendre un produit différent tous les six mois.

Les premiers dessins étaient réalisés par les « génies incompris » qui rêvaient de voir un jour leur nom sur l'étiquette d'un vêtement. Ils travaillaient approximativement six à huit mois, au début avec seulement des crayons et du papier, puis ils faisaient tout de suite des prototypes avec du matériel bon marché, mais qui pourrait être photographié sur des mannequins et analysé par les directeurs. Tous les cent prototypes, ils en sélectionnaient une vingtaine pour le défilé suivant. On procédait à des ajustements : nouveaux boutons, coupes différentes sur les manches, divers types de couture.

Encore des photos – cette fois avec les mannequins assis, allongés, en marche – et encore des ajustements, car des commentaires du genre « ça ne convient qu'à des mannequins sur le podium » pouvaient détruire une collection entière, et mettre en jeu la réputation de la marque. Dans ce processus, certains des « génies incompris » étaient sommairement mis à la porte, sans indemnisation, vu qu'ils étaient toujours en « stage ». Les plus talentueux devaient revoir plusieurs fois leurs créations et être absolument conscients que, même si leur modèle avait beaucoup de succès, seul le nom de la marque serait mentionné.

Ils promettaient tous de se venger un jour. Ils se disaient tous qu'ils finiraient par ouvrir leur propre boutique et seraient enfin reconnus. Mais tous souriaient et continuaient à travailler comme s'ils étaient pleins d'enthousiasme parce qu'ils avaient été choisis. Et à mesure que les modèles définitifs étaient sélectionnés, on licenciait encore des gens, on en recrutait encore (pour la collection suivante), et finalement les tissus choisis étaient utilisés pour produire les robes qui seraient présentées au défilé.

Comme si c'était la première fois qu'elles seraient présentées au public. Cela faisait partie de la légende, bien sûr.

Parce que, à ce stade, des revendeurs du monde entier avaient déjà en main les photos des mannequins dans toutes les positions possibles, des détails sur les accessoires, le type de texture, le prix recommandé, les lieux où ils pouvaient commander le matériel. Selon la taille et l'importance de la marque, la « nouvelle collection » était désormais produite sur une large échelle, dans divers points du monde.

Enfin arrivait le grand jour – ou, plutôt, les trois semaines qui marquaient le début d'une ère nouvelle (qui a, comme chacun sait, une durée de six mois). Elle commençait à Londres, passait par Milan et se terminait à Paris. Des journalistes du monde entier étaient invités, des photographes se disputaient les places privilégiées, tout était tenu en grand secret, journaux et magazines consacraient des pages et encore des pages aux nouveautés, les femmes étaient éblouies, les hommes regardaient avec un certain dédain ce qu'ils jugeaient n'être qu'une « mode », et pensaient qu'il fallait réserver quelques milliers de dollars pour les dépenser dans quelque chose qui n'avait pas la moindre importance pour eux, mais que leurs épouses considéraient comme le grand emblème de la Superclasse.

Une semaine plus tard, un objet qui avait été présenté comme une exclusivité absolue était déjà dans les boutiques du monde entier. Personne ne se demandait comment il avait voyagé aussi vite, et été produit en si peu de temps.

Mais la légende compte plus que la réalité.

Les consommateurs ne se rendaient pas compte que la mode était créée par ceux qui obéissaient à la mode qui existait déjà. Que l'exclusivité n'était qu'un mensonge auquel ils voulaient croire. Qu'une grande partie des collections applaudies dans la presse spécialisée appartenait aux grands conglomérats de produits de luxe, qui soutenaient ces mêmes magazines et journaux par des publicités en pleine page.

Bien sûr, il y avait des exceptions, et au bout de quelques années de lutte, Hamid Hussein était l'une d'elles. Et c'est en cela que réside son pouvoir.

Il observe qu'Ewa consulte de nouveau son mobile. Ce n'est pas son habitude. En réalité, elle déteste cet appareil, peut-être parce qu'il lui rappelle une ancienne relation, une époque de sa vie où il n'a jamais réussi à savoir ce qui s'était passé, parce qu'ils n'en parlaient jamais. Il regarde sa montre – ils peuvent encore terminer leur café sans s'affoler, puis regarde de nouveau le couturier.

Il voudrait bien que tout commence dans une usine de teintures et se termine par le défilé. Mais ce n'était pas comme cela.

Lui et l'homme qui maintenant contemple seul l'horizon se sont rencontrés pour la première fois à la *Première Vision*. Hamid travaillait encore dans la grande marque qui l'avait recruté comme modéliste, bien que le cheikh eût commencé à lever une petite armée de onze personnes qui allait mettre en pratique l'idée de faire de la mode un moyen de faire connaître son monde, sa religion, sa culture.

« La plupart du temps, on nous explique ici comment les choses simples peuvent être présentées d'une manière plus compliquée », dit-il.

Ils se promenaient dans les stands présentant de nouveaux tissus, des technologies révolutionnaires, les couleurs qui seraient utilisées les deux années suivantes, les accessoires de plus en plus sophistiqués – des boucles de ceinture en platine, des pochettes de cartes de crédit qui s'ouvraient en appuyant sur un bouton, des bracelets que l'on pouvait régler au millimètre près à l'aide d'un cercle incrusté de brillants.

L'autre le regarda de la tête aux pieds.

« Le monde a toujours été compliqué, et il le restera toujours.

— Je ne crois pas. Et si un jour je dois quitter la place où je suis maintenant, ce sera pour ouvrir ma propre affaire – qui ira exactement à l'encontre de tout ce que nous sommes en train de voir. »

Le couturier rit.

« Vous savez ce qu'est ce monde. Vous avez entendu parler de la Fédération, n'est-ce pas ? Les étrangers n'y entrent qu'après beaucoup, beaucoup d'efforts. »

La Fédération française de la haute couture était l'un des clubs les plus fermés du monde. Elle définissait qui participait ou non aux Semaines parisiennes de la mode, et dictait ses critères aux participants. Fondée en 1868, elle avait un pouvoir gigantesque : elle avait enregistré l'appellation « haute couture », de sorte que personne ne pourrait plus utiliser cette expression sans risquer un procès. Elle publiait les dix mille copies du Catalogue officiel des deux grands événements annuels, décidait comment seraient distribuées les deux mille accréditations pour les journalistes du monde entier, sélectionnait les grands acheteurs, choisissait les lieux de défilé – selon l'importance du styliste.

« Je le sais », répondit Hamid, mettant ainsi fin à la conversation. Il pressentit que l'homme avec qui il parlait serait, à l'avenir, un grand styliste. Il comprit également qu'ils ne seraient jamais amis.

Six mois plus tard, tout était prêt pour sa grande aventure. Il démissionna de son emploi, ouvrit sa première boutique à Saint-Germain-des-Prés et commença à se battre comme il pouvait. Il perdit maintes batailles. Mais comprit une chose : il ne pouvait pas se plier à la tyrannie des firmes qui dictaient les tendances de la mode. Il devait être original, et il y parvint ; parce qu'il apportait avec lui la simplicité des Bédouins, la sagesse du désert, ce qu'il avait appris dans la maison où il avait travaillé plus d'un an, la présence de spécialistes des finances, et des tissus absolument originaux et inconnus.

Au bout de deux ans, il ouvrait cinq ou six grandes boutiques dans tout le pays, et il avait été admis par la Fédération – grâce non seulement à son talent, mais aux contacts du cheikh, dont les émissaires négociaient rigoureusement la concession de filiales de compagnies françaises dans son pays.

Et pendant que l'eau coulait sous les ponts, les gens changeaient d'opinion, les présidents étaient élus ou atteignaient la fin de leur mandat, les nouvelles technologies gagnaient de plus en plus d'adeptes, Internet dominait désormais les communications de la planète, l'opinion publique accédait à plus de transparence dans toutes les branches des activités humaines, le luxe et le glamour occupaient de nouveau l'espace perdu. Son travail se développait et se propageait dans le reste du monde : ce n'était plus seulement la mode, mais les accessoires, les meubles, les produits de beauté, les montres, les tissus exclusifs.

Hamid était maintenant propriétaire d'un empire, et tous ceux qui avaient investi dans son rêve étaient pleinement récompensés par les dividendes qu'il payait aux actionnaires. Il continuait à superviser en personne une grande partie du matériel que produisaient ses entreprises, suivait les séances de photos les plus importantes, se plaisait à dessiner la plupart des modèles, se rendait dans le désert au moins trois fois par an, priait à l'endroit où son père avait été enterré, et rendait compte au cheikh. Il avait maintenant devant lui un nouveau défi : produire un film.

Il regarde sa montre et dit à Ewa qu'il est l'heure d'y aller. Elle demande si c'est tellement important.

« Ce n'est pas tellement important. Mais j'aimerais être présent. »

Ewa se lève. Hamid jette un dernier regard vers le couturier solitaire et célèbre qui contemple la Méditerranée, étranger à tout.

16 h 07

Lorsqu'on est jeune, on fait toujours le même rêve ; celui de sauver le monde. Certains finissent par l'oublier rapidement, convaincus qu'il y a d'autres choses importantes à faire – fonder une famille, gagner de l'argent, voyager et apprendre une langue étrangère. Mais d'autres décident qu'il est possible de participer à quelque chose qui apporterait un changement dans la société et dans la manière dont le monde d'aujourd'hui sera livré aux prochaines générations.

Commencent alors les choix professionnels : ces jeunes deviennent des politiciens (au début, ils désirent toujours aider la communauté), des activistes du social (qui croient que le crime est causé par les différences de classes), des artistes (qui pensent que tout est perdu, et qu'il faut repartir de zéro) et... des policiers.

Savoy avait la certitude absolue qu'il pouvait être vraiment utile. Après avoir lu beaucoup de romans policiers, il imaginait que, si les méchants étaient derrière les barreaux, les bons auraient toujours une place au soleil. Il suivit les cours de l'École de police avec enthousiasme, obtint des notes excellentes aux examens théoriques, prépara son physique pour affronter les situations à risque, apprit à tirer avec précision, même s'il n'eut jamais l'intention de tuer personne.

La première année, il pensait apprendre la réalité du métier – ses compagnons se plaignaient des bas salaires, de l'incompétence de la justice, des préjugés relatifs à leur travail et de l'absence d'action dans leur domaine d'intervention. À mesure que le temps passait, la vie et les plaintes restèrent presque les mêmes, et une seule chose s'accumulait.

Le papier.

D'interminables rapports sur le où, le comment et le pourquoi d'un certain événement. Une simple affaire d'ordures jetées au mauvais endroit exigeait qu'on retourne le matériel en question pour retrouver le coupable (il y avait toujours des pistes, comme des enveloppes ou des billets d'avion). Il fallait ensuite photographier la zone, un plan dessiné avec soin, puis venait l'identification de la personne, l'expédition d'une intimation à l'amiable, la seconde expédition moins cordiale, l'action en justice au cas où le transgresseur considérait tout cela comme une interminable sottise, les dépositions, les sentences et les recours faits par des avocats compétents. Enfin, deux ans pouvaient passer avant que cette affaire fût finalement archivée, sans aucune conséquence pour les deux parties.

Les crimes entraînant la mort étaient rarissimes. Les statistiques les plus récentes montraient que la plupart des faits survenus à Cannes étaient liés à des bagarres entre gosses de riches dans des boîtes chics, des cambriolages d'appartements qui n'étaient habités que l'été, des infractions à la circulation, des dénonciations de travail clandestin, et des disputes conjugales. Bien sûr, il aurait dû en être ravi – dans un monde de plus en plus bouleversé, le sud de la France était une oasis de paix, même à l'époque où des milliers d'étrangers envahissaient les lieux pour profiter de la plage ou pour vendre et acheter des films. L'année précédente, il avait été chargé de quatre cas de suicide (ce qui signifiait six ou sept kilos de papiers à dactylographier, remplir, signer), et deux – seulement deux – agressions suivies de mort.

En quelques heures, les chiffres avaient atteint le niveau d'une année entière. Que se passait-il ?

Les gardes du corps avaient disparu avant de faire une déposition – et Savoy a noté mentalement que, dès qu'il aurait le temps, il passerait un savon aux policiers chargés de l'affaire. En fin de compte, ils avaient laissé s'échapper les seuls vrais témoins de la scène – car la femme qui se trouvait dans la salle d'attente ne savait absolument rien. En moins de deux minutes, il a compris qu'elle se trouvait loin au moment où le poison avait été lancé, et qu'elle voulait tout simplement profiter de la situation pour approcher le célèbre distributeur.

Lire du papier, encore et encore, voilà ce qui lui restait à faire.

Il est assis dans la salle d'attente de l'hôpital, deux rapports posés devant lui.

Le premier, deux feuilles d'ennuyeux détails techniques rédigées par le médecin de garde, analyse les dégâts causés à l'organisme de l'homme qui se trouve maintenant dans l'unité de soins intensifs de l'hôpital : empoisonnement par perforation de la partie lombaire gauche, causé par une substance inconnue, mais qui en ce moment est examinée en laboratoire, à l'aide de l'aiguille qui a injecté la substance toxique dans le flux sanguin. Le seul agent classé sur la liste des poisons capables d'une réaction aussi violente et aussi rapide est la strychnine, mais celle-ci provoque des convulsions et des spasmes dans le corps. D'après ce qu'ont dit les agents de sécurité, et qui a été confirmé par les paramédicaux comme par la femme dans la salle d'attente, on n'a pas détecté un tel symptôme. Au contraire, on a observé une paralysie immédiate des muscles, le thorax se renversant en avant, et l'on a pu transporter la victime sans attirer l'attention des autres invités de la fête.

L'autre rapport, beaucoup plus détaillé, venait de l'EPCTF (European Police Chiefs Task Force – Groupe de travail des ministères de l'Intérieur européens) et d'Europol (Police européenne), qui suivait pas à pas la victime depuis qu'elle avait mis le pied sur le sol européen. Les agents se relayaient, mais, au moment de l'incident, elle était surveillée par un agent noir, venant de Guadeloupe, mais qui avait l'air jamaïcain.

« Et pourtant, la personne chargée de la surveillance n'a rien vu. Ou plutôt : au moment des faits, sa vue a été partiellement interceptée par quelqu'un qui passait avec un verre de jus d'ananas à la main. »

Bien que la victime n'ait jamais eu affaire à la police et soit connue dans le milieu cinématographique comme l'un des distributeurs de films les plus révolutionnaires du moment, ses affaires n'étaient qu'une façade pour une activité beaucoup plus rentable. Selon Europol, Javits Wild était un producteur de deuxième catégorie dans l'industrie cinématographique et puis, il y a cinq ans, il avait été contacté par un cartel spécialisé dans la distribution de cocaïne sur le territoire américain pour transformer l'argent sale en argent propre.

« Ça devient intéressant. »

Pour la première fois, Savoy aime bien ce qu'il lit. Il a peut-être entre les mains une affaire importante, loin de la routine des problèmes d'ordures, des querelles de couple, des cambriolages d'appartements loués à la saison et des deux assassinats par an.

Il connaît le mécanisme. Il sait de quoi ils parlent dans ce rapport. Les trafiquants gagnent des fortunes dans la vente du produit, mais comme ils ne peuvent pas prouver son origine, ils n'arrivent jamais à ouvrir de comptes bancaires, acheter des appartements, des voitures ou des bijoux, faire des investissements, transférer de grosses sommes d'un pays à l'autre – parce que l'État demanderait : « Mais comment avez-vous réussi à devenir aussi riche ? Où avez-vous gagné tout cela ? »

Pour surmonter cet obstacle, ils recourent à un mécanisme financier connu sous le terme de « blanchiment d'argent » qui consiste à transformer des profits d'origine criminelle en actifs financiers respectables, pouvant faire partie du système économique et rapporter encore plus d'argent. On attribuait l'origine de l'expression au gangster américain Al Capone, qui avait acheté la chaîne de blanchisseries Sanitary Cleaning Shops, et déposait par son intermédiaire dans des banques l'argent qu'il gagnait avec la vente illégale d'alcool pendant la Prohibition aux États-Unis. Ainsi, si on lui demandait pourquoi il était si riche, il pouvait toujours dire : « Les gens font laver plus de vêtements que jamais. Je suis content d'avoir investi dans cette branche. »

« Il a fait tout comme il fallait. Il a juste oublié de déclarer au fisc les revenus de son entreprise », a pensé Savoy.

Le blanchiment d'argent servait pour la drogue, mais aussi pour beaucoup d'autres objectifs : des politiciens qui recevaient une commission sur la surfacturation de travaux, des terroristes qui avaient besoin de financer des opérations dans divers endroits du monde, des compagnies qui voulaient cacher leurs pertes et profits à leurs actionnaires, des individus qui trouvaient inacceptable l'impôt sur le revenu. Autrefois il suffisait d'ouvrir un compte numéroté dans un paradis fiscal, mais les gouvernements ont commencé à prendre une série de mesures de collaboration mutuelle, et le processus a dû s'adapter aux temps nouveaux.

Mais une chose était sûre : les criminels avaient toujours une longueur d'avance sur les autorités et le Trésor public.

Comment cela fonctionne-t-il à présent ? D'une manière beaucoup plus élégante, plus sophistiquée et plus créative. Tout ce dont ils ont besoin, c'est de respecter trois étapes clairement définies : placement, occultation et intégration. Prendre des oranges, faire une orangeade et la servir sans que l'on soupçonne l'origine des fruits.

Il est relativement facile de faire l'orangeade : à partir d'une série de comptes, de petites sommes commencent à passer d'une banque à l'autre, très souvent dans des systèmes informatiques, pour qu'elles puissent petit à petit être regroupées plus loin. Les chemins sont tellement tortueux qu'il est presque impossible de suivre les traces des impulsions électroniques. Oui, parce qu'à partir du moment où l'argent est déposé il cesse d'être du papier et se transforme en codes numériques composés de deux chiffres, « 0 » et « 1 ».

Savoy pense à son compte bancaire ; indépendamment de ce qu'il y avait dessus – et ce n'était pas grand-chose –, il dépendait de codes qui circulaient par des câbles. Et s'ils décidaient, d'une heure à l'autre, de changer le système de toutes les données ? Et si le nouveau programme ne fonctionnait pas ? Comment prouver qu'il avait une certaine somme d'argent ? Comment transformer ces « 0 » et « 1 » en quelque chose de plus concret, comme une maison ou des achats au supermarché ?

Prisonnier du système, il ne peut rien faire. Mais il décide que, en sortant de l'hôpital, il passera par un distributeur automatique et demandera un extrait de son compte. Savoy note dans son agenda qu'à partir de maintenant il doit faire cela toutes les semaines, et si une catastrophe se produit dans le monde, il aura toujours une preuve sur papier.

Papier. Encore ce mot. Pourquoi délire-t-il de cette manière ? Ah oui, le blanchiment d'argent.

Il récapitule tout ce qu'il sait sur le blanchiment. La dernière étape est la plus facile de toutes. L'argent est regroupé sur un compte respectable, comme celui d'une société d'investissements immobiliers, ou dans un fonds de placement sur le marché financier. Si l'État repose la question « D'où vient cet argent ? », l'explication est simple : de petits investisseurs qui croient en ce que nous vendons. À partir de là, il peut être investi dans d'autres actions, d'autres terrains, des avions, des objets de luxe, des maisons avec piscine, des cartes de crédit sans limite de dépenses. Les associés de ces entreprises sont ceux-là mêmes qui ont financé à l'origine les achats de drogue, d'armes, de tout ce qui relève du commerce illicite. Mais l'argent est propre ; en fin de compte, n'importe quelle société peut gagner des millions de dollars en spéculant à la Bourse ou dans l'immobilier.

Restait la première étape, la plus difficile : « Qui sont ces petits investisseurs ? »

C'est là qu'entrait en jeu la créativité des criminels. Les « oranges » étaient des personnes qui circulaient dans les casinos avec de l'argent emprunté à un « ami », dans des pays où les paris étaient moins surveillés que la corruption : il n'est interdit à personne de gagner des fortunes. Dans ce cas, il y avait des arrangements préalables avec les propriétaires, qui gardaient un pourcentage de l'argent qui transitait sur les tables.

Mais le joueur – une personne à faible revenu – pouvait par la suite justifier auprès de son banquier l'énorme somme déposée.

Le hasard.

Et, le lendemain, il transférait la quasi-totalité de l'argent à l'« ami » qui l'avait prêté et gardait un petit pourcentage.

Autrefois, la méthode préférée était l'achat de restaurants – qui pouvaient faire payer leurs plats une fortune et déposer l'argent sans attirer de soupçons. Même si en passant on voyait les tables complètement vides, il était impossible de prouver que personne n'avait mangé là de toute la journée. Mais maintenant, avec le développement de l'industrie du loisir, une procédure beaucoup plus créative avait vu le jour.

Le marché de l'art, ô combien impondérable, arbitraire et incompréhensible !

Des gens de la classe moyenne ayant peu de revenus mettaient aux enchères des pièces de grande valeur, affirmant qu'ils les avaient trouvées dans le grenier de la vieille maison familiale. Elles étaient achetées très cher et revendues la semaine suivante à des galeries spécialisées, pour dix ou vingt fois le prix initial. L'« orange » était contente, remerciait les dieux pour la générosité du destin, déposait l'argent sur son compte et décidait de faire un investissement dans un pays étranger, en prenant soin d'en laisser un peu – son pourcentage – à la banque d'origine. Les dieux, dans ce cas, étaient les vrais propriétaires des tableaux, qui les rachetaient dans les galeries et les remettaient sur le marché en passant par d'autres intermédiaires.

Mais il y avait des produits plus chers, comme le théâtre, la production et la distribution de films. C'était là que les mains invisibles du blanchiment d'argent faisaient vraiment la fête.

Savoy continue à lire le résumé de la vie de l'homme qui se trouve à présent dans l'unité de soins intensifs, remplissant certains blancs à l'aide de son imagination.

Un acteur qui rêvait de devenir une grande célébrité. Il n'a pas trouvé de rôle – bien qu'aujourd'hui encore il soigne son apparence comme s'il était une grande star –, mais il a fini par se familiariser avec l'industrie. Déjà entre deux âges, il obtient un peu d'argent auprès d'investisseurs et fait un ou deux films, qui sont un échec retentissant, parce qu'ils n'ont pas trouvé la distribution adéquate. Cependant, son nom apparaît dans les génériques et dans les revues spécialisées comme celui de quelqu'un qui a tenté de faire quelque chose qui sorte du schéma des grands studios.

Il traverse un moment de désespoir, ne sait pas quoi faire de sa vie, personne ne lui donne une nouvelle chance et il en a assez d'implorer des gens qui ne veulent investir que dans des succès garantis. Un beau jour, un groupe de personnes viennent le voir, certaines gentilles, d'autres qui ne disent absolument pas un mot.

Elles lui font une proposition : il commencera à distribuer des films, et son premier achat doit être quelque chose de concret, capable d'atteindre un public nombreux. Les principaux studios feront de grosses offres pour le produit, mais il n'a pas à s'inquiéter – quelle que soit la somme proposée, elle sera couverte par ses nouveaux amis. Le film sera présenté dans un grand nombre de cinémas et rapportera une fortune. Javits y gagnera ce dont il a le plus besoin : une réputation. Personne, à ce stade, n'enquêtera sur la vie de ce producteur frustré. Deux ou trois films plus tard, cependant, les autorités vont commencer à demander d'où vient l'argent, mais là la première étape sera déjà effacée grâce au délai de contrôle, dépassé au bout de cinq ans.

Javits entame une carrière brillante. Les premiers films qu'il a distribués font du profit, les exploitants se mettent à croire en son talent pour sélectionner ce qu'il y a de meilleur sur le marché, réalisateurs et producteurs veulent travailler avec lui. Pour garder les apparences, il accepte toujours deux ou trois projets par semestre – le reste, ce sont des films à très gros budgets, des stars internationales, des professionnels parfaitement compétents, avec beaucoup d'argent pour la production, financés par des groupes établis dans des paradis fiscaux. Le résultat des entrées est déposé sur un fonds d'investissement normal, au-dessus de tout soupçon, qui possède une « part des actions » du film.

Voilà. L'argent sale s'est transformé en une merveilleuse œuvre d'art, qui évidemment n'a pas produit tout le profit attendu, mais qui a pu rapporter des millions de dollars – maintenant placés par un des associés de l'entreprise.

Vient un moment où un contrôleur plus attentif – ou la délation d'un studio – attire l'attention sur un fait très simple : comment se fait-il que tant de producteurs inconnus sur le marché emploient de grandes célébrités et de talentueux réalisateurs, dépensent des fortunes en publicité, et ne recourent qu'à UN distributeur pour leurs films ? La réponse est simple : les grands studios ne s'intéressent qu'à leurs propres productions, et Javits est le héros, l'homme qui rompt avec la dictature d'énormes corporations, le nouveau mythe, le David qui lutte contre le Goliath représenté par un système injuste.

Un contrôleur plus consciencieux décide d'aller plus loin, malgré toutes les explications raisonnables. Les investigations commencent, discrètement. Les compagnies qui ont investi dans le box-office sont toujours des sociétés anonymes, dont le siège est aux Bahamas, au Panama ou à Singapour. À ce moment, quelqu'un infiltré dans le service des impôts (il y a toujours un infiltré) avertit que ce filon n'est plus intéressant – ils doivent trouver un nouveau distributeur pour blanchir l'argent.

Javits est désespéré – il s'est habitué à vivre en millionnaire et à être courtisé comme un demi-dieu. Il se rend à Cannes, une excellente couverture pour parler avec ses « bailleurs de fond » sans être inquiété, faire des arrangements, changer personnellement les codes des comptes numérotés. Il ne sait pas qu'il est suivi depuis longtemps, que son arrestation n'est plus qu'une formalité, décidée par des types cravatés dans des bureaux mal éclairés : le laisseront-ils continuer un peu, afin d'obtenir plus de preuves, ou l'histoire va-t-elle se terminer là ?

Mais les « financeurs » n'aiment pas courir de risques inutiles. Javits peut être arrêté à tout moment, passer un accord avec la justice et finir par livrer des détails du montage – ce qui inclut, outre des noms, des photos avec certaines personnes, prises à son insu.

Il n'y a qu'un moyen de résoudre le problème : en finir avec lui.

Tout est clair, et Savoy sait exactement comment les choses se sont déroulées. Maintenant il doit procéder comme d'habitude.

Du papier.

Remplir un rapport, le remettre à Europol et laisser les bureaucrates là-bas se charger de trouver les assassins, parce qu'il s'agit d'une affaire qui peut procurer de l'avancement à beaucoup de gens et relancer des carrières qui stagnent. Les investigations doivent aboutir, et aucun de ses supérieurs ne croit qu'en France un inspecteur de province sera capable de grandes découvertes (Cannes, en effet, malgré toutes ses paillettes et son glamour, n'était qu'une petite ville de province pendant les autres jours de l'année).

Il soupçonne que le coupable est l'un des gardes du corps qui se trouvait à la table, vu qu'il devait se trouver tout près pour que le poison puisse être administré. Mais il ne le mentionnera pas. Il usera encore du papier pour faire une enquête parmi les employés qui se trouvaient à la fête, il n'obtiendra aucun témoignage, et décidera que l'affaire est close dans sa juridiction – après avoir passé quelques jours à échanger des fax et des messages avec les services au-dessus du sien.

Il reviendra aux deux homicides par an, aux bagarres, aux contraventions, alors qu'il était tout près de quelque chose qui pourrait avoir une répercussion internationale. Son rêve d'adolescent – rendre le monde meilleur, contribuer à une société plus sûre et plus juste, obtenir une promotion, se battre pour un poste auprès du ministère de la Justice, offrir à sa femme et à ses enfants une vie plus confortable, collaborer au changement de la perception qu'on a des forces de l'ordre en montrant qu'il existe encore des policiers honnêtes – rime toujours avec le même mot.

Le papier.

16 h 16

La terrasse du bar de l'hôtel Martinez est pleine à craquer, et Igor est fier de son sens de l'organisation ; sans avoir jamais visité cette ville, il avait réservé la table – imaginant à l'avance la situation telle qu'il la voyait maintenant. Il demande un thé et des toasts, allume une cigarette, regarde autour de lui, et la scène est la même que dans n'importe quel endroit chic du monde : des femmes traitées au Botox ou anorexiques, des dames couvertes de bijoux qui mangent une glace, des hommes accompagnés de filles plus jeunes, des couples qui ont l'air de s'ennuyer, des jeunes filles souriantes sirotant des sodas sans calories qui font mine de se concentrer sur la conversation, tout en parcourant l'endroit des yeux dans l'espoir de rencontrer quelqu'un d'intéressant.

Une seule exception : trois hommes et deux femmes ont étalé des papiers au milieu des cannettes de bière, ils discutent à voix basse et ne cessent de comparer des chiffres sur une calculette. Apparemment, ils sont les seuls vraiment engagés dans un projet, mais ce n'est pas vrai ; tout le monde est là pour travailler, et ne cherche qu'une seule chose.

La vi-si-bi-li-té.

Qui, si tout se passe bien, deviendra Réputation. Et, si tout se passe bien, Pouvoir. Le mot magique, qui transforme l'être humain en une icône inatteignable, un demi-dieu, peu disert, habitué à toujours voir ses désirs satisfaits, capable de susciter envie et jalousie quand il passe dans sa limousine aux vitres teintées ou dans sa luxueuse voiture de sport. Qui n'a plus de montagnes difficiles à gravir et plus rien à conquérir.

Ceux qui fréquentent cette terrasse ont déjà franchi une barrière – ils ne sont pas à l'extérieur avec leurs appareils photographiques, derrière des haies métalliques, attendant que quelqu'un sorte par la porte principale et illumine leur univers. Oui, ils sont arrivés au hall de l'hôtel, et il ne leur manque plus que le pouvoir et la réputation, peu importe dans quel domaine. Les hommes savent que l'âge n'est pas un problème, ils n'ont besoin que de bons contacts. Les jeunes filles qui surveillent la terrasse avec la même habileté que des agents de sécurité expérimentés sentent que s'approche l'âge de tous les dangers, où leurs chances d'obtenir quelque chose grâce à leur beauté vont brusquement disparaître. Les femmes plus âgées aimeraient être reconnues et respectées pour leurs dons et leur intelligence, mais on voit d'abord leurs diamants avant de découvrir ces talents. Les hommes avec leurs femmes attendent que quelqu'un passe, leur souhaite le bonsoir, que tout le monde tourne les yeux vers eux en pensant : « Il est connu. » Ou peut-être est-il vraiment célèbre, qui sait ?

Le syndrome de la célébrité – capable de détruire des carrières, des mariages, des valeurs chrétiennes, et qui aveugle les savants et les ignorants. De grands scientifiques auxquels on a attribué un prix important ont pour cette raison abandonné leurs recherches qui auraient pu améliorer l'humanité. Ils se sont mis à vivre de conférences qui alimentent leur ego et leur compte bancaire. L'Indien de la forêt amazonienne subitement adopté par un chanteur célèbre, qui finit par penser que sa misère est exploitée. Le procureur qui travaille dur à défendre les droits des personnes défavorisées décide de se présenter à une charge publique, gagne l'élection et se croit désormais protégé par son immunité – jusqu'au jour où il est découvert dans un motel avec un travailleur du sexe, payé par le contribuable.

Le syndrome de la célébrité. Quand les gens oublient qui ils sont et se mettent à croire ce que les autres disent d'eux. La Superclasse, le rêve de tous, un monde sans ombres ni ténèbres, le mot « oui » servant toujours de réponse à n'importe quelle demande.

Igor est puissant. Il a lutté toute sa vie pour arriver là où il est. Pour cela, il a été obligé de prendre part à des dîners ennuyeux, des conférences interminables, des rencontres avec des personnes qu'il détestait, d'échanger des sourires quand il avait envie de proférer une insulte, des insultes quand en vérité il avait pitié des pauvres malheureux qui « servaient de bouc-émissaire ». Il a travaillé jour et nuit, le weekend, absorbé par des rendez-vous avec ses avocats, administrateurs, fonctionnaires ou attachés de presse. Il était parti de zéro juste après la chute du régime communiste et il a réussi à atteindre le sommet. Plus que cela, il a survécu à toutes les tempêtes politiques et économiques qui ont ravagé son pays dans les deux premières décennies du nouveau régime.

Tout cela pourquoi ? Parce qu'il craignait Dieu et savait que le chemin qu'il avait parcouru dans la vie était une bénédiction qui devait être respectée, sinon il aurait tout perdu.

Bien sûr, quelque chose lui disait à certains moments qu'il négligeait la part la plus importante de cette bénédiction : Ewa. Mais, pendant des années, il a eu la certitude qu'elle comprenait, qu'elle acceptait que ce n'était qu'une phase, que bientôt ils pourraient profiter de tout le temps dont ils avaient besoin ensemble. Ils faisaient de grands projets – voyages, promenades en bateau, une maison isolée à la montagne avec la cheminée allumée, et la certitude qu'ils pourraient rester là tout le temps nécessaire, sans avoir à penser à l'argent, aux dettes et aux obligations. Ils trouveraient une école pour les nombreux enfants qu'ils projetaient d'avoir ensemble, passeraient des après-midi entiers à se promener dans les forêts des environs et iraient dîner dans des restaurants du coin, petits mais accueillants.

Ils auraient le temps de s'occuper du jardin, lire, aller au cinéma, faire les choses simples dont tout le monde rêve, les seules choses capables de remplir la vie de n'importe quel individu dans ce monde. Quand il arrivait à la maison, avec des tas de papiers qu'il étalait sur le lit, il réclamait encore un peu de patience. Quand le téléphone mobile sonnait justement le jour où ils avaient choisi de dîner ensemble, et qu'il était obligé d'interrompre leur conversation pour passer un long moment à discuter avec son interlocuteur à l'autre bout de la ligne, il demandait de nouveau encore un peu de patience. Il savait qu'Ewa faisait son possible et l'impossible pour qu'il se sente à l'aise, même si de temps à autre elle déplorait, avec beaucoup de tendresse, qu'ils ne puissent profiter de la vie alors qu'ils étaient encore jeunes et qu'ils avaient assez d'argent pour les cinq prochaines générations.

Igor confirmait : il pouvait s'arrêter le jour même. Ewa souriait, lui caressait le visage – et à ce moment, il se souvenait qu'il avait oublié quelque chose d'important, il allait vers son téléphone ou son ordinateur, parlait ou envoyait un message.

Un homme d'une quarantaine d'années se lève, regarde le bar autour de lui et brandit un journal au-dessus de sa tête en criant :

« "Violence et horreur à Tokyo", dit la Une. "Sept personnes assassinées dans un magasin de jouets électroniques". »

Tout le monde regarde dans sa direction.

« Violence ! Ils ne savent pas de quoi ils parlent ! La violence, elle est ici ! »

Igor sent un frisson lui parcourir le dos.

« Si un déséquilibré tue à coups de couteau quelques innocents, le monde entier est horrifié. Mais qui fait attention à la violence intellectuelle qui règne à Cannes ? On est en train d'assassiner notre festival au nom d'une dictature. Il ne s'agit plus de choisir le meilleur film, mais de commettre des crimes contre l'humanité, en obligeant les gens à acheter des produits qu'ils ne désirent pas, oublier l'art pour penser à la mode, ne plus aller aux projections de films pour participer à des déjeuners et à des dîners. C'est brutal ! Je suis ici…

— La ferme ! s'écrie quelqu'un. Personne ne veut savoir pourquoi vous êtes ici.

— …Je suis ici pour dénoncer l'asservissement des désirs de l'homme ! L'homme qui désormais ne fait plus ses choix par intelligence, mais à cause de la propagande, du mensonge ! Pourquoi vous préoccupez-vous des coups de couteau à Tokyo et n'accordez-vous aucune importance aux coups de couteau que toute une génération de cinéastes est contrainte de supporter ? »

L'homme fait une pause, attendant l'ovation qui consacrerait ses propos, mais il n'entend même pas le silence de la réflexion. Tous se sont remis à bavarder à leurs tables, indifférents à ce qui vient d'être dit. Il se rassoit, drapé dans sa suprême dignité, mais le cœur en miettes de s'être ridiculisé.

« Vi-si-bi-li-té, pense Igor. Le problème, c'est que personne n'a prêté attention. »

À son tour il regarde autour de lui. Ewa se trouve dans le même hôtel, et, après des années de mariage, il pourrait jurer qu'elle est en train de prendre un café ou un thé pas très loin de l'endroit où il est assis. Elle a reçu ses messages, et maintenant elle le cherche certainement, sachant que lui aussi doit être tout près.

Il ne la voit pas. Et il ne peut pas cesser de penser à elle, son obsession. Il se rappelle un soir où, rentrant tard à la maison dans sa limousine importée, avec son chauffeur qui lui servait en même temps de garde – ils s'étaient battus ensemble en Afghanistan, mais le sort leur avait souri différemment –, il lui demanda de s'arrêter à l'hôtel Kempinski. Il laissa le mobile et les papiers dans la voiture, monta jusqu'au bar qui se trouvait sur la terrasse de l'immeuble. Contrairement à cette terrasse de Cannes, l'endroit était presque vide, sur le point de fermer. Il distribua un généreux pourboire aux domestiques pour qu'ils continuent à travailler pour lui encore une heure.

Et ce fut là qu'il comprit. Non, ce n'était pas vrai qu'il allait s'arrêter le mois suivant, ni l'année suivante, ni la décennie suivante. Ils n'auraient jamais cette maison de campagne et la famille dont ils rêvaient. Il se demandait, ce soir-là, pourquoi c'était impossible, et il n'avait qu'une réponse.

Le chemin du pouvoir est sans retour. Il serait éternellement esclave de son choix, et, s'il réalisait vraiment son rêve de tout laisser tomber, il sombrerait dans une profonde dépression.

Pourquoi agissait-il ainsi ? À cause des cauchemars qu'il faisait la nuit, quand il se rappelait les tranchées, le jeune homme effrayé accomplissant un devoir qu'il n'avait pas choisi, obligé de tuer ? Parce qu'il ne parvenait pas à oublier sa première victime, un paysan qui était entré dans sa ligne de tir quand l'Armée rouge luttait contre les combattants afghans ? À cause des nombreuses personnes qui l'avaient d'abord dénigré, puis humilié, quand il avait décidé que l'avenir du monde était dans la téléphonie mobile et commencé à chercher des investisseurs pour son affaire ? Parce qu'au début il avait dû s'associer aux hommes de l'ombre, les mafieux russes qui désiraient blanchir l'argent gagné dans la prostitution ?

Il avait réussi à rembourser les emprunts sans se laisser corrompre et sans devoir de faveurs. Il avait réussi à négocier avec les ombres, et garder cependant sa lumière. Il comprenait que la guerre appartenait à un passé révolu, et jamais il ne retournerait sur un champ de bataille. Il avait rencontré la femme de sa vie. Il faisait le travail qu'il avait toujours voulu faire. Il était riche – il était richissime, et le système communiste aurait pu revenir le lendemain, la plus grande partie de sa fortune personnelle se trouvait hors du pays. Il avait de bons rapports avec tous les partis politiques et avait rencontré les grandes personnalités mondiales. Il avait fini par organiser une Fondation qui s'occupait d'orphelins de soldats morts au cours de l'invasion soviétique en Afghanistan.

Mais là, dans ce café près de la place Rouge, où il était le seul client et savait qu'il était assez puissant pour payer les serveurs et y passer toute la nuit, il comprit.

Il comprit pourquoi il constatait que la même chose arrivait à sa femme, qui maintenant voyageait beaucoup, rentrait tard elle aussi quand elle se trouvait à Moscou et se jetait sur son ordinateur à peine arrivée. Il comprit que, contrairement à ce que tout le monde pensait, le pouvoir total signifie l'esclavage le plus absolu. Quand on y parvient, on ne veut plus en sortir. Il y a toujours une nouvelle montagne à gravir. Il y a toujours un concurrent à convaincre ou à dominer. Avec deux mille autres personnes, il faisait partie du club le plus fermé du monde, qui ne se réunit qu'une fois par an à Davos, en Suisse, au Forum économique mondial ; toutes étaient plus que riches, millionnaires, puissantes. Toutes travaillaient du matin au soir, voulant toujours aller plus loin, ne changeant jamais de sujet – acquisitions, Bourses, tendances du marché, l'argent et encore l'argent. Elles ne travaillaient pas par nécessité, mais parce qu'elles se jugeaient indispensables – elles devaient nourrir des milliers de familles et étaient convaincues qu'elles avaient une formidable responsabilité envers leurs gouvernements et envers leurs associés. Elles travaillaient en pensant sincèrement qu'elles venaient en aide au monde – ce qui était peut-être vrai, mais exigeait qu'elles le paient de leur propre vie.

Le lendemain, il fit ce qu'il a toujours détesté dans la vie : il alla voir un psychiatre – il devait y avoir quelque chose qui n'allait pas. Il découvrit alors qu'il souffrait d'une maladie assez courante chez ceux qui ont atteint un but qui semblait inaccessible pour une personne ordinaire. Il était un travailleur compulsif, ou un *workaholic*, expression mondialement connue pour désigner ce type de désordre. Les travailleurs compulsifs, dit le psychiatre, quand ils ne sont pas engagés dans les défis et les problèmes de leur entreprise, courent le risque de sombrer dans une dépression profonde.

« Un désordre dont nous ne connaissons pas encore la cause, mais qui est associé à l'insécurité, à certaines peurs d'enfance et à une réalité que l'on veut nier. C'est quelque chose d'aussi grave que la toxicomanie.

« Mais, contrairement à celui qui est dépendant des drogues, qui font baisser la productivité, le travailleur compulsif, lui, contribue largement à la richesse de son pays. Par conséquent, personne n'a intérêt à le faire soigner.

— Et quelles sont les conséquences ?

— Vous devez le savoir, car c'est pour cela que vous êtes venu me voir. La plus grave est la destruction de la vie familiale. Au Japon, un des pays où la maladie se manifeste le plus fréquemment, avec parfois des conséquences fatales, il existe diverses méthodes pour contrôler l'obsession. »

Dans les deux dernières années de sa vie, il ne se souvenait pas d'avoir écouté quelqu'un avec le respect qu'il accordait à l'homme portant lunettes et moustache qui se trouvait devant lui.

« Alors, je peux croire qu'il y a un remède à cette maladie.

— Quand un travailleur compulsif en arrive à requérir l'aide d'un psychiatre, c'est qu'il est prêt pour la cure. Sur mille cas, seul un se rend compte qu'il a besoin d'aide.

— J'ai besoin d'aide. J'ai assez d'argent...

— Voilà typiquement les mots d'un travailleur compulsif. Oui, je sais que vous avez assez d'argent, comme tous les autres. Je sais qui vous êtes ; j'ai vu vos photos dans des fêtes de charité, dans des congrès, et lors d'une audience privée avec notre président – soit dit en passant, il présente lui aussi les symptômes de ce trouble.

« L'argent ne suffit pas. Je veux savoir si vous avez la volonté suffisante. »

Igor pensa à Ewa, à la maison à la montagne, à la famille qu'il aurait aimé fonder, aux centaines de millions de dollars qu'il avait à la banque. Il pensa à son prestige et à son pouvoir du moment, qu'il lui serait difficile d'abandonner.

« Je ne suis pas en train de vous suggérer d'abandonner ce que vous faites, commenta le psychiatre, comme s'il pouvait lire dans ses pensées. Je suggère que vous trouviez dans le travail une source de joie, et non une obsession compulsive.

— Je suis prêt.

— Et qu'est-ce qui vous motive principalement ? En fin de compte, tous les drogués du travail pensent qu'ils sont satisfaits de ce qu'ils font. Aucun de vos amis qui se trouvent dans la même position ne reconnaîtra qu'il a besoin d'aide. »

Igor baissa les yeux.

« Qu'est-ce qui vous motive ? Voulez-vous que je réponde pour vous ? Eh bien, je vais le faire. Comme je viens de vous le dire, vous êtes en train de détruire votre famille.

— Pire que cela. Ma femme présente les mêmes symptômes. Elle a commencé à prendre ses distances, depuis un voyage que nous avons fait au lac Baïkal. Et s'il y a quelqu'un au monde pour qui je serais capable de tuer de nouveau... »

Igor se rendit compte qu'il avait trop parlé. Mais le psychiatre semblait impassible de l'autre côté de la table.

« S'il y a quelqu'un au monde pour qui je serais capable de tout faire, absolument tout, c'est ma femme. »

Le psychiatre appela son assistante et lui demanda de marquer une série de consultations. Il ne demanda pas à son client s'il serait disponible à ces dates-là : cela faisait partie du traitement de faire apparaître clairement que n'importe quel engagement, si important soit-il, pouvait être reporté.

« Puis-je vous poser encore une question ? »

Le médecin acquiesça de la tête.

« Le fait d'être porté à travailler plus que je ne le dois ne peut-il pas être considéré également comme quelque chose de noble ? Un profond respect pour les opportunités que Dieu m'a accordées dans cette vie ? Un moyen de corriger la société, même si je suis parfois obligé de recourir à des méthodes un peu... »

Silence.

« ...Un peu quoi ?

— Rien. »

Igor sortit de la consultation à la fois troublé et soulagé. Le médecin n'avait peut-être pas compris l'essence de tout ce qu'il faisait : la vie a toujours une raison, toutes les personnes ne font qu'un, et très souvent il est nécessaire d'extirper les tumeurs malignes pour que le corps reste sain. Les gens se retranchent dans leur monde égoïste, font des projets qui n'incluent pas leur prochain, croient que la planète n'est qu'un terrain de plus à exploiter et suivent leurs instincts et désirs sans absolument rien consacrer au bien-être collectif.

Il n'était pas en train de détruire sa famille, il voulait simplement laisser un monde meilleur aux enfants qu'il rêvait d'avoir. Un monde sans drogues, sans guerres, sans le scandaleux marché du sexe, où l'amour serait la grande force qui unirait tous les couples, peuples, nations et religions. Ewa comprendrait – même si en ce moment leur mariage traversait une crise, assurément envoyée par l'esprit du Mal.

Le lendemain, il demanda à sa secrétaire d'annuler les consultations – il avait d'autres choses importantes à faire. Il organisait un grand projet pour purifier le monde, il avait besoin d'aide, et il était déjà entré en contact avec un groupe disposé à travailler avec lui.

Deux mois plus tard, il était abandonné par la femme qu'il aimait. À cause du Mal qui l'avait possédée. Parce qu'il n'avait pu expliquer exactement les raisons de certains de ses comportements.

Il a été ramené à la réalité de Cannes par une chaise traînée bruyamment. Devant lui se trouve une femme, un verre de whisky dans une main et une cigarette dans l'autre. Bien habillée, mais visiblement ivre.

« Je peux m'asseoir ici ? Toutes les tables sont occupées.

— Vous venez de vous asseoir.

— Ce n'est pas possible, a dit la femme, comme si elle le connaissait de longue date. Ce n'est tout simplement pas possible. La police m'a expulsée de l'hôpital. Et l'homme pour lequel j'ai fait un voyage d'une journée et loué une chambre d'hôtel au double de son prix est maintenant entre la vie et la mort. Quelle poisse ! »

Quelqu'un de la police ?

Ou ce qu'elle disait n'avait-il aucun rapport avec ce qu'il était en train de penser ?

« Qu'est-ce que vous, ou plutôt qu'est-ce que tu fais ici ? Tu n'as pas chaud ? Tu ne préfères pas retirer ton veston, ou tu veux impressionner les autres par ton élégance ? »

Les gens choisissaient toujours leur destin. C'est ce que cette femme était en train de faire.

« Je porte toujours un veston, quelle que soit la température. Vous êtes actrice ? »

La femme a éclaté de rire, proche de l'hystérie.

« Disons que je suis actrice. Oui, je suis actrice. Je joue le rôle de quelqu'un qui fait un rêve, encore adolescente, grandit avec, se bat sept misérables années de sa vie pour le transformer en réalité, hypothèque sa maison, travaille sans arrêt...

— Je sais ce que c'est.

— Non, tu ne sais pas. C'est penser jour et nuit à une seule chose. Aller dans des endroits où tu n'as pas été invité. Serrer la main à des gens que tu méprises. Téléphoner une, deux, dix fois pour obtenir un peu d'attention de gens qui n'ont même pas la moitié de ta valeur ou de ton courage, mais sont haut placés et décident de se venger de toutes les frustrations de leur vie de famille en rendant impossible la vie des autres.

— ...Et ne pas trouver d'autre plaisir dans la vie qu'aller à la poursuite de ce que vous désirez. N'avoir aucune distraction. Trouver tout le reste ennuyeux. Finir par détruire votre famille. »

La femme l'a regardé, étonnée. Son ivresse semblait avoir disparu.

« Qui êtes-vous ? Comment pouvez-vous lire dans mes pensées ?

— J'y songeais justement quand vous êtes entrée. Et vous pouvez continuer à me tutoyer. Je pense que je peux vous aider.

— Personne ne peut m'aider. La seule personne qui le pouvait est en ce moment dans l'unité de soins intensifs de l'hôpital. Et pour le peu que j'aie pu savoir avant l'arrivée de la police, il n'en sortira pas vivant. MON DIEU ! »

Elle finit de boire ce qui reste dans son verre. Igor fait un signe au garçon. Il l'ignore et va servir une autre table.

« Dans la vie, j'ai toujours préféré un éloge cynique à une critique constructive. Je vous en prie, dites que je suis belle, que j'ai des atouts. »

Igor rit.

« Comment savez-vous que je ne peux pas vous aider ?

— Êtes-vous par hasard distributeur de films ? Avez-vous des contacts dans le monde entier, des salles de cinéma partout sur la planète ? »

Peut-être pensaient-ils tous les deux à la même personne. Si c'était le cas, et si c'était un piège, il était trop tard pour prendre la fuite – il devait être surveillé, et dès qu'il se lèverait, il serait arrêté. Il sent son estomac se contracter, mais pourquoi a-t-il peur ? Quelques heures plus tôt il a tenté, sans succès, de se livrer à la police. Il avait choisi le martyre, offert sa liberté en sacrifice, mais Dieu a rejeté cette offre.

Et maintenant, le Ciel a reconsidéré sa décision.

Il doit imaginer comment se défendre dans la scène qui va suivre : le suspect est identifié, une femme qui feint d'être ivre s'avance, confirme les données. Puis, en toute discrétion, un homme entre et lui demande de le suivre juste pour une petite conversation. Cet homme est un policier. Igor a en ce moment dans sa veste un objet qui ressemble à un stylo, qui n'éveille aucun soupçon – mais le Beretta le dénoncera. Il voit sa vie entière défiler devant ses yeux.

Doit-il se servir tout de suite du pistolet ? Le policier qui se présentera dès que l'identification sera confirmée a sans doute d'autres amis qui observent la scène, et il sera mort avant d'avoir pu faire quoi que ce soit. D'autre part, il n'est pas venu ici pour tuer des innocents d'une manière barbare et indiscriminée ; il a une mission, et ses victimes – ou martyrs de l'amour, comme il préfère les appeler – servent un but supérieur.

« Je ne suis pas distributeur, répond-il. Je n'ai absolument rien à voir avec le monde du cinéma, de la mode, du glamour. Je travaille dans les télécommunications.

— Formidable, dit la femme. Vous devez avoir de l'argent. Vous avez dû faire des rêves dans la vie, et vous savez de quoi je parle. »

Il perdait le fil de la conversation. Il fait signe à un autre garçon, cette fois avec succès, et il commande deux tasses de thé.

« Vous ne voyez pas que je bois du whisky ?

— Si. Mais comme je vous l'ai dit tout à l'heure, je pense que je peux vous aider. Et pour cela, il faut que vous soyez sobre, consciente de chaque étape. »

Maureen a changé de ton. Depuis que cet étranger a réussi à deviner ce qu'elle pense, elle semble revenue à la réalité. Peut-être pourra-t-il vraiment l'aider. Depuis des années personne n'a tenté de la séduire en prononçant une des phrases les plus connues du milieu : « Je connais des gens influents. » Rien de mieux pour qu'une femme change d'état d'esprit que de se savoir désirée par quelqu'un du sexe opposé. Impulsivement, elle voudrait se lever et aller aux toilettes, se regarder dans le miroir, retoucher son maquillage. Mais cela peut attendre ; elle doit d'abord envoyer des signaux clairs montrant qu'elle est intéressée.

Oui, elle avait besoin de compagnie, elle était ouverte aux surprises du destin – quand Dieu ferme une porte, il ouvre une fenêtre. De toutes les tables sur cette terrasse, pourquoi celle-ci était-elle la seule occupée par une personne ? Il y avait un sens, un signe caché : tous les deux devaient se rencontrer.

Elle s'en est amusée. Dans son état de désespoir actuel, tout est un signe, un espoir, une bonne nouvelle.

« En premier lieu, je dois savoir de quoi vous avez besoin, dit l'homme.

— D'aide. J'ai un film prêt, avec un casting de premier plan, qui aurait dû être distribué par l'une des rares personnes qui croient encore au talent de quelqu'un qui est extérieur au système. J'allais rencontrer ce distributeur demain. J'étais au même déjeuner que lui, et tout d'un coup j'ai remarqué qu'il se trouvait mal. »

Igor commence à se détendre. C'est peut-être vrai, puisque dans le monde réel les choses sont plus absurdes que dans les livres de fiction.

« Je suis sortie, j'ai trouvé l'hôpital où on l'avait transporté, et j'y suis allée. En chemin, j'ai imaginé ce que j'allais dire : que j'étais son amie, et que nous étions sur le point de travailler ensemble. Je ne lui avais jamais parlé, mais je suis certaine que, dans une situation critique, on se sent mieux quand on a quelqu'un, n'importe qui, à côté de soi. »

« C'est-à-dire qu'elle allait se servir de la tragédie de Javits à son profit », a pensé Igor.

Ils sont vraiment tous pareils.

« Et qu'est-ce exactement qu'un casting de premier plan ?

— J'aimerais aller aux toilettes, si vous me le permettez. »

Igor se lève poliment, met ses lunettes noires, et tandis qu'elle s'éloigne, s'efforce de simuler le plus grand calme. Il boit son thé et ne cesse de parcourir la terrasse des yeux. En principe, il n'y a aucune menace en vue, mais de toute manière il vaut mieux quitter les lieux dès que la femme reviendra.

Maureen est impressionnée par la courtoisie de son nouvel ami. Il y a des années qu'elle n'a pas vu quelqu'un se comporter selon les normes de l'étiquette que ses parents lui ont enseignée. En quittant la terrasse, elle a noté que des filles jeunes et jolies, qui étaient à la table voisine et avaient certainement écouté une partie de la conversation, le regardaient et souriaient. Elle a vu qu'il mettait ses lunettes noires – peut-être pour pouvoir observer les femmes sans qu'elles s'en rendent compte. Quand elle reviendra, ils seront peut-être en train de prendre le thé ensemble.

Mais c'est la vie : ne pas se plaindre, et ne rien attendre.

Elle regarde son visage dans le miroir ; comment un homme pourrait-il s'intéresser à elle ? Elle doit vraiment revenir à la réalité, comme il le lui a suggéré. Elle a les yeux fatigués, vides, elle est épuisée comme tous ceux qui participent à un festival de cinéma, et pourtant elle sait qu'elle doit continuer à se battre. Cannes n'est pas encore terminé, Javits pourrait se remettre ou quelqu'un d'autre viendra, représentant sa maison de distribution. Elle a des entrées pour assister aux films des autres, une invitation pour la fête du magazine *Gala* – qui compte beaucoup en France – et elle pourrait profiter de son temps disponible pour voir ce que font les producteurs et réalisateurs indépendants en Europe pour montrer leur travail. Elle devrait se remettre d'aplomb rapidement.

Quant au bel homme, mieux vaut laisser tomber ses illusions. Elle regagne la table, convaincue qu'elle va y trouver les deux filles assises, mais l'homme est seul. De nouveau il se lève poliment, et tire sa chaise pour qu'elle puisse s'asseoir.

« Je ne me suis pas présentée. Je m'appelle Maureen.

— Igor. Enchanté. Nous avons interrompu notre conversation quand vous parliez de votre casting idéal. »

Maintenant elle peut en profiter pour envoyer une pique aux filles de la table voisine. Elle parle un peu plus haut que de coutume.

« Ici à Cannes, ou dans n'importe quel autre festival, tous les ans des actrices sont découvertes, et tous les ans de grandes actrices perdent un grand rôle – parce que l'industrie trouve qu'elles sont devenues trop vieilles, bien qu'elles soient encore jeunes et très motivées. Parmi celles qui sont découvertes ("pourvu que les filles à côté écoutent"), certaines s'engagent dans le pur glamour. Même si elles gagnent peu dans les films qu'elles font – tous les réalisateurs le savent, et ils en profitent au maximum – elles investissent dans ce qu'il y a de plus superficiel au monde.

— C'est-à-dire...

— La beauté. Elles deviennent des célébrités, commencent à se faire payer pour apparaître dans les fêtes, on les appelle pour des publicités, pour recommander des produits. Elles finissent par connaître les hommes les plus puissants et les acteurs les plus désirés de la planète. Elles gagnent une montagne d'argent – parce qu'elles sont jeunes, jolies et que leurs agents obtiennent un paquet de contrats.

« En réalité, elles se laissent guider par leurs agents, qui flattent leur vanité à tout moment. Elles font rêver des ménagères, des adolescentes, des jeunes artistes qui n'ont même pas les moyens de se rendre à la ville voisine, mais qui les considèrent comme des amies, des personnes qui vivent les expériences qu'elles aimeraient connaître. Elles continuent à faire des films, gagnent un peu plus, même si les attachés de presse divulguent des salaires très élevés ; tout cela n'est qu'un mensonge, auquel les journalistes ne croient même pas, mais qu'ils publient parce qu'ils savent que le public aime les nouvelles, pas l'information.

— Et quelle est la différence ? demande un Igor de plus en plus en plus détendu, mais sans cesser d'être attentif à ce qui se passe autour.

— Disons que vous avez acheté un ordinateur plaqué or dans une vente aux enchères à Dubaï, et décidé d'écrire un nouveau livre avec cette merveille de la technologie. Le journaliste, quand il le saura, va téléphoner pour demander : "Et comment va votre ordinateur en or ?" Ça, c'est la nouvelle. La véritable information, qui est ce que vous êtes en train d'écrire, n'a pas la moindre importance. »

« Serait-ce qu'Ewa reçoit des nouvelles et non des informations ? » Il n'y a jamais pensé.

« Continuez.

— Le temps passe. Ou plutôt, sept ou huit ans passent. Soudain, il n'y a plus de propositions de films. Les événements et l'argent des publicités commencent à se faire rares. L'agent a l'air plus occupé qu'avant – il ne répond plus aussi souvent à ses appels. La grande star se révolte : comment peuvent-ils lui faire ça à elle, le sex-symbol, la plus belle icône du glamour ? D'abord elle accuse son agent, décide de se faire représenter par quelqu'un d'autre, et – à sa surprise – constate que cela ne le dérange pas. Au contraire, il lui fait signer un papier disant que tout s'est bien passé pendant qu'ils étaient ensemble, lui souhaite bonne chance, et c'est le point final de la relation. »

Maureen a parcouru le local des yeux, pour voir si elle trouvait un exemple de ce qu'elle était en train de dire. Des personnes qui sont encore célèbres, mais qui ont complètement disparu du décor, et cherchent aujourd'hui désespérément une nouvelle opportunité. Elles se comportent encore comme de grandes divas, elles ont gardé leur air distant d'autrefois, mais leur cœur est plein d'amertume, et leur peau bourrée de Botox et de cicatrices invisibles d'opérations de chirurgie esthétique. Elle a vu du Botox, elle a vu des opérations de chirurgie esthétique, mais aucune des célébrités de la décennie passée n'était là. Elles n'avaient peut-être même plus d'argent pour venir dans un festival comme celui-là ; en ce moment, elles animaient des bals de province, des fêtes pour du chocolat ou de la bière, se comportant toujours comme si elles étaient encore ce qu'elles avaient été un jour, mais sachant qu'elles ne l'étaient plus.

« Vous avez parlé de deux sortes de personnes.

— Oui. Le second groupe d'actrices rencontre exactement le même problème. Avec une seule différence – sa voix s'est encore élevée d'un ton, parce que maintenant les filles à la table voisine sont visiblement intéressées par quelqu'un qui connaît le milieu. Elles savent que la beauté est passagère. On ne les voit plus autant sur les affiches ou en couverture des magazines, car elles sont occupées à perfectionner leur art. Elles continuent leurs études, prennent des contacts qui seront importants pour l'avenir, prêtant leur nom et leur apparence à certains produits – plus comme mannequins, mais comme associées. Elles gagnent moins, bien sûr. Mais elles gagnent pour le restant de leur vie.

« Et c'est là qu'apparaît quelqu'un comme moi. J'ai un bon scénario, suffisamment d'argent, et j'aimerais qu'elles soient dans mon film. Elles acceptent ; elles ont assez de talent pour jouer les rôles qui leur sont confiés, et suffisamment d'intelligence pour savoir que, même si, à la fin, le film n'est pas une grande réussite, au moins elles restent sur les écrans, on peut les voir travailler à l'âge mûr, et qui sait, un nouveau producteur peut s'intéresser à ce qu'elles font. »

Igor note lui aussi que les filles écoutent la conversation.

« Il serait peut-être bon que nous marchions un peu, dit-il à voix basse. Nous n'avons aucune intimité ici. Je connais un endroit plus isolé, où nous pouvons assister au coucher du soleil, c'est un beau spectacle. »

C'était tout ce qu'elle avait besoin d'entendre en ce moment ; une invitation à se promener ! Pour voir le coucher du solcil, même si le soleil n'était pas près de se coucher ! Pas des vulgarités du genre « montons dans ma chambre parce que je dois changer de chaussures » et « il ne se passera rien, je vous le promets », mais là-haut il commence avec la même histoire : « J'ai mes contacts, et je sais exactement de qui vous avez besoin », pendant qu'il essaie de la retenir pour lui donner le premier baiser.

Honnêtement, ça ne la gênerait pas de se laisser embrasser par cet homme qui paraît charmant, et dont elle ne sait absolument rien. Elle n'oubliera pas de sitôt l'élégance qu'il met à la séduire.

Ils se lèvent, et il demande à la sortie que l'on mette la note sur son compte (alors, il est descendu au Martinez !). En arrivant sur la Croisette, il suggère qu'ils tournent à gauche.

« C'est plus isolé. En outre, j'imagine que la vue est plus belle parce que le soleil descend sur les collines qui seront devant nos yeux.

— Igor, qui êtes-vous ?

— Bonne question, a-t-il répondu. J'aimerais moi aussi avoir la réponse. »

Encore un point positif. Il n'a pas commencé à dire à quel point il est riche, intelligent, capable de ceci et de cela. Il ne s'intéresse qu'à voir la nuit tomber avec elle, et cela suffit. Ils ont marché en silence jusqu'au bout de la plage, croisant toutes sortes de gens – des couples âgés qui paraissaient vivre dans un autre monde, complètement étrangers au festival, des jeunes qui passaient à patins, vêtements serrés, iPod sur les oreilles. Des vendeurs ambulants avec leurs marchandises exposées sur un tapis dont les pointes étaient reliées à des cordes, de sorte que, dès qu'ils soupçonnaient l'arrivée de contrôleurs, ils pouvaient transformer les « vitrines » en sacs, et puis un emplacement qui semblait avoir été isolé par la police, pour une raison inconnue – finalement c'était simplement un banc. Elle note que son compagnon regarde deux ou trois fois derrière lui, comme s'il attendait quelqu'un. Mais il ne s'agit pas de cela – il a peut-être vu une connaissance.

Ils montent sur un ponton où les bateaux bouchent un peu la vue de la plage, mais finissent par trouver un endroit isolé. Ils s'assoient sur un banc confortable, avec un dossier. Ils sont complètement seuls – personne ne vient jusque-là parce qu'il ne s'y passe absolument rien. Elle est d'excellente humeur.

« Quel paysage ! Savez-vous pourquoi Dieu a décidé de se reposer le septième jour ? »

Igor ne comprend pas la question, mais elle continue :

« Parce que le sixième jour, avant qu'il termine le travail et laisse un monde parfait pour l'être humain, un groupe de producteurs d'Hollywood s'est approché de Lui : "Ne vous occupez pas du reste ! Nous nous chargerons du coucher de soleil en technicolor, des effets spéciaux pour les tempêtes, de l'éclairage parfait, de l'équipement sonore grâce auquel, chaque fois qu'il entendra le bruit des vagues, l'homme pensera que c'est la mer pour de vrai !" »

Elle a ri toute seule. L'homme à côté d'elle a adopté un air plus grave.

« Vous m'avez demandé qui j'étais, a dit l'homme.

— Je ne sais pas qui vous êtes, mais je sais que vous connaissez bien la ville. Et je peux aller plus loin ; vous rencontrer a été une bénédiction. En un seul jour, j'ai vécu l'espoir, le désespoir, la solitude et le plaisir d'avoir une compagnie. Beaucoup d'émotions à la fois. »

Il retire un objet de sa poche – cela ressemble à un tube en bois de moins de quinze centimètres.

« Le monde est dangereux, dit-il. Où que vous soyez, vous risquez toujours d'être abordé par des personnes qui n'ont pas le moindre scrupule à attaquer, détruire, tuer. Et personne, absolument personne, n'apprend à se défendre. Nous sommes tous à la merci des plus puissants.

— Vous avez raison. Par conséquent, j'imagine que ce tube en bois est un moyen de ne pas les laisser vous faire du mal. »

Il tord la partie supérieure de l'objet. Avec la délicatesse d'un maître qui retouche son chef-d'œuvre, il retire le couvercle : en réalité, ce n'est pas un couvercle, mais une espèce de tête sur ce qui ressemble à un immense clou. Les rayons du soleil se reflètent sur la partie métallique.

« On ne vous laisserait pas passer dans un aéroport avec ça dans la valise, dit-elle en riant.

— Non, en effet. »

Maureen a compris qu'elle se trouvait avec un homme courtois, beau, probablement riche, mais capable également de la protéger de tous les dangers. Bien qu'elle ne connaisse pas les statistiques criminelles de la ville, il est toujours bon de penser à tout.

Les hommes sont faits pour cela : pour penser à tout.

« Évidemment, pour pouvoir me servir de cet objet, je dois savoir exactement où il faut appliquer le coup. Bien qu'il soit en acier, il est fragile à cause de son diamètre, et trop petit pour causer de graves dégâts. Sans précision, il n'y aura aucun résultat. »

Il a levé la lame et l'a placée à la hauteur de l'oreille de Maureen. Sa première réaction a été la peur, aussitôt remplacée par l'excitation.

« Là, par exemple, ce serait un endroit idéal. Un peu au-dessus, et les os du crâne protègent du coup. Un peu plus bas, la veine du cou est atteinte, la personne risque de mourir, mais elle aura les moyens de réagir. Si elle était armée, elle tirerait, vu que je suis très près. »

La lame est descendue lentement le long de son corps. Elle est passée sur son sein, et Maureen a compris : il veut l'impressionner et l'exciter en même temps.

« Je n'aurais pas pensé que quelqu'un qui travaille dans les télécommunications en sût autant sur le sujet. Mais, d'après ce que vous me dites, tuer avec cela, c'est assez compliqué. »

C'était une façon de dire : « Je m'intéresse à ce que vous me racontez. Vous m'intéressez. N'attendez pas, je vous prie, prenez ma main, pour que nous puissions voir le coucher du soleil ensemble. »

La lame a glissé sur le sein, mais ne s'y est pas arrêtée. Mais c'était suffisant pour l'exciter. Finalement, elle s'est arrêtée un peu au-dessous de son bras.

« Là, je suis à la hauteur de votre cœur. Autour, il y a les côtes, une protection naturelle. Si nous étions en train de nous battre, il serait impossible de faire du mal avec cette petite arme. Elle heurterait certainement une côte, et même si elle pénétrait dans le corps, le saignement provoqué par la blessure ne serait pas suffisant pour anéantir l'ennemi. Vous ne sentiriez peut-être même pas le coup. Mais à cet endroit-ci, elle est mortelle. »

Qu'est-ce qu'elle faisait là, dans un endroit isolé, avec un homme totalement étranger, qui lui parlait d'un sujet aussi macabre ? À ce moment précis, elle a senti une espèce de choc électrique qui l'a paralysée – la main avait poussé la lame à l'intérieur de son corps. Elle avait l'impression d'étouffer, elle voulait respirer, mais elle a tout de suite perdu connaissance.

Igor l'a serrée contre lui – comme il l'avait fait avec la première victime. Mais cette fois il a disposé son corps de manière qu'elle demeure assise. Son seul geste a été de mettre des gants, lui tenir la tête et la faire pencher en avant.

Si quelqu'un décidait de s'aventurer dans ce coin de la plage, il ne verrait qu'une femme endormie – épuisée d'avoir tant couru après des producteurs et des distributeurs dans le festival de cinéma.

Derrière un vieil entrepôt, le garçon qui adorait venir se cacher là, attendant que les couples s'approchent et échangent des caresses pour se masturber, téléphonait maintenant affolé à la police. Il a tout vu. Au début, il a cru que c'était une blague, mais l'homme a vraiment enfoncé le stylet dans la femme ! Il devait attendre que les agents arrivent, avant de sortir de sa cachette ; ce cinglé pouvait revenir à tout moment et il serait perdu.

Igor jette la lame dans la mer et reprend le chemin de l'hôtel. Cette fois, sa victime a choisi la mort. Il était seul sur la terrasse de l'hôtel, se demandant que faire, pensant au passé, quand elle s'est approchée. Il n'imaginait pas qu'elle accepterait de marcher avec un inconnu vers un coin isolé – mais elle a continué. Elle a eu toutes les possibilités de s'enfuir quand il a commencé à lui montrer les différents endroits où un petit objet peut causer une blessure mortelle, et elle est restée là.

Une voiture de police passe près de lui, utilisant la voie interdite au public. Il décide de la suivre des yeux et, à sa surprise, note qu'elle entre justement sur le ponton que personne, absolument personne ne semble fréquenter durant la période du Festival. Il était venu là le matin, et l'endroit était resté aussi désert qu'il l'avait trouvé l'après-midi, bien que ce fût le meilleur endroit pour assister à un coucher de soleil.

Quelques secondes plus tard, une ambulance passe avec sa sirène assourdissante et ses phares allumés. Elle prend le même chemin.

Il continue à marcher, certain d'une chose : quelqu'un a assisté au crime. Comment va-t-on le décrire ? Un homme aux cheveux grisonnants, en jean, chemise blanche et veste noire. L'éventuel témoin fera un portrait oral, et cela non seulement prendra du temps, mais finira par mener à la conclusion qu'il y a des dizaines, peut-être des milliers de personnes qui lui ressemblent.

Depuis qu'il s'était présenté à l'agent et avait été renvoyé à l'hôtel, il était certain que personne ne pourrait plus interrompre sa mission. Ses doutes étaient d'une autre nature : Ewa méritait-elle les sacrifices qu'il offrait à l'univers ? Il en était convaincu en arrivant dans cette ville. Maintenant ce qui traversait son âme, c'était l'esprit de la petite marchande d'artisanat, avec ses sourcils épais et son sourire innocent.

« Nous faisons tous partie de l'étincelle divine, semblait-elle dire. Nous avons tous une raison d'être dans la création, l'Amour. Mais il ne doit pas être centré sur une seule personne – il est répandu dans le monde, attendant d'être découvert. Debout, éveillez-vous à cet amour. Ce qui est passé ne doit pas revenir. Il faut s'ouvrir à la nouveauté. »

Il lutte contre cette idée ; nous ne découvrons qu'un projet est mauvais que lorsque nous le menons à ses conséquences ultimes. Ou quand Dieu le miséricordieux nous guide dans une autre direction.

Il regarde sa montre : il lui reste douze heures dans la ville, assez de temps avant de prendre son avion avec la femme qu'il aime et retourner vers…

…vers où ? Son travail à Moscou après tout ce qu'il a éprouvé, souffert, réfléchi, projeté ? Ou enfin renaître à travers toutes ses victimes, choisir la liberté absolue, trouver la personne qui ne sache pas qui il est, et à partir de ce moment faire exactement les choses qu'il rêvait de faire quand il était encore avec Ewa ?

Jasmine regarde la mer en fumant sa cigarette jusqu'au bout sans penser à rien. Dans ces moments-là, elle se sent profondément reliée à l'infini, comme si ce n'était pas elle qui était là, mais une puissance capable de choses extraordinaires.

Elle se rappelle un vieux conte qu'elle a lu elle ne sait plus où.

Nasrudin se présenta à la cour avec un magnifique turban, et réclama de l'argent pour la charité.

« Vous êtes venu me demander de l'argent, et vous portez sur la tête un ornement très luxueux. Combien a coûté cette pièce magnifique ? demanda le souverain.

— Je l'ai reçue de quelqu'un de très riche. Et son prix, à ce que j'ai pu savoir, est de cinq cents pièces d'or », répondit le sage soufi.

Le ministre murmura : « C'est un mensonge. Aucun turban ne coûte une telle fortune. »

Nasrudin insista :

« Je ne suis pas venu ici seulement pour réclamer, mais aussi afin de négocier. Je sais que, dans le monde, seul un souverain pourra l'acheter pour six cents pièces, pour que je puisse en offrir le bénéfice aux pauvres, et ainsi augmenter le don qui doit être fait. »

Flatté, le sultan paya la somme que Nasrudin demandait. À la sortie, le sage déclara au ministre :

« Vous connaissez peut-être très bien la valeur d'un turban, mais moi je sais jusqu'où la vanité peut mener un homme. »

C'était cela, la réalité qui l'entourait. Elle n'avait rien contre sa profession et ne jugeait pas les gens à leurs désirs, mais elle était consciente de ce qui est réellement important dans la vie. Et elle voulait garder les pieds sur terre, malgré toutes les tentations.

Quelqu'un ouvre la porte, annonce qu'il ne reste qu'une demi-heure avant de monter sur le podium. Le pire moment de la journée, la longue période d'ennui qui précède le défilé, touche à sa fin. Les filles ont mis de côté leur iPod et leur téléphone mobile, les maquilleuses retouchent les détails, les coiffeurs reprennent les mèches qui ne sont plus à leur place.

Jasmine s'assoit devant le miroir de sa loge et laisse les gens faire leur travail.

« Ne soyez pas nerveuse parce que c'est Cannes, dit la maquilleuse.

— Je ne suis pas nerveuse. »

Pourquoi devrait-elle l'être ? Au contraire, chaque fois qu'elle posait le pied sur le podium, elle sentait une sorte d'extase, la fameuse montée d'adrénaline. La maquilleuse paraît disposée à bavarder, elle parle des rides des célébrités qui sont passées entre ses mains, recommande une nouvelle crème, dit qu'elle est fatiguée de tout cela et lui demande si elle a une invitation en trop pour une fête. Jasmine a tout écouté avec une patience infinie, parce que sa pensée est dans les rues d'Anvers, le jour où elle a décidé d'aller trouver les photographes.

Elle avait eu un petit problème, mais, à la fin, tout s'était arrangé.

Il en sera de même aujourd'hui. Il en fut de même quand – avec sa mère, qui voulait voir sa fille se remettre rapidement de sa dépression et avait finalement accepté de l'accompagner – elle sonna chez le photographe qui l'avait abordée dans la rue. La porte donnait sur une petite salle, avec une table transparente couverte de négatifs de photos, une autre table avec un ordinateur, et une sorte de planche d'architecte pleine de papiers. Le photographe était accompagné d'une femme d'une quarantaine d'années, qui la regarda de la tête aux pieds et sourit. Elle se présenta comme coordinatrice d'événements, et ils s'assirent tous les quatre.

« Je suis certaine que votre fille a un grand avenir comme mannequin, dit la femme.

— Je suis ici seulement pour l'accompagner, répondit la mère. Si vous avez quelque chose à dire, adressez-vous directement à elle. »

La femme mit quelques secondes à se remettre. Elle prit une fiche, commença à noter des détails et des mesures, tout en commentant :

« C'est évident, Cristina n'est pas un bon prénom. Très commun. La première chose indispensable est d'en changer. »

« Cristina n'est pas un bon prénom pour d'autres raisons », pensait-elle. C'était celui d'une fille qui était restée traumatisée le jour où elle avait assisté à un assassinat et était morte quand elle avait nié ce que ses yeux s'efforçaient d'oublier. Quand elle avait décidé de tout changer, elle avait commencé par la manière dont on l'appelait depuis qu'elle était enfant. Elle devait tout changer, absolument tout. Alors, elle avait la réponse sur le bout de la langue :

« Jasmine Tiger. Douce comme une fleur, dangereuse comme une bête sauvage. »

La femme parut apprécier.

« La carrière de mannequin n'est pas facile, et vous avez la chance d'avoir été choisie pour faire un premier essai. Bien sûr, il faut mettre au point beaucoup de choses, mais nous sommes là justement pour vous aider à réaliser votre désir. Nous ferons vos photos et nous les enverrons aux agences spécialisées. Vous aurez aussi besoin d'un composite. »

Elle attendit que Cristina demande : « Qu'est-ce qu'un composite ? » Mais la question ne vint pas. De nouveau la femme se ressaisit rapidement.

« Le composite, j'imagine que vous devez le savoir, c'est une feuille dans un papier spécial, avec votre meilleure photo et vos mensurations d'un côté. Au verso, d'autres photos – dans différentes situations. En bikini, en étudiante, un portrait éventuellement, une autre avec un peu plus de maquillage, pour qu'on puisse aussi vous sélectionner s'ils veulent une fille qui paraisse plus vieille. Vos seins... »

Autre moment de silence.

« ...vos seins sont peut-être un peu plus forts que les mensurations conventionnelles d'un manne-quin. »

Elle se tourna vers le photographe :

« Il faudra tricher là-dessus. Note-le. »

Le photographe prit note. Cristina – qui était vite devenue Jasmine Tiger – pensait : « Mais quand ils m'appelleront, ils verront bien que mes seins sont plus gros qu'ils ne le croyaient ! »

La femme prit un joli porte-documents en cuir et en retira une sorte de liste.

« Il faudra appeler un maquilleur. Un coiffeur. Vous n'avez aucune expérience du podium, n'est-ce pas ?

— Aucune.

— Eh bien, on n'avance pas là-dessus comme on marche dans la rue. Si vous faites cela, la rapidité et les hauts talons vous feront chuter. Il faut mettre les pieds l'un devant l'autre, comme un chat. Ne souriez jamais. Et surtout, la posture est fondamentale. »

Elle fit trois marques à côté de la liste sur le papier.

« Il sera nécessaire de louer quelques vêtements. »

Encore une marque.

« Mais je pense que c'est tout pour le moment. »

Elle mit de nouveau la main dans son sac élégant et en retira une calculette. Elle prit la liste, nota quelques chiffres, fit la somme. Personne dans la pièce n'osait prononcer un mot.

« Autour de 2 000 euros, je pense. Nous ne compterons pas les photos, parce que Yasser – elle se tourna vers le photographe – est très cher, mais il a décidé de les faire gratuitement, du moment que vous lui permettez d'utiliser le matériel. Nous pouvons convoquer le maquilleur et le coiffeur pour demain matin, et je vais entrer en contact avec l'école, pour voir si je trouve une place. J'y arriverai certainement. De même, je suis certaine qu'en investissant sur votre personne vous vous créez de nouvelles possibilités pour l'avenir, et vous rentrerez bientôt dans vos frais.

— Êtes-vous en train de dire que je dois payer ? »

De nouveau la « coordinatrice d'événements » parut déconcertée. En général, les filles qui arrivaient là désiraient follement réaliser le rêve de toute une génération ; elles voulaient être les femmes les plus désirées de la planète et ne posaient jamais de questions indélicates, au risque d'embarrasser les autres.

« Écoutez, chère Cristina…

— Jasmine. Dès le moment où j'ai franchi cette porte, je suis devenue Jasmine. »

Le téléphone sonna. Le photographe le sortit de sa poche, et il se dirigea vers le fond de la salle, jusque-là dans l'obscurité complète. Quand il écarta un rideau, Jasmine aperçut un mur tendu de noir, des trépieds avec des flashs, des boîtes avec des lampes qui brillaient, et divers foyers de lumière au plafond.

« Écoutez, chère Jasmine, il y a des milliers, des millions de personnes qui aimeraient se trouver à votre place. Vous avez été sélectionnée par l'un des plus grands photographes de la ville, vous aurez les meilleurs professionnels pour vous aider, et je m'occuperai personnellement de diriger votre carrière. Mais, comme pour tout dans la vie, vous devez croire que vous pouvez gagner, et investir pour cela. Je sais que vous êtes suffisamment belle pour avoir beaucoup de succès, mais ça ne suffit pas dans ce monde extrêmement compétitif. Il faut aussi être la meilleure, et ça coûte de l'argent, du moins au début.

— Mais si vous pensez que j'ai toutes ces qualités, pourquoi n'investissez-vous pas votre argent ?

— Je le ferai plus tard. Pour le moment, nous avons besoin de voir quel est le niveau de votre engagement. Je veux savoir avec certitude si vous désirez réellement être une professionnelle, ou si vous êtes encore une de ces filles éblouies par la possibilité de voyager, de connaître le monde, de rencontrer un riche mari. »

Le ton de la femme s'était fait sévère. Le photographe revint du studio.

« C'est le maquilleur au téléphone. Il veut savoir à quelle heure il doit arriver demain.

— Si c'est vraiment nécessaire, je peux trouver la somme... » dit la mère.

Mais Jasmine était déjà en train de se lever, et elle se dirigeait droit vers la porte, sans serrer la main de personne.

« Merci beaucoup. Je n'ai pas cet argent. Et même si je l'avais, j'en ferais autre chose.

— Mais c'est votre avenir !

— Justement. C'est mon avenir, pas le vôtre. »

Elle sortit en larmes. Elle s'était d'abord rendue dans une boutique de luxe, et non seulement ils l'avaient très mal traitée, mais ils avaient insinué qu'elle mentait en disant qu'elle connaissait le patron. Maintenant elle imaginait qu'elle allait commencer une nouvelle vie, elle s'était trouvé un prénom parfait, et il lui fallait 2 000 euros pour commencer !

Mère et fille rentrèrent à la maison, sans échanger un mot. Le téléphone sonna plusieurs fois ; elle regardait le numéro, et le remettait dans sa poche.

« Pourquoi tu ne réponds pas ? N'avons-nous pas un autre rendez-vous cet après-midi ?

— C'est précisément de cela qu'il s'agit. Nous n'avons pas 2 000 euros. »

La mère prit sa fille par les épaules. Elle la savait fragile, et elle devait faire quelque chose.

« Si, nous les avons. Je travaille tous les jours depuis que ton père est mort, et nous avons 2 000 euros. Nous avons plus, si c'est nécessaire. Une femme de ménage ici en Europe est bien payée, parce que personne ne veut nettoyer la saleté des autres. Et c'est de ton avenir que nous parlons. Nous ne retournerons pas chez nous. »

Le téléphone sonna encore une fois. Jasmine était redevenue Cristina, et elle se plia à l'exigence de sa mère. À l'autre bout de la ligne, la femme se présenta, expliqua qu'elle aurait deux heures de retard à cause d'un autre rendez-vous, et s'excusa.

« Cela n'a pas d'importance, répondit Cristina. Mais avant que vous ne perdiez votre temps, j'aimerais savoir combien va coûter le travail.

— Combien il va coûter ?

— Oui. Je reviens d'un autre rendez-vous, et on m'a demandé 2 000 euros pour les photos, le maquillage... »

La femme à l'autre bout de la ligne se mit à rire.

« Ça ne va rien coûter. Je connais le truc, et nous en parlerons quand vous arriverez ici. »

Le studio était semblable à l'autre, mais la conversation fut différente. La photographe voulait savoir pourquoi son regard paraissait plus triste – apparemment elle n'avait pas oublié leur première rencontre. Cristina raconta ce qui lui était arrivé le matin ; la femme expliqua que c'était tout à fait banal, même si à présent c'était davantage contrôlé par les autorités. À ce moment précis, dans de nombreux endroits au monde, des filles relativement jolies étaient invitées à montrer le « potentiel » de leur beauté, et elles payaient cher pour cela. Sous prétexte de rechercher de nouveaux talents, ils louaient des chambres dans des hôtels de luxe, plaçaient des appareils photo, promettaient au moins un défilé dans l'année ou « le retour de l'argent », demandaient une fortune pour les portraits, appelaient des professionnels en faillite pour servir de maquilleurs et coiffeurs, suggéraient des écoles de mannequins, et très souvent disparaissaient sans laisser de traces. Cristina avait eu la chance d'aller dans un vrai studio, mais elle avait été assez intelligente pour refuser l'offre.

« Cela fait partie de la vanité humaine, et il n'y a rien de mal à ça – du moment que vous savez vous défendre, bien sûr. Cela arrive dans la mode, mais aussi dans bien d'autres domaines : des écrivains publient à compte d'auteur, des peintres financent leurs expositions, des cinéastes s'endettent pour disputer aux grands studios une place au soleil, des jeunes filles de votre âge larguent tout et vont travailler comme serveuses dans les grandes villes, dans l'espoir qu'un jour un producteur découvre leur talent et les invite à rejoindre le firmament. »

Non, elle n'allait pas faire les photos maintenant. Elle avait besoin de mieux la connaître, parce que presser le bouton de l'appareil est le dernier geste dans un long processus, qui commence par la découverte d'une âme. Elles prirent rendez-vous pour le lendemain, puis parlèrent encore.

« Vous devez vous choisir un nom.

— Jasmine Tiger. »

Le désir était revenu.

La photographe l'invita pour un week-end sur une plage à la frontière hollandaise, et elles passèrent là plus de huit heures par jour à faire toutes sortes d'expériences devant les lentilles de l'appareil.

Elle devait exprimer avec son visage les émotions que certains mots éveillaient : « feu ! » ou « séduction ! » ou encore « eau ! ». Montrer le bon et le mauvais côté de son âme. Regarder devant, de côté, vers le bas, vers l'infini. Imaginer des mouettes et des démons. Se sentir agressée par des hommes plus âgés, abandonnée dans les toilettes d'un bar, violentée par un ou plusieurs hommes, pécheresse et sainte, perverse et innocente.

Elles firent des photos à l'extérieur – son corps paraissait gelé, mais elle réagissait à chaque excitation, obéissait à toutes les suggestions. Elles utilisèrent un petit studio qui avait été monté dans une chambre, où passaient des musiques différentes et où l'éclairage changeait à tout instant. Jasmine se maquillait, la photographe prenait soin d'arranger sa chevelure.

« Je vous conviens ? Pourquoi perdez-vous du temps avec moi ?

— Nous en parlerons plus tard. »

La femme passait les nuits à regarder son travail, à réfléchir et à prendre des notes. Elle ne disait jamais si elle était satisfaite ou déçue des résultats.

Le lundi matin seulement, Jasmine (à ce stade, Cristina était définitivement morte) l'entendit donner un avis. Elles étaient dans la gare de Bruxelles, attendant la connexion pour Anvers.

« Vous êtes la meilleure.

— Ce n'est pas vrai. » La femme la regarda, étonnée.

« Oui, vous êtes la meilleure. Je travaille dans ce domaine depuis vingt ans, j'ai photographié un nombre infini de personnes, j'ai travaillé avec des mannequins professionnels et des artistes de cinéma. Des gens d'expérience, mais aucun, absolument aucun n'a montré votre capacité à exprimer ses sentiments comme vous le faites.

« Vous savez comment cela s'appelle ? Le talent. Pour certaines catégories de professionnels, il est facile de le mesurer : des directeurs qui sont capables de reprendre une entreprise au bord de la faillite et de la rendre lucrative. Des sportifs qui battent des records. Des artistes dont les œuvres ont marqué plusieurs générations. Mais pour un mannequin, comment puis-je affirmer et garantir que le talent est là ? Parce que je suis une professionnelle. Vous avez réussi à montrer vos anges et vos démons à travers la lentille d'un appareil, et ce n'est pas facile. Je ne parle pas de jeunes gens qui aiment s'habiller en vampires et fréquenter les fêtes gothiques. Je ne parle pas de petites filles qui prennent un air innocent et veulent éveiller la tentation pédophile qui sommeille chez les hommes. Je parle de vrais démons, et de vrais anges. »

Les gens allaient et venaient dans la gare. Jasmine regarda l'horaire du train, suggéra qu'elles sortent – elle avait une envie folle de fumer une cigarette, et là c'était interdit. Elle se demandait si elle devait dire ou non ce qui traversait son âme en ce moment.

« Il se peut que j'aie du talent, mais si c'est le cas, j'ai su le montrer pour une seule raison. D'ailleurs, pendant les jours que nous avons passés ensemble, vous n'avez presque pas parlé de votre vie privée, et vous n'avez posé aucune question sur la mienne. Voulez-vous que je vous aide à porter vos bagages ? » La photographie devrait être une profession masculine : il y a toujours un lourd équipement à transporter.

La femme rit.

« Je n'ai rien de spécial à dire, sauf que j'adore mon travail. Je vais avoir trente-huit ans, je suis divorcée, sans enfants, avec un tas de contacts qui me permettent de vivre confortablement, mais sans grand luxe. À ce propos, j'aimerais ajouter quelque chose à ce que j'ai dit : si tout marche bien, vous ne vous comporterez jamais, JAMAIS, comme quelqu'un qui dépend de son métier pour survivre, même si c'est le cas.

« Si vous ne suivez pas mon conseil, vous serez facilement manipulée par le système. Bien sûr, je me servirai de vos photos, et je gagnerai de l'argent avec. Mais, à partir de maintenant, je vous suggère de prendre un agent professionnel. »

Elle alluma une autre cigarette ; c'était maintenant ou jamais.

« Savez-vous pourquoi j'ai réussi à montrer mon talent ? À cause de quelque chose dont je n'aurais jamais imaginé que cela arriverait dans ma vie : je suis tombée amoureuse d'une femme. Que je désire avoir à mes côtés, pour me guider dans ce que je devrai faire. Une femme qui, par sa douceur et sa rigueur, a réussi à envahir mon âme en libérant ce qu'il y a de pire et de meilleur dans les souterrains de l'esprit. Elle ne l'a pas fait à force de longues leçons de méditation, ou des techniques de psychanalyse – ce que ma mère désirait avec insistance que je fasse. Elle s'est servie… »

Elle fit une pause. Elle avait peur, mais elle devait continuer : elle n'avait absolument plus rien à perdre.

« Elle s'est servie d'un appareil photographique. »

Le temps dans la gare resta suspendu. Les gens avaient cessé de marcher, les bruits avaient disparu, le vent ne soufflait plus, la fumée de la cigarette se glaça dans l'air, toutes les lumières s'éteignirent – sauf celles de deux paires d'yeux qui brillaient et ne pouvaient plus se détacher.

« C'est prêt », dit la maquilleuse.

Jasmine se lève et regarde sa compagne qui arpente le salon servant de loge improvisée, mettant au point les détails, vérifiant les accessoires. Elle doit être nerveuse, après tout, c'est son premier défilé à Cannes et, selon les résultats, elle peut obtenir un bon contrat avec le gouvernement belge.

Elle a envie d'aller vers elle et de la calmer. De lui dire que tout va bien se passer, comme cela s'est toujours passé. Elle entendrait un commentaire du genre : « Tu n'as que dix-neuf ans, que sais-tu de la vie ? »

Elle répondrait : « Je sais ce dont tu es capable, de même que tu sais ce dont je suis capable. Je connais la relation qui a changé nos vies depuis le jour, il y a trois ans, où tu as tendu la main et caressé doucement mon visage dans cette gare. Nous avions peur toutes les deux, tu te souviens ? Mais nous avons survécu à notre peur. Grâce à cela, je suis ici aujourd'hui, et toi, en plus d'être une excellente photographe, tu te consacres à ce que tu as toujours rêvé de faire : dessiner et fabriquer des vêtements. »

Elle sait que cela n'est pas une bonne idée : demander à une personne de se calmer, c'est la rendre plus nerveuse encore.

Elle va jusqu'à la fenêtre et allume une autre cigarette. Elle fume beaucoup, mais que faire ? C'est son premier grand défilé en France.

Une jeune fille en tailleur noir et chemise blanche se trouve à l'entrée. Elle demande son nom, vérifie sur la liste et la prie de patienter un peu : la suite est pleine. Deux hommes et une autre femme, peut-être plus jeune qu'elle, attendent également.

Tous, silencieux, attendent sagement leur tour. Combien de temps cela va-t-il durer ? Que fait-elle là exactement ?

Elle se pose la question, et elle a deux réponses.

La première lui rappelle qu'elle doit continuer. Gabriela, l'optimiste, celle qui a été assez persévérante pour atteindre le firmament, doit maintenant penser à sa grande entrée dans le métier, aux invitations, aux voyages en jet privé, aux affiches placardées dans les capitales du monde entier, aux photographes postés en permanence devant chez elle, voulant savoir comment elle s'habille, dans quelles boutiques elle fait ses courses, qui est l'homme roux et musclé qui a été vu à côté d'elle dans une boîte à la mode. Au retour victorieux dans sa ville natale, aux regards envieux et étonnés de ses amis, aux projets caritatifs qu'elle a l'intention de soutenir.

La seconde lui rappelle que Gabriela, l'optimiste, celle qui a été assez persévérante pour atteindre le firmament, marche maintenant sur le fil du rasoir, d'où il est facile de glisser et de tomber dans l'abîme. Hamid Hussein ne savait même pas qu'elle existait, ils ne l'ont jamais vue maquillée et prête pour une fête, la robe n'est peut-être pas à sa taille, elle aura besoin de retouches, et ainsi elle arrivera en retard au rendez-vous au Martinez. Elle a déjà vingt-cinq ans, il se pourrait qu'en ce moment une autre candidate se trouve sur le yacht, qu'ils aient changé d'avis, ou peut-être que leur intention était justement celle-là : parler avec deux ou trois prétendantes, et découvrir celle qui saurait sortir du lot. Elles seraient toutes les trois invitées à la fête, sans que l'une connaisse l'existence de l'autre.

Paranoïa.

Non, ce n'est pas de la paranoïa, seulement la réalité. En outre, bien que Gibson et la Célébrité n'acceptent que des projets importants, le succès n'est pas garanti pour autant. Si quelque chose tourne mal, ce sera exclusivement sa faute. Le fantôme du Chapelier fou dans *Alice au pays des merveilles* la hante encore. Elle n'a pas le talent qu'elle imaginait, elle n'est qu'une personne courageuse. Elle n'a pas été bénie par le sort comme d'autres – jusqu'à ce moment, rien d'important ne lui est arrivé dans la vie, bien qu'elle se batte jour et nuit. Depuis qu'elle est arrivée à Cannes, elle ne s'est pas reposée : elle a distribué ses books – qui ont coûté très cher – à différentes compagnies chargées de sélectionner les castings, et un seul essai a été confirmé. Si elle était réellement quelqu'un de spécial, à ce stade, elle pourrait choisir le rôle qu'elle veut accepter. Elle a trop rêvé, bientôt elle sentira le goût de la défaite, et il sera d'autant plus amer qu'elle y était presque arrivée, ses pieds ont touché le bord de l'océan de la renommée... et elle n'a pas réussi.

« J'attire de mauvaises vibrations. Je sais qu'elles sont ici. Je dois me contrôler. »

Elle ne peut pas faire de yoga devant cette femme en tailleur et les trois personnes qui attendent en silence. Elle doit écarter les pensées négatives, elle se demande d'où elles proviennent. Si l'on en croit les spécialistes – après tout, elle a beaucoup lu sur le sujet à une époque où elle pensait qu'elle n'arrivait à rien à cause de la jalousie des autres –, une actrice qui a essuyé des refus doit concentrer en ce moment toute son énergie à obtenir cette fois le rôle. Elle le sent, C'EST VRAI ! La seule solution maintenant, c'est de laisser son esprit quitter ce couloir et aller à la recherche de son Moi supérieur connecté à toutes les forces de l'Univers.

Elle respire profondément, sourit et se dit :

« En ce moment, je répands l'énergie de l'amour autour de moi, elle est plus puissante que les forces de l'ombre, le Dieu qui habite en moi salue le Dieu qui habite en tous les habitants de la planète, même ceux qui... »

Elle entend un éclat de rire. La porte de la suite s'ouvre, un groupe de jeunes gens hommes et femmes, souriants, joyeux, accompagnés de deux vedettes féminines, sortent et vont droit vers l'ascenseur. Les deux hommes et la femme entrent, ramassent les dizaines de sacs qui ont été laissés près de la porte et se joignent au groupe qui les attend. Apparemment, c'étaient des assistants, des chauffeurs, des secrétaires.

« C'est votre tour, dit la jeune femme en tailleur.

— La méditation n'échoue jamais. »

Elle sourit à la réceptionniste et manque de perdre son souffle : l'intérieur de l'appartement ressemble à une caverne aux trésors : lunettes de tous types, portemanteaux, valises de toutes les tailles, bijoux, produits de beauté, montres, chaussures, lingerie, appareils électroniques. Une femme blonde, elle aussi une liste à la main et un mobile pendu au cou, vient à sa rencontre. Elle vérifie son nom et lui demande de la suivre.

« Nous n'avons pas de temps à perdre. Allons droit à ce qui nous intéresse. »

Elles ont commencé à marcher vers l'une des chambres, et Gabriela voit encore des trésors – luxe, glamour, des choses qu'elle a toujours contemplées dans les vitrines mais qu'elle n'a jamais eu l'occasion d'approcher d'aussi près – sauf quand elles étaient portées par d'autres.

Oui, tout cela l'attend. Elle doit faire vite, et décider exactement ce qu'elle va porter.

« Je peux commencer par les bijoux ?

— Vous n'allez rien choisir. Nous savons déjà ce que HH désire. Et il faudra nous rapporter la robe demain matin. »

HH. Hamid Hussein. Ils savent ce qu'il désire pour elle !

Elles traversent la chambre ; sur le lit et sur les meubles autour il y a d'autres produits : des tee-shirts, des tas d'épices et d'assaisonnements, le présentoir d'une marque connue de machines à café et à côté plusieurs machines dans des paquets cadeau. Elles entrent dans un couloir, et enfin s'ouvrent les portes d'un salon plus vaste. Elle n'aurait jamais imaginé que les hôtels avaient des suites aussi gigantesques.

« Nous arrivons au temple. »

Un élégant panneau horizontal blanc, portant le logo de la célèbre marque de haute couture, est posé sur un immense lit à deux places. Une créature androgyne – Gabriela ne saurait dire si c'est un homme ou une femme – les attend en silence. Extrêmement maigre, cheveux longs complètement décolorés, sourcils rasés, bagues aux doigts, chaînes sortant du pantalon moulant son corps.

« Déshabillez-vous. »

Gabriela retire sa blouse et son jean, essayant encore de deviner le sexe de l'autre personne présente dans la pièce, qui à ce moment est allée vers un grand portemanteau horizontal et en a retiré une robe rouge.

« Enlevez aussi votre soutien-gorge. Ça laisse des marques sur le modèle. »

Il y a un grand miroir dans la chambre, mais il est tourné dans l'autre sens et ne lui permet pas de voir comment la robe tombe sur son corps.

« Il faut faire vite. Hamid a dit qu'en plus de la fête elle doit monter les marches. »

MONTER LES MARCHES !

L'expression magique !

La robe n'allait pas bien. La femme et l'androgyne commencent à s'énerver. La femme lui demande de choisir en vitesse entre deux, trois options différentes, parce qu'elle va monter les marches avec la Célébrité, qui à ce moment est déjà prête.

« Monter les marches » avec la Célébrité ! Serait-elle en train de rêver ?

Elles se décident pour une robe longue, dorée, collée au corps, avec un large décolleté jusqu'à la taille. En haut, à la hauteur des seins, une chaîne en or empêche l'échancrure d'aller au-delà de ce que l'imagination humaine peut supporter.

La femme est nerveuse. L'androgyne est ressorti et revient avec une couturière, qui fait les retouches nécessaires sur l'ourlet. Si elle pouvait dire quelque chose à cette minute, ce serait pour qu'ils cessent de faire cela : coudre un vêtement sur le corps, cela signifie aussi faire une « couture » à son destin. Mais l'heure n'est pas aux superstitions – et beaucoup d'actrices célèbres doivent affronter ce genre de situation tous les jours, sans qu'un malheur leur arrive.

Une troisième personne arrive avec une immense malle. Elle va dans un coin de la gigantesque chambre et commence à la défaire ; c'est une espèce de studio de maquillage portatif, contenant un miroir entouré de lampes. L'androgyne est devant elle, agenouillé comme une Madeleine repentante, essayant des chaussures l'une après l'autre.

Cendrillon ! Qui d'ici peu va rencontrer le Prince charmant et « monter les marches » avec lui !

« Celles-là », désigne la femme.

L'androgyne commence à ranger les autres chaussures dans leurs boîtes.

« Rhabillez-vous. Nous finirons les retouches de la robe pendant qu'on préparera votre coiffure et votre maquillage. »

Quel bonheur, les coutures sur le corps sont terminées. Son destin est de nouveau ouvert.

En petite culotte, elle est conduite à la salle de bains. Là, un kit portatif pour laver et sécher les cheveux est déjà installé, un homme au crâne rasé l'attend, la fait asseoir et place sa tête en arrière, dans une sorte de cuvette en acier. Il lui lave les cheveux à l'aide d'une douche manuelle adaptée au robinet du lavabo, et comme tous les autres il semble au bord de la crise de nerfs. Il se plaint du bruit à l'extérieur ; il a besoin d'un endroit tranquille pour bien travailler, mais personne ne fait attention à lui. En outre, il n'a jamais assez de temps pour faire ce qu'il désire – le temps est toujours compté.

« Personne ne peut comprendre l'énorme responsabilité qui pèse sur mes épaules. »

Il ne parle pas à Gabriela, mais à lui-même. Il continue :

« Quand vous montez les marches, vous croyez que c'est vous qu'ils voient ? Non, ils voient mon travail. MON maquillage. MON style de coiffure. Vous n'êtes qu'une toile sur laquelle je peins, dessine, fais mes sculptures. Si ça ne va pas, qu'est-ce que les autres vont dire ? Je risque de perdre mon emploi, vous le saviez ? »

Gabriela se sent offensée, mais elle doit s'y habituer. C'est cela le monde du glamour et des paillettes. Plus tard, quand elle sera vraiment quelqu'un, elle choisira des personnes bien élevées et gentilles pour travailler avec elle. Pour le moment, elle se concentre de nouveau sur sa plus grande vertu : la patience.

La conversation est interrompue par le bruit du sèche-cheveux, qui ressemble à celui d'un avion qui décolle. Pourquoi se plaint-il du bruit à l'extérieur ?

Il lui sèche les cheveux un peu brutalement, et lui demande de se rapprocher rapidement du studio de maquillage portatif. Et là, l'humeur de l'homme change complètement : il se tait, contemple la figure dans le miroir, paraît dans un autre monde. Il marche d'un côté à l'autre en se servant du séchoir et de l'éponge tel Michel-Ange sculptant son David à l'aide du marteau et du ciseau. Et elle, elle essaie de garder les yeux fixés devant elle, et se souvient des vers d'un poète portugais :

« Le miroir réfléchit parfaitement ; il ne se trompe pas parce qu'il ne pense pas. Penser, c'est essentiellement se tromper. »

L'androgyne et la femme reviennent, ils n'ont plus que vingt minutes avant que la limousine arrive pour la conduire au Martinez, où elle doit rencontrer la Célébrité. Il n'y a pas de place pour se garer en bas, ils doivent être à l'heure. Le coiffeur murmure quelque chose, comme s'il était un artiste incompris par ses maîtres, mais il sait qu'il doit respecter les horaires. Il commence à travailler sur son visage comme Michel-Ange peignant les parois de la chapelle Sixtine.

Limousine ! Montée des marches ! Célébrité !

« Le miroir réfléchit parfaitement ; il ne se trompe pas parce qu'il ne pense pas. »

Elle ne pense pas, ou alors elle se laisserait gagner par le stress et la mauvaise humeur ambiante : les ondes négatives pourraient revenir. Elle adorerait demander à qui est cette suite regorgeant de marchandises, mais elle doit se comporter comme si elle était habituée à fréquenter de tels lieux. Michel-Ange apporte les dernières retouches sous l'œil sévère de la femme et le regard distant de l'androgyne. Elle se lève, est rapidement habillée, chaussée, tout est à sa place, grâce à Dieu.

Ils prennent dans un coin du salon un petit sac en cuir Hamid Hussein. L'androgyne l'ouvre, retire un peu du papier qui se trouve à l'intérieur pour lui faire garder sa forme, observe le résultat de son éternel air distant, mais il semble approuver le volume et le lui remet.

La femme lui donne quatre copies d'un énorme contrat, avec de petits marqueurs rouges placés dans les marges, sur lesquels est écrit : « Signez ici. »

« Ou bien vous signez sans lire, ou vous l'emportez chez vous, ou vous téléphonez à votre avocat et vous dites que vous avez besoin de temps pour prendre une décision. Vous monterez les marches de toute façon, parce que nous ne pouvons plus rien faire. Mais si ce contrat n'est pas ici demain matin, il suffit de rapporter la robe. »

Elle se rappelle le message de son agent : accepte n'importe quoi. Gabriela prend le stylo qui lui est tendu, se rend aux pages où se trouvent les marqueurs, signe tout rapidement. Elle n'a rien, absolument rien à perdre. Si les clauses ne sont pas conformes au droit, elle pourra certainement les attaquer en justice, disant qu'elle a subi des pressions : mais avant, elle doit réaliser son rêve.

La femme ramasse les copies et disparaît sans dire au revoir. Michel-Ange démonte la table de maquillage, plongé dans son monde où l'injustice est la seule loi, où son travail n'est jamais reconnu. Un monde où il n'a pas le temps de faire ce qu'il aimerait, et si quelque chose ne va pas la faute lui en revient exclusivement. L'androgyne lui demande de le suivre jusqu'à la porte de la suite, consulte sa montre – Gabriela peut voir le symbole d'une tête de mort sur le cadran – et parle pour la première fois depuis qu'ils se sont rencontrés.

« Il nous reste trois minutes. Vous ne pouvez pas descendre comme ça et vous exposer au regard des autres. Je dois vous accompagner jusqu'à la limousine. »

La tension revient : elle ne pense déjà plus à la limousine, à la célébrité, à la montée des marches – elle a peur. Elle a besoin de parler.

« Qu'est-ce que c'est, cette suite ? Pourquoi y a-t-il tellement d'objets différents ?

— Il y a même un safari au Kenya », dit l'androgyne, indiquant un coin. Elle n'avait pas remarqué le texte publicitaire discret d'une compagnie d'aviation, avec quelques enveloppes sur une table. « Gratuit, comme tout le reste ici, sauf les vêtements et les accessoires du Temple. »

Machines à café, appareils électroniques, robes, sacs, montres, bijouterie, safari au Kenya.

Tout absolument gratuit ?

« Je sais ce que vous pensez, dit l'androgyne, de sa voix qui n'est ni d'un homme ni d'une femme, mais d'un extraterrestre. Oui, gratuit. Ou, plutôt, un échange honnête, vu qu'il n'y a rien de gratuit dans ce monde. C'est l'une des nombreuses "Chambres aux cadeaux" qui existent à Cannes pendant la période du Festival. Les élus entrent ici et choisissent ce qu'ils désirent ; ces gens vont circuler en portant la chemise de A, les lunettes de B, ils recevront d'autres personnes importantes chez eux et, à la fin de la fête, ils iront à la cuisine préparer un café dans leur nouvelle machine. Ils transporteront leurs ordinateurs dans des sacoches fabriquées par C, finiront par recommander les crèmes de D, maintenant sur le marché, et ce faisant ils se sentiront importants – ils possèdent un objet inédit, qui n'est pas encore arrivé dans les magasins spécialisés. Ils iront à la piscine avec les bijoux de E, seront photographiés avec la ceinture de F – aucun de ces produits n'est encore sur le marché. Quand ils arriveront sur le marché, la Superclasse aura déjà fait la publicité nécessaire – pas exactement parce que ça leur plaît, mais pour la simple raison que personne d'autre n'y a accès. À ce moment-là, les pauvres mortels dépenseront toutes leurs économies pour acheter ces produits. Rien de plus simple, ma chérie. Les producteurs investissent dans quelques échantillons, et les élus se transforment en hommes-sandwichs.

« Mais, ne vous affolez pas ; vous n'en êtes pas encore là.

— Et qu'est-ce que le safari au Kenya a à voir avec tout cela ?

— Quelle meilleure publicité qu'un couple d'âge moyen revenant enthousiasmé par son "aventure dans la jungle", les appareils bourrés de photos, recommandant à tout le monde cette promenade exceptionnelle ? Tous vos amis voudront vivre la même chose. Je répète : il n'y a absolument rien de gratuit dans ce monde. Au fait, les trois minutes sont passées, il est temps de descendre et de vous préparer à monter les marches. »

Une Maybach blanche les attend. Le chauffeur, portant gants et képi, ouvre la porte. L'androgyne donne les dernières instructions :

« Oubliez le film, ce n'est pas pour ça que vous montez les marches. Quand vous arriverez en haut, saluez le directeur du Festival, le maire, et dès que vous serez entrée dans le palais des Festivals, marchez vers les toilettes qui se trouvent au premier étage. Allez jusqu'au bout de ce couloir, tournez à gauche et sortez par une porte latérale. Quelqu'un vous y attendra ; ils savent comment vous êtes habillée, et ils vous conduiront vers une nouvelle séance de maquillage, de coiffure, puis vous aurez droit à un moment de repos sur la terrasse. Je vous y retrouverai et je vous accompagnerai au dîner de gala.

« — Mais cela ne va pas ennuyer le réalisateur et les producteurs ? »

L'androgyne a haussé les épaules et il est retourné à l'hôtel de sa démarche chaloupée et bizarre. Le film ? Le film n'avait pas la moindre importance. L'important c'était :

MONTER LES MARCHES !

C'est-à-dire l'expression locale pour désigner le tapis rouge, le couloir suprême de la renommée, l'endroit où toutes les célébrités du monde du cinéma, des arts, du grand luxe étaient photographiées ; puis le matériel était distribué par les agences aux quatre coins du monde, publié dans des magazines qui allaient de l'Amérique à l'Orient, du Nord au Sud de la planète.

« L'air conditionné vous convient, madame ? »

Elle fait un signe positif de la tête à l'adresse du chauffeur.

« Si vous désirez quelque chose, il y a une bouteille de champagne fraîche dans le minibar à votre gauche. »

Gabriela ouvre le minibar, prend une coupe en cristal, tend les bras le plus loin possible de sa robe, écoute le bruit du bouchon qui se détache de la bouteille, se sert une coupe qu'elle vide immédiatement, se ressert et boit de nouveau. À l'extérieur, des visages curieux essaient de voir qui se trouve à l'intérieur de l'immense voiture aux vitres fumées qui avance sur la piste réservée. Bientôt, elle et la Célébrité seront là, ensemble, le début non seulement d'une nouvelle carrière, mais d'une incroyable, belle et intense histoire d'amour.

C'est une femme romantique, et elle en est fière.

Elle se souvient qu'elle a laissé ses vêtements et son sac dans la « Chambre aux cadeaux ». Elle n'a pas la clef de l'appartement où elle est hébergée. Elle n'a nulle part où aller quand la soirée sera terminée. D'ailleurs, si elle écrivait un jour un livre sur sa vie, elle serait incapable de raconter l'histoire de cette journée : elle s'est réveillée avec la gueule de bois dans une pièce avec des vêtements et des matelas étalés par terre, au chômage, de mauvaise humeur, et six heures plus tard elle est dans une limousine, prête à fouler le tapis rouge devant une horde de journalistes, près de l'un des hommes les plus désirés du monde.

Ses mains tremblent. Elle pense boire une autre coupe de champagne, mais elle décide de ne pas courir le risque de se présenter ivre sur les marches de la renommée.

« Détends-toi, Gabriela. N'oublie pas qui tu es. Ne te laisse pas emporter par tout ce qui t'arrive maintenant – sois réaliste. »

Elle répète sans arrêt ces phrases à mesure qu'ils s'approchent du Martinez. Mais, qu'elle le veuille ou non, elle ne sera jamais plus ce qu'elle était avant. Il n'y a pas d'échappatoire – sauf la porte que l'androgyne lui a indiquée, et qui mène vers une montagne plus haute encore.

16 h 52

Même le Roi des rois, Jésus-Christ, a dû traverser l'épreuve qu'Igor doit affronter maintenant : la séduction du démon. Et il doit s'accrocher bec et ongles à sa foi pour ne pas flancher dans la mission qui lui a été confiée.

Le démon lui demande de s'arrêter, de pardonner, de laisser tomber tout cela. Le démon est un professionnel de tout premier ordre, et il effraie les faibles en faisant naître en eux des sentiments de peur, d'inquiétude, d'impuissance et de désespoir.

En ce qui concerne les forts, les tentations sont beaucoup plus sophistiquées : ce sont les bonnes intentions. C'est ainsi qu'il a procédé avec Jésus quand il l'a rencontré dans le désert : il lui a suggéré de transformer les pierres en nourriture. Ainsi, il pourrait satisfaire sa faim, mais aussi celle de tous ceux qui l'imploraient de leur donner quelque chose à manger. Mais Jésus a agi avec la sagesse que l'on attendait du Fils de Dieu. Il a répondu qu'un homme ne vit pas seulement de pain, mais aussi de tout ce qui vient de l'Esprit.

Les bonnes intentions, la vertu, l'intégrité, qu'est-ce exactement ? Des gens qui se disaient intègres parce qu'ils obéissaient à leur gouvernement ont fini par construire les camps de concentration en Allemagne. Des médecins qui étaient convaincus que le communisme était un système juste ont délivré des attestations déclarant malades mentaux tous les intellectuels opposés au régime, les condamnant à être exilés en Sibérie. Des soldats vont à la guerre tuer au nom d'un idéal qu'ils ne connaissent pas très bien, bourrés de bonnes intentions, de vertu et d'intégrité.

Tout cela est faux. Le péché pour le bien est une vertu, la vertu pour le mal est un péché.

Dans son cas, le pardon est le moyen que le Malin a trouvé pour mettre le conflit dans son âme. Il dit : « Tu n'es pas le seul à traverser cela. Beaucoup de gens ont été abandonnés par la personne qu'ils aimaient, et cependant ils ont su transformer leur amertume en bonheur. Imagine les familles des personnes qui viennent de quitter ce monde à cause de toi : elles seront assaillies par la haine, la soif de vengeance, l'amertume. Est-ce ainsi que tu prétends rendre le monde meilleur ? C'est cela que tu aimerais offrir à la femme que tu aimes ? »

Mais Igor est plus sage que les tentations qui semblent maintenant s'emparer de son âme : s'il résiste un peu plus, cette voix finira par se lasser et disparaître. Principalement parce qu'une des personnes qu'il a envoyées au Paradis est de plus en plus présente dans sa vie ; la jeune fille aux sourcils épais dit que tout va bien, qu'il existe une grande différence entre pardonner et oublier. Il n'y a pas la moindre haine dans son cœur, et il ne fait pas cela pour se venger du monde.

Le démon insiste, mais Igor doit se montrer ferme et ne pas oublier la raison de sa présence ici.

Il entre dans la première pizzeria qu'il voit. Il commande une margherita et un Coca-Cola normal. Il vaut mieux qu'il se nourrisse maintenant, il ne pourra pas – et n'a jamais pu – bien manger dans un dîner avec d'autres personnes à table. Elles se sentent toutes dans l'obligation de tenir une conversation

animée, détendue, et adorent l'interrompre justement quand il est sur le point de savourer encore un
peu du plat délicieux qui est devant lui.

D'habitude, il a toujours un plan pour l'éviter : il
bombarde les autres de questions, pour qu'ils puissent tous dire des choses intelligentes pendant qu'il
dîne tranquillement. Mais ce soir, il n'est pas disposé
à se montrer convenable et mondain. Il sera antipathique et distant. En dernier recours, il pourra prétexter qu'il ne parle pas la langue.

Il sait que, dans les heures qui viennent, la Tentation sera plus forte que jamais, lui demandant de
s'arrêter, de renoncer à tout. Mais il n'a pas l'intention de s'arrêter ; son objectif est de terminer la mission, même si la raison pour laquelle il était prêt à
l'accomplir est en train de changer.

Est-ce que trois morts violentes font partie de la
statistique normale d'une journée à Cannes ? Il n'en
a pas la moindre idée. Si c'est le cas, la police ne
soupçonnera pas qu'un événement inhabituel a eu
lieu. Elle continuera ses procédures bureaucratiques
et il pourra embarquer à l'aube comme prévu. Il ne
sait pas non plus s'ils l'ont déjà identifié ; il y a le couple qui passait le matin et a salué la vendeuse, un des
gardes du corps de l'homme a prêté attention à lui,
et quelqu'un a assisté au meurtre de la femme.

La Tentation change maintenant de stratégie : elle
veut l'effrayer, comme elle le fait avec les faibles.
Apparemment, le démon n'a pas la moindre idée de
tout ce qu'il a traversé et ne sait pas qu'il est sorti
renforcé de l'épreuve que le destin lui avait imposée.

Il prend son mobile et compose un nouveau message.

Il imagine la réaction d'Ewa quand elle le recevra.
Quelque chose dans son for intérieur lui dit qu'elle
sera effrayée et contente à la fois. Elle regrette profondément ce qu'elle a fait il y a deux ans – laissant
tout derrière elle, y compris ses vêtements et ses

bijoux, et demandant à son avocat de prendre contact avec lui pour la procédure officielle de divorce.

Motif : incompatibilité d'humeur. Comme si toutes les personnes intéressantes dans le monde pensaient rigoureusement la même chose et avaient beaucoup de choses en commun. Il est clair que c'était un mensonge : elle était amoureuse d'un autre.

La passion. Qui dans ce monde peut affirmer qu'après plus de cinq ans de mariage il n'a pas regardé ailleurs et désiré quelqu'un d'autre ? Qui peut dire qu'il n'a pas trahi au moins une fois dans sa vie, même si cette trahison n'a eu lieu que dans son imagination ? Et combien de femmes et d'hommes sont partis de chez eux pour cela, ont découvert que la passion ne dure pas et fini par retourner avec leurs partenaires ? Un peu de maturité, et tout serait oublié. C'est absolument normal, acceptable, cela fait partie de la nature humaine.

Bien sûr, il a dû l'apprendre petit à petit. Au début, il a donné des instructions à ses avocats pour qu'ils soient d'une sévérité inouïe – si elle voulait le quitter, elle devait aussi renoncer à la fortune qu'ils avaient accumulée ensemble, centime par centime, pendant presque vingt ans. Il s'est saoulé pendant une semaine, tandis qu'il attendait la réponse, mais il se moquait de l'argent, il faisait cela parce qu'il voulait qu'elle revienne à tout prix, et c'était la seule forme de pression qu'il connaissait.

Ewa était une personne intègre. Ses avocats acceptèrent les conditions.

La presse prit connaissance de l'affaire – et ce fut par les journaux qu'il apprit la nouvelle relation de son ex-épouse. L'un des couturiers les plus prospères de la planète, quelqu'un qui était parti de rien, comme lui. Qui avait dans les quarante ans, comme lui. Qui était connu pour son humilité, et travaillait jour et nuit.

Comme lui.

Il ne comprenait pas ce qui s'était passé. Peu avant qu'elle embarque pour une foire de la mode à Londres, ils avaient passé à Madrid un de leurs rares moments d'intimité et de romance. Ils avaient voyagé dans le jet de sa société et étaient descendus dans un hôtel offrant tous les conforts possibles et imaginables, et ils avaient décidé de redécouvrir le monde ensemble. Ils ne réservaient pas de restaurants, se mettaient dans des files immenses pour entrer dans les musées, prenaient des taxis plutôt que les limousines avec chauffeur qui les attendaient toujours dehors, et marchaient et se perdaient dans la ville. Ils mangeaient beaucoup, buvaient encore plus, rentraient épuisés et heureux, et se remirent à faire l'amour tous les soirs.

Ils devaient tous les deux se contrôler pour ne pas se connecter à leurs ordinateurs portables, ou pour laisser leurs téléphones éteints. Mais ils y parvinrent. Et ils revinrent à Moscou le cœur plein de souvenirs, et un sourire sur le visage.

Il se replongea dans son travail, surpris de voir que les choses avaient continué à bien marcher malgré son absence. Elle partit pour Londres la semaine suivante, et ne revint plus jamais.

Igor a fait appel à l'un des meilleurs cabinets privés de surveillance – normalement versé dans l'espionnage industriel ou politique – et a été obligé de voir des centaines de photos sur lesquelles sa femme apparaît main dans la main avec son nouveau compagnon. Les détectives lui ont arrangé une « amie » conçue sur mesure, grâce aux informations fournies par son ex-mari. Ewa la rencontre par hasard dans un grand magasin ; elle est venue de Russie, elle a été « abandonnée par son mari », elle n'a pas trouvé d'emploi à cause des lois britanniques, et maintenant elle est sur le point de crever de faim. Ewa se méfie au début, puis décide de l'aider. Elle en parle à son amant, qui décide de prendre des risques et finit par lui trouver un emploi dans un de ses bureaux, bien qu'elle n'ait pas de papiers en règle.

Elle est sa seule « amie » qui parle sa langue maternelle. Elle est seule. Elle a des problèmes matrimoniaux. D'après les psychologues de la société de surveillance, elle est le modèle idéal pour obtenir les informations désirées. Elle sait qu'Ewa n'a pas encore réussi à s'adapter à son nouveau milieu, et l'instinct normal de tout être humain est de partager des choses intimes avec un inconnu dans des circonstances semblables. Pas pour trouver une réponse ; simplement pour soulager son âme.

L'« amie » enregistre toutes les conversations, qui finissent sur la table d'Igor, et comptent plus que les papiers à signer, les invitations à accepter, les cadeaux qu'il faut envoyer aux principaux clients, fournisseurs, politiciens et chefs d'entreprise.

Les bandes sont beaucoup plus utiles – et beaucoup plus douloureuses – que les photos. Il découvre que la relation avec le célèbre couturier a commencé deux ans plus tôt, à la Semaine de la mode à Milan, où ils se sont rencontrés tous les deux pour des motifs professionnels. Ewa a résisté au début – l'homme vivait entouré des plus belles femmes du monde, et elle, à cette époque, avait déjà trente-huit ans. Cependant, ils ont fini par coucher ensemble à Paris, la semaine suivante.

Quand il entendit cela, il nota qu'il avait été excité, et il ne comprit pas très bien la réponse de son corps. Pourquoi le simple fait d'imaginer sa femme jambes écartées, pénétrée par un autre homme, lui provoquait-il une érection et non une répulsion ?

Ce fut le seul moment où il jugea qu'il avait perdu la tête. Et il décida de faire une sorte de confession publique, pour se sentir moins coupable. À ses compagnons, il racontait qu'« un ami à lui » ressentait un immense plaisir à l'idée que sa femme avait des relations extraconjugales. Et là ce fut la surprise.

Les compagnons, généralement de grands dirigeants d'entreprise et des politiciens de diverses classes sociales et nationalités, étaient horrifiés au début. Mais, après le dixième verre de vodka, ils avouaient que c'était l'une des choses les plus excitantes qui puisse arriver dans un couple marié. L'un d'eux demandait toujours à sa femme de lui rapporter les détails les plus sordides, les mots qui avaient été prononcés. Un autre avoua que les clubs échangistes – lieux fréquentés par des couples qui désirent avoir des expériences sexuelles collectives – étaient la thérapie idéale pour sauver un mariage.

Ils exagéraient. Mais il fut heureux de savoir qu'il n'était pas le seul homme qui était excité quand il apprenait que sa femme avait des relations avec d'autres. Et il fut malheureux de connaître si peu le genre humain, surtout le masculin – ses conversations ne tournaient qu'autour des affaires et abordaient rarement le terrain personnel.

Il repense aux enregistrements. À Londres (les semaines de la mode, pour faciliter la vie des professionnels, ont lieu à la suite l'une de l'autre), ce couturier était déjà amoureux ; ce qui n'était pas difficile à croire, puisqu'il avait rencontré l'une des femmes les plus extraordinaires du monde. Ewa, quant à elle, avait encore des doutes : Hussein était le second homme avec qui elle faisait l'amour dans sa vie, ils travaillaient dans la même branche, elle se sentait immensément inférieure. Il lui faudrait renoncer au rêve de travailler dans la mode, parce qu'il était impossible d'être en concurrence avec son futur mari – et elle redeviendrait une simple maîtresse de maison.

Pire que cela : elle ne parvenait pas à expliquer pourquoi quelqu'un d'aussi puissant pouvait s'intéresser à une Russe dans la quarantaine.

Igor aurait pu l'expliquer, si elle lui avait donné au moins une occasion de lui parler : par sa seule présence, elle savait éveiller la lumière autour d'elle, faire que tous donnent le meilleur d'eux-mêmes et renaissent des cendres du passé pleines de lumière et d'espoir. Puisque c'était arrivé au jeune homme qui revenait d'une guerre sanglante et inutile.

La Tentation est de retour. Le démon lui dit que ce n'est pas tout à fait vrai. Il avait déjà surmonté ses traumatismes grâce au travail compulsif. Bien que cela puisse être considéré comme un trouble psychologique par les psychiatres, c'était en réalité un moyen de surmonter ses blessures à travers le pardon et l'oubli. Ewa ne comptait pas tant que cela : Igor devait cesser de rapporter toutes ses émotions à une relation qui n'existait plus.

« Tu n'es pas le premier, répétait le démon. Tu es porté à faire le mal en pensant que de cette manière tu réveilles le bien. »

Igor devient nerveux. Il est un homme bon, et chaque fois qu'il a dû agir durement, c'était au nom d'une cause supérieure : servir son pays, empêcher que les exclus ne souffrent inutilement, en même temps tendre l'autre joue et se servir du fouet, comme l'avait fait Jésus, son seul modèle de vie.

Il fait le signe de la croix, dans l'espoir d'éloigner la Tentation. Il se force à se rappeler les enregistrements, ce que disait Ewa, qu'elle était malheureuse avec son nouveau compagnon, mais qu'elle n'avait nullement l'intention de revenir en arrière, parce qu'elle était mariée avec un « déséquilibré ».

Absurde. Apparemment, elle subissait un lavage de cerveau dans son nouvel environnement. Elle devait être en très mauvaise compagnie. Il est certain qu'elle ment quand elle déclare à son amie russe qu'elle a décidé de se marier pour une seule raison : la peur de rester seule.

Dans sa jeunesse, elle se sentait toujours rejetée par les autres, elle n'arrivait jamais à être elle-même – elle était obligée de feindre constamment de s'intéresser aux mêmes choses que ses amies, de participer à leurs jeux, de s'amuser dans les fêtes, de rechercher un bel homme qui lui donnerait sécurité au foyer, enfants, et fidélité conjugale. « Tout cela est un mensonge », avoue-t-elle.

En réalité, elle a toujours rêvé d'aventure et d'inconnu. Si elle avait pu choisir une profession quand elle était encore adolescente, ç'aurait été un travail artistique. Petite déjà, elle adorait découper les photos dans les revues du Parti communiste et faire des collages avec ; bien qu'elle détestât ce qu'elle y voyait, elle arrivait à mettre des couleurs sur les robes sombres et à se réjouir des résultats. Comme elle avait du mal à trouver des vêtements de poupée, elle habillait ses jouets avec des costumes confectionnés par sa mère. Non seulement Ewa admirait les petits vêtements, mais elle se disait qu'un jour elle serait capable d'en faire autant.

La mode n'existait pas dans l'ancienne Union soviétique. On n'a su ce qui se passait dans le reste de la planète qu'après la chute du mur de Berlin et l'entrée de la presse étrangère dans le pays. Elle était déjà adolescente, et maintenant elle faisait des collages plus vivants et plus intéressants, et puis un jour elle décida d'expliquer à sa famille que c'était exactement cela son rêve : dessiner des vêtements.

Dès qu'elle eut terminé l'école, ses parents l'envoyèrent dans une faculté de droit. Ils avaient beau se réjouir de la liberté récemment conquise, il y avait certaines idées capitalistes qui étaient là pour détruire le pays, écarter le peuple de l'art authentique, remplacer Tolstoï et Pouchkine par des livres d'espionnage, corrompre le ballet classique par des aberrations modernes. Leur fille unique devait être éloignée rapidement de la dégradation morale qui était venue avec le Coca-Cola et les voitures de luxe.

À l'université, elle rencontra un garçon beau et ambitieux qui pensait exactement comme elle : nous ne pouvons pas continuer à penser que le régime sous lequel ont vécu nos parents reviendra. Il a disparu et pour toujours. Il est temps de commencer une nouvelle vie.

Elle adorait le garçon. Ils commencèrent à sortir ensemble. Elle vit qu'il était intelligent et qu'il réussirait dans la vie. Il savait la comprendre. Certes, il s'était battu dans la guerre d'Afghanistan, il avait été atteint au cours d'un combat, mais rien de grave ; il ne se plaignit jamais du passé, et toutes les années où ils furent ensemble, il ne manifesta jamais aucun symptôme de déséquilibre ou de traumatisme.

Un matin, il lui apporta un bouquet de roses. Il lui dit qu'il abandonnait l'université pour monter une affaire à son compte. Ensuite, il la demanda en mariage. Elle accepta ; bien qu'elle n'éprouvât pour lui qu'admiration et camaraderie, elle pensait que l'amour viendrait avec le temps et la vie ensemble. En outre, ce garçon était le seul qui la comprenait vraiment et la stimulait ; si elle laissait échapper cette occasion, peut-être ne rencontrerait-elle jamais quelqu'un qui l'accepterait telle qu'elle était.

Ils se marièrent sans grandes formalités et sans le soutien de la famille. Le jeune homme trouva de l'argent auprès de personnes qu'elle trouvait dangereuses, mais elle ne pouvait rien y faire. Peu à peu, la compagnie qu'il avait créée commença à se développer. Au bout de quatre ans ou presque de vie commune, elle eut pour la première fois – terrorisée – une exigence : qu'il remboursât tout de suite les personnes qui lui avaient prêté de l'argent autrefois et qui ne semblaient pas très intéressées à le récupérer. Il suivit son conseil, et plus tard il l'en remercierait très souvent.

Les années passèrent, les déroutes nécessaires se produisirent, les nuits blanches se suivaient ; et puis les choses commencèrent à s'améliorer, alors le vilain petit canard de l'histoire suivit exactement le scénario des contes de fées : il devint un beau cygne, objet de toutes les convoitises.

Ewa se plaignit de sa vie de femme au foyer. Au lieu de réagir comme les maris de ses amies, pour qui le travail était synonyme d'absence de féminité, il lui acheta une boutique dans un des endroits les plus prisés de Moscou. Elle se mit à vendre les modèles des grands couturiers du monde entier, bien qu'elle ne prît jamais le risque de faire ses propres dessins. Mais son travail lui offrait d'autres compensations : elle partait pour les grands salons de la mode, fréquentait des personnes intéressantes, et c'est alors qu'elle avait fait la connaissance de Hamid. Encore aujourd'hui, elle ne savait pas si elle l'aimait – la réponse aurait peut-être été « non ». Mais elle se sentait à l'aise à ses côtés. Elle n'avait rien à perdre quand il lui avoua qu'il n'avait jamais rencontré quelqu'un comme elle, et lui proposa qu'ils vivent ensemble. Elle n'avait pas d'enfants. Son mari était marié avec son travail et peut-être ne remarquerait-il même pas son absence.

« J'ai tout laissé derrière moi, disait Ewa sur l'une des bandes. Et je ne regrette pas ma décision. J'aurais fait la même chose même si Hamid – contre ma volonté – n'avait pas acheté la belle ferme en Espagne qu'il a mise à mon nom, même si Igor, mon ex-mari, m'avait offert la moitié de sa fortune, parce que je sais que je n'ai plus de raison d'avoir peur. Si l'un des hommes les plus désirés du monde veut être à mes côtés, je vaux mieux que je ne le pense. »

Sur une autre bande, il constate que son aimée doit souffrir de problèmes psychologiques très graves.

« Mon mari a perdu la raison. Je ne sais pas si c'est la guerre ou la tension causée par l'excès de travail, mais il pense qu'il peut comprendre les desseins de Dieu. Avant de prendre la décision de partir, je suis allée voir un psychiatre pour tenter de le comprendre, voir s'il était possible de sauver notre relation. Je ne suis pas entrée dans les détails pour ne pas le compromettre, et je n'entrerai pas dans les détails avec toi. Mais je pense qu'il serait capable de choses terribles s'il jugeait qu'il était en train de faire le bien.

« Le psychiatre m'a expliqué que beaucoup de gens généreux, pleins de compassion pour leurs semblables, peuvent changer totalement d'attitude d'une heure à l'autre. Des travaux ont été faits à ce sujet, ils appellent ce changement "l'Effet Lucifer", l'ange le plus aimé par Dieu, qui finalement voulut exercer Son pouvoir.

— Et pourquoi cela se produit-il ? » demande une autre voix féminine.

Mais, apparemment, ils n'avaient pas bien programmé la durée d'enregistrement. La bande s'arrête là.

Il aimerait beaucoup connaître la réponse. Parce qu'il sait qu'il ne rivalise pas avec Dieu. Parce qu'il a la certitude que son aimée est en train de s'inventer tout cela, de peur de revenir et ne pas être acceptée. Bien sûr, il a déjà dû tuer par nécessité, mais quel rapport avec le mariage ? Il a tué à la guerre, avec la permission officielle qu'ont les soldats. Il a tué deux ou trois personnes, toujours pour leur bien – qui n'étaient pas en état de vivre dignement. À Cannes, il ne faisait qu'accomplir une mission.

Et il ne tuerait une femme aimée que s'il comprenait qu'elle est folle, qu'elle a perdu son chemin et commencé à détruire sa propre vie. Jamais il ne permettrait que la décadence de l'esprit remette en cause un passé brillant et généreux.

Il ne tuerait une femme qu'il aime que pour la sauver d'une longue et douloureuse autodestruction.

Igor regarde la Maserati qui vient de s'arrêter devant lui, à une place interdite ; une voiture absurde et inconfortable, obligée de rouler à la même vitesse que les autres malgré la puissance de son moteur, trop basse pour les départementales, trop dangereuse pour les autoroutes.

Un homme de cinquante ans environ – mais voulant en paraître trente – ouvre la porte et sort, faisant un immense effort parce que la porte est très près du sol. Il entre dans la pizzeria, demande une « quattro formaggi » à emporter.

Maserati et pizzeria. Ces choses-là ne vont pas ensemble. Mais cela arrive.

La Tentation revient. À ce stade, elle ne lui parle plus de pardon, de générosité, d'oublier le passé et d'aller de l'avant – c'est autre chose, qui commence à semer pour de bon le doute dans son esprit. Et si Ewa était, comme elle le disait, vraiment malheureuse ? Si, malgré son amour profond pour lui, elle était déjà plongée dans l'abîme sans retour d'une mauvaise décision, comme cela arriva à Adam au moment où il accepta la pomme qui lui était offerte et finit par condamner tout le genre humain ?

Il a tout planifié, se répète-t-il pour la millième fois. Son idée, c'était qu'ils se retrouvent, qu'il ne laisse pas un petit mot comme « adieu » détruire complètement leur vie à tous les deux. Il comprend qu'un mariage traverse toujours des crises, surtout au bout de dix-huit ans.

Mais il sait qu'un bon stratège doit constamment modifier ses plans. Il envoie de nouveau son SMS, uniquement pour s'assurer qu'elle finira par le recevoir. Il se lève, fait une prière, pour ne pas avoir besoin de boire au calice du renoncement.

L'âme de la petite marchande d'artisanat est à ses côtés. Il comprend maintenant qu'il a commis une injustice. Cela ne lui aurait rien coûté d'attendre un peu, jusqu'à ce qu'il trouve un adversaire à sa taille, comme le pseudo-athlète aux cheveux acajou dans ce déjeuner. Ou qu'il agisse dans l'absolue nécessité de sauver une personne de nouvelles souffrances, comme il l'a fait avec la femme sur la plage.

Mais la petite aux gros sourcils paraît flotter comme une sainte autour de lui, et elle lui demande de ne pas avoir de regrets ; il a agi correctement, pour la sauver d'un avenir de peine et de douleur. Son âme pure écarte peu à peu la Tentation, lui faisant comprendre que, s'il se trouve à Cannes, ce n'est pas pour forcer un amour perdu à revenir – ça, c'est impossible.

Il est là pour sauver Ewa de la décadence et de l'amertume. Bien qu'elle ait été injuste envers lui, ce qu'elle a fait pour l'aider mérite récompense.

« Je suis un homme bon. »

Il va à la caisse, règle la note, demande une petite bouteille d'eau minérale. Quand il est sorti, il s'en verse tout le contenu sur la tête.

Il doit avoir les idées claires. Il a beaucoup rêvé que ce jour arriverait, et maintenant il est perturbé.

Bien que la mode se renouvelle tous les six mois, il est une chose immuable : les agents de sécurité à la porte sont toujours en complet noir.

Hamid a étudié d'autres solutions pour ses défilés – des agents en vêtements de toutes les couleurs, par exemple. Ou tous en blanc. Mais, s'il enfreignait la règle générale, les critiques commenteraient les « innovations inutiles » plutôt que d'écrire sur ce qui importait vraiment : la collection sur le podium. En outre, le noir est une couleur parfaite : conservatrice, mystérieuse, gravée dans l'inconscient collectif à travers les vieux films d'Hollywood. Les bons étaient toujours vêtus de blanc, et les méchants de noir.

« Imaginez si la Maison Blanche s'appelait Maison Noire. Tout le monde penserait qu'elle est habitée par le génie des ténèbres. »

Toutes les couleurs ont leurs raisons, même si l'on pense qu'elles sont choisies par hasard. Le blanc signifie pureté et intégrité. Le noir intimide. Le rouge choque et paralyse. Le jaune attire l'attention. Avec le vert, tout paraît tranquille, on peut continuer. Le bleu calme. L'orange trouble.

Il était indispensable que les gardes du corps soient vêtus de noir. C'était comme cela depuis le début, et cela devait continuer ainsi.

Il y a, comme toujours, trois entrées différentes. La première pour la presse, quelques journalistes et beaucoup de photographes portant leur lourd matériel, qui paraissent bien s'entendre entre eux, mais sont prêts à jouer des coudes quand arrive l'heure d'obtenir le meilleur angle, la photo unique, le moment parfait, le défaut criant. La deuxième pour les invités, et il n'y a pas grande différence entre la Semaine de la mode à Paris et cette ville balnéaire du sud de la France ; tous en tenue négligée, n'ayant probablement pas les moyens d'acheter ce qui sera montré là. Mais ils doivent être présents, avec leurs pauvres jeans, leurs tee-shirts de mauvais goût, leurs tennis de marque qui jurent avec le reste, convaincus que cela signifie décontraction et familiarité avec le milieu, ce qui est un mensonge absolu. Certains portent des sacs et des ceintures qui ont peut-être coûté très cher, et c'est encore plus pathétique : comme si l'on mettait un tableau de Vélasquez dans un cadre en plastique.

Enfin, l'entrée pour les VIP. Les agents de sécurité ne sont jamais au courant de rien, ils se contentent de garder les bras croisés, et d'arborer un regard menaçant – comme si c'étaient eux les vrais patrons des lieux. La gentille jeune fille s'approche, formée pour garder en mémoire le visage des personnes célèbres. Elle a une liste à la main et se dirige vers le couple.

« Soyez les bienvenus, monsieur et madame Hussein. Merci d'avoir confirmé votre présence. »

Ils passent devant tout le monde ; bien que le couloir soit le même, une séparation faite de piliers métalliques décorés de rubans de velours rouge montre qui sont vraiment les personnes importantes. C'est le moment de la Petite Gloire, où l'on est traité de manière spéciale, et même si ce défilé ne fait pas partie du calendrier officiel – après tout, il ne faudrait pas oublier que Cannes est un festival de cinéma –, le protocole doit être rigoureusement respecté. Pour la Petite Gloire dans tous les événements parallèles (dîners, déjeuners, cocktails), hommes et femmes passent des heures devant le miroir, convaincus que la lumière artificielle ne fait pas autant de mal à la peau que le soleil, où il leur faut se badigeonner de tonnes de crèmes protectrices. Ils sont à deux pas de la plage, mais ils préfèrent les machines à bronzer sophistiquées dans les instituts de beauté toujours à deux pas de l'endroit où ils sont descendus. Ils jouiraient d'une belle vue s'ils décidaient d'aller se promener sur la Croisette, mais combien de calories perdraient-ils dans cette promenade ? Mieux vaut se servir des appareils de musculation installés dans les petites salles de gymnastique des hôtels.

Ainsi, ils seront en pleine forme, leur costume sera d'une simplicité étudiée pour les déjeuners où ils mangent gratuitement et se sentent importants parce qu'ils ont été invités, les dîners de gala où il faut payer très cher ou avoir des contacts haut placés, les fêtes qui se passent après les dîners et traînent jusqu'au petit matin, le dernier café ou whisky au bar de l'hôtel. Tout ça avec beaucoup de visites aux toilettes pour retoucher le maquillage, rajuster la cravate, retirer les pellicules ou la poussière des épaulettes de la veste, vérifier si le rouge à lèvres dessine encore bien la bouche.

Enfin, le retour dans les chambres d'hôtel de luxe, où ils trouveront le lit préparé, le menu du petit déjeuner, les prévisions météo, un bonbon en chocolat (jeté immédiatement parce qu'il signifie le double de calories), une enveloppe avec leur nom joliment calligraphié (jamais ouverte parce qu'à l'intérieur se trouve la lettre standard du gérant de l'hôtel leur souhaitant la bienvenue) à côté d'une corbeille de fruits (avidement dévorés parce qu'ils contiennent une dose raisonnable de fibres, bons pour le fonctionnement de l'organisme et parfaits pour éviter les gaz). Ils se regardent dans le miroir pendant qu'ils retirent la cravate, le maquillage, les robes et les smokings, et se disent : rien, absolument rien d'important ne s'est passé aujourd'hui. Demain peut-être, ce sera mieux.

Ewa est bien habillée, portant un HH qui reflète discrétion et élégance à la fois. Ils sont tous deux conduits vers les sièges qui se trouvent directement face au podium, à côté de l'endroit où seront les photographes – qui commencent à entrer et à installer leur matériel.

Un journaliste s'approche et pose la sempiternelle question :

« Monsieur Hussein, jusqu'à maintenant, quel est le meilleur film que vous ayez vu ?

— Je trouve qu'il est prématuré de donner un avis, est la sempiternelle réponse. J'ai vu beaucoup de bonnes choses, intéressantes, mais je préfère attendre la fin du Festival. »

En réalité, il n'a absolument rien vu. Plus tard, il ira parler à Gibson pour savoir quel est « le meilleur film de la saison ».

La jeune femme blonde, polie et bien habillée, demande au reporter de s'éloigner. Elle veut savoir s'ils participeront au cocktail qui sera offert par le gouvernement belge juste après le défilé. Elle dit qu'un ministre du gouvernement est présent, et qu'il aimerait s'entretenir avec lui. Hamid réfléchit à la proposition, vu que ce pays investit des fortunes pour que ses couturiers se fassent connaître sur la scène internationale – et qu'il puisse retrouver sa splendeur perdue après la perte de ses colonies en Afrique.

« Oui, je dois peut-être aller prendre une coupe de champagne.

— Je crois que nous avons rendez-vous juste après avec Gibson », intervient Ewa.

Hamid comprend le message. Il répond à la productrice qu'il avait oublié cet engagement, mais qu'il prendra contact avec le ministre plus tard.

Des photographes découvrent qu'ils sont là, et commencent à mitrailler avec leurs appareils. Pour le moment, ils sont les seules personnes qui intéressent la presse. Plus tard arrivent des mannequins qui ont causé autrefois émotion et fureur. Elles posent et sourient, signent des autographes à quelques personnes en tenue négligée dans le public et font leur possible pour qu'on les remarque – dans l'espoir de voir de nouveau leurs visages sur les pages imprimées. Les photographes se tournent vers elles, sachant qu'ils le font seulement pour accomplir leur devoir, donner satisfaction à leurs rédacteurs en chef. Aucune de ces photos ne sera publiée. La mode, c'est le présent ; les mannequins d'il y a trois ans – hormis celles qui sont capables d'être encore sur les gros titres des journaux grâce à des scandales soigneusement étudiés par leurs agents, ou parce qu'elles ont vraiment réussi à se détacher des autres –, seules s'en souviennent ces personnes qui restent toujours derrière les barrières métalliques à l'entrée des hôtels, ou des dames qui n'arrivent pas à suivre les changements en cours.

Les anciens mannequins qui viennent d'entrer en sont conscientes (et il faut entendre par « ancien » quelqu'un qui a déjà atteint vingt-cinq ans), et si elles sont là, ce n'est pas parce qu'elles rêvent de remonter sur les podiums : elles pensent trouver un rôle dans un film ou présenter une émission de télévision câblée.

Qui sera sur le podium ce jour-là, outre Jasmine – la seule raison de sa présence ?

Assurément, aucune des quatre ou cinq top models mondiales, car celles-là font seulement ce qu'elles désirent, se font payer une fortune et n'ont aucun intérêt à venir à Cannes pour donner du prestige à un événement qui n'est pas le leur. Hamid calcule qu'il verra deux ou trois Classe A, ce qui doit être le cas de Jasmine, qui gagnent autour de 1 500 euros pour travailler cet après-midi ; il faut, pour cela, avoir du charisme et, surtout, un avenir dans l'industrie. Deux ou trois autres mannequins de Classe B, des professionnelles qui savent défiler à la perfection, présentent la silhouette adéquate mais n'ont pas eu la chance de participer à des événements parallèles tels que des invitations spéciales aux fêtes des grands groupes du luxe, coûteront entre 800 et 600 euros. Le reste du groupe sera constitué de la Classe C, des filles qui viennent d'entrer dans la ronde des défilés, et qui gagnent entre 200 et 300 euros pour « acquérir l'expérience nécessaire ».

Hamid sait ce que certaines filles de ce troisième groupe ont en tête : « Je vais gagner. Je vais montrer à tous ce dont je suis capable. Je serai l'un des plus grands mannequins de la planète, même si je dois séduire des hommes plus vieux que moi. »

Mais les hommes plus vieux ne sont pas aussi stupides qu'elles le pensent ; la plupart sont mineures, et cela peut conduire en prison dans presque tous les pays du monde. La légende est totalement différente de la réalité : personne n'arrive au sommet grâce à ses libéralités sexuelles ; il faut beaucoup plus que cela.

Du charisme. De la chance. Le bon agent. Le moment adéquat. Et le moment adéquat, pour les cabinets de tendance, ce n'est pas ce que pensent ces jeunes filles qui viennent d'entrer dans le monde de la mode. Il a lu les études récentes, et tout indique que le public est lassé de voir des femmes anorexiques, différentes, aux regards provocants et d'un âge indéfini. Les agences de casting (qui sélectionnent les mannequins) sont à la recherche de quelque chose qui paraît extrêmement difficile à trouver : la fille lambda. C'est-à-dire une personne absolument normale, qui transmettra à tous ceux qui verront les affiches et les photos dans les magazines spécialisés la sensation d'« être comme elle ».

Et trouver une femme extraordinaire qui ait l'air d'une « personne normale » est une mission quasi impossible.

Il est loin le temps où les mannequins servaient seulement de portemanteaux ambulants pour les stylistes. Bien sûr, il est plus facile d'habiller une personne maigre – le vêtement tombe toujours mieux. Il est loin le temps où la publicité pour les produits de luxe masculin se faisait sur de beaux mannequins ; cela fonctionnait à l'ère des yuppies, à la fin des années 1980, mais de nos jours cela ne fait absolument plus rien vendre. Contrairement à la femme, l'homme n'a pas un modèle de beauté défini : ce qu'il veut trouver dans les produits qu'il achète, c'est quelque chose qu'il associe à son copain de bureau ou de beuverie.

On a présenté Jasmine à Hamid en lui disant « elle est le vrai visage de votre nouvelle collection », simplement après l'avoir vue défiler. Son nom était accompagné de commentaires tels que « elle a un charisme extraordinaire, et pourtant tout le monde peut se reconnaître en elle ». Contrairement à ce qui arrive aux mannequins de Classe C, qui courent après des contacts et des hommes qui se disent puissants et capables de faire d'elles des stars, la meilleure promotion dans le monde de la mode – et peut-être pour n'importe quel produit que l'on désire promouvoir –, ce sont les commentaires venant de l'industrie. Au moment où une fille est sur le point d'être « découverte », on mise de plus en plus sur elle sans qu'il n'existe aucune logique. Parfois, cela marche. Parfois, non. Mais le marché est ainsi, on ne peut pas toujours gagner.

La salle commence à se remplir – les sièges du premier rang sont réservés, un groupe d'hommes en complet et de femmes vêtues avec élégance occupe quelques fauteuils, et le reste demeure vide. Le public est placé aux deuxième, troisième et quatrième rangs. Un mannequin célèbre, mariée à un joueur de football, qui a fait plusieurs voyages au Brésil parce qu'elle « adore le pays », est maintenant le centre des attentions des photographes. Tout le monde sait que « voyage au Brésil » est synonyme de « chirurgie esthétique », mais personne n'ose le dire ouvertement ; cependant, quand on connaît mieux son interlocuteur, on lui demande discrètement si, au lieu de visiter les beautés de Salvador et de danser au carnaval de Rio, on peut trouver là-bas un médecin d'expérience en chirurgie plastique. Une carte de visite passe rapidement de main en main, et la conversation s'arrête là.

La jeune et gentille blonde attend que les professionnels de la presse aient terminé leur travail (ils demandent aussi au mannequin quel est le meilleur film qu'elle a vu jusqu'à présent), ensuite elle la conduit vers le seul siège libre près de Hamid et d'Ewa. Les photographes s'approchent et prennent des dizaines de photos du trio – le grand couturier, son épouse et le mannequin transformé en femme au foyer.

Certains journalistes veulent savoir ce qu'il pense du travail de la styliste. Il est déjà habitué à ce genre de question :

« Je suis venu pour le découvrir. J'ai entendu dire qu'elle avait beaucoup de talent. »

Les journalistes insistent, comme s'ils n'avaient pas entendu la réponse. Presque tous sont belges – la presse française n'est pas encore intéressée. La blonde et sympathique jeune femme demande qu'on laisse les invités en paix.

Ils s'éloignent. L'ex-mannequin qui s'est assise à côté de lui tente d'entamer la conversation, disant qu'elle adore tout ce qu'il fait. Il remercie gentiment ; si elle attendait en réponse « il faut que nous parlions après le défilé », elle doit être déçue. Mais elle commence à lui raconter ce qui lui est arrivé dans la vie – les photos, les invitations, les voyages.

Il écoute tout avec une infinie patience, mais à la première occasion (elle vient de se retourner pour parler à quelqu'un) il se tourne vers Ewa pour échapper à ce dialogue de sourds. Sa femme, quant à elle, est de plus en plus bizarre et se refuse à toute conversation ; il ne lui reste plus qu'à lire le contenu de la brochure du défilé.

La collection est un hommage à Ann Salens, considérée comme la pionnière de la mode en Belgique. Elle a commencé à la fin des années 1960, avec une petite boutique, mais elle a compris rapidement que la manière de s'habiller créée par les jeunes hippies qui venaient du monde entier à Amsterdam avait un potentiel énorme. Capable d'affronter – et de vaincre – les styles sobres qui étaient en vigueur dans la bourgeoisie de l'époque, elle a enfin vendu son travail, porté par quelques icônes comme la reine Paola ou la grande muse du mouvement existentialiste français, la chanteuse Juliette Gréco. Elle a été l'une des créatrices du « défilé-show », où se mêlaient vêtements sur le podium et spectacles d'art et de son et de lumière. Elle avait toujours eu une peur terrible du cancer ; et comme il est dit dans la Bible dans le livre de Job, « tout ce que je craignais le plus m'est arrivé ». Elle est morte de la maladie qu'elle redoutait tant, tandis que ses affaires allaient à vau-l'eau à cause de son incapacité totale à gérer son argent.

Et comme toujours dans un monde qui se renouvelle tous les six mois, elle fut totalement oubliée. L'intention de la styliste qui dans quelques minutes allait montrer sa collection était très courageuse : revenir au passé, au lieu de tenter d'inventer l'avenir.

Hamid range la brochure dans sa poche ; si Jasmine ne correspond pas à ses attentes, il ira parler à la styliste et voir s'ils pourraient développer un projet ensemble. Il y a toujours de la place pour de nouvelles idées – du moment qu'il supervise les concurrents.

Il regarde autour de lui : les projecteurs sont bien situés et les photographes présents sont relativement nombreux – il n'en attendait pas tant. La collection mérite peut-être vraiment d'être vue, ou alors le gouvernement belge a usé de toute son influence pour faire venir la presse, en offrant billets de transport et hébergement. Il existe une autre hypothèse pour tout cet intérêt, mais Hamid souhaite vivement se tromper : Jasmine. S'il désire mener à bien ses projets, il est indispensable qu'elle soit totalement inconnue du grand public. Jusqu'à présent, il n'a entendu que les commentaires de gens liés à son milieu professionnel. Si jamais son visage est déjà apparu dans de nombreux magazines, la recruter serait une perte de temps. Premièrement, quelqu'un l'aurait devancé. Deuxièmement, il serait hors de question de l'associer à une nouveauté.

Hamid fait les calculs ; cet événement a coûté une coquette somme, mais le gouvernement belge a raison, comme le cheikh : la mode pour les femmes, le sport pour les hommes, des célébrités pour les deux sexes, ce sont les seuls sujets qui intéressent tous les mortels, et les seuls qui puissent projeter l'image d'un pays sur la scène internationale. Bien sûr, dans le cas spécifique de la mode, il y a la discussion – qui peut durer des années – avec la Fédération. Mais l'un de ses dirigeants est assis à côté des politiciens belges ; apparemment, ils n'ont pas envie de perdre de temps.

D'autres VIP arrivent, toujours accompagnés de la sympathique jeune femme blonde. Ils semblent un peu désorientés, ils ne savent pas exactement ce qu'ils font là. Ils sont trop bien habillés, ce doit être le premier défilé auquel ils assistent en France, venant directement de Bruxelles. Assurément ils ne font pas partie de la faune qui en ce moment inonde la ville à cause du festival de cinéma.

Cinq minutes de retard. Contrairement à la Semaine de la mode, pendant laquelle pratiquement aucun défilé ne commence à l'heure prévue, beaucoup d'autres choses se produisent dans la ville, et la presse ne peut pas attendre très longtemps. Mais il se rend vite compte de son erreur : la plupart des journalistes présents sont allés s'entretenir avec les ministres ; ils sont presque tous étrangers, venus du même pays. La politique et la mode ne vont ensemble que dans une situation comme celle-là.

La sympathique petite blonde se dirige vers le lieu où ils sont concentrés et leur demande de regagner leurs places : le spectacle va commencer. Hamid et Ewa n'échangent pas un mot. Elle ne paraît ni contente ni mécontente – et c'est le pire de tout. Si elle se plaignait, si elle souriait, si elle disait quelque chose ! Mais rien, aucun signe de ce qui se passe dans son for intérieur.

Il vaut mieux qu'il se concentre sur le panneau qu'il voit au fond, d'où sortiront les mannequins. Là, au moins, il sait ce qu'il se passe.

Il y a quelques minutes, les mannequins ont retiré tous leurs sous-vêtements, et sont complètement nues – pour ne pas laisser de marques sous les robes qu'elles vont présenter. Elles ont déjà enfilé la première, et elles attendent que les lumières s'éteignent, que la musique commence, et qu'une personne – en général une femme – leur donne une tape dans le dos, indiquant le moment précis où elles se lanceront vers les projecteurs et le public.

Les mannequins des classes A, B et C sont nerveuses à divers degrés – les moins expérimentées étant les plus excitées. Certaines font une prière, d'autres essaient de voir à travers le rideau si quelqu'un de leur connaissance est présent, si leur père ou leur mère a trouvé la bonne place. Elles doivent être dix ou douze, chacune a sa photo devant l'endroit où sont pendues dans l'ordre les robes dont elles changent en quelques secondes, pour rejoindre le podium tout à fait détendues, comme si elles portaient ce modèle depuis le début de l'après-midi. Les ultimes retouches ont été données au maquillage et à la coiffure.

Elles se répètent :

« Je ne peux pas glisser. Je ne peux pas me prendre les pieds dans l'ourlet. J'ai été choisie personnellement par la styliste parmi soixante mannequins. Je suis à Cannes. Quelqu'un d'important doit se trouver dans l'assistance. Je sais que HH est présent, et il peut me choisir pour sa marque. On dit que la salle est bourrée de photographes et de journalistes.

« JE NE PEUX PAS SOURIRE parce que c'est la règle. Mes pieds doivent suivre une ligne invisible. Je dois marcher au pas cadencé, à cause du talon ! Peu importe si ma démarche est artificielle, si je ne me sens pas bien – je ne peux pas oublier ça !

« Je dois atteindre la marque, tourner d'un côté, m'arrêter deux secondes, repartir aussitôt, à la même vitesse, sachant que, dès que je disparaîtrai de la scène, quelqu'un m'attendra pour me retirer la robe, me mettre la suivante, sans même que je puisse regarder dans le miroir ! Je dois avoir confiance, tout va bien se passer. Je dois montrer non seulement mon corps, non seulement ma robe, mais aussi la force de mon regard ! »

Hamid regarde le plafond : là se trouve la marque, un foyer de lumière plus intense que les autres. Si le mannequin va plus loin, ou s'arrête avant, elle ne sera pas bien photographiée ; dans ce cas, les rédacteurs en chef de magazines – ou, plutôt, les directeurs de magazines belges – choisiront un autre mannequin. La presse française est en ce moment devant les hôtels, sur le tapis rouge, dans les cocktails de soirée, ou en train de manger un sandwich et de se préparer pour le grand dîner de gala de ce soir.

Les lumières du salon s'éteignent. Les projecteurs du podium s'allument. Le grand moment est arrivé.

Une bande-son délivrée par une puissante stéréo remplit la salle de chansons des années 1960 et 1970. Hamid est transporté dans un autre monde qu'il n'a jamais connu mais dont il a entendu parler. Il éprouve une certaine nostalgie de ce qu'il n'a jamais connu, et un peu de révolte – pourquoi n'a-t-il pas vécu le grand rêve des jeunes qui parcouraient le monde à cette époque ?

Entre le premier mannequin, et la vision se mêle au son – la robe très colorée, pleine de vie, d'énergie, raconte une histoire qui s'est passée voilà très longtemps, mais que le monde semble aimer écouter encore. À côté de lui, il entend les dizaines, les centaines de déclics des appareils photographiques. Les caméras enregistrent. Le premier mannequin réalise le défilé parfait – elle vient jusqu'au point de lumière, tourne à droite, reste deux secondes, et se retourne. Elle aura à peu près quinze secondes pour regagner les coulisses – là elle cesse de poser et court vers le portemanteau où se trouve la robe suivante, se déshabille rapidement, se rhabille encore plus rapidement, prend sa place dans la file, et la voilà prête pour l'étape suivante. La styliste regarde tout à travers un circuit interne de télévision, se mordant les lèvres et espérant que personne ne va glisser, que le public comprendra ce qu'elle veut dire, qu'elle sera applaudie à la fin et qu'elle impressionnera l'émissaire de la Fédération.

Le défilé continue. Dans la position où il se trouve, Hamid, comme les caméras de télévision, voit le port élégant, les jambes aux pas fermes. Les personnes assises dans les rangs latéraux – et qui ne sont pas habituées au défilé, comme la plupart des

VIP présents ici – ont une sensation bizarre : pourquoi « marchent-elles au pas cadencé » au lieu de marcher normalement, comme la plupart des mannequins qu'elles ont l'habitude de voir dans les émissions consacrées à la mode ? Serait-ce une invention de la styliste pour tenter d'apporter une touche d'originalité ?

Non, répond silencieusement Hamid dans son for intérieur. C'est à cause des talons hauts. Parce que ainsi chaque pas qu'elles font a la fermeté suffisante. Ce que montrent les caméras – parce qu'elles filment de face – n'est pas exactement ce qui se passe dans la réalité.

La collection est plus belle qu'il ne le pensait – un retour dans le temps avec des touches contemporaines et créatives. Aucun excès – parce que le secret de la mode est le même que celui de la cuisine : savoir bien doser les ingrédients. Des fleurs et des perles qui rappellent les Années folles, mais qui ont été placées de telle manière qu'elles paraissent résolument modernes. Six mannequins déjà ont défilé sur le podium, et sur l'une d'elles, il a remarqué un point au genou, que le maquillage n'a pas réussi à masquer : quelques minutes avant elle a dû se faire une dose d'héroïne, pour se calmer et pour contrôler son appétit.

Soudain, Jasmine apparaît. Elle porte un chemisier blanc à manches longues, entièrement brodé à la main, une jupe blanche également qui descend au-dessous des genoux. Elle marche avec assurance, et contrairement à celles qui sont passées avant elle, sa gravité n'est pas étudiée : elle est naturelle, absolument naturelle. Hamid jette un regard rapide vers le public : tous dans la salle semblent hypnotisés par la présence de Jasmine, personne ne prête attention au mannequin qui sort ou entre quand elle a fini son parcours et commence à regagner la loge.

« Parfaite ! »

Lors de ses deux apparitions suivantes sur le podium, il fixe son regard sur chaque détail de son corps, et il voit qu'il s'en dégage quelque chose de beaucoup plus fort que ses courbes bien dessinées. Comment pourrait-il définir cela ? Le mariage du Ciel et de l'Enfer, l'Amour et la Haine marchant main dans la main.

Comme n'importe quel défilé, celui-là ne dure pas plus de quinze minutes – bien que sa conception et son montage aient coûté des mois de travail. À la fin, la styliste entre en scène, sous une pluie d'applaudissements, les lumières se rallument, la musique s'arrête – et seulement alors il se rend compte qu'il adore cette bande-son. La fille sympathique revient vers eux, et annonce que quelqu'un du gouvernement belge a très envie de lui parler. Il ouvre son portefeuille en cuir, en retire une carte, dit qu'il est descendu à l'hôtel Martinez et qu'il aura grand plaisir à prendre rendez-vous pour le lendemain.

« Mais j'aimerais beaucoup parler à la styliste et au mannequin noir. Savez-vous par hasard dans quel dîner elles seront ce soir ? Je peux attendre la réponse ici. »

Il souhaite que la sympathique blonde revienne vite. Les journalistes se sont approchés et ont commencé leur éternelle série de questions. Ou, plutôt, la même question répétée par des journalistes différents :

« Comment avez-vous trouvé le défilé ?

— Très intéressant – la réponse, elle aussi, est toujours la même.

— Ce qui veut dire ? »

Avec la délicatesse d'un professionnel expérimenté, Hamid se déplace vers le journaliste suivant. Ne jamais traiter la presse de façon méprisante ; mais ne jamais répondre à aucune question, dire simplement ce qui convient à ce moment.

La sympathique blonde est revenue. Non, elles ne vont pas au grand dîner de gala de ce soir. Malgré tous les ministres présents, la politique du Festival est dictée par un autre type de pouvoir.

Hamid dit qu'il fera remettre en mains propres les invitations nécessaires, ce qui est immédiatement accepté. Assurément, la styliste attendait ce genre de réponse, et elle est consciente du produit qu'elle a entre les mains.

Jasmine.

Oui, c'est elle. Il l'utilisera rarement dans un défilé, parce qu'elle est plus forte que les robes qu'elle porte. Mais pour être « la face visible de Hamid Hussein », il n'y a pas mieux qu'elle.

Ewa rallume son mobile à la sortie. Quelques secondes plus tard apparaît une enveloppe qui vole dans un ciel bleu, descend à la base de l'écran et s'ouvre. Tout cela pour dire : « Vous avez un message. »

« Quelle animation ridicule », pense Ewa.

De nouveau le numéro masqué. Elle se demande si elle doit le lire ou non, mais sa curiosité l'emporte sur sa peur.

« Manifestement, un admirateur a découvert ton numéro, plaisante Hamid. Tu n'as jamais reçu autant de messages qu'aujourd'hui.

— Peut-être bien. »

En réalité, elle aimerait dire : « Tu ne comprends donc rien ? Après deux ans de vie commune, tu ne vois pas dans quel état de terreur je suis, ou penses-tu seulement que j'ai mes règles ? »

Elle feint de lire sans le moindre souci ce qui est écrit :

J'ai détruit un autre monde pour toi. Et je commence à me demander si cela vaut la peine, parce

que manifestement tu ne comprends rien. Ton cœur
est mort.

« Qui est-ce ? demande Hamid.

— Je n'en ai pas la moindre idée. Le numéro
n'apparaît pas. Mais il est toujours bon d'avoir des
admirateurs inconnus. »

17 h 15

Trois crimes. Toutes les statistiques avaient été dépassées en quelques heures, et montraient une augmentation de 50 %.

Il va jusqu'à la voiture et se branche sur la fréquence spéciale de la radio.

« Il y a un tueur en série dans la ville. »

La voix a murmuré quelque chose à l'autre bout. Le bruit des parasites brouille quelques mots, mais Savoy comprend ce qu'elle dit.

« Je n'ai pas de certitude. Mais je n'ai pas de doute non plus. »

Autres commentaires, autres parasites.

« Je ne suis pas fou, chef, et je ne passe pas mon temps dans des contradictions. Par exemple : je ne suis pas certain que mon salaire sera versé à la fin du mois, et pourtant je n'ai pas de doutes à ce sujet : est-ce que je me l'explique ? »

Parasites et voix en colère à l'autre bout.

« Je ne suis pas en train de discuter une augmentation de salaire, mais les certitudes et les doutes peuvent aller de pair, surtout dans une profession comme la nôtre. Oui, laissons ce sujet de côté et allons à ce qui nous intéresse. Il est bien possible que les journaux télévisés rapportent trois crimes, parce que l'individu à l'hôpital vient de mourir. Il est évident que nous sommes les seuls à savoir qu'ils ont tous été commis à l'aide de techniques assez

sophistiquées, c'est pourquoi personne ne va soupçonner un lien entre eux. Mais brusquement Cannes
va apparaître comme une ville où règne l'insécurité.
Et si ça continue demain, les spéculations au sujet
d'un tueur unique iront bon train. Qu'est-ce que vous
voulez que je fasse ? »

Commentaires perturbés du chef.

« Oui, ils sont tout près. Le garçon qui a été témoin
de l'assassinat est en train de tout leur raconter. Pendant ces dix jours, on a des photographes et des journalistes dans le moindre recoin. J'ai pensé qu'ils
seraient tous sur le tapis rouge, mais, à ce que je vois,
je me trompais ; je pense qu'il y a là-bas beaucoup de
reporters et pas grand-chose à trouver. »

Encore des commentaires brouillés. Il sort un bloc
de sa poche et note une adresse.

« C'est bien. Je vais aller à Monte-Carlo causer avec
mon informateur. »

Le brouillage s'est arrêté. La personne à l'autre
bout de la ligne avait raccroché.

Savoy marche jusqu'au bout du ponton, met la
sirène sur le toit de sa voiture à plein volume, et part
en conduisant comme un fou – espérant attirer les
reporters vers un autre crime qui n'existe pas. Ils
connaissent le truc et ne bougent pas, ils continuent
à interviewer le garçon.

Il commence à être excité. Enfin il pourra laisser
toute cette paperasse à remplir par un subalterne et
se consacrer à son rêve de toujours : démasquer des
criminels qui défient toute logique. Il aimerait avoir
raison – un tueur en série se trouve dans la ville et
commence à terroriser ses habitants. À cause de la
vitesse à laquelle l'information est diffusée de nos
jours, il va se trouver très vite sous les projecteurs,
expliquant que « rien n'est encore prouvé », mais de
telle manière que personne ne le croie tout à fait,
ainsi, les projecteurs resteront allumés jusqu'à ce que
le criminel soit découvert. Parce que, malgré les

paillettes et le glamour, Cannes est encore une petite ville de province – où tout le monde sait ce qui se passe, et il ne sera pas difficile de trouver le criminel.

Renommée. Célébrité.

Serait-il en train de ne penser qu'à lui, et non au bien-être des citoyens ?

Mais quel mal y a-t-il à rechercher un peu de gloire, alors que depuis des années il est obligé de supporter ces douze jours où chacun veut briller plus que ses moyens le permettent ? Cela finit par contaminer tout le monde. Tout le monde aime voir son travail reconnu par le public ; c'est la même chose ici pour les cinéastes.

« Cesse de penser à la gloire ; elle viendra d'elle-même, du moment que tu fais bien ton travail. En plus, la renommée est capricieuse : imagine que tu sois finalement considéré comme incapable de remplir ta mission. L'humiliation sera publique elle aussi.

« Concentre-toi. »

Au bout de vingt ans ou presque dans la police à occuper toutes sortes de fonctions, promu au mérite, après avoir lu des montagnes de rapports et de documents, il a compris que, dans la plupart des cas où l'on interpelle un criminel, l'intuition compte toujours autant que la logique. Le danger à ce moment précis où il se dirige vers Monte-Carlo n'est pas l'assassin – qui doit être épuisé à cause de l'énorme quantité d'adrénaline qui s'est mêlée à son sang, et redouter que quelqu'un l'ait reconnu. Le grand ennemi, c'est la presse. Les journalistes s'en tiennent toujours au même principe, mélanger technique et intuition : s'ils arrivaient à établir un lien, si mince soit-il, entre trois assassinats, la police perdrait complètement le contrôle et le Festival pourrait devenir un chaos absolu, les gens ne voudraient plus sortir dans les rues, les commerçants manifesteraient contre l'inefficacité de la police et il y aurait des gros titres dans tous les journaux du monde. Après tout, un tueur en série est toujours plus intéressant dans la vraie vie que sur les écrans.

Et les années suivantes, le festival de cinéma ne serait plus le même : le mythe de la terreur s'installerait, le luxe et le glamour choisiraient un endroit plus approprié pour exhiber leurs produits, et peu à peu toute cette fête, qui a plus de soixante ans d'existence, finirait par devenir un événement mineur, loin des projecteurs et des magazines.

Il a une grande responsabilité. Ou, plutôt, il a deux grandes responsabilités : la première, savoir qui commet ces crimes, et l'empêcher d'agir avant qu'un nouveau cadavre n'apparaisse dans sa juridiction. La seconde, contrôler la presse.

De la logique. Il doit penser avec logique. Lequel des reporters présents, venant pour la plupart de villes lointaines, a une notion précise du nombre de crimes commis ici ? Combien d'entre eux se soucieraient de téléphoner au ministère de l'Intérieur pour tenter de connaître les statistiques ?

Réponse logique : aucun. Ils ne pensent qu'à ce qui vient de se passer. Ils sont excités parce qu'un grand producteur a eu une crise cardiaque au cours d'un de ces déjeuners traditionnels qui ont lieu pendant le Festival. Personne ne sait encore qu'il a été empoisonné – le rapport du légiste est sur le siège arrière de sa voiture. Personne ne sait encore – et ne saura probablement jamais – qu'il faisait partie d'un grand réseau de blanchiment d'argent.

Réponse non logique : il y a toujours quelqu'un qui pense différemment. Il faut, dès que possible, fournir toutes les explications nécessaires, organiser une interview collective, mais ne parler que du meurtre de la productrice américaine sur le banc ; ainsi, les autres incidents seront momentanément oubliés.

Une femme importante dans le monde du cinéma est assassinée. Qui s'intéressera à la mort d'une jeune fille anonyme ? Dans cette affaire, ils arriveront tous à la même conclusion que lui, dès le début des investigations : abus de drogues.

Il n'y a aucun risque.

Revenons à la productrice de cinéma ; peut-être n'est-elle pas aussi importante qu'il l'imagine, ou bien à ce stade le commissaire serait déjà en train d'appeler sur son téléphone. Les faits : un homme bien habillé, d'une quarantaine d'années, cheveux grisonnants, qui a conversé avec elle quelque temps tandis qu'ils admiraient l'horizon, observés par le jeune caché derrière les rochers. Après avoir enfoncé un stylet avec la technique d'un chirurgien, il s'est éloigné lentement, et maintenant il se mêle aux centaines, aux milliers de personnes qui lui ressemblent.

Il éteint la sirène quelques instants, puis téléphone à l'inspecteur adjoint qui est resté sur la scène du crime et doit maintenant être interrogé au lieu d'interroger. Il lui demande de répondre à ses bourreaux, les journalistes qui sabotent toujours tout avec leurs conclusions précipitées qu'il est presque certain que c'était un crime passionnel.

« Ne dis pas que c'est sûr. Dis que les circonstances peuvent l'indiquer, vu qu'ils étaient tous les deux ensemble en amoureux. Il ne s'agit pas de vol ou de vengeance, mais d'un dramatique règlement de comptes privé.

« Fais gaffe à ne pas mentir ; tes déclarations sont enregistrées et cela pourra être utilisé plus tard contre toi.

— Et pourquoi dois-je donner cette explication ?

— Parce que les circonstances l'indiquent. Et plus tôt ils auront une satisfaction quelle qu'elle soit, mieux cela vaudra pour nous.

— Ils posent des questions sur l'arme du crime.

— "Tout indique" que c'était un poignard, comme l'a dit le témoin.

— Mais il n'en est pas sûr.

— Si même le témoin ne sait pas ce qu'il a vu, qu'est-ce que tu peux affirmer de plus que "tout indique" ? Fous la trouille au gamin ; dis-lui aussi que ses propos sont enregistrés par les journalistes et que plus tard ils pourront être utilisés contre lui. »

Il raccroche. L'inspecteur adjoint allait bientôt se mettre à poser des questions inconvenantes.

« Tout indique » que c'était un crime passionnel, même si la victime venait d'arriver en ville, en provenance des États-Unis. Même si elle était descendue seule dans sa chambre d'hôtel. Même si, d'après le peu qu'ils avaient tiré au clair, son seul rendez-vous avait été une rencontre sans grandes conséquences le matin, au marché libre des films qui se trouve près du palais des Festivals. Les journalistes n'auraient pas accès à toutes ces informations.

Et il y a une chose beaucoup plus importante que lui seul sait – personne d'autre dans son équipe, personne d'autre au monde.

La victime était allée à l'hôpital. Ils avaient causé un peu et il l'avait renvoyée – vers la mort.

Il remet la sirène en marche, pour faire en sorte que le bruit assourdissant éloigne tout sentiment de culpabilité. Non, ce n'est pas lui qui a enfoncé le stylet dans son corps.

Évidemment il pourrait se dire : « Cette dame était là, dans la salle d'attente, parce qu'elle était liée à la mafia de la drogue, et elle voulait savoir si le meurtrier avait vraiment réussi son coup. » C'est cohérent avec la « logique » et, s'il fait part à son supérieur de cette rencontre fortuite, ils commenceront à enquêter dans cette direction. Il se peut même que ce soit vrai ; on l'a tuée avec une sophistication raffinée, comme le distributeur d'Hollywood. Ils étaient tous les deux américains. Tous les deux ont été assassinés à l'aide d'instruments pointus. Tout indiquait qu'il s'agissait du même groupe, et qu'ils étaient en relation.

Peut-être qu'il se trompe et qu'aucun tueur en série n'opère dans la ville.

Parce que la jeune fille trouvée sur le banc, portant des marques d'asphyxie provoquées par des mains expertes, a peut-être eu un contact la nuit précédente avec quelqu'un du groupe, venu pour rencontrer le producteur. Peut-être vendait-elle autre chose que les marchandises qu'elle exposait sur le trottoir : des drogues.

Il imagine la scène : les étrangers arrivent pour régler leurs comptes. Dans un des nombreux bars, le dealer local présente un de ces hommes à la jolie fille aux sourcils épais, « qui travaille avec nous ». Ils finissent au lit, mais l'étranger a trop bu, il ne tient plus sa langue, en Europe l'air est différent, il perd son contrôle et en dit plus qu'il ne devrait. Le lendemain, tôt le matin, il se rend compte de son erreur et charge le tueur professionnel – qui accompagne toujours des bandes comme celle-là – de résoudre le problème.

Enfin, tout est parfaitement clair, tout s'emboîte, sans laisser place aux doutes.

Tout s'emboîte tellement clairement que, justement, ça n'a aucun sens. Ce n'est pas possible. Un cartel de la cocaïne ne décide pas de régler ses comptes dans une ville où, en raison d'un événement important, des policiers ont été appelés en renfort de tout le pays, s'ajoutant aux gardes du corps, aux agents de sécurité recrutés pour les fêtes, aux détectives chargés de veiller vingt-quatre heures sur vingt-quatre sur les bijoux de très grande valeur qui circulent dans les rues et les salons.

Et si c'était le cas, ce serait aussi bon pour sa carrière : les règlements de compte de la mafia attirent autant les projecteurs que la présence d'un tueur en série.

Il peut décompresser ; dans tous les cas, il va acquérir la notoriété qu'il a toujours estimé mériter.

Il éteint la sirène. En une demi-heure, il a déjà parcouru presque toute l'autoroute, il a traversé une barrière invisible et est entré dans un autre pays, il est à quelques minutes de sa destination. Mais il a dans la tête des choses qui, théoriquement, doivent être interdites.

Trois crimes le même jour. Ses prières vont aux familles des victimes, comme disent les politiciens. Évidemment, l'État le paye pour maintenir l'ordre, il en est bien conscient, et non pour qu'il se réjouisse quand il est rompu d'une manière aussi violente. À ce stade, le commissaire doit donner des coups de poing dans le mur, conscient qu'il a l'énorme responsabilité de résoudre deux problèmes : trouver le criminel (ou les criminels, parce qu'il n'est peut-être pas encore convaincu de sa thèse), et tenir la presse à l'écart. Ils sont tous très préoccupés, les commissariats de la région ont été avisés, les voitures reçoivent par ordinateur un portrait-robot de l'assassin. Il est probable qu'un politicien a vu son repos mérité interrompu, parce que le chef de la police trouve l'affaire très délicate et veut passer la responsabilité dans les hautes sphères.

Le politicien ne se laissera pas piéger, il dira seulement qu'il faut faire en sorte que la ville retourne à la normale le plus vite possible, vu que « des millions, des centaines de millions d'euros en dépendent ». Il ne veut pas être importuné ; il a des problèmes plus importants à résoudre, comme la marque de vin qui sera servie ce soir aux invités d'une certaine délégation étrangère.

« Et moi ? Suis-je sur la bonne voie ? »

Les pensées interdites reviennent : il est heureux. Le moment le plus important de toute sa carrière consacrée à remplir des papiers et à traiter des affaires sans importance. Jamais il n'a imaginé qu'une telle situation le mettrait dans cet état euphorique – le vrai détective, l'homme qui a une théorie qui va à l'encontre de la logique et qui finira décoré parce qu'il a vu le premier ce que personne d'autre ne pouvait envisager. Il ne l'avouera à personne, même pas à sa femme – elle serait horrifiée par l'attitude de son mari, convaincue qu'il a perdu la raison à cause de l'ambiance de travail dangereuse dans laquelle il vit.

« Je suis content. Excité. »

Ses prières vont aux familles des morts ; son cœur, après quelques années d'inertie, regagne le monde des vivants.

Contrairement à ce que Savoy a imaginé – une grande bibliothèque pleine de livres poussiéreux, des piles de revues dans les coins, une table couverte de papiers en désordre –, le bureau est d'un blanc immaculé, quelques lampes de bon goût, un fauteuil confortable, la table transparente surmontée d'un gigantesque écran d'ordinateur. Complètement vide, excepté le clavier sans fil, un petit bloc-notes et un luxueux stylo Montegrappa posé dessus.

« Ôtez ce sourire de votre visage, et montrez un air soucieux », dit l'homme à la barbe blanche, en veste de tweed malgré la chaleur, portant cravate et pantalon bien coupé, ce qui ne va pas du tout avec la décoration de son bureau ou avec le sujet de leur discussion.

— De quoi parlez-vous ?

— Je sais ce que vous ressentez. Vous êtes en présence de l'affaire de votre vie, quelque part où rien n'arrive jamais. J'ai connu le même conflit intérieur quand je vivais et travaillais dans des petites villes comme Penycae, Swansea, West Glamorgan, SA9 1GB, Grande-Bretagne. Et c'est grâce à une affaire semblable que j'ai été finalement transféré à Scotland Yard, à Londres. »

« Paris. Voilà mon rêve. » Mais il ne dit rien. L'étranger l'invite à s'asseoir.

« Je vous souhaite de réaliser votre rêve profession-nel. Enchanté, Stanley Morris. »

Savoy décide de changer de sujet.

« Le commissaire craint que la presse ne fasse des spéculations au sujet du tueur en série.

— Ils peuvent faire toutes les spéculations qu'ils veulent, nous sommes dans un pays libre. C'est le genre de sujet qui fait vendre le journal, transformant en une aventure excitante la vie paisible de retraités qui suivent en détail sur tous les moyens de commu-nication possibles chaque fait nouveau concernant l'affaire, avec un mélange de crainte et de certitude qu'"il ne leur arrivera rien".

— J'espère que vous avez reçu une description détaillée des victimes. À votre avis, c'est la marque d'un tueur en série ou nous sommes face à une ven-geance des grands cartels du trafic ?

— Oui, je l'ai reçue. D'ailleurs, ils voulaient l'envoyer par fax – cet instrument qui n'a plus la moindre utilité de nos jours. Je leur ai demandé de l'envoyer par courrier électronique, mais savez-vous ce qu'ils ont répondu ? Qu'ils n'ont pas l'habitude. Imaginez ! Une des polices les mieux équipées au monde se sert encore du fax ! »

Savoy s'agite sur sa chaise, manifestant une cer-taine impatience. Il n'est pas là pour discuter des avancées et des reculs de la technologie moderne.

« Mettons-nous au travail », dit M. Morris, qui est devenu une célébrité à Scotland Yard, a décidé de passer sa retraite dans le sud de la France, et qui est probablement aussi content que lui parce qu'il sort de la routine ennuyeuse des conférences, des concerts, des thés et dîners de bienfaisance.

« Comme je ne me suis jamais trouvé devant un cas de ce genre, il est peut-être nécessaire de savoir d'abord si vous approuvez ma théorie selon laquelle il y a un seul criminel en action. Et dites-moi sur quel terrain je m'engage. »

M. Morris explique que théoriquement il a raison : trois crimes avec certaines spécificités communes suffisent pour caractériser un tueur en série. Normalement, ils ont lieu dans la même zone géographique (dans ce cas, la ville de Cannes), et...

« Alors, le criminel de masse... »

M. Morris l'interrompt et lui demande de ne pas se servir de termes incorrects. Les auteurs de crimes de masse sont des terroristes ou des adolescents immatures qui entrent dans une école ou dans un fast-food et tirent sur tout ce qu'ils voient – pour ensuite se faire tuer par la police ou se suicider. Ils ont une préférence pour les armes à feu et les bombes, capables de causer le plus possible de dégâts dans le plus court laps de temps – en général deux à trois minutes au maximum. Ces personnes se moquent des conséquences de leurs actes – elles connaissent déjà la fin de l'histoire.

Dans l'inconscient collectif, le criminel de masse est accepté plus facilement, parce qu'il est considéré comme un « déséquilibré mental », il est donc facile d'établir une différence entre « nous » et « lui ». Le tueur en série, quant à lui, se frotte à quelque chose de beaucoup plus compliqué – l'instinct de destruction que toute personne a en elle.

Il fait une pause.

« Avez-vous déjà lu *Docteur Jekyll et Mister Hyde*, de Robert Louis Stevenson ? »

Savoy explique qu'il n'a pas beaucoup de temps pour la lecture, vu qu'il travaille beaucoup. Le regard de Morris devient glacial.

« Et vous croyez que je ne travaille pas, moi ?

— Ce n'est pas ce que j'ai voulu dire. Écoutez, Mister Morris, je suis ici en mission d'urgence. Je préfère ne pas discuter technologie ou littérature. Je veux savoir ce que vous avez conclu des rapports.

— Je suis désolé, mais dans cette affaire nous devons nous pencher sur la littérature. *Docteur Jekyll et Mister Hyde*, c'est l'histoire d'un sujet absolument normal, le Dr Jekyll, qui à certains moments a des pulsions destructrices incontrôlables et devient un autre, M. Hyde. Nous redoutons tous ces instincts, monsieur l'inspecteur. Quand le tueur en série opère, il ne menace pas seulement notre sécurité ; il menace aussi ce qu'il y a de sain en nous. Parce que chaque humain sur la Terre, qu'il le veuille ou non, a en lui un immense pouvoir de destruction, et très souvent il aimerait éprouver la sensation que la société réprime – supprimer une vie.

« Les raisons peuvent êtres multiples : la volonté de remettre de l'ordre dans le monde, se venger d'une histoire très ancienne, la haine réprimée par la société, et cetera. Mais, consciemment ou inconsciemment, tout être humain y a pensé – ne serait-ce que dans son enfance. »

Autre silence intentionnel.

« Je suppose que vous, indépendamment de la fonction que vous occupez, vous devez savoir précisément quelle est cette sensation. Il vous est déjà arrivé d'écarteler un chat, ou bien vous avez pris un plaisir morbide à mettre le feu à des insectes qui ne vous font pas de mal. »

À son tour, Savoy lui jette un regard glacial et ne dit rien. Mais Morris interprète son silence comme un « oui », et continue à parler avec la même décontraction et la même supériorité :

« Ne croyez pas que vous aller trouver une personne visiblement déséquilibrée, la chevelure en désordre et un sourire haineux sur le visage. Si vous lisiez un peu plus – je sais bien que vous êtes un homme occupé… –, je vous suggérerais un livre d'Hannah Arendt, *Eichmann à Jérusalem*. Elle y analyse le procès de l'un des plus grands assassins de l'Histoire. Dans l'affaire en question, il est évident qu'il a eu besoin de collaborateurs, sinon il n'aurait pas mené à son terme la gigantesque tâche qui lui incombait : la purification de la race humaine. Un moment. »

Il touche le clavier de son ordinateur. Il sait que l'homme qui est devant lui ne demande que des résultats, ce qui est absolument impossible sur ce terrain. Il doit l'éduquer, le préparer pour les jours difficiles qui vont venir.

« C'est là. Arendt fait une analyse détaillée du procès d'Adolf Eichmann, principal exécuteur de la politique de Hitler, responsable de l'extermination de six millions de juifs dans l'Allemagne nazie. Page 25, elle dit que la demi-douzaine de psychiatres chargés de l'examiner ont conclu que c'était une personne banale. Son profil psychologique, son attitude envers sa femme, ses enfants, ses mère et père, entraient tout à fait dans toutes les normes sociales que l'on attend d'un homme responsable. Et Arendt poursuit :

"Le problème avec Eichmann c'est qu'il paraissait un être humain comme beaucoup d'autres, chez qui l'on ne remarque aucune tendance perverse ou sadique. En réalité, ce sont des personnes absolument normales [...]. Du point de vue de nos institutions, sa normalité était aussi effrayante que les crimes qu'il a commis." »

Maintenant il peut entrer dans le vif du sujet.

« J'ai noté d'après les autopsies qu'il n'y avait eu aucune tentative d'abus sexuel sur les victimes…

— Monsieur Morris, j'ai un problème à résoudre, et rapidement. Je veux avoir la certitude que nous sommes en présence d'un tueur en série. Il est évident que personne ne pouvait violer un homme dans une fête ou une jeune fille sur un banc. »

C'est comme s'il n'avait rien dit. L'autre ignore ses propos et continue :

« …ce qui est courant chez beaucoup de tueurs en série. Certains présentent diverses caractéristiques, "humaines", si j'ose dire. Des infirmières tuent des patients en phase terminale, des mendiants sont assassinés sans que personne ne s'en rende compte, des travailleurs sociaux, pris de compassion dans les maisons de retraite pour certains pensionnaires vieux et invalides, arrivent à la conclusion qu'une autre vie vaudra beaucoup mieux pour eux – un cas de ce genre s'est produit récemment en Californie. Il y a aussi ceux qui veulent réorganiser la société : dans ce cas, les prostituées sont les principales victimes.

— Mister Morris, je ne suis pas venu ici... »

Cette fois, Morris hausse légèrement le ton.

« Je ne vous ai pas non plus invité. Je vous fais une faveur. Si vous voulez, vous pouvez partir. Si vous restez, cessez d'interrompre à tout instant mon raisonnement ; quand nous souhaitons capturer une personne, il nous est indispensable de comprendre sa façon de penser.

— Alors, vous croyez vraiment que c'est un tueur en série ?

— Je n'ai pas encore terminé. »

Savoy s'est contrôlé. Pourquoi est-il si pressé ? Ne serait-il pas intéressant de laisser la presse faire son esbroufe habituelle, avant d'arriver avec la solution désirée ?

« C'est bon. Poursuivez. »

Morris s'installe sur sa chaise et tourne le moniteur pour que Savoy puisse voir : sur le gigantesque écran, une gravure, probablement du XIXe siècle.

« Voici le plus célèbre de tous les tueurs en série : Jack l'Éventreur. Il a sévi à Londres, et dans la seule seconde moitié de l'année 1888, il a mis fin à la vie de cinq à sept femmes dans des lieux publics. Il leur ouvrait le ventre, en extrayait les intestins et l'utérus. On ne l'a jamais trouvé. Il est devenu un mythe et on cherche encore aujourd'hui sa véritable identité. »

Sur l'écran de l'ordinateur est apparu quelque chose qui ressemblait à un thème astral.

« C'était la signature de Zodiac. Il est prouvé qu'il a tué cinq couples en Californie, en dix mois ; des jeunes qui garaient leur voiture dans des lieux isolés pour jouir d'un peu d'intimité. Il envoyait une lettre à la police avec ce symbole, qui ressemble à la croix celtique. Jusqu'à présent, personne n'a réussi à savoir qui il était.

« Dans le cas de Jack comme dans celui de Zodiac, les experts sont convaincus que c'étaient des personnes qui cherchaient à rétablir chez eux la morale et les bonnes mœurs. Ils avaient, disons-le ainsi, une mission à accomplir. Et, contrairement à ce que veut faire croire la presse avec ses noms inventés pour faire peur, comme "l'Étrangleur de Boston", ou "l'Infanticide de Toulouse", ils passent leurs week-ends avec leurs voisins, et ils travaillent dur pour assurer leur subsistance. Aucun ne profite financièrement de ses actes criminels. »

La conversation commence à intéresser Savoy.

« C'est-à-dire qu'il peut être absolument n'importe qui venu passer la période du Festival à Cannes ...

— ...Décidé, consciemment, à semer la terreur pour une raison totalement absurde, par exemple "lutter contre la dictature de la mode" ou "en finir avec les films qui incitent à la violence". La presse invente pour le désigner une expression qui donne le frisson et commence à faire naître des soupçons. Des crimes qui n'ont rien à voir avec l'assassin commencent à lui être attribués. La panique s'installe, et elle ne cesse que si par hasard – je répète, par hasard – il est arrêté. Parce que, très souvent, il agit pendant une période, puis disparaît totalement. Il a laissé sa marque dans l'Histoire, écrit éventuellement un journal qui sera découvert après sa mort, et c'est tout. »

Savoy ne regarde plus sa montre. Son téléphone sonne, mais il décide de ne pas répondre : le sujet est plus compliqué qu'il ne l'imaginait.

« Vous partagez mon avis.

— Oui, dit l'autorité suprême de Scotland Yard, l'homme qui est devenu une légende après qu'il eut résolu cinq affaires que tout le monde donnait pour perdues.

— Qu'est-ce qui vous fait penser que nous sommes en présence d'un tueur en série ? »

Morris a vu sur son ordinateur arriver un courrier électronique, et il a souri. L'inspecteur devant lui s'est enfin mis à respecter ce qu'il dit.

« L'absence totale de motifs dans les crimes qu'il commet. La plupart de ces criminels ont ce que nous appelons une "signature" : ils choisissent un seul type de victime, qui peut être homosexuel, prostituée, mendiant, des couples qui se cachent dans les bois, et cetera. D'autres sont appelés des "assassins asymétriques" : ils tuent parce qu'ils ne peuvent pas contrôler leur pulsion. Ils arrivent à un certain point où cette pulsion est satisfaite et ils cessent de tuer jusqu'à ce que la pression soit de nouveau incontrôlable. Nous sommes devant un de ceux-là. »

« Il y a plusieurs choses à prendre en considération dans cette affaire : le criminel a un niveau élevé de sophistication. Il a choisi des armes différentes – ses propres mains, le poison, le stylet. Il n'est pas mû par des motifs classiques : sexe, alcoolisme, troubles mentaux visibles. Il connaît l'anatomie humaine – et c'est sa seule signature pour le moment. Il a dû planifier les crimes très longtemps à l'avance, parce que le poison ne doit pas être facile à trouver, nous pouvons donc le classer parmi ceux qui croient "accomplir une mission", nous ne savons pas encore laquelle. D'après ce que j'ai pu déduire du cas de la petite, et c'est la seule piste que nous ayons jusqu'à présent, il a utilisé un genre d'art martial russe, appelé Sambo.

« Je pourrais aller plus loin, et dire qu'une partie de sa signature consiste à approcher la victime et à se montrer amical pour un temps. Mais cette théorie ne colle pas avec le meurtre qui a été commis en plein déjeuner, sur une plage de Cannes. Apparemment, la victime était avec deux gardes du corps qui auraient réagi. Et elle était également surveillée par Europol. »

Russe. Savoy pense attraper son téléphone et demander qu'on fasse une recherche urgente dans tous les hôtels de la ville. Un homme d'une quarantaine d'années, bien habillé, cheveux légèrement grisonnants, russe.

« Le fait qu'il ait utilisé une technique martiale russe ne signifie pas qu'il est de cette nationalité. » Morris devine sa pensée, en bon ex-policier qu'il est. « Pas plus que nous ne pouvons déduire que c'est un Indien d'Amérique du Sud parce qu'il s'est servi du curare.

— Et alors ?

— Alors, attendons le prochain crime. »

Cendrillon !

Si les femmes croyaient davantage aux contes de fées au lieu de n'écouter que leurs maris et leurs parents – qui trouvent tout impossible –, elles seraient en train de vivre ce qu'elle vit maintenant, dans l'une des innombrables limousines qui se dirigent, lentement mais sûrement, vers les marches, le tapis rouge, le plus grand podium de la mode au monde.

La Célébrité est à côté d'elle, toujours souriant, portant un beau smoking. Il demande si elle est tendue. Non, bien sûr : dans les rêves, cela n'existe pas, les tensions, la nervosité, l'anxiété ou la peur. Tout est parfait, les choses se passent comme au cinéma – l'héroïne souffre, lutte, mais parvient à réaliser tous ses désirs.

« Si Hamid Hussein décide de poursuivre le projet, et si le film a le succès espéré, préparez-vous à d'autres moments comme celui-là. »

Si Hamid Hussein décide de poursuivre le projet ? Mais tout n'est-il pas déjà arrangé ?

« J'ai signé un contrat quand je suis allée prendre les vêtements dans le Salon aux cadeaux.

— Oubliez ce que je vous ai dit, je ne veux pas vous gâcher un moment aussi extraordinaire.

— Je vous en prie, continuez. »

La Célébrité s'attendait exactement à ce genre de commentaire de la part de cette idiote. Il a un immense plaisir à s'exécuter.

« J'ai participé à d'innombrables projets qui commencent et n'aboutissent jamais. Cela fait partie du jeu, mais ne vous inquiétez pas pour ça maintenant.

— Et le contrat ?

— Les contrats sont faits pour que les avocats discutent pendant qu'ils gagnent de l'argent. Je vous en prie, oubliez ce que j'ai dit. Profitez de ce moment. »

Le « moment » approche. Comme la circulation n'avance pas, les gens peuvent voir qui se trouve à l'intérieur des voitures, même si les vitres fumées séparent les mortels des élus. La Célébrité fait un signe, des mains frappent sur la fenêtre, lui demandant d'ouvrir ne serait-ce qu'un instant, de donner un autographe, de se laisser prendre en photo.

La Célébrité fait un signe, comme s'il ne comprenait pas ce qu'ils veulent, convaincu qu'un sourire suffit pour inonder le monde de sa lumière.

Dehors règne un véritable climat d'hystérie. Des femmes avec leurs petits pliants doivent être assises là à tricoter depuis le matin, des hommes, la bedaine arrondie par la bière, ont l'air de mourir d'ennui, mais sont obligés d'accompagner leurs épouses plus toutes jeunes vêtues comme si elles allaient elles aussi monter sur le tapis rouge, des enfants ne comprennent absolument rien à ce qui se passe mais savent qu'il s'agit d'un événement important. Des Asiatiques, des Noirs, des Blancs, des gens de tous âges séparés par des barrières métalliques de l'étroit ruban emprunté par les limousines, voulant croire que deux mètres seulement les séparent des grands mythes de la planète, alors qu'en vérité ce sont des centaines de milliers de kilomètres. Parce que ce n'est pas seulement la barrière d'acier et la vitre de la voiture qui changent tout, mais la chance, l'occasion, le talent.

Le talent ? Oui, elle veut croire que le talent compte aussi, mais elle sait qu'il résulte d'un coup de dés lancés par les dieux, qui choisissent certaines personnes, alors que les autres sont renvoyées de l'autre côté de l'abîme infranchissable, avec pour seule mission d'applaudir, adorer et condamner quand arrive le moment où le courant s'inverse.

La Célébrité fait semblant de parler avec elle – en réalité, il ne dit rien, il la regarde et remue les lèvres, en grand acteur qu'il est. Il le fait sans désir ni plaisir ; Gabriela comprend immédiatement qu'il ne veut pas être antipathique à ses fans à l'extérieur, mais qu'en même temps il n'a plus la patience de faire des signes, de distribuer des sourires et des baisers.

« Vous devez me prendre pour une personne arrogante et cynique, au cœur de pierre – dit-il enfin. Si vous parvenez un jour là où vous le prétendez, vous comprendrez ce que je ressens : il n'y a pas d'issue. Le succès asservit en même temps qu'il corrompt, et à la fin de la journée, avec un homme ou une femme différent dans votre lit, vous finirez par vous demander : Cela valait-il la peine ? Pourquoi ai-je toujours désiré cela ? »

Il fait une pause.

« Continuez.

— Je ne sais pas pourquoi je vous raconte cela.

— Parce que vous voulez me protéger. Parce que vous êtes un type bien. Je vous en prie, continuez. »

Gabriela était sans doute naïve à bien des égards, mais c'était une femme, et elle savait comment tirer d'un homme presque tout ce qu'elle voulait. Dans ce cas, le bon outil est la vanité.

« Je ne sais pas pourquoi j'ai toujours désiré ça – la Célébrité était tombée dans le piège, et maintenant il montrait son côté fragile, pendant que les fans faisaient des signes à l'extérieur. Très souvent, quand je rentre à l'hôtel après une journée de travail épuisante, je me jette sous la douche et je reste un très long moment à n'écouter que le bruit de l'eau qui tombe sur mon corps. Deux forces contraires luttent en moi ; l'une me dit que je dois rendre grâce au ciel, et l'autre que je dois tout abandonner pendant qu'il est temps.

« Dans ces moments-là, je me sens la personne la plus ingrate au monde. J'ai mes fans, et j'ai perdu patience. Je suis invité dans les fêtes les plus convoitées, et tout ce que je souhaite, c'est en partir très vite et regagner ma chambre pour lire au calme un bon livre. Des hommes et des femmes de bonne volonté me décernent des prix, organisent des événements et font tout pour que je me sente heureux, et en réalité je me sens épuisé, inhibé, je pense que je ne mérite pas tout cela parce que je ne suis pas digne de mon succès. Vous comprenez ? »

Pendant une fraction de seconde, Gabriela éprouve de la compassion pour l'homme qui est à côté d'elle : elle imagine toutes ces fêtes auxquelles il été obligé de participer pendant l'année, avec toujours quelqu'un qui lui demande une photo, un autographe, raconte une histoire absolument sans intérêt tandis qu'il feint d'être attentif, propose un nouveau projet, l'embarrasse par le classique « vous ne vous souvenez pas de moi ? », s'empare de son mobile et lui demande de dire un mot à son fils, à sa femme, à sa sœur. Et lui toujours gai, toujours attentif, toujours bien disposé et poli, un professionnel de première qualité.

« Vous comprenez ?

— Je comprends. Mais j'aimerais avoir les conflits que vous rencontrez, et je sais que je n'en suis pas encore là. »

Encore quatre limousines, et ils arriveront à destination. Le chauffeur les prévient qu'ils doivent se tenir prêts. La Célébrité fait descendre un petit miroir du toit, ajuste sa cravate, et elle en fait autant avec sa chevelure. Gabriela aperçoit déjà un bout du tapis rouge, bien que les marches soient encore hors de son champ de vision. L'hystérie a disparu par enchantement, la foule est maintenant constituée de personnes qui portent au cou un collier permettant de les identifier, parlent entre elles et ne prêtent pas la moindre attention à ceux qui se trouvent dans les voitures, parce qu'elles sont lassées de voir la même scène.

Plus que deux voitures. À leur gauche apparaissent quelques marches du podium. Des hommes en costume-cravate ouvrent les portes, et les agressives barrières métalliques ont été remplacées par des cordons en velours qui prennent appui sur des piliers en bois et en bronze.

« Bon sang ! »

La Célébrité pousse un cri. Gabriela sursaute.

« Bon sang ! Regardez qui est là ! Regardez qui sort de la voiture en ce moment ! »

Gabriela voit une Super-Célébrité féminine, habillée elle aussi par Hamid Hussein, qui vient de poser le pied sur le bout du tapis rouge. La Célébrité tourne la tête dans la direction opposée du palais des Festivals, elle suit son regard et découvre un spectacle totalement inattendu. Un mur humain, haut de trois mètres ou presque, les flashs ne cessant de crépiter.

« Vous regardez au mauvais endroit », se console la Célébrité, qui paraît avoir perdu tout son charme, sa gentillesse et ses problèmes existentiels. « Ceux-là n'ont pas reçu d'accréditation. Ils sont de la presse de deuxième ordre.

— Pourquoi "bon sang !" ? »

La Célébrité ne peut pas cacher son irritation. Encore une voiture et ils seront arrivés.

« Vous ne voyez pas ? De quel monde venez-vous, mademoiselle ? Quand nous arriverons sur le tapis rouge, les appareils des photographes élus, qui sont exactement au milieu du parcours, auront leurs lentilles pointées sur elle ! »

Et se tournant vers le chauffeur :

« Roulez plus lentement ! »

Le chauffeur indique un homme habillé en civil, portant lui aussi son identité au cou, qui leur fait signe d'avancer et de ne pas bloquer la circulation.

La Célébrité inspire profondément ; ce n'est pas son jour de chance. Pourquoi a-t-il raconté tout cela à l'actrice débutante qui est à côté de lui ? Oui, c'était vrai, il en avait marre de la vie qu'il menait, et pourtant il ne pouvait pas imaginer autre chose.

« Ne vous précipitez pas, dit-il. Nous allons faire notre possible pour rester le plus longtemps possible en bas. Laissons un bon espace entre la fille et nous. »

La « fille », c'était la Super-Célébrité.

Le couple qui se trouve dans la voiture précédente ne semble pas attirer autant l'attention – bien qu'ils soient sans doute importants, parce que personne n'arrive au pied des marches sans avoir d'abord gravi beaucoup de montagnes dans la vie.

Son compagnon semble se détendre un peu, mais à son tour Gabriela est tendue, ne sachant pas exactement comment se comporter. Ses mains sont en sueur. Elle saisit son sac bourré de papier, respire à fond et fait une prière.

« Avancez lentement, dit la Célébrité. Et ne restez pas trop près de moi. »

La limousine arrive. Les deux portes sont ouvertes.

Soudain, un immense vacarme semble s'emparer de tout l'univers, des cris venant de toutes parts – jusqu'à cet instant, elle ne s'était pas rendu compte qu'elle se trouvait dans une voiture insonorisée et ne pouvait rien entendre. La Célébrité descend en souriant, comme si rien ne s'était passé deux minutes auparavant et qu'il était toujours le centre de l'univers – indépendamment des confessions qu'il avait faites dans la voiture, et qui paraissaient authentiques. Un homme en conflit avec lui-même, avec son monde, avec son histoire – qui ne peut plus reculer.

« À quoi suis-je en train de penser ? Je dois me concentrer, vivre le présent ! Monter les marches ! »

Ils font signe tous les deux à la presse « de second ordre », et passent là de bons moments. On leur tend des papiers, il donne des autographes et remercie ses fans. Gabriela ne sait pas exactement si elle doit se placer à côté de lui, ou si elle doit se diriger vers le tapis rouge et l'entrée du palais des Festivals – mais elle est sauvée par quelqu'un qui lui tend un papier, un stylo, et lui demande un autographe.

Ce n'est pas le premier autographe de sa vie, mais c'est le plus important jusqu'à présent. Elle regarde la femme qui a réussi à s'esquiver jusqu'à la zone réservée, lui sourit, lui demande son nom – mais elle n'entend rien à cause des cris des photographes.

Ah ! Comme elle aimerait que cette cérémonie soit retransmise en direct dans le monde entier, que sa mère la voie arriver dans une robe éblouissante, accompagnée d'un acteur si célèbre (bien qu'elle commence à avoir des doutes, mais il vaut mieux éloigner rapidement de son esprit ces ondes négatives), donnant l'autographe le plus important de ses vingt-cinq années de vie ! Elle ne comprend pas le nom de la femme, elle sourit, et elle écrit quelque chose comme « Affectueusement ».

La Célébrité s'approche d'elle :

« Allons-y. La voie est libre. »

La femme pour qui elle vient d'écrire des mots gentils les lit et proteste :

« Ce n'est pas un autographe ! J'ai besoin de votre nom pour pouvoir vous identifier sur la photo ! »

Gabriela feint de ne pas entendre – rien au monde ne peut détruire cet instant magique.

Ils commencent à gravir le suprême podium européen, avec des policiers qui forment une espèce de cordon de sécurité, bien que le public soit loin. Des deux côtés, sur la façade de l'édifice, de gigantesques écrans plasma montrent aux pauvres mortels à l'extérieur ce qui se passe dans ce sanctuaire en plein air. De loin parviennent les cris d'hystérie et le bruit des applaudissements. Quand ils atteignent une espèce de marche plus large, comme s'ils avaient atteint le premier étage, elle remarque une autre foule de photographes, sauf que cette fois ils sont en smoking, hurlant le nom de la Célébrité, lui demandant de se tourner par ici, par là, encore une, s'il vous plaît venez plus près, levez les yeux, baissez les yeux ! D'autres personnes passent près d'eux et continuent à monter les marches, mais les photographes ne s'intéressent pas à elles ; la Célébrité maintient son air glamour intact, prend un air négligé, plaisante un peu pour montrer qu'il est détendu et habitué à tout cela.

Gabriela remarque qu'elle aussi attire l'attention ; bien qu'ils ne crient pas son nom (ils n'ont pas la moindre idée de qui elle est), ils imaginent qu'elle est le nouvel amour du célèbre acteur, ils leur demandent de se rapprocher et les photographient ensemble (ce que la Célébrité fait pour quelques secondes, toujours à une distance prudente, évitant tout contact physique avec elle).

Oui, ils ont réussi à échapper à la Super-Célébrité ! Qui à ce moment est déjà à la porte du palais des Festivals, saluant le président du festival du cinéma et le maire de Cannes.

La Célébrité fait un signe de la main pour qu'ils continuent à monter les marches. Elle obéit.

Elle regarde devant elle, voit un autre écran gigantesque placé stratégiquement de telle manière que les gens puissent se voir eux-mêmes. Une voix annonce dans le haut-parleur installé dans le local :

« En ce moment, arrive… »

Et dit le nom de la Célébrité et de son film le plus célèbre. Plus tard, quelqu'un lui racontera que tous ceux qui sont dans la salle assistent sur un circuit interne à la même scène que celle qui apparaît sur l'écran plasma à l'extérieur.

Ils montent les dernières marches, arrivent à la porte, saluent le président du Festival, le maire de la ville, et pénètrent dans le Palais proprement dit. Tout cela a duré moins de trois minutes.

Alors, la Célébrité est entourée de gens qui veulent lui parler un peu, l'admirer un peu, prendre des photos (même les élus font cela, ils se font photographier avec des gens célèbres). Il fait une chaleur étouffante là-dedans, Gabriela craint pour son maquillage, et...

Le maquillage !

Oui, elle avait complètement oublié. Maintenant elle doit sortir par une porte située à gauche, quelqu'un l'attend dehors. Elle descend mécaniquement les marches, passe devant deux ou trois agents de sécurité. L'un d'eux lui demande si elle sort pour fumer et si elle a l'intention de revenir pour le film. Elle répond que non, et elle continue.

Elle croise une autre série de barrières en fer, personne ne lui demande rien – car elle sort, et n'essaie pas d'entrer de force. Elle voit de dos la foule qui continue à faire des signes et pousser des cris vers les limousines qui ne cessent d'arriver. Un homme vient vers elle, lui demande son nom, et l'invite à le suivre.

« Pouvez-vous attendre une minute ? »

L'homme paraît surpris, mais il acquiesce de la tête. Gabriela garde les yeux fixés sur un vieux manège, qui est probablement là depuis le début du siècle passé, et continue à tourner, tandis que les enfants sautent sur les chevaux de bois.

« Pouvons-nous y aller maintenant ? demande l'homme avec délicatesse.

— Encore une minute.

— Nous allons arriver en retard. »

Mais Gabriela ne parvient plus à contrôler les larmes, la tension, la peur, la terreur des trois minutes qu'elle vient de vivre. Elle sanglote compulsivement – peu importe le maquillage, il sera refait de toute manière. L'homme tend le bras pour qu'elle s'y appuie et ne tombe pas avec ses talons hauts ; ils commencent tous les deux à marcher sur la place qui donne sur la Croisette, le bruit de la foule s'éloigne, les sanglots compulsifs sont de plus en plus forts. Elle pleure toutes les larmes de la journée, de la semaine, des années où elle a rêvé de ce moment – qui s'est terminé sans qu'elle ait pu se rendre compte de ce qui s'était passé.

« Excusez-moi », dit-elle à l'homme qui l'accompagne.

Il caresse sa tête. Son sourire est plein de tendresse, de compréhension, et de pitié.

19 h 31

Il a enfin compris qu'il était impossible de chercher le bonheur à tout prix – la vie lui a déjà offert le maximum, et il sait qu'elle a toujours été généreuse avec lui. Maintenant, et pour le restant de ses jours, il se consacrera à déterrer les trésors cachés de sa souffrance et à profiter de chaque seconde de joie comme si c'était la dernière.

Il a vaincu les tentations. Il est protégé par l'esprit de la jeune fille qui comprend parfaitement sa mission, et qui lui ouvre désormais les yeux sur les véritables raisons de son voyage à Cannes.

Pendant quelques instants dans cette pizzeria, tandis qu'il se rappelait ce qu'il avait entendu sur les enregistrements, la Tentation l'a accusé d'être un déséquilibré mental, capable de croire que tout était permis au nom de l'amour. Mais, grâce à Dieu, ce moment difficile est derrière lui.

Il est quelqu'un d'absolument normal ; son travail exige discipline, ponctualité, capacité de négociation et préparation. Nombre de ses amis disent que, depuis quelque temps, il s'isole ; ce qu'ils ne savent pas, c'est qu'il en a toujours été ainsi. S'il s'oblige à participer à des fêtes, à aller à des mariages et à des baptêmes, à faire semblant de se divertir en jouant au golf le dimanche, tout cela n'est qu'une stratégie pour atteindre son objectif professionnel. Il a toujours détesté la vie mondaine, les gens qui cachent derrière des sourires la vraie tristesse de leur âme. Il n'a eu aucun mal à apprendre que la Superclasse était aussi dépendante de sa réussite que les drogués, et beaucoup plus malheureuse que ceux qui n'ont d'autre désir qu'une maison, un jardin, un enfant qui joue, une assiette de nourriture sur la table et une cheminée allumée en hiver. Ceux-là ont conscience de leurs limites et savent que la vie est courte. Pourquoi devraient-ils aller plus loin ?

La Superclasse essaie de vendre ses valeurs. Les êtres humains normaux se plaignent de l'injustice divine, envient le pouvoir et souffrent quand ils voient que les autres s'amusent. Ils ne comprennent pas que personne ne s'amuse, que tous sont inquiets, cachant leur énorme complexe d'infériorité derrière leurs bijoux, leurs voitures, leurs portefeuilles bourrés d'argent.

Igor est quelqu'un qui a des goûts simples, même si Ewa s'est toujours plainte de la façon dont il s'habillait. Mais pourquoi payer une chemise un prix déraisonnable, si l'étiquette est cachée derrière son cou ? À quoi bon fréquenter les restaurants à la mode, s'il ne s'y dit rien d'important ? Ewa disait souvent qu'il ne parlait pas beaucoup dans les fêtes et les événements où son travail l'obligeait à se rendre. Igor essayait de changer de comportement, et il s'efforçait d'être sympathique – mais tout cela lui paraissait absolument sans intérêt. Il regardait les gens autour de lui qui parlaient sans arrêt, comparant les prix des actions boursières, commentant les merveilles de leur nouveau yacht, faisant de longues observations sur des peintres expressionnistes seulement parce qu'ils avaient enregistré ce qu'avait dit le guide touristique pendant une visite dans un musée parisien, affirmant que tel écrivain est meilleur que l'autre – parce qu'ils avaient lu les critiques, vu qu'ils n'ont jamais le temps de lire un roman.

Tous cultivés. Tous riches. Tous absolument charmants. Et tous se demandant à la fin de la journée : « N'est-ce pas le moment de s'arrêter ? » Et tous se faisant cette réponse : « Si je fais cela, ma vie perd son sens. »

Comme s'ils connaissaient le sens de la vie.

La Tentation a perdu la bataille. Elle voulait lui faire croire qu'il était fou : projeter le sacrifice de certaines personnes, c'est une chose, avoir la capacité et le courage de les exécuter, c'en est une autre. La Tentation disait que nous rêvons tous de commettre des crimes, mais que seuls les déséquilibrés transforment cette idée macabre en réalité.

Igor est déséquilibré. Il a réussi. S'il le désirait, il pourrait recruter un tueur professionnel, le meilleur du monde, pour qu'il exécute sa tâche et envoie les messages nécessaires à Ewa. Ou bien il pourrait passer contrat avec la meilleure agence de relations publiques du monde ; au bout d'un an, on parlerait de lui non seulement dans les journaux économiques spécialisés, mais dans les magazines qui parlent de réussite, de paillettes et de glamour. Très certainement, son ex-femme mesurerait alors les conséquences de sa mauvaise décision, et il choisirait le bon moment pour lui envoyer des fleurs et lui demander de revenir – elle était pardonnée. Il a des contacts dans toutes les couches sociales, des chefs d'entreprise qui sont arrivés au sommet à force de persévérance et d'efforts aux criminels qui n'ont jamais eu une chance de montrer le côté positif de leur personnalité.

S'il est à Cannes, ce n'est pas parce qu'il trouve un plaisir morbide à voir ce que voit quelqu'un qui est placé devant l'Inévitable. Il a décidé de se placer dans la ligne de tir, dans la position risquée où il se trouve maintenant, parce qu'il a la certitude que les étapes qu'il franchit en cette journée interminable seront fondamentales pour que le nouvel Igor qui est en lui puisse renaître des cendres de sa tragédie.

Il a toujours su prendre des décisions difficiles et aller jusqu'au bout, même si personne, pas même Ewa, n'a compris ce qui se passait dans les couloirs sombres de son âme. Il a supporté en silence pendant des années les menaces venant de personnes et de groupes, réagi avec circonspection quand il se jugeait assez fort pour liquider ceux qui le menaçaient. Il a dû exercer un immense contrôle sur lui-même pour que sa vie ne soit pas marquée par les mauvaises expériences qu'il a traversées. Il n'a jamais laissé entrer ses peurs et ses angoisses à la maison : il était indispensable qu'Ewa ait une vie tranquille, qu'elle ne soit pas au courant des soubresauts que vivent tous les hommes d'affaires. Il a choisi de l'épargner, et il n'a pas eu de réponse, il n'a même pas été compris.

L'esprit de la petite l'a rassuré, mais il a ajouté une chose à laquelle il n'avait pas pensé jusqu'alors : il n'était pas là pour reconquérir celle qui l'avait abandonné, mais pour comprendre, enfin, qu'elle ne valait pas toutes ces années de douleur, ces mois de préparation, ni son aptitude à pardonner et à se montrer généreux, patient.

Il a envoyé un, deux, trois messages, et Ewa n'a pas réagi. Il serait facile pour elle d'essayer de savoir où il est descendu. Quelques coups de fil aux hôtels de luxe ne résoudraient pas la question, puisqu'il est enregistré sous un faux nom et une profession différente ; mais qui cherche trouve.

Il a lu les statistiques : Cannes compte seulement soixante-dix mille habitants ; ce chiffre triple en général durant la période du Festival, mais les gens qui arrivent vont toujours aux mêmes endroits. Où était-elle ? Descendue dans le même hôtel que lui, fréquentant le même bar – il les avait vus tous les deux la veille au soir. Pourtant, Ewa ne le cherchait pas sur la Croisette. Elle ne téléphonait pas à leurs amis communs, pour savoir où il était ; l'un d'entre eux avait toutes les données, car il avait imaginé que celle qu'il prenait pour la femme de sa vie le contacterait quand elle saurait qu'il était tout près.

L'ami avait des instructions, il lui dirait comment ils pouvaient se rencontrer – mais jusqu'à présent, absolument rien.

Il retire ses vêtements, passe sous la douche. Ewa ne mérite pas tout cela. Il est presque certain qu'il la rencontrera ce soir, mais cela lui paraît de moins en moins important. Sa mission ne s'arrête peut-être pas à récupérer l'amour d'une personne qui l'a trahi, qui propage des choses négatives à son sujet. L'esprit de la petite aux gros sourcils lui fait penser à l'histoire racontée par un vieil Afghan, entre deux combats.

La population d'une ville, dans les montagnes désertes d'Herat, après des siècles de désordre et de gouvernement corrompu, est désespérée. Elle ne peut pas abolir la monarchie du jour au lendemain, mais elle ne supporte plus les rois arrogants et égoïstes qui règnent depuis des générations. Elle réunit la Loya Jirga, ainsi qu'on appelle là-bas le conseil des sages.

La Loya Jirga décide : ils éliront un roi tous les quatre ans, et celui-ci aura un pouvoir absolu. Il pourra augmenter les impôts, exiger l'obéissance totale, choisir une femme différente tous les soirs pour la mettre dans son lit, manger et boire à n'en plus pouvoir. Il portera les plus beaux vêtements, chevauchera les meilleures bêtes. Enfin : si absurdes que soient ses ordres, on obéira et personne ne pourra mettre en question leur logique ou leur justice.

Cependant, au bout de ces quatre ans, il devra renoncer au trône et quitter les lieux, n'emmenant que sa famille et les vêtements qu'il porte. Tous savaient que cela signifiait la mort dans les trois ou quatre jours au plus, vu que dans cette vallée il n'y avait rien d'autre qu'un immense désert, glacé en hiver et insupportablement chaud en été.

Les sages de la Loya Jirga imaginent que personne ne se risquera à prendre le pouvoir et qu'ils pourront revenir à l'ancien système des élections démocratiques. La décision a été promulguée : le trône du monarque était vacant, mais les conditions pour l'occuper étaient strictes. Dans un premier temps, plusieurs personnes se sont montrées intéressées. Un vieux souffrant d'un cancer a accepté le défi, mais il est mort de la maladie au cours de son mandat, un sourire sur le visage. Un fou lui a succédé, mais à cause de son état mental, il est parti au bout de quatre mois (il avait mal compris) et a disparu dans le désert. Dès lors, des histoires ont commencé à courir, disant que le trône était maudit, et plus personne n'a voulu se risquer. La ville n'était plus gouvernée, la confusion a commencé à s'installer, les habitants ont compris qu'il fallait oublier à tout jamais les traditions monarchiques, et se sont préparés à changer leurs us et coutumes. La Loya Jirga commence à fêter la sage décision de ses membres : ils n'ont pas obligé le peuple à faire un choix, ils ont seulement réussi à éliminer l'ambition de ceux qui désiraient le pouvoir à tout prix.

À ce moment se présente un jeune homme, bien marié, et père de trois enfants.

« J'accepte la charge », dit-il.

Les sages tentent de lui expliquer les risques qu'implique le pouvoir. Ils lui rappellent qu'il a une famille, que tout cela n'était qu'une invention pour décourager les aventuriers et les despotes. Mais le jeune homme s'en tient fermement à sa décision. Et comme il est impossible de revenir en arrière, la Loya Jirga n'a d'autre remède qu'attendre quatre ans de plus avant de poursuivre ses plans.

Le jeune homme et sa famille deviennent d'excellents gouvernants ; ils sont justes, distribuent les richesses plus justement, font diminuer le prix des aliments, organisent des fêtes populaires pour célébrer les changements de saison, développent le travail artisanal et la musique. Cependant, toutes les nuits, une grande caravane de chevaux quitte la place en traînant de lourds chariots dont le contenu est recouvert de tissus de jute, pour que personne ne voie ce qui se trouve à l'intérieur.

Et ils ne reviennent jamais.

Au début, les sages de la Loya Jirga imaginent que l'on est en train de piller le trésor. Mais ils se consolent aussitôt du fait que le jeune homme ne s'est jamais aventuré au-delà des murailles de la ville ; s'il avait fait cela et franchi la première montagne, il aurait découvert que les chevaux étaient morts avant d'aller bien loin – ils sont au cœur d'un des lieux les plus inhospitaliers de la planète. Ils se réunissent de nouveau, et ils disent : laissons-le faire comme il l'entend. Dès que son règne se terminera, nous irons jusqu'à l'endroit où les chevaux sont morts d'épuisement et les cavaliers morts de soif, et nous récupérerons tout.

Ils cessent de s'inquiéter et attendent patiemment.

À la fin des quatre ans, le jeune homme est obligé de descendre du trône et d'abandonner la ville. La population se révolte : après tout, il y a très longtemps qu'ils n'avaient pas eu un gouvernant aussi sage et aussi juste !

Mais la décision de la Loya Jirga doit être respectée. Le jeune homme va trouver sa femme et ses enfants, et il leur demande de l'accompagner.

« Je le ferai, dit la femme. Mais laisse au moins nos enfants ici ; ils pourront survivre et raconter ton histoire.

— Aie confiance en moi. »

Comme les traditions tribales sont très sévères, la femme n'a d'autre choix que d'obéir à son mari. Ils montent leurs chevaux, se rendent à la porte de la ville, prennent congé des amis qu'ils se sont faits pendant qu'ils étaient au pouvoir. La Loya Jirga est satisfaite : malgré tous ces alliés, le destin doit s'accomplir. Plus personne ne se risquera à monter sur le trône, et les traditions démocratiques seront enfin rétablies.

Dès qu'ils le pourront, ils récupéreront le trésor qui à ce moment doit être abandonné dans le désert, à moins de trois jours de là.

La famille se dirige vers la vallée de la mort en silence. La femme n'ose dire un mot, les enfants ne comprennent pas ce qui se passe, et le jeune homme semble plongé dans ses pensées. Ils franchissent une colline, passent la journée entière à traverser une gigantesque plaine, et ils dorment en haut de la colline suivante.

La femme se réveille à l'aube – elle veut profiter de ses deux derniers jours de vie pour regarder les montagnes du pays qu'elle a tant aimé. Elle va jusqu'au sommet, regardé en bas, vers ce qu'elle sait être une autre plaine absolument déserte. Et elle sursaute.

Pendant quatre ans, les caravanes qui partaient la nuit n'emportaient pas de bijoux ni de pièces d'or.

Elles emportaient des briques, des graines, du bois, des tuiles, des tissus, des épices, des bêtes, des outils traditionnels pour perforer le sol et trouver de l'eau.

Devant ses yeux se trouve une autre ville – beaucoup plus moderne, plus belle, où tout fonctionne.

« Voilà ton royaume, dit le jeune homme qui vient de se réveiller. Depuis que j'ai pris connaissance du décret, je savais qu'il était inutile de tenter de corriger en quatre ans ce que des siècles de corruption et de mauvaise administration avaient détruit. Mais j'avais une seule certitude : il était possible de tout recommencer. »

C'est exactement ce qu'il lui arrive, tandis que l'eau coule sur son visage. Il a enfin compris pourquoi la première personne avec qui il a vraiment parlé à Cannes est maintenant près de lui, le remet dans le droit chemin, l'aide à faire les ajustements nécessaires, lui explique que son sacrifice n'était pas dû au hasard et n'a pas été inutile. Elle lui a bien fait comprendre qu'Ewa avait toujours été un être pervers, s'intéressant uniquement à l'ascension sociale, même si cela signifiait abandonner la famille.

« Quand vous rentrerez à Moscou, essayez de faire du sport. Beaucoup de sport. Cela vous aidera à vous libérer de vos tensions. »

Il voit son visage dans les nuages de vapeur provoqués par l'eau chaude. Il n'a jamais été aussi proche de quelqu'un qu'il l'est en ce moment d'Olivia, la jeune fille aux gros sourcils.

« Continuez. Même si vous n'êtes plus convaincu, continuez ; les desseins de Dieu sont mystérieux, et parfois le chemin ne se montre que lorsqu'on se met en marche. »

Merci, Olivia. Se peut-il qu'il soit là pour montrer au monde les aberrations du présent, dont Cannes serait la suprême manifestation ?

Il n'en est pas certain. Mais, quoi qu'il en soit, sa présence ici a une raison, et ces deux ans de stress, de préparation, de peur, d'incertitudes ont enfin une justification.

Il peut imaginer ce que sera le prochain Festival : des cartes magnétiques nécessaires même dans les fêtes sur la plage, des tireurs d'élite sur tous les toits, des centaines de policiers en civil mêlés à la foule, des détecteurs de métaux à chaque porte d'hôtel. Un lieu où les grands enfants de la Superclasse devront attendre que les policiers fouillent leurs sacs, leur fassent retirer leurs talons hauts, leur demandent de revenir parce qu'ils ont oublié quelques pièces dans leur poche et que le dispositif a émis un signal, ordonnent à des messieurs aux cheveux grisonnants de lever les bras et de se laisser palper comme de vulgaires criminels. Les femmes seront conduites vers la seule cabine en toile installée à l'entrée – ce qui détonne totalement avec l'élégance d'autrefois – où elles feront la queue patiemment pour être inspectées, jusqu'à ce que la policière découvre ce qui fait sonner l'alarme : les supports en acier qui se trouvent dans l'armature de leurs soutien-gorge.

La ville commencera à montrer son vrai visage. Luxe et glamour seront remplacés par tension, insultes, regards indifférents des policiers et temps perdu. L'isolement sera de plus en plus grand – provoqué cette fois par le système, et non par l'éternelle arrogance des élus. Les coûts prohibitifs pèseront sur les épaules des contribuables, à cause des forces militaires déplacées vers une simple ville balnéaire à seule fin de protéger des gens qui essaient de s'amuser.

Des manifestations. D'honnêtes travailleurs protesteront contre ce qu'ils jugent absurde. Le gouvernement déclarera qu'il commence à envisager l'hypothèse de transférer les coûts vers les organisateurs du Festival. Les organisateurs – qui pouvaient supporter ces dépenses – ne seront plus intéressés, parce que l'un d'entre eux a été humilié par un agent de cinquième catégorie, qui lui a ordonné de se taire et de respecter le plan de sécurité.

Cannes commencera à mourir. Deux ans plus tard, ils se rendront compte que tout ce qu'ils ont fait pour maintenir l'ordre public valait vraiment la peine : aucun crime durant le Festival. Les terroristes n'arrivent plus à semer la panique.

Ils veulent revenir en arrière, mais c'est impossible ; Cannes continue à mourir. La nouvelle Babylone est détruite. La Sodome des temps modernes est rayée de la carte.

Lorsqu'il sort de la salle de bains, sa décision est prise : quand il rentrera en Russie, il demandera à ses employés de découvrir le nom de la famille de la jeune fille. Il fera des dons anonymes par l'intermédiaire de banques insoupçonnables. Il commandera à un écrivain talentueux d'écrire son histoire, et il prendra en charge les coûts de traduction dans le reste du monde.

« L'histoire d'une jeune fille qui vendait de l'artisanat, qui était tabassée par son fiancé et exploitée par ses parents, jusqu'au jour où elle livre son âme à un étranger, et transforme ainsi une partie de la planète. »

Il ouvre l'armoire, prend la chemise d'un blanc immaculé, le smoking bien repassé, les chaussures vernies faites sur mesure. Il n'a pas de problèmes pour nouer le nœud papillon, il fait cela au moins une fois par semaine.

Il allume la télévision : c'est l'heure des journaux locaux. Le défilé sur le tapis rouge occupe une grande partie des informations, mais il y a un petit reportage au sujet d'une femme qui a été assassinée sur un ponton.

La police a cerné l'endroit, le gamin qui a assisté à la scène (Igor prête attention, mais se venger ne l'intéresse pas du tout) dit qu'il a vu un couple d'amoureux s'asseoir pour causer, l'homme a sorti le petit stylet en métal et il a commencé à le passer sur le corps de la victime, la femme avait l'air contente. C'est pour cela qu'il n'a pas appelé tout de suite la police, il était convaincu que c'était un jeu.

« À quoi ressemblait-il ? »

Blanc, la quarantaine, portant tel et tel vêtement, et des manières courtoises.

Il n'y a pas lieu de s'inquiéter. Il ouvre son porte-documents en cuir et en retire deux enveloppes. Une invitation pour la fête qui va commencer dans une heure (bien que tout le monde sache, en réalité, qu'elle aura au moins une heure et demie de retard), où il sait qu'il va rencontrer Ewa : si elle n'est pas venue jusqu'à lui, patience. Maintenant il est trop tard, il la retrouvera de toute façon. Il lui a suffi de moins de vingt-quatre heures pour comprendre quel genre de femme il avait épousé et comment il avait souffert inutilement pendant deux ans.

L'autre est une enveloppe argentée, hermétiquement fermée, sur laquelle est écrit « Pour toi » dans une belle calligraphie, qui peut être féminine ou masculine.

Les couloirs sont surveillés par des caméras vidéo – comme dans la plupart des hôtels de nos jours. Dans une cave de l'édifice, il y a une salle obscure, pleine de moniteurs, sur lesquels un groupe de personnes attentives note tout dans le moindre détail. Leur énergie est tournée vers tout ce qui sort de la normale, comme l'homme qui depuis des heures montait et descendait l'escalier de l'hôtel : ils ont envoyé un agent voir ce qui se passait, et ont reçu pour réponse « exercice gratis ». Comme c'était un hôte, l'agent a présenté des excuses et s'est éloigné.

Bien sûr, ils ne s'intéressent pas aux hôtes qui entrent dans une autre chambre que la leur et n'en sortent que le lendemain, généralement après que l'on a servi le petit déjeuner. C'est normal. Ce n'est pas leur problème.

Les moniteurs sont connectés à des systèmes spéciaux d'enregistrement numérique ; tout ce qui se passe dans les dépendances publiques de l'hôtel est archivé pendant six mois dans un coffre dont seuls les gérants possèdent la clef. Aucun hôtel au monde ne veut perdre sa clientèle parce qu'un mari jaloux, assez riche, a réussi à suborner une des personnes qui surveillaient le mouvement dans un certain angle du couloir, et a remis (ou vendu) le matériel à un magazine à scandales, après avoir présenté les preuves à la justice pour empêcher que sa femme ne bénéficie d'une part de sa fortune.

Si cela arrivait un jour, cela porterait un coup tragique au prestige de l'établissement, qui s'honore de sa discrétion et de sa confidentialité. Le taux d'occupation subirait immédiatement une chute radicale – après tout, si un couple a choisi d'aller dans un hôtel de luxe c'est parce qu'il sait que les employés ne voient jamais plus que ce qu'on leur a appris à voir. Si quelqu'un demande un repas dans la chambre, par exemple, le garçon entre les yeux fixés sur le chariot, il tend la note à signer à la personne qui a ouvert la porte, et jamais – JAMAIS – ne regarde vers le lit.

Les prostituées et les prostitués de luxe s'habillent avec discrétion – même si les hommes qui en ce moment sont dans la salle obscure entourée de moniteurs savent exactement qui ils sont, grâce à un système de données fourni par la police. Cela non plus n'est pas leur problème, mais ils gardent une attention spéciale sur la porte par où ils sont entrés jusqu'à ce qu'ils les voient sortir. Dans certains hôtels, la réceptionniste est chargée d'inventer un appel truqué pour voir si tout va bien pour l'hôte : il répond au téléphone, une voix féminine demande une personne qui n'existe pas, entend une rebuffade du genre « vous vous êtes trompée de chambre », et le bruit du téléphone que l'on raccroche. Mission accomplie : il n'y a pas de raisons de s'inquiéter.

Ceux qui ont trop bu sont surpris quand ils s'écroulent par terre, essaient la clef d'une chambre qui n'est pas la leur, voient que la porte ne s'ouvre pas et commencent à cogner dedans. À ce moment-là, sortant du néant, apparaît un employé de l'hôtel empressé, qui passe là « par hasard » et se propose de l'accompagner au bon endroit (en général à un étage et un numéro différents).

Igor sait que tous ses gestes ici sont enregistrés dans le sous-sol de l'hôtel : le jour, l'heure, la minute et la seconde de chacune de ses entrées dans le hall, ses sorties de l'ascenseur, ses pas jusqu'à la porte de la suite et l'instant où il se sert de la carte magnétique qui sert de clef. À partir de là, il peut respirer ; personne n'a accès à ce qui se passe à l'intérieur, se serait violer l'intimité d'autrui.

Il ferme sa porte et sort.

Il a eu le temps d'étudier les caméras de l'hôtel quand il est arrivé de voyage la nuit précédente. Comme pour les voitures – elles ont beau avoir des rétroviseurs, il y a toujours un « angle mort » qui empêche le chauffeur de voir un certain véhicule à l'instant du dépassement –, les caméras montrent clairement tout ce qui se passe dans le couloir, excepté les quatre appartements qui se trouvent aux coins. Évidemment, si un homme dans le sous-sol voit qu'une personne passe par un certain endroit et n'apparaît pas sur l'écran suivant, quelque chose de suspect s'est produit – peut-être un évanouissement – et il enverra tout de suite quelqu'un pour vérifier. Si arrivant là celui-ci ne voit personne, il est évident qu'elle a été invitée à entrer et cela devient une affaire privée entre les hôtes.

Mais Igor n'a pas l'intention de s'arrêter. Il marche dans le couloir le plus naturellement du monde, et à la hauteur du tournant vers l'entrée des ascenseurs, il glisse l'enveloppe argentée sous la porte de la chambre – probablement une suite – qui se trouve à l'angle.

Le tout n'a pas duré plus d'une fraction de seconde ; si quelqu'un en bas a décidé de suivre ses mouvements, il n'a rien compris. Beaucoup plus tard, quand on réquisitionnera les enregistrements pour tenter d'identifier le coupable, on aura beaucoup de mal à déterminer le moment exact de la mort. Il se peut que l'hôte ne soit pas là, et qu'il n'ouvre l'enveloppe qu'au retour d'une soirée. Il se peut qu'il ait ouvert l'enveloppe tout de suite après, mais le produit qu'il contient n'agit pas immédiatement.

Pendant tout ce temps, plusieurs personnes seront passées par le même endroit, toutes seront suspectes, et si quelqu'un en tenue négligée – ou se consacrant à des travaux peu orthodoxes tels que massages, prostitution ou livraison de drogues – a eu la malchance de faire le même parcours, il sera immédiatement arrêté et interrogé. Pendant un festival de cinéma, les chances qu'un individu présentant ces caractéristiques apparaisse sur le moniteur sont immenses.

Il est conscient de l'existence d'un danger qu'il n'avait pas envisagé : quelqu'un a assisté au meurtre de la femme sur la plage. Après un peu de bureaucratie, il sera appelé pour regarder les bandes. Mais il est enregistré sous un faux nom avec un faux passeport, dont la photo montre un homme portant lunettes et moustache (l'hôtel n'a même pas pris la peine de vérifier, et, s'il le faisait, il expliquerait qu'il s'est rasé la moustache et porte maintenant des lentilles de contact).

En supposant qu'ils soient plus rapides qu'aucune police au monde, et qu'ils aient déjà conclu qu'une seule personne a décidé de créer quelques obstacles à la bonne marche du Festival, ils attendront son retour, et dès qu'il aura regagné sa chambre, il sera invité à faire des déclarations. Mais Igor sait que c'est la dernière fois qu'il se promène dans les couloirs du Martinez.

Ils entreront dans sa chambre. Ils trouveront une valise complètement vide, sans la moindre empreinte digitale. Ils iront jusqu'à la salle de bains, et ils se diront : « Ça alors, un type aussi riche qui décide de faire sa lessive dans le lavabo de l'hôtel ! Est-ce qu'il ne peut pas payer la blanchisserie ? »

Un policier posera la main pour saisir ce qu'il considère comme une « preuve sur laquelle seront concentrées des traces d'ADN, des empreintes digitales, des cheveux ». Il poussera un cri : ses doigts auront été brûlés par l'acide sulfurique qui en ce moment dissout tout le matériel qu'il a laissé derrière lui. Il n'a besoin que de son faux passeport, de ses cartes de crédit et d'argent liquide – tout cela dans les poches du smoking, avec le petit Beretta, une arme méprisée par les connaisseurs.

Voyager a toujours été facile pour lui : il déteste porter de lourdes charges. Même s'il a une mission compliquée à accomplir à Cannes, il a choisi un matériel léger, facile à transporter. Il ne comprend pas comment certaines personnes emportent d'énormes valises, même quand elles ne doivent passer qu'un ou deux jours hors de chez elles.

Il ne sait pas qui ouvrira l'enveloppe, et cela ne l'intéresse pas : ce n'est pas lui qui choisit, mais l'Ange de la mort. Beaucoup de choses peuvent arriver entre-temps – y compris absolument rien.

L'hôte peut téléphoner à l'accueil, dire qu'on lui a remis quelque chose qui n'était pas pour lui, et demander qu'on vienne la reprendre. Ou bien la jeter à la poubelle, pensant que c'est encore un gentil billet de la direction de l'hôtel demandant si tout va bien ; il a d'autres choses à lire, et il doit se préparer pour une fête. Si c'est un homme qui attend que sa femme arrive d'un instant à l'autre, il la mettra dans sa poche, certain que la femme qu'il a rencontrée l'après-midi et qu'il a tenté de séduire par tous les moyens lui donnera maintenant une réponse positive. Il peut s'agir d'un couple. Comme aucun des deux ne sait à qui est destiné le « pour toi », ils admettent mutuellement qu'il ne leur appartient pas de commencer à se soupçonner l'un l'autre, et ils jettent l'enveloppe par la fenêtre.

Mais si, malgré toutes ces possibilités, l'Ange de la mort a vraiment décidé d'effleurer de ses ailes le visage du destinataire, alors il (ou elle) va déchirer la partie supérieure et voir ce qu'il y a à l'intérieur.

Et à l'intérieur se trouve quelque chose qui n'a pas été mis là sans difficulté.

Il a eu besoin de l'aide de ses anciens « amis et collaborateurs », qui lui avaient prêté une somme considérable pour qu'il puisse monter sa société, et furent très mécontents en découvrant qu'il avait décidé de les rembourser, car ils désiraient la recouvrer quand cela leur conviendrait – après tout, ils étaient très satisfaits qu'une affaire absolument légale leur permette de réintégrer dans le système financier russe un argent dont il était difficile d'expliquer l'origine.

Cependant, après une période de silence mutuel, leurs relations reprirent. Chaque fois qu'ils demandaient une faveur – trouver une place à l'université pour leur fille ou obtenir des entrées pour des concerts auxquels leurs « clients » désiraient assister –, Igor remuait ciel et terre pour les satisfaire. En fin de compte, ils étaient les seuls qui avaient cru à ses rêves, quelles qu'aient été leurs motivations. Ewa – et maintenant, chaque fois qu'il pensait à elle, il ressentait une irritation difficile à contrôler – les accusait d'avoir utilisé l'innocence de son mari pour blanchir l'argent du trafic d'armes. Comme si cela changeait quoi que ce soit ; il n'était impliqué ni dans l'achat ni dans la vente, et tout négoce au monde doit profiter aux deux parties.

Et tout le monde a ses moments difficiles. Certains de ses anciens bailleurs ont passé quelque temps en prison, et il ne les a jamais abandonnés – même en sachant qu'il n'avait plus besoin d'aide. La dignité d'un homme ne se mesure pas aux personnes qui sont autour de lui quand il est au sommet de la réussite, mais à sa capacité de ne pas oublier les mains qui se sont tendues quand il en avait le plus besoin. Si ces mains étaient souillées de sang ou de sueur, le résultat est le même : une personne au bord du précipice ne demande pas qui est en train de l'aider à regagner la terre ferme.

Le sentiment de gratitude est important chez un homme : aucun ne va très loin s'il oublie ceux qui étaient à ses côtés quand il en avait besoin. Et il n'est pas indispensable qu'il se rappelle qu'il a aidé ou a été aidé : Dieu a les yeux fixés sur ses fils et ses filles, Il récompense seulement ceux qui se comportent à la hauteur des bénédictions qui leur ont été accordées.

Aussi, quand il a eu besoin du curare, il a su à qui s'adresser – même s'il a dû payer un prix absurde pour un produit relativement courant dans les forêts tropicales.

Il arrive au salon de l'hôtel. Le lieu de la fête est à plus d'une demi-heure de voiture, il aura beaucoup de mal à trouver un taxi s'il reste planté au milieu de la rue. Il a appris que la première chose que l'on fait quand on arrive dans un endroit comme celui-là, c'est donner – sans rien demander en échange – un généreux pourboire au portier. Tous les brillants hommes d'affaires le faisaient, et ils obtenaient toujours des réservations pour les meilleurs restaurants, des entrées pour les spectacles qu'ils avaient envie de voir, des informations sur certains endroits chauds de la ville qui n'étaient pas dans les guides touristiques pour ne pas scandaliser les familles de la classe moyenne.

D'un sourire, il commande et obtient une voiture sur-le-champ, tandis qu'à côté de lui un autre hôte se plaint des problèmes de transport qu'il est obligé d'affronter. Gratitude, nécessité et contacts. Tout problème peut être résolu.

Y compris la production compliquée de l'enveloppe argentée, avec le suggestif « pour toi » écrit dans une belle calligraphie. Il l'avait gardée pour l'utiliser à la fin de sa mission, parce que, si par hasard Ewa n'avait pas eu l'occasion de comprendre les autres messages, celui-là – le plus sophistiqué de tous – ne laisserait aucune place aux doutes.

Ses anciens amis lui ont procuré ce dont il avait besoin. Ils le lui ont offert gratuitement, mais il a préféré payer ; il avait de l'argent, et il n'aimait pas s'endetter.

Il n'a pas posé de questions inutiles ; il savait seulement que la personne qui l'avait fermée hermétiquement avait dû porter des gants et un masque à gaz. Oui, dans ce cas, le prix était plus justifié que pour le curare, car la manipulation est plus délicate – bien que le produit ne soit pas très difficile à obtenir, vu qu'il est utilisé dans la métallurgie, la production de papier, les vêtements, les plastiques. Il porte un nom relativement effrayant : cyanure. Mais son odeur ressemble à celle des amandes, et son apparence est inoffensive.

Il cesse de penser à la personne qui a fermé l'enveloppe, et commence à imaginer celle qui va l'ouvrir – près du visage, comme il est normal. Elle va trouver un carton blanc, sur lequel a été imprimée par ordinateur une phrase :

« Katyusha, je t'aime. »

« Katyusha ? De quoi s'agit-il ? » se demandera-t-elle.

Elle note que le carton est couvert de poudre. Le contact de l'air et de la poudre transformera le produit en gaz. Une odeur d'amandes envahira la pièce.

La personne sera surprise ; ils auraient pu choisir un meilleur arôme. Cela doit être une de ces publicités pour un parfum, réfléchira-t-elle ensuite. Elle retire le papier, le tourne de tous les côtés, et le gaz qui se dégage de la poudre commence à se propager de plus en plus vite.

« Qu'est-ce que c'est que cette plaisanterie ? »

Ce sera sa dernière réflexion consciente. Elle laisse le carton sur la table de l'entrée et se dirige vers la salle de bains pour prendre une douche, terminer son maquillage ou ajuster sa cravate.

À ce moment-là, elle se rend compte que son cœur se met à battre très fort. Elle n'établit pas immédiatement une relation avec le parfum qui a envahi sa chambre – après tout, elle n'a pas d'ennemis, seulement des concurrents et des adversaires. Avant même d'arriver à la salle de bains, elle note qu'elle ne tient plus debout. Elle s'assoit au bord du lit. Un mal de tête insupportable et une difficulté à respirer sont les prochains symptômes ; peu après vient l'envie de vomir. Mais elle n'aura pas le temps ; elle perd rapidement conscience, avant d'avoir pu mettre en rapport le contenu de l'enveloppe et son état.

En quelques minutes – car il a été expressément recommandé que la concentration du produit soit le plus dense possible – les poumons cessent de fonctionner, le corps se contracte, les convulsions commencent, le cœur ne pompe plus le sang, et la mort arrive.

Indolore. Miséricordieuse. Humaine.

Igor monte dans le taxi et donne l'adresse : hôtel du Cap, Eden Roc, Cap-d'Antibes.

Le grand dîner de gala de la soirée.

L'androgyne porte une blouse noire, un nœud papillon blanc et une sorte de tunique indienne au-dessus du pantalon étroit qui rehausse son aspect hirsute. Il explique que l'heure à laquelle ils arriveront peut être une très bonne chose ou une très mauvaise.

« Ça roule mieux que je ne le pensais. Nous serons parmi les premiers à entrer à l'Eden Roc. »

Gabriela, qui à ce stade est déjà passée par une autre séance de « retouches » à sa coiffure et à la peinture de son visage – cette fois avec une maquilleuse qui semblait absolument dégoûtée de son travail –, ne comprend pas le commentaire.

« Après tous ces embouteillages, ne vaut-il pas mieux que nous prenions nos précautions ? Comment cela peut-il être une mauvaise chose ? »

Avant de répondre, l'androgyne pousse un profond soupir, comme s'il devait expliquer l'évidence à quelqu'un qui ignore les lois les plus élémentaires des paillettes et du glamour.

« Cela peut être bon parce que vous serez seule dans le couloir... »

Il la regarde. Il voit qu'elle ne comprend pas ce dont il parle, pousse un autre soupir, et recommence :

« Personne n'entre directement dans ce genre de fête en franchissant une porte. On passe toujours par un couloir, où d'un côté se trouvent les photographes

et de l'autre un mur portant la marque du commanditaire de la fête, peinte et reproduite plusieurs fois.
Vous n'avez jamais vu de magazines people ? Vous
n'avez pas remarqué que les célébrités ont toujours
la marque d'un produit derrière elles quand elles sourient aux caméras ? »

Célébrité. L'androgyne arrogant avait laissé échapper un mot inadéquat. Il admettait, sans le vouloir,
qu'il était accompagné de l'une d'elles. Gabriela a
savouré sa victoire en silence, bien qu'elle fût assez
mûre pour savoir qu'elle avait encore beaucoup de
chemin à parcourir.

« En quoi est-ce une erreur d'arriver à l'heure ? »

Nouveau soupir.

« Les photographes ne sont peut-être pas encore
arrivés. Mais souhaitons que tout se passe bien,
comme cela je me débarrasserai tout de suite de ces
feuillets avec votre biographie.

— Ma biographie ?

— Croyez-vous que tout le monde sache qui vous
êtes ? Non, ma fille. Je vais devoir aller là-bas,
remettre ce maudit papier à chacun, leur dire que
d'ici peu va entrer la grande vedette du prochain
film de Gibson, et qu'ils doivent préparer leurs
appareils. Je ferai signe au groupe dès que vous
apparaîtrez dans le couloir.

« Je ne serai pas très gentil avec eux ; ils sont habitués à être traités comme ceux qui sont au plus bas
de l'échelle du pouvoir à Cannes. Je dirai que je leur
fais une grande faveur, et c'est tout ; à partir de là,
ils ne prendront pas le risque de perdre une occasion
comme celle-là, parce qu'ils pourraient être licenciés,
et le monde est plein de gens qui ont une machine et
une connexion à Internet, et ne rêvent que de mettre
sur le réseau mondial quelque chose que tous, absolument tous, ont laissé passer. Je pense que, dans
quelques années, les journaux utiliseront uniquement
les services d'anonymes pour réduire les coûts – vu

337

que les magazines et les journaux circulent de moins en moins. »

Il voulait montrer sa connaissance des médias, mais la fille à côté de lui ne s'y intéresse pas ; elle prend un papier et commence à lire.

« Qui est Lisa Winner ?

— Vous. Nous avons changé votre nom. Ou, plutôt, ce nom était déjà choisi avant même que vous n'ayez été sélectionnée. À partir de maintenant, c'est comme cela que vous vous appelez : Gabriela, c'est trop italien, et Lisa, cela peut être de n'importe quelle nationalité. Les cabinets de tendance expliquent que les noms de quatre à six lettres sont toujours retenus plus facilement par le grand public : Fanta. Taylor. Burton. Davis. Woods. Hilton. Je continue ?

— Je vois que vous comprenez le marché ; maintenant je dois découvrir qui je suis – selon ma nouvelle biographie. »

Elle n'a pas pu masquer l'ironie dans sa voix. Elle gagnait du terrain ; elle commençait à se comporter comme une star. Elle s'est mise à lire ce qui était écrit là : la grande révélation choisie entre plus de mille participantes pour travailler dans la première production cinématographique du célèbre couturier et entrepreneur Hamid Hussein... Et cetera.

« Les feuillets sont imprimés depuis plus d'un mois, dit l'androgyne, faisant peser de nouveau la balance en sa faveur, et savourant sa petite victoire. Le texte a été rédigé par l'équipe de marketing du groupe ; ils ne se trompent jamais. Voyez certains détails tels que "A exercé le métier de mannequin, a suivi un cours d'art dramatique". Cela vous correspond, n'est-ce pas ?

— Cela signifie que j'ai été sélectionnée pour ma biographie plus que pour la qualité de mon essai.

— Toutes les personnes présentes avaient la même biographie.

— Si nous cessions de nous provoquer, et essayions de nous montrer plus humains, et plus amicaux ?

— Dans ce milieu ? Oubliez. Il n'y a pas d'amis, seulement des intérêts. Il n'y a pas d'humains, seulement des machines devenues folles qui renversent tout sur leur passage, jusqu'à ce qu'elles arrivent là où elles désirent arriver, ou finissent par se jeter contre un poteau. »

Malgré la réponse, Gabriela sent qu'elle a visé dans le mille ; l'animosité de son compagnon de limousine commence à fondre.

« Voyez la suite : "Pendant des années, elle s'est refusée à travailler dans le cinéma, préférant le théâtre pour exprimer son talent." Cela fait beaucoup de points en votre faveur : vous êtes une personne intègre, qui n'a accepté le rôle que parce qu'il la passionnait vraiment, bien qu'elle eût des propositions pour continuer à jouer Shakespeare, Beckett ou Genet. »

L'androgyne est cultivé. Shakespeare, tout le monde connaît, mais Beckett et Genet n'intéressent que les spécialistes.

Gabriela – ou Lisa – est d'accord. La voiture arrive à destination, et là se trouvent de nouveau les fameux gardes du corps en habit noir, chemise blanche, cravate, tenant de petites radios, comme s'ils étaient de vrais policiers (ce qui est peut-être le rêve collectif de ce groupe). L'un d'eux demande au chauffeur d'avancer, il est encore trop tôt.

Mais l'androgyne à ce moment-là a déjà pesé les risques, et il décide qu'il vaut mieux arriver tôt. Il bondit de la limousine et se dirige vers un homme qui mesure deux fois sa taille. Gabriela a besoin de se distraire, mieux vaut penser à autre chose.

« Quelle sorte de voiture est-ce ? demande-t-elle au chauffeur.

— La Maybach 57S, répond-il. Il a un accent allemand. Une véritable œuvre d'art, la machine parfaite, le summum du luxe. Elle a été créée... »

Mais elle ne fait plus attention. Elle voit l'androgyne discuter avec un homme deux fois plus grand que lui. L'homme ne semble pas l'écouter, il lui fait signe de retourner à la voiture et de ne pas bloquer la circulation. L'androgyne, un moustique, tourne le dos à l'éléphant et marche vers la voiture.

Il ouvre la porte et lui demande de descendre ; ils vont entrer coûte que coûte.

Gabriela redoute le pire ; le scandale. Elle passe avec le moustique près de l'éléphant, qui leur dit « Eh ! Vous ne pouvez pas entrer ! », mais ils continuent tous les deux à marcher. Autres voix : « S'il vous plaît, respectez les règles, nous n'avons pas encore ouvert la porte ! » Elle n'a pas le courage de regarder derrière elle et d'imaginer que la meute les poursuit, prête à les massacrer dans la seconde.

Mais rien ne se passe, bien qu'à aucun moment l'androgyne n'ait accéléré le pas, peut-être par respect pour la robe longue de sa compagne. Ils se promènent maintenant dans le parc parfaitement entretenu, l'horizon s'est teinté de rose et de bleu, le soleil est en train de disparaître.

L'androïde savoure sa nouvelle victoire.

« Ils jouent les durs quand personne ne proteste. Mais il suffit d'élever la voix, de les regarder bien dans les yeux et de continuer, et ils ne prennent pas de risques. J'ai les invitations et tout ce qu'il faut présenter ; ils sont grands, mais ils sont stupides, ils savent que seul un type important peut les traiter comme je l'ai fait. »

Il conclut, avec une humilité surprenante :

« J'ai l'habitude de faire semblant d'être important. »

Ils arrivent à la porte de l'hôtel de luxe, totalement isolé de l'agitation cannoise, où ne descendent que ceux qui n'ont pas besoin d'arpenter la Croisette. L'androgyne demande à Gabriela-Lisa de se diriger vers le bar et de commander deux coupes de champagne – ainsi, ils sauront qu'elle est accompagnée. Pas question de parler à des étrangers. Pas de vulgarité, je vous en prie. Il va évaluer l'ambiance, et distribuer les feuillets.

« Même si ça n'est que protocolaire. Personne ne va publier votre photo, mais je suis payé pour ça. Je reviens dans une minute…

— Mais ne venez-vous pas de dire que les photographes… »

De nouveau l'arrogance. Avant que Gabriela ait pu faire une objection, il a disparu.

Il n'y a pas de tables vides ; l'endroit est bondé, tout le monde portant smoking et robe longue. Tous parlent à voix basse – quand ils parlent, car la plupart ont les yeux fixés sur la mer que l'on aperçoit à travers les larges vitres. On a beau se trouver pour la première fois dans un lieu de ce genre, on perçoit un sentiment palpable, qui ne se confond avec aucun autre, qui plane au-dessus de toutes ces têtes couronnées : un ennui profond.

Ils ont tous participé à des centaines, des milliers de fêtes comme celle-là. Autrefois, ils se préparaient à l'excitation de l'inconnu, à rencontrer un nouvel amour, à faire des contacts professionnels importants ; mais maintenant ils sont arrivés au sommet de leur carrière, il n'y a plus de défis, il ne reste qu'à comparer un yacht à un autre, son bijou avec celui de la voisine, ceux qui sont assis aux tables les plus proches de la vitre avec ceux qui en sont plus éloignés – signe qui ne trompe pas du statut supérieur du premier groupe. Oui, voilà le bout de la ligne : ennui et comparaison. Après des décennies à vouloir arriver là où ils sont maintenant, on dirait qu'il ne leur reste absolument rien, pas même le plaisir d'avoir contemplé encore un coucher de soleil dans un lieu de ce genre.

À quoi pensent ces femmes, si riches, si silencieuses, si éloignées de leurs maris ?

À leur âge.

Elles doivent retourner voir un certain chirurgien esthétique et réparer ce que le temps est en train de détruire. Gabriela sait que cela lui arrivera un jour à elle aussi, et soudain – peut-être à cause de toutes les émotions de cette journée, qui se termine d'une manière tellement différente de son commencement –, elle constate que les pensées négatives reviennent.

De nouveau la sensation de terreur mêlée de joie. Encore une fois le sentiment que, malgré toute sa ténacité, elle ne mérite pas ce qui lui arrive ; elle est seulement une jeune fille appliquée dans son travail, mais mal préparée pour la vie. Elle ne connaît pas les règles, et se montre plus audacieuse que le bon sens ne le permet, ce monde n'est pas le sien et jamais elle n'en fera partie. Elle se sent désemparée, elle ne sait pas exactement ce qu'elle est venue faire en Europe – il n'y a aucun mal à être une actrice de province aux États-Unis, ne faisant que ce qu'elle aime et pas ce que les autres lui imposent. Elle veut être heureuse, et elle n'est pas certaine que ce soit la bonne voie.

« Arrête ! Éloigne ces pensées ! »

Elle ne peut pas faire du yoga ici, mais elle s'efforce de se concentrer sur la mer et sur le ciel rouge et doré. Elle est devant une occasion en or – elle doit surmonter son refus et parler davantage avec l'androgyne dans les quelques moments de liberté qu'il leur reste avant le « couloir ». Elle ne peut pas commettre d'impairs ; elle a eu de la chance et elle doit savoir en profiter. Elle ouvre son sac pour prendre son maquillage et apporter une retouche à ses lèvres, et elle ne voit dedans qu'un papier de soie froissé. Elle est allée pour la seconde fois dans le Salon aux

342

cadeaux avec la maquilleuse aigrie, et elle a de nouveau oublié de prendre ses vêtements et ses papiers ;
même si elle y avait pensé, où les avait-elle laissés ?

Ce sac est une excellente métaphore de ce qu'elle
est en train de vivre : joli à l'extérieur, complètement
vide à l'intérieur.

« Contrôle-toi.

« Le soleil vient de disparaître à l'horizon, et il
renaîtra demain avec la même force. Moi aussi je dois
renaître maintenant. Le fait d'avoir répété en rêve ce
moment tant de fois doit suffire pour que je me sente
prête, confiante. Je crois aux miracles, et Dieu me
bénit, il a entendu mes prières. Je dois me rappeler
ce que le directeur disait toujours avant chaque répé-
tition : même si l'on fait la même chose, il faut découvrir quelque chose de nouveau, de fantastique,
d'incroyable, qui était passé inaperçu la fois précédente. »

Un homme d'une quarantaine d'années, beau, cheveux grisonnants, vêtu d'un impeccable smoking fait
sur mesure par un maître tailleur, entre et se dirige
vers elle ; mais il remarque la seconde coupe de
champagne et continue vers l'autre extrémité du bar.
Elle a envie de lui parler ; l'androgyne tarde. Mais elle
se rappelle ses propos sévères :

« Pas de vulgarités. »

De fait, il est malvenu et peu convenable de voir
une jeune femme seule aborder, dans le bar d'un
hôtel de luxe, un client plus âgé – que va-t-on penser ?

Elle boit son champagne et demande une autre
coupe. Si l'androgyne avait disparu à tout jamais, elle
n'aurait pas de quoi régler la note, mais cela n'a pas
d'importance. Ses doutes et son insécurité disparaissent avec l'alcool, et elle redoute maintenant de ne
pas pouvoir entrer dans la fête et de tenir l'engagement qu'elle a pris.

Non, elle n'est plus la fille de province qui a lutté pour s'élever dans la vie – elle ne sera plus jamais la même. Elle a encore du chemin à faire, encore une coupe de champagne, et la peur de l'inconnu devient la frayeur de n'avoir jamais l'opportunité de découvrir ce que cela signifie vraiment de se trouver là. Ce qui la terrorise à présent, c'est l'idée que tout peut changer d'une heure à l'autre ; comment faire pour que le miracle d'aujourd'hui se manifeste encore demain ? Comment avoir l'assurance que toutes les promesses qu'elle a entendues ces dernières heures seront vraiment tenues ? Très souvent, elle s'est trouvée devant des portes magnifiques, des occasions fantastiques, elle a rêvé pendant des jours et des semaines de la possibilité de changer de vie pour toujours, et puis à la fin elle découvrait que le téléphone ne sonnait pas, on avait oublié son *curriculum* dans un coin, le directeur téléphonait en s'excusant, disant qu'il avait trouvé une autre personne qui convenait mieux pour le rôle, « mais tu as beaucoup de talent, et tu ne dois pas te décourager ». La vie a différentes manières de mettre à l'épreuve la volonté d'une personne ; ou bien elle fait en sorte que rien ne se passe, ou bien que tout arrive en même temps.

L'homme qui est entré seul garde les yeux fixés sur elle, et sur la seconde coupe de champagne. Elle aimerait tellement qu'il s'approche ! Depuis le matin, elle n'a pu parler à personne de ce qui lui arrivait. Elle a pensé plusieurs fois appeler sa famille, mais le téléphone était dans son vrai sac, à cette heure probablement encombré de messages de ses amies de la chambre, voulant savoir où elle est, si elle a une invitation, si elle aimerait les accompagner à un événement de seconde classe où « untel va peut-être venir ».

Elle ne peut rien partager avec personne. Elle a fait un grand pas dans sa vie, elle est seule dans un bar d'hôtel, terrorisée à l'idée que le rêve prenne fin, et en même temps sachant qu'elle ne pourra jamais redevenir ce qu'elle était. Elle est arrivée près du sommet de la montagne : ou elle fait un effort supplémentaire, ou bien elle est emportée par le vent.

L'homme aux cheveux grisonnants, la quarantaine, buvant un jus d'orange, est toujours là. À un certain moment, leurs regards se croisent, et il sourit. Elle feint de ne pas l'avoir vu.

Pourquoi a-t-elle si peur ? Parce qu'elle ne sait pas exactement comment se comporter à chaque nouvelle étape qu'elle franchit. Personne ne l'aide ; ils ne font que donner des ordres, attendant qu'ils soient accomplis rigoureusement. Elle se sent comme une petite fille enfermée dans une chambre obscure, devant trouver son chemin jusqu'à la porte, parce qu'un personnage très puissant appelle et espère être obéi.

Elle est interrompue par l'androgyne qui vient d'entrer.

« Nous allons attendre encore un peu. Ils commencent à entrer en ce moment. »

Le bel homme se lève, règle sa note et se dirige vars la sortie. Il semble déçu ; peut-être attendait-il le bon moment pour s'approcher, dire son nom et...

« ...parler un peu.

— Comment ? »

Elle a laissé échapper quelque chose. Deux coupes de champagne lui ont un peu trop délié la langue.

« Rien.

— Si, vous avez dit que vous aviez besoin de parler un peu. »

La chambre obscure et la petite fille qui n'a personne pour la guider. De l'humilité. Fais ce que tu t'es promis de faire il y a quelques minutes.

« Oui. J'aimerais savoir ce que vous faites ici. Comment vous avez atterri dans cet univers dont je n'ai pas encore les codes. Tout est différent de ce que j'avais imaginé ; croyez-le si vous le voulez, quand vous êtes allé discuter avec les photographes, je me suis sentie abandonnée et effrayée. Je compte sur votre aide, et je veux savoir si vous êtes heureux dans votre travail. »

Un ange – qui aime le champagne, assurément – lui fait dire les mots justes.

L'androgyne la regarde, surpris ; tenterait-elle d'être son amie ? Pourquoi pose-t-elle des questions que personne n'ose poser, alors qu'elle ne le connaît que depuis quelques heures ?

Personne ne lui fait confiance, parce qu'on ne peut le comparer à rien – il est unique. Contrairement à ce qu'on pense, il n'est pas homosexuel, il a seulement perdu tout intérêt pour l'être humain. Il s'est décoloré les cheveux, il s'habille comme il a toujours rêvé de s'habiller, il pèse exactement le poids qu'il désire, il sait qu'il provoque une impression bizarre sur les gens, mais il n'est pas obligé d'être sympathique avec tout le monde, du moment qu'il tient bien son rôle.

Et maintenant cette femme veut savoir ce qu'il pense ? Ce qu'il ressent ? Il tend la main vers la coupe de champagne qui attendait son retour, et en boit tout le contenu d'un seul trait.

Elle doit penser qu'il fait partie du groupe de Hamid Hussein, qu'il a de l'influence, elle veut sa coopération et son aide pour savoir comment elle doit se comporter. Il le sait, mais il n'a été recruté que pour travailler pendant le Festival, faire des choses déterminées, et il s'en tiendra à ses engagements. Quand s'achèveront les journées de luxe et de glamour, il regagnera son appartement dans une banlieue parisienne, où il est maltraité par les voisins simplement parce que son apparence n'entre pas dans les cadres établis par un fou qui a crié un jour : « Tous les êtres humains sont semblables. » Ce n'est pas vrai : tous les êtres humains sont différents, et ils doivent exercer ce droit jusqu'à ses ultimes conséquences.

Il regardera la télévision, ira au supermarché près de chez lui, achètera et lira quelques magazines, sortira quelquefois pour aller au cinéma. Étant considéré comme une personne responsable, il recevra de temps à autre un coup de fil d'un agent qui sélectionne des auxiliaires de « grande expérience » dans le domaine de la mode, sachant habiller les mannequins, choisir les accessoires, accompagner les personnes qui n'ont pas encore appris à se comporter convenablement, éviter les fautes d'étiquette, expliquer ce qui se fait et ce qui ne peut être toléré en aucune manière.

Oui, il fait des rêves. Il est unique, se répète-t-il. Il est heureux, parce qu'il n'a plus rien à attendre de la vie ; bien qu'il paraisse beaucoup plus jeune, il a déjà quarante ans. Il a bien essayé de suivre la carrière de styliste, mais il n'a trouvé aucun emploi décent, il s'est disputé avec les personnes qui auraient pu l'aider, et aujourd'hui il est désabusé – malgré sa culture, son bon goût et une discipline de fer. Il ne croit plus que quelqu'un va regarder sa façon de s'habiller et dire : « Fantastique, nous aimerions que vous veniez parler avec nous. » Il a eu une ou deux propositions pour poser comme mannequin, mais cela fait des années ; il n'a pas accepté parce que cela ne faisait pas partie de son projet, et il ne le regrette pas.

Il fabrique ses propres vêtements, avec des tissus qui sont laissés au rebut dans les ateliers de haute couture. À Cannes, il habite avec deux autres personnes en haut de la colline, peut-être pas très loin de la femme qui est à côté de lui. Mais elle, elle a sa chance, et il a beau penser que la vie est injuste, il ne doit pas se laisser dominer par la frustration ou l'envie – il donnera tout de lui-même, ou bien on ne lui proposera plus d'être « assistant de production ».

Bien sûr qu'il est heureux : quelqu'un qui ne désire rien est heureux. Il regarde sa montre – il est peut-être temps d'entrer.

« Allons-y. Nous parlerons à un autre moment. »

Il paie les boissons, demande la facture – pour pouvoir rendre compte de chaque centime quand ces journées de luxe et de glamour seront terminées. Quelques personnes se lèvent et font la même chose ; ils doivent se presser, pour qu'on ne la confonde pas avec la foule qui commence maintenant à arriver. Ils traversent le salon de l'hôtel jusqu'à l'entrée du couloir. Il remet les deux entrées, qu'il a gardées soigneusement dans sa poche : après tout, une personne importante ne se préoccupe jamais de ces détails, elle a toujours un assistant pour cela.

C'est lui, l'assistant. Elle, c'est la femme importante, et elle commence à manifester des signes de grandeur. Bientôt, elle saura ce que signifie ce monde : il lui pompera le maximum d'énergie, lui mettra des rêves plein la tête, manipulera sa vanité, pour finir par se débarrasser d'elle quand justement elle se croira capable de tout. C'est ce qui lui est arrivé, et qui est arrivé à tous ceux qui sont venus avant lui.

Ils descendent l'escalier. Ils s'arrêtent dans la petite entrée qui précède le « couloir » ; on descend lentement, parce que peu après la courbe se trouvent les photographes et la possibilité d'apparaître dans un magazine, serait-il ouzbek.

« Je passe devant vous pour avertir quelques photographes que je connais. Ne vous pressez pas ; c'est différent du tapis rouge. Si quelqu'un vous appelle, tournez-vous et souriez. Dans ce cas, il y a des chances que tous les autres commencent aussi à prendre des photos, et vous devez être quelqu'un d'important. Ne posez pas plus de deux minutes, parce que ce n'est que l'entrée d'une fête, même si cela ressemble à un autre monde. Si vous voulez être une célébrité, montrez-vous à la hauteur.

— Et pourquoi est-ce que j'entre seule ?

— Il semble qu'il y ait eu un contretemps. Il devrait déjà être ici, après tout c'est un professionnel. Mais il est sans doute en retard. »

« Lui », c'est la Célébrité. Il aurait pu dire ce qu'il croyait être la vérité : « Il a dû se trouver une nana qui avait une envie folle de faire l'amour, et apparemment il n'est pas sorti de la chambre à l'heure. » Mais cela pourrait heurter les sentiments de cette débutante – qui en ce moment doit rêver d'une belle histoire d'amour, même s'il n'y a absolument aucune raison.

Il n'était pas indispensable qu'il soit cruel, pas plus qu'il n'avait besoin d'être amical ; il lui suffisait d'accomplir son devoir et il pourrait bientôt partir. En outre, si la petite idiote ne savait pas contrôler ses émotions, les photos dans le couloir en souffriraient.

Il se place devant elle dans la file et lui demande de le suivre, mais en laissant quelques mètres de distance entre eux. Quand elle passera dans le couloir, il ira directement vers les photographes, voir s'il parvient à éveiller l'intérêt de l'un d'entre eux.

Gabriela attend quelques secondes, revêt son plus beau sourire, tient son sac correctement, se met en position, et commence à marcher avec assurance, prête à affronter les flashs. La courbe se terminait dans un local fortement éclairé, avec un mur blanc couvert des logos du commanditaire ; de l'autre côté, des petits gradins, où plusieurs lentilles étaient pointées dans sa direction.

Elle a continué à marcher, se voulant cette fois consciente de chaque pas – elle ne voulait pas répéter la frustrante expérience du tapis rouge, qui s'était terminée avant qu'elle ait pu se rendre compte de ce qu'elle venait de vivre. Elle doit vivre le moment présent comme si le film de sa vie passait au ralenti. Dans un moment, les objectifs commenceront à prendre des photos.

« Jasmine ! » a crié quelqu'un.

Mais elle s'appelle Gabriela !

Elle s'arrête une fraction de seconde, le sourire figé sur le visage. Non, elle ne s'appelle plus Gabriela. Quel est son nom ? Jasmine !

Soudain, elle entend les bruits des boutons que l'on presse, des objectifs qui s'ouvrent et se ferment, seulement toutes les lentilles sont pointées vers la personne derrière elle.

« Bougez-vous ! dit un photographe. Votre heure de gloire est passée. Laissez-moi travailler. »

Elle n'arrive pas à y croire. Elle continue à sourire, mais elle se déplace plus vite vers le tunnel noir qui semble commencer là où se termine le couloir de lumière.

« Jasmine ! Regardez de ce côté ! Ici ! »

Une hystérie collective paraît s'emparer des photographes.

Elle arrive au bout du « couloir » sans que personne n'ait pris la peine de crier son nom, que d'ailleurs elle a complètement oublié. L'androgyne l'attendait là.

« Ne vous en faites pas, dit-il, montrant pour la première fois un peu d'humanité. Vous verrez, il arrivera la même chose à d'autres ce soir. Pire : vous verrez des gens dont on a crié le nom, qui aujourd'hui passent en souriant, espérant une photo, sans qu'absolument personne n'ait la bonté de faire crépiter un flash. »

Elle doit faire preuve de sang-froid. Se contrôler. Ce n'était pas la fin du monde, les démons ne peuvent pas revenir tout de suite.

« Je ne m'en fais pas. Après tout, j'ai commencé aujourd'hui. Qui est Jasmine ?

— Elle aussi a commencé aujourd'hui. En fin d'après-midi, on a annoncé un très gros contrat avec Hamid Hussein. Mais ce n'est pas pour des films, ne vous inquiétez pas. »

Elle ne s'inquiétait pas. Simplement elle aurait voulu que la terre s'ouvre et l'engloutisse entièrement.

20 h 12

Souris.

Fais semblant de ne pas savoir pourquoi tous ces gens s'intéressent à ton nom.

Marche comme si c'était un tapis rouge, et non un podium.

Attention, parce qu'il y a des gens qui entrent, les secondes nécessaires pour les photos sont épuisées, mieux vaut avancer.

Mais les photographes ne cessent de crier son nom. Elle est embarrassée, parce que la personne suivante – en réalité, un couple – doit attendre jusqu'à ce que tous soient satisfaits, ce qui n'arrivera jamais, car ils veulent toujours l'angle idéal, la photo unique (comme si c'était possible !), un regard droit vers l'objectif de leur appareil.

Maintenant, elle dit au revoir, toujours souriante, et avance.

Elle est entourée par un groupe de journalistes quand elle arrive au bout du couloir. Ils veulent tout savoir sur le monumental contrat avec l'un des plus grands stylistes du monde. Elle aimerait dire : « Ce n'est pas vrai. »

« Nous étudions les détails », répond-elle.

Ils insistent. Une télévision s'approche, la reporter micro en main lui demande si elle est contente de la nouvelle collection. Oui, elle pense que le défilé a été formidable, et que la prochaine étape de la styliste – elle tient à dire son nom – sera la Semaine de la mode à Paris.

La journaliste semble ne pas savoir qu'elles ont présenté une collection l'après-midi. Les questions continuent, sauf que cette fois elles sont filmées.

Ne te relâche pas, réponds seulement ce qui t'intéresse, et pas ce que l'on s'acharne à t'arracher. Fais semblant d'ignorer les détails et parle du succès du défilé, de l'hommage mérité à Ann Salens, un génie oublié parce qu'elle n'a pas eu le privilège de naître en France. Un jeune homme qui se veut plaisant veut savoir ce qu'elle pense de la fête ; alors, elle répond avec la même ironie : « Vous ne m'avez pas encore laissée entrer. » Un ancien mannequin, devenue présentatrice de télévision câblée, demande ce que lui inspire ce recrutement pour devenir le visage exclusif de la prochaine collection de HH. Un professionnel mieux informé veut savoir s'il est vrai qu'elle gagnera par an une somme supérieure à six chiffres :

« Ils auraient dû mettre sept chiffres dans le dossier de presse, vous ne pensez pas ? Ou, plutôt, ils auraient pu dire que c'est plus d'un million d'euros, au lieu d'obliger les spectateurs à compter les chiffres, non ? D'ailleurs, ils auraient pu dire "zéros" plutôt que "chiffres", vous ne pensez pas ? »

Elle ne pense rien.

« Nous sommes en train d'étudier cela, répète-t-elle. Je vous en prie, laissez-moi respirer un peu d'air pur. Plus tard je répondrai ce que je pourrai. »

Mensonge. Plus tard elle prendra un taxi pour rentrer chez elle.

Quelqu'un demande pourquoi elle ne porte pas un Hamid Hussein.

« J'ai toujours travaillé pour cette styliste. »

Elle répète son nom avec insistance. Certains le notent. D'autres l'ignorent simplement – ils sont là pour une information qu'ils veulent publier, pas pour découvrir la vérité derrière les faits.

Elle est sauvée par le rythme auquel les choses se passent dans une fête comme celle-là : dans le « couloir », les photographes crient de nouveau. Comme dans un mouvement orchestré par un maestro invisible, les journalistes qui l'entourent se retournent et découvrent qu'une célébrité plus grande, plus importante, vient d'arriver. Jasmine profite de leur seconde d'hésitation, et décide de marcher jusqu'au muret du beau jardin transformé en salon où les gens boivent, fument et se promènent.

Bientôt elle aussi pourra boire, fumer, regarder le ciel, frapper du poing sur le parapet, faire demi-tour et s'en aller.

Cependant, une femme et une étrange créature – il ressemble à un androïde de film de science-fiction – la fixent des yeux et lui barrent le passage. Ils se demandent ce qu'ils font là, mieux vaut s'approcher et engager la conversation. Elle se présente. L'étrange créature sort son téléphone mobile de sa poche, fait une grimace, il s'excuse mais il doit s'éloigner quelque temps.

La fille ne bouge pas, la regardant de l'air de dire « tu m'as gâché la soirée ».

Elle regrette d'avoir accepté l'invitation pour la fête. Deux personnes l'ont apportée, alors qu'elle et sa compagne se préparaient à se rendre à une petite réception offerte par la BCA (Belgium Clothing Association, l'organisme qui contrôle et encourage la mode dans son pays). Mais il n'y a pas que des nuages noirs à l'horizon : sa robe sera vue si les photos sont publiées, et quelqu'un peut chercher à savoir vraiment ce qu'elle porte.

Les hommes qui lui ont donné l'invitation paraissaient très polis. Ils ont dit qu'une limousine attendait dehors ; ils étaient certains qu'un mannequin aussi expérimenté qu'elle ne mettrait pas plus de quinze minutes à se préparer.

L'un d'eux a ouvert sa petite sacoche, en a retiré un ordinateur et une imprimante également portable, et il a expliqué qu'ils étaient là pour boucler le grand contrat de Cannes. Maintenant ce n'était plus qu'une question de détails. Ils rempliraient les conditions, et son agent – ils savaient que la femme à côté d'elle était aussi son agent – se chargerait de les signer.

Ils ont promis à sa compagne toutes les facilités pour sa prochaine collection. Oui, bien sûr, il serait possible de conserver le nom et l'étiquette. Évidemment elles pouvaient recourir à leur service de presse ! Plus encore : HH aimerait acheter la marque, et ainsi injecter l'argent nécessaire pour qu'elle ait une bonne visibilité dans la presse italienne, française et anglaise.

Mais il y avait deux conditions. La première, que l'affaire soit réglée immédiatement, pour qu'ils puissent envoyer une note à la presse avant que les rédactions des journaux ne bouclent l'édition du lendemain.

La seconde : il faudrait transférer le contrat de Jasmine Tiger, qui travaillerait exclusivement pour Hamid Hussein. Les mannequins ne manquaient pas sur le marché, aussi la styliste belge trouverait-elle tout de suite quelqu'un pour la remplacer. En outre, comme elle était aussi son agent, elle gagnerait finalement pas mal d'argent.

« J'accepte de transférer le contrat de Jasmine, a répondu immédiatement sa compagne. Nous parlerons du reste plus tard. »

Elle a accepté aussi vite ? Une femme qui était responsable de tout ce qui lui était arrivé dans la vie semblait maintenant contente de se séparer d'elle ? La personne qu'elle aimait le plus au monde la poignardait dans le dos.

L'homme sort un BlackBerry de sa poche.

« Nous enverrons un communiqué de presse tout de suite. Il est déjà rédigé : "Je suis émue de l'occasion…"

— Un moment. Je ne suis pas émue. Et je ne sais pas exactement de quoi vous parlez. »

Mais sa compagne commence à corriger le texte, remplaçant « émue » par « heureuse » et « occasion » par « invitation ». Elle étudie avec soin chaque mot et chaque phrase. Elle exige qu'ils mentionnent un prix absurde. Ils n'étaient pas d'accord, ils risquaient l'inflation sur le marché s'ils faisaient cela. Alors l'affaire n'est pas faite, s'entendent-ils répondre. Les deux hommes s'excusent, sortent, consultent leurs mobiles, puis reviennent. Ils resteront dans le vague – un contrat à plus de six chiffres, sans préciser exactement la somme. Ils serrent la main des deux femmes, complimentent un peu la collection et le mannequin, remettent l'ordinateur et l'imprimante dans la sacoche, leur demandent d'enregistrer dans le téléphone mobile de l'un d'eux un accord formel, pour qu'ils aient une preuve que les négociations au sujet de Jasmine ont abouti. Ils sortent aussi vite qu'ils sont entrés, les téléphones mobiles en action, lui demandant de ne pas tarder plus de quinze minutes – la fête de cette nuit faisait partie du contrat qu'ils venaient de boucler.

« Prépare-toi pour la fête.

— Tu n'as pas le pouvoir de décider de ma vie. Tu sais que je ne suis pas d'accord, et je n'ai même pas eu la possibilité de manifester mon opinion. Cela ne m'intéresse pas de travailler pour les autres. »

La femme va vers les robes étalées en désordre dans la chambre, elle choisit la plus belle – un modèle blanc avec des papillons rebrodés. Elle réfléchit un instant aux chaussures et au sac qu'elle devra porter, mais elle décide rapidement – il n'y a pas de temps à perdre.

« Ils ont oublié de te demander de porter un HH ce soir. Nous aurons l'occasion de montrer une pièce de ma collection. »

Jasmine n'en croyait pas ses oreilles.

« Ce n'était que pour ça ?

— Oui. Ce n'était que pour ça. »

Elles se faisaient face, et aucune des deux ne détournait les yeux.

« Tu mens.

— Oui, je mens. »

Elles se sont serrées l'une contre l'autre.

« Depuis ce week-end sur la plage, où nous avons fait les premières photos, je savais que ce jour arriverait. Cela a pris un peu de temps, mais maintenant tu as dix-neuf ans, tu es assez adulte pour relever le défi. D'autres personnes sont venues me voir. J'ai toujours dit "non" et je me demandais si c'était par jalousie, par crainte de te perdre, ou parce que tu n'étais pas encore prête. Aujourd'hui, quand j'ai vu Hamid Hussein dans le public, je savais qu'il n'était pas là uniquement pour payer son tribut à Ann Salens – il devait avoir autre chose en tête, et ça ne pouvait être que toi.

« J'ai reçu le message disant qu'il voulait nous parler. Je ne savais pas exactement quoi faire, mais j'ai donné le nom de notre hôtel. Je n'ai pas été surprise quand ils sont arrivés ici avec la proposition.

— Mais pourquoi as-tu accepté ?

— Parce que quand on aime, on rend libre. Tu as un potentiel bien supérieur à ce que je peux t'offrir. Je te donne ma bénédiction. Je veux que tu aies tout ce que tu mérites. Nous resterons ensemble, parce que mon cœur, mon corps, mon âme t'appartiennent.

« Mais je vais garder mon indépendance – même si je sais que dans cette branche il est important d'avoir des parrains. Si Hamid était venu me proposer d'acheter ma marque, je n'aurais eu aucun problème à la vendre et à travailler pour lui. Mais la négociation n'a pas porté sur mon talent, mais sur ton travail. Il ne serait pas digne de moi d'accepter cette partie de la proposition. »

Elle l'a embrassée.

« Je ne peux pas accepter. Quand je t'ai connue, je n'étais qu'une gamine apeurée, manquant de courage parce que j'avais fait un faux témoignage, malheureuse d'avoir laissé des criminels en liberté, envisageant sérieusement le suicide. Tu es responsable de tout ce qui est arrivé dans ma vie. »

Sa compagne l'a fait asseoir devant le miroir. Avant de commencer à la coiffer, elle a caressé ses cheveux.

« Quand je t'ai connue, moi aussi j'avais perdu mon enthousiasme pour la vie. Abandonnée par un homme qui avait rencontré une jeune femme plus belle et plus riche, obligée de faire des photographies pour survivre, passant les week-ends chez moi à lire, connectée à Internet, ou à regarder des vieux films à la télévision. Mon grand rêve de devenir styliste semblait s'éloigner de plus en plus, parce que je ne trouvais pas le financement nécessaire, et je ne supportais plus de frapper à des portes qui ne s'ouvraient pas, ou de parler à des gens qui ne m'écoutaient pas.

« C'est là que tu es apparue. Ce week-end-là, je dois l'avouer, je ne pensais qu'à moi ; j'avais en main un joyau extraordinaire, je pouvais faire fortune si nous signions un contrat d'exclusivité. Je t'ai proposé d'être ton agent, tu te souviens ? Mais cela ne venait pas de la nécessité de te protéger du monde ; mes pensées étaient aussi égoïstes que celles de HH en ce moment. Je saurais comment exploiter mon trésor. Je deviendrais riche grâce aux photos. »

Elle a donné la touche finale à ses cheveux, et retiré l'excès de maquillage dans le coin gauche de son front.

« Et toi, malgré tes seize ans, tu m'as montré comment l'amour peut transformer quelqu'un. Grâce à toi, j'ai découvert qui j'étais. Pour pouvoir montrer au monde ton talent, je me suis mise à dessiner les vêtements que tu portais, et qui étaient toujours là, dans ma tête, attendant l'occasion de se transformer en tissus, broderies, accessoires. Nous avons marché ensemble, appris ensemble, même si j'avais deux fois ton âge. Grâce à tout cela, les gens ont peu à peu prêté attention à ce que je faisais, ils ont décidé d'investir, et je pouvais pour la première fois réaliser tout ce que je désirais. Nous arrivons ensemble à Cannes ; ce n'est pas un contrat comme celui-là qui va nous séparer. »

Elle a changé de ton. Elle est allée à la salle de bains, a pris sa trousse de maquillage, et s'est mise au travail.

« Tu dois être éblouissante ce soir. Aucun mannequin jusqu'à présent n'est passée de l'anonymat complet à la gloire soudaine, de sorte que la presse va s'intéresser de près à ce qui s'est passé. Dis que tu ne connais pas les détails ; c'est suffisant. Ils vont insister. Pire : ils vont te suggérer des réponses telles que "J'ai toujours rêvé de travailler pour lui" ou bien "C'est une étape importante dans ma carrière" ».

Elle l'a accompagnée jusqu'en bas ; le chauffeur a ouvert la porte de la voiture.

« Reste ferme : tu ne connais pas les détails du contrat, c'est ton agent qui s'en occupe. Et profite de la fête. »

La fête.

En réalité, le dîner – mais elle ne voit ni tables ni nourriture, seulement des serveurs qui arpentent les lieux avec toutes sortes de boisson, y compris de l'eau minérale. Les petits groupes se forment, les personnes qui sont venues seules paraissent perdues. Elle se trouve dans un immense parc avec des fauteuils et des sofas répandus dans tous les coins, plusieurs piliers de un mètre de haut sur lesquels des mannequins à demi vêtues, aux corps sculpturaux, dansent au son de la musique qui sort de haut-parleurs stratégiquement dissimulés.

Les célébrités continuent d'arriver. Les invités semblent heureux, ils sourient et se traitent avec la familiarité de ceux qui se connaissent depuis des années, mais Jasmine sait que ce n'est pas vrai. Ils se rencontrent sans doute de temps à autre à ce genre d'occasions, ils ne se rappellent jamais le nom de la personne à qui ils parlent, mais ils doivent montrer à tous qu'ils sont influents, connus, admirés et qu'ils ont une quantité de relations.

La jeune fille – qui auparavant semblait en colère – se montre maintenant complètement perdue. Elle demande une cigarette et se présente. En quelques minutes, elles savent tout de la vie l'une de l'autre. Elle parvient à l'entraîner jusqu'à la murette, elles regardent la mer tandis que la fête se remplit de personnages connus et inconnus. Elles découvrent qu'elles travaillent maintenant pour le même homme, bien que sur des projets différents. Aucune des deux ne le connaît, et pour l'une comme pour l'autre tout est arrivé le même jour.

Un groupe d'hommes passe et repasse, ils tentent d'engager la conversation, mais elles font comme s'ils s'adressaient à quelqu'un d'autre. Gabriela est la personne qu'elle devait rencontrer pour partager le sentiment d'abandon qu'elle ressent, malgré toutes les belles paroles de sa compagne. Si elle devait choisir entre sa carrière et l'amour de sa vie, elle n'aurait aucune hésitation – elle laisserait tout tomber, même si c'est un comportement d'adolescente. Il se trouve que l'amour de sa vie désire qu'elle choisisse sa carrière, et elle a accepté la proposition de HH uniquement pour qu'elle soit fière de tout ce qu'elle a fait pour elle, le soin qu'elle a mis à la guider, la tendresse avec laquelle elle a corrigé ses erreurs, l'enthousiasme présent dans chaque mot et chaque action – même les plus agressives.

Gabriela elle aussi avait besoin de rencontrer Jasmine. Pour lui demander des conseils, la remercier de ne pas la laisser seule à ce moment, et de lui permettre de croire que de bonnes choses arrivent à tout le monde. D'avouer qu'elle était inquiète de la manière dont son compagnon l'avait laissée là, alors qu'en réalité il avait l'ordre de la présenter à des gens qu'elle devrait rencontrer.

« Il pense qu'il peut masquer ses émotions. Mais je sais qu'il y a un problème. »

Jasmine lui dit de ne pas s'inquiéter, de se détendre, de boire un peu de champagne, de profiter de la musique et du paysage. Il arrive toujours des imprévus, et il y a une armée de gens pour les affronter, pour que personne, absolument personne, ne découvre ce qui se passe dans les coulisses du luxe et du glamour. Bientôt la Célébrité arrivera.

« Mais, je t'en prie, ne me laisse pas seule ; je ne vais pas rester très longtemps. »

Gabriela lui promet qu'elle ne la laissera pas seule. Elle est sa seule amie dans le nouveau monde où elle vient de mettre le pied.

Oui, elle est sa seule amie, mais elle est trop jeune, et cela lui fait sentir qu'elle a passé l'âge de commencer quelque chose. La Célébrité s'est révélé une personne absolument superficielle pendant qu'ils se dirigeaient vers le tapis rouge, le charme a totalement disparu, elle a besoin de se rapprocher de quelqu'un de sexe masculin, de se trouver une compagnie pour cette soirée, si agréable et si sympathique que soit la jeune fille à côté d'elle. Elle remarque que l'homme qu'elle avait vu au bar est aussi près de la murette du grand parc, contemplant la mer, tournant le dos à la fête, totalement étranger à ce qui se passe dans le grand dîner de gala. Il est charismatique, beau, élégant, mystérieux. Quand le moment sera venu, elle suggérera à sa nouvelle amie qu'elles aillent jusqu'à lui et engagent la conversation – sur n'importe quel sujet.

En fin de compte, et malgré tout, c'était son jour de chance, et cela impliquait de rencontrer un nouvel amour.

20 h 21

Le légiste, le commissaire, l'inspecteur Savoy et une quatrième personne – qui ne s'est pas identifiée mais que le commissaire a fait venir – sont assis autour d'une table.

Ils n'ont pas exactement pour tâche de discuter d'un nouveau crime, mais de préparer une déclaration conjointe pour les journalistes qui se pressent devant l'hôpital. Cette fois une Célébrité mondiale vient de mourir, un célèbre réalisateur se trouve dans l'unité de soins intensifs, et les agences de presse de la planète ont dû envoyer un ultimatum à leurs journalistes : ou bien ils trouvent quelque chose de concret, ou bien ils seront licenciés.

« La médecine légale est l'une des sciences les plus anciennes du monde. Grâce à elle, on pouvait identifier beaucoup de traces de poison, et produire des antidotes. Mais les rois et les nobles préféraient avoir toujours un "goûteur officiel de la nourriture", afin d'éviter des surprises que les médecins n'auraient pas prévues. »

Savoy a déjà rencontré le « savant » l'après-midi. Cette fois, il laisse le commissaire entrer en scène et terminer la conversation érudite.

« Vous avez suffisamment démontré votre culture, docteur. Il y a un criminel en liberté dans la ville. »

Le médecin ne se laisse pas impressionner.

« En tant que légiste, je n'ai pas autorité pour déterminer l'occurrence d'un assassinat. Je ne peux pas émettre d'opinions, mais je définis la cause de la mort, l'arme utilisée, l'identité de la victime, l'heure approximative où le crime a été commis.

— Voyez-vous une relation entre les deux morts ? Un élément permet-il de lier le meurtre du producteur et celui de l'acteur ?

— Oui. Ils travaillaient tous les deux dans le cinéma ! »

Il éclate de rire. Personne ne bouge un muscle ; les personnes présentes dans cette salle n'ont pas le moindre sens de l'humour.

« La seule relation, c'est que dans les deux affaires ont été utilisés des produits toxiques qui atteignent l'organisme à une vitesse impressionnante. Cependant, ce qui est surprenant dans le second meurtre, c'est la manière avec laquelle le cyanure a été empaqueté. L'enveloppe contenait à l'intérieur une fine membrane en plastique fermée hermétiquement sous vide, mais facilement rompue au moment où le papier est déchiré.

— Se peut-il qu'on ait fabriqué ça ici ? demande le quatrième homme, au fort accent étranger.

— Cela se peut. Mais ce serait très difficile, car la manipulation est complexe, et celui qui l'a manipulé savait que l'objectif était de tuer.

— C'est-à-dire que ce n'est pas l'assassin qui l'a fabriqué.

— J'en doute. Il est tout à fait certain que cela a été commandé à un groupe spécialisé. Dans le cas du curare, le criminel lui-même pourrait avoir plongé l'aiguille dans le poison, mais le cyanure exige des méthodes spéciales. »

Savoy pense à Marseille, à la Corse, à la Sicile, aux pays d'Europe de l'Est, aux terroristes du Moyen-Orient. Il s'excuse, quitte la salle un moment, et téléphone à Europol. Il explique la gravité de la situation.

Il demande que l'on fasse un relevé complet des laboratoires où peuvent être produites des armes chimiques de cette nature.

Il est mis en contact avec quelqu'un, qui lui dit que la même requête vient d'être présentée par une centrale de renseignement des États-Unis. Que se passe-t-il ?

« Rien. Je vous en prie, répondez-moi dès que vous aurez une piste. Et, s'il vous plaît, ayez cette piste dans les dix prochaines minutes.

— Impossible, dit la voix à l'autre bout de la ligne. Nous donnerons la réponse quand nous l'aurons ; ni avant ni après. Nous devons présenter une demande à... »

Savoy raccroche tout de suite, et il rejoint le groupe.

Du papier.

Cela semble être l'obsession de tous ceux qui travaillent dans la sécurité publique. Aucun ne veut se risquer à agir avant d'avoir toutes les garanties que ses supérieurs ont approuvé ce qu'il est en train de faire. Des hommes qui avaient une brillante carrière devant eux, qui ont commencé à travailler avec créativité et enthousiasme, restent maintenant timidement dans un coin. Ils savent qu'ils affrontent de graves défis, qu'il faut agir rapidement, mais la hiérarchie doit être respectée, la presse ne tardera pas à accuser la police de brutalité, les contribuables ne cessent de se plaindre que rien n'est résolu – pour toutes ces raisons, il vaut toujours mieux faire porter la responsabilité à un supérieur.

Son coup de téléphone n'est que pure mise en scène : il sait déjà qui est le criminel. Il l'arrêtera tout seul, et personne d'autre ne sera couvert de lauriers pour avoir résolu la plus grande affaire policière de l'histoire de Cannes. Il doit garder son sang-froid, mais il a vraiment hâte que cette réunion se termine.

À son retour, le commissaire lui annonce que Stanley Morris, le grand spécialiste de Scotland Yard, vient de téléphoner de Monte-Carlo. Il leur dit de ne pas trop s'inquiéter, il doute que le criminel utilise de nouveau la même arme.

« Il se peut que nous soyons devant une nouvelle menace terroriste, dit l'étranger.

— Nous le sommes, répond le commissaire. Mais, contrairement à vous, la dernière chose que nous voulons, c'est semer la peur dans la population. Ce que nous devons définir ici, c'est le communiqué de presse, pour éviter que les journalistes ne tirent leur propre conclusion et ne la divulguent au journal télévisé du soir.

« Nous sommes devant un cas isolé de terreur : probablement un tueur en série.

— Mais…

— Il n'y a pas de "mais"… – la voix du commissaire est dure et autoritaire. Votre ambassade a été contactée parce que le mort est un de vos concitoyens. Vous êtes ici en invité. Dans le cas des deux autres personnes mortes, américaines elles aussi, vous n'avez pas manifesté le moindre intérêt à envoyer un représentant, même si, dans l'une de ces affaires, le poison avait aussi été utilisé.

« Donc, si vous voulez insinuer que nous sommes en présence d'une menace collective, dans laquelle des armes biologiques sont employées, vous pouvez vous retirer de l'affaire. Ne faisons pas d'un problème criminel une affaire politique. Nous voulons avoir un autre Festival l'année prochaine avec toutes les paillettes et le glamour qu'il mérite, nous faisons confiance au spécialiste de Scotland Yard, et nous allons rédiger un communiqué qui respecte ces normes. »

L'étranger se tait.

Le commissaire appelle un assistant, lui demande d'aller dire au groupe de journalistes qu'ils auront dans dix minutes les conclusions qu'ils attendent. Le légiste informe qu'il est possible de remonter à l'origine du cyanure, puisqu'il laisse une « signature », mais que cela prendra plus de dix minutes – peut-être une semaine.

« Il y avait des traces d'alcool dans l'organisme. La peau était rouge, la mort a été quasi immédiate. Il n'y a aucun doute quant au type de poison utilisé. Si c'était un acide, nous trouverions des brûlures autour du nez et de la bouche ; dans le cas de la belladone, les pupilles des yeux seraient dilatées, si...

— Docteur, nous savons que vous avez fait des études universitaires, que vous êtes habilité à nous donner la cause de la mort, et nous ne mettons pas en doute votre compétence. Alors, nous concluons que c'était du cyanure. »

Le docteur fait un signe affirmatif de la tête et se mord les lèvres, contrôlant son agacement.

« Et quant à l'autre homme qui se trouve à l'hôpital ? Le réalisateur de cinéma...

— Dans ce cas, nous utilisons l'oxygène pur, 600 milligrammes de Kelocyanor par voie intraveineuse toutes les quinze minutes, et si cela ne donne pas de résultat, nous pouvons ajouter du thiosulfate de sodium dilué à 25 %... »

Le silence dans la salle est quasi palpable.

« Excusez-moi. La réponse est : on le sauvera. »

Le commissaire prend des notes sur une feuille de papier jaune. Il sait qu'il n'a plus le temps. Il les remercie tous, dit à l'étranger de ne pas sortir avec eux, pour éviter encore des spéculations. Il va aux toilettes, rajuste sa cravate, et demande à Savoy d'en faire autant.

« Morris a dit que l'assassin n'utiliserait plus le poison la prochaine fois. D'après ce que j'ai pu découvrir depuis que vous êtes sorti, il suit un schéma, même s'il est inconscient. Lequel selon vous ? »

Savoy y a pensé, pendant qu'il revenait de Monte-Carlo. Oui, il y avait une signature, que même le grand inspecteur de Scotland Yard n'avait peut-être pas repérée :

Victime sur le banc : le criminel est près.

Victime au déjeuner : le criminel est loin.

Victime sur le ponton : le criminel est près.

Victime à l'hôtel : le criminel est loin.

Par conséquent, lorsque le prochain crime sera commis, la victime sera à côté de l'assassin. Ou plutôt : cela devait être son plan, parce qu'il sera arrêté dans la demi-heure qui vient. Tout cela grâce à ses contacts au commissariat, qui lui ont fourni l'information sans accorder beaucoup d'importance à l'affaire. Et Savoy, à son tour, a répondu que c'était sans rapport. Ça n'était pas le cas, bien sûr – il était maintenant en présence du chaînon manquant, de la bonne piste, la seule chose qui lui manquait.

Son cœur bat à tout rompre : il en a rêvé toute sa vie et cette réunion paraît interminable.

« Vous m'écoutez ?

— Oui, monsieur le commissaire.

— Eh bien, sachez-le, les gens qui sont là dehors n'attendent pas une déclaration officielle, technique, avec des réponses précises à leurs questions. En réalité, ils feront leur possible pour que nous répondions ce qu'ils désirent entendre. On ne peut pas tomber dans ce piège. Ils ne sont pas venus ici pour nous écouter, mais pour nous voir – et pour que leur public lui aussi puisse nous voir. »

Il regarde Savoy d'un air supérieur, comme s'il était la personne la plus expérimentée de la planète. Apparemment, essayer de montrer sa culture, ce n'était pas le privilège de Morris ou du légiste – ils avaient tous une manière indirecte de dire « je connais mon boulot ».

« Soyez visuel. Ou plutôt : votre corps et votre visage en diront plus que les mots. Gardez le regard ferme, la tête droite, les épaules baissées et légèrement inclinées en arrière. Des épaules relevées indiquent la tension, et ils pourront tous noter que nous n'avons pas la moindre idée de ce qui se passe.

— Oui, monsieur le commissaire. »

Ils sortent jusqu'à l'entrée de l'institut médico-légal. Les lumières s'allument, les micros s'approchent, la bousculade commence. Au bout de deux minutes, le désordre s'organise. Le commissaire sort le papier de sa poche.

« Le célèbre acteur de cinéma a été assassiné au cyanure, un poison mortel qui peut être administré sous des formes diverses, mais dans ce cas, le procédé utilisé était le gaz. Le réalisateur de cinéma sera sauvé ; dans ce cas, il s'est produit un événement imprévu, il est entré dans une chambre fermée où il y avait encore des restes du produit dans l'air. Les agents de sécurité ont noté, par l'intermédiaire des moniteurs, qu'un homme faisait un tour dans le couloir, entrait dans un appartement, et cinq minutes plus tard sortait en courant et tombait dans le couloir de l'hôtel. »

Il a omis de signaler que la chambre en question n'était pas visible pour la caméra. Omettre n'est pas mentir.

« Les agents de sécurité ont agi rapidement, et envoyé immédiatement un médecin. Quand celui-ci s'est approché, il a noté l'odeur d'amande, déjà suffisamment diluée à ce stade pour ne pas causer de dégât. La police a été appelée, elle est arrivée sur place moins de cinq minutes après, a isolé la zone, appelé une ambulance, les médecins sont venus avec des masques à oxygène et ils ont réussi à lui porter secours. »

Savoy commence à être vraiment impressionné par la désinvolture du commissaire. Est-ce qu'à son poste on est obligé de suivre un cours de relations publiques ?

369

« Le poison se trouvait dans une enveloppe, portant une calligraphie dont nous ne pouvons pas encore déterminer si c'est celle d'un homme ou d'une femme. Dedans il y avait un papier. »

Il a omis de préciser que la technologie utilisée pour fermer l'enveloppe était la plus sophistiquée possible ; il y avait une chance sur un million qu'un des journalistes présents le sache, même si plus tard ce type de question serait inévitable. Il a omis de dire qu'un autre homme de l'industrie avait été empoisonné l'après-midi ; apparemment, tous pensaient que le célèbre distributeur était mort d'une crise cardiaque, bien que personne, absolument personne, n'eût menti à ce sujet. Il est bon de savoir que parfois la presse – par paresse ou par inadvertance – arrive finalement à ses propres conclusions sans gêner la police.

Première question : « Qu'y avait-il d'écrit sur le papier ? »

Le commissaire explique qu'il ne peut pas le révéler maintenant, ou bien il courrait le risque de brouiller l'enquête. Savoy commence à comprendre vers où il conduit l'interview, et il est de plus en plus admiratif – cet homme mérite vraiment le poste qu'il occupe.

Question suivante : « Peut-il s'agir d'un crime passionnel ? »

— Toutes les hypothèses sont ouvertes. Avec votre permission, messieurs, nous devons retourner travailler. »

Il monte dans la voiture de police, met en marche la sirène et démarre à toute allure. Savoy se dirige vers son véhicule, fier du commissaire. Quelle merveille ! Il pouvait déjà imaginer les informations qui allaient sortir d'ici peu :

« La police convaincue qu'il a été victime d'un crime passionnel. »

Rien ne pourrait remplacer l'intérêt que cela suscite. La force de la Célébrité était si grande que les autres crimes sont passés inaperçus. Qui s'intéresse à une pauvre fille, peut-être droguée, retrouvée sur un banc ? Et le distributeur aux cheveux acajou qui a peut-être eu une crise cardiaque au cours d'un déjeuner ? Que dire d'un crime – passionnel aussi – impliquant deux personnes totalement inconnues, qui n'avaient jamais fréquenté les projecteurs, sur un ponton à l'écart de toute l'agitation de la ville ? Cela arrivait tous les jours, c'est passé au journal de vingt heures, et ils continueraient à spéculer sur l'événement s'il n'y avait eu...

...la Célébrité mondiale ! Une enveloppe ! Un papier dedans avec quelque chose d'écrit !

Il met en marche la sirène, et il roule dans la direction opposée au commissariat. Pour ne pas éveiller de soupçons, il utilise la radio de la voiture. Il se branche sur la fréquence du commissaire.

« Bravo ! »

Le commissaire est aussi fier de lui. Ils ont gagné quelques heures, peut-être quelques jours, mais ils savent tous les deux qu'il y a un tueur en série, avec des armes sophistiquées, de sexe masculin, aux cheveux grisonnants, bien habillé, d'une quarantaine d'années. Expert dans l'art de tuer. Qui peut être satisfait des crimes déjà commis, ou qui peut attaquer de nouveau, à tout moment.

« Envoyez des agents dans toutes les fêtes, ordonne le commissaire. Cherchez des hommes seuls qui correspondent à cette description. Faites-les surveiller. Demandez des renforts, je veux des policiers en civil, discrets, habillés pour se fondre dans le décor ; jeans ou smoking. Dans toutes les fêtes, je répète. Même si nous devons mobiliser les agents de la circulation. »

Savoy s'exécute immédiatement. Entre-temps, il reçoit un message sur son téléphone mobile : Europol a besoin de plus de temps pour indiquer les laboratoires sollicités. Trois jours ouvrables, au minimum.

« S'il vous plaît, envoyez-moi ça par écrit. Je ne veux pas être responsable s'il se produit encore un incident ici. »

Il rit en son for intérieur et demande qu'on envoie également une copie pour l'agent étranger, vu que pour lui ça n'a pas la moindre importance. Il fonce jusqu'à l'hôtel Martinez, laisse sa voiture à l'entrée, gênant celles des autres. Le portier proteste, mais il lui jette les clefs pour qu'il aille la garer, montre son insigne de police et entre en courant.

Il monte vers un salon privé au premier étage, où un policier se trouve à côté de la gérante de service et d'un serveur.

« Combien de temps allons-nous rester ici ? » demande la gérante. Il l'ignore et se tourne vers le garçon.

« Êtes-vous certain que la femme assassinée, que l'on a vue au journal, est la même que celle qui était assise là, cet après-midi ?

— Presque certain, monsieur. Sur la photo, elle paraît plus jeune, ses cheveux sont teints, mais j'ai l'habitude de retenir le visage des clients, au cas où l'un d'eux déciderait de partir sans payer.

— Êtes-vous certain qu'elle était avec le client qui avait réservé la table ?

— Absolument. Un homme dans la quarantaine, belle prestance, cheveux grisonnants. »

Savoy semble avoir des palpitations. Il se tourne vers la gérante et le policier :

« Allons jusqu'à sa chambre.

— Vous avez un mandat de perquisition ? » demande la gérante.

Ses nerfs craquent :

« JE N'EN AI PAS ! Je ne remplis pas de papiers ! Savez-vous quel est le problème de notre pays, madame ? Nous sommes tous très obéissants ! D'ailleurs, ce n'est pas seulement notre problème, mais celui du monde entier ! Vous n'obéiriez pas si l'on envoyait votre fils à la guerre ? Votre fils n'obéirait pas ? Nous y voilà ! Et puisque vous êtes obéissante, accompagnez-moi s'il vous plaît, ou je vous arrête pour complicité ! »

La femme semble effrayée. Elle suit le policier et ils vont jusqu'à l'ascenseur, qui à ce moment descend, s'arrêtant à tous les étages, ne comprenant pas qu'une vie humaine dépend de leur éventuelle rapidité d'action.

Ils décident de prendre l'escalier ; la gérante se plaint, elle porte des talons hauts, mais il lui demande de retirer ses chaussures et de les suivre. Ils montent les marches en marbre, passent par les élégantes petites salles d'attente, les mains sur la rampe en bronze. Les personnes qui attendent l'ascenseur demandent qui est cette femme déchaussée, et ce qu'un policier en tenue fait dans l'hôtel, à courir ainsi. Est-il arrivé quelque chose de grave ? Et, si c'est le cas, pourquoi ne prennent-ils pas l'ascenseur, qui est plus rapide ? Elles se disent que ce festival n'est vraiment plus ce qu'il était, les hôtels ne sélectionnent plus leurs hôtes, la police entre comme dans un bordel. Dès qu'elles le pourront, elles se plaindront auprès de la gérante.

Elles ne savent pas que c'est elle la femme déchaussée qui monte l'escalier en courant.

Ils arrivent enfin près de la porte de la suite occupée par l'assassin. À ce stade, un membre du « département de surveillance des couloirs » a déjà envoyé quelqu'un voir ce qui se passait. Il reconnaît la gérante et demande s'il peut être utile.

Savoy lui demande de parler plus bas, mais oui, il peut être utile. Est-il armé ? L'agent de sécurité dit que non.

« Tant pis, restez par ici. »

Ils parlent à voix basse. La gérante est informée qu'elle doit frapper à la porte, pendant que les trois – Savoy, le policier et l'agent de sécurité – restent collés au mur voisin. Savoy retire son arme de son étui. Le policier fait de même. La gérante frappe plusieurs fois, sans réponse.

« Il a dû sortir. »

Savoy lui demande de se servir de son passe. Elle explique qu'elle n'était pas préparée pour cela – et même si elle l'était, elle n'ouvrirait cette porte qu'avec l'autorisation du directeur général.

Pour la première fois, il fait preuve de courtoisie :

« Ça n'a pas d'importance. Maintenant je veux descendre et rester dans la salle, avec l'équipe de sécurité qui surveille les lieux. Il va revenir tôt ou tard, et j'aimerais être le premier à pouvoir l'interroger.

— Nous avons une photocopie de son passeport et le numéro de sa carte de crédit en bas. Pourquoi vous intéressez-vous tellement à cet homme ?

— Ça non plus, ça n'a pas d'importance. »

21 h 02

À une demi-heure de voiture de Cannes, dans un autre pays où l'on parle la même langue qu'en France et où on utilise la même monnaie. Dans un pays qui n'a pas de contrôles frontaliers et dispose d'un système politique totalement différent – le pouvoir est occupé par un prince, comme dans l'ancien temps –, un homme est assis devant son ordinateur. Un courrier électronique est arrivé quinze minutes auparavant, expliquant qu'un acteur célèbre a été assassiné.

Morris regarde la photo de la victime ; il n'a pas la moindre idée de qui elle est, il y a longtemps qu'il ne va plus au cinéma. Mais ce doit être quelqu'un d'important, parce qu'un site d'informations rapporte la nouvelle.

Bien qu'il fût retraité, des sujets comme celui-là, c'était pour lui comme un jeu d'échecs, où il se laissait rarement battre par l'adversaire. Ce n'était pas sa carrière qui était en jeu, mais l'estime qu'il avait de lui-même.

Il existe certaines règles auxquelles il s'est toujours plu à obéir quand il travaillait à Scotland Yard : commencer par envisager toutes les mauvaises hypothèses, et à partir de là tout est possible – parce qu'il n'est pas soumis à l'obligation de viser juste. Lors de ses rencontres avec les assommants comités d'évaluation du travail, il aimait provoquer les participants : « Tout ce que vous savez vient de l'expérience accumulée au long d'années de travail. Mais ces vieilles solutions ne servent que pour des problèmes passés eux aussi. Si vous désirez être créatifs, oubliez un peu que vous êtes des experts ! »

Les plus gradés feignaient de prendre des notes, les jeunes le regardaient avec étonnement, et la réunion continuait comme s'il n'avait rien dit. Mais il savait que le message avait été envoyé, et bientôt – sans lui accorder le crédit mérité, bien sûr – ses supérieurs commençaient à exiger plus d'idées neuves.

Il imprime les dossiers que la police cannoise lui a envoyés. Il déteste utiliser du papier, parce qu'il ne veut pas être accusé du massacre des forêts, mais, parfois, c'est nécessaire.

Il commence par étudier le *modus operandi*, c'est-à-dire la manière dont les crimes ont été commis. Heure de la journée (aussi bien le matin que l'après-midi ou le soir), arme (mains, poison, stylet), type de victime (hommes et femmes d'âges différents), approche de la victime (deux avec contact physique direct, deux sans aucun contact), réaction des victimes contre l'agresseur (inexistante dans tous les cas).

Quand il se sent devant un tunnel sans issue, le mieux est de laisser sa pensée se promener un peu, pendant que l'inconscient travaille. Il ouvre un nouvel écran sur son ordinateur, avec les graphiques de la Bourse à New York. Comme il n'a pas d'argent placé dans des actions, c'est terriblement ennuyeux, mais c'est ainsi qu'il agit : sa longue expérience analyse toutes les informations qu'il a obtenues jusqu'à maintenant, et l'intuition formule des réponses – neuves et créatives. Vingt minutes plus tard, il retourne voir les dossiers – la tête de nouveau vide.

La méthode a réussi : oui, il y a un point commun à tous les crimes.

L'assassin a une grande culture. Il a dû passer des jours, des semaines dans une bibliothèque, à étudier la meilleure manière de mener à terme sa mission. Il sait s'y prendre avec les poisons sans courir de risques – et il n'a pas dû manipuler directement le cyanure. Il en sait assez en anatomie pour enfoncer un stylet à l'endroit précis, sans rencontrer un os sur sa route. Il porte des coups mortels sans grand effort. Peu de gens au monde connaissent le pouvoir destructeur du curare. Il est possible qu'il ait lu au sujet des crimes en série et sache qu'une signature mène toujours à l'agresseur, de sorte qu'il a commis ses meurtres d'une manière totalement aléatoire, ne respectant aucun *modus operandi*.

Mais c'est impossible : sans aucun doute, l'inconscient de l'assassin aura laissé une signature – qu'il n'a pas encore réussi à déchiffrer.

Il y a quelque chose de plus important encore : il a de l'argent. Assez pour suivre un cours de Sambo, et connaître avec une certitude absolue les points du corps qu'il doit toucher pour paralyser la victime. Il a des contacts : il n'a pas acheté ces poisons à la pharmacie du coin, même pas dans les bas-fonds de la criminalité locale. Ce sont des armes biologiques hautement sophistiquées, qui requièrent une manipulation et une application soigneuses. Il a dû recourir à d'autres personnes pour obtenir cela.

Enfin, il travaille vite. Ce qui permet à Morris de conclure que l'assassin ne doit pas rester là très longtemps. Peut-être une semaine, peut-être quelques jours encore.

Où cette réflexion la mène-t-elle ?

S'il ne parvient pas à une conclusion maintenant, c'est qu'il s'est habitué aux règles du jeu. Il a perdu l'innocence qu'il exigeait tellement de ses subordonnés. Voilà ce que le monde finit par obtenir d'un homme : qu'il devienne médiocre à mesure que la vie passe, pour ne pas être vu comme un original, un enthousiaste. La vieillesse pour la société est un stigmate, pas un signe de sagesse. Ils croient tous que quelqu'un qui a franchi la barre des cinquante ans n'est plus en condition de suivre la vitesse où vont les choses dans le monde d'aujourd'hui.

Bien sûr, il ne peut plus courir comme autrefois, et il a besoin de lunettes pour lire. Mais son esprit est plus aiguisé que jamais – du moins veut-il le croire.

Et le crime, alors ? S'il est aussi intelligent qu'il le pense, pourquoi ne parvient-il pas à résoudre ce qui avant paraissait si facile ?

Il ne peut arriver nulle part, pour le moment. Il faut attendre encore quelques victimes.

21 h 11

Un couple passe en souriant, et lui dit qu'il est un homme chanceux : deux belles femmes à ses côtés !

Igor remercie ; il a vraiment besoin de se distraire. Bientôt la rencontre tant attendue va avoir lieu, et il a beau s'être habitué plus tard à supporter toutes sortes de pressions, il n'a pas oublié les patrouilles dans les environs de Kaboul. Avant une mission dangereuse, ses compagnons buvaient, parlaient de femmes et de sport, discutaient comme s'ils n'étaient pas en Afghanistan, mais dans leur ville natale autour d'une table avec la famille et les amis. C'est ainsi qu'ils repoussaient la nervosité, retrouvaient leur vraie identité et devenaient plus conscients et plus attentifs aux défis qui allaient se présenter.

En bon soldat, il sait que le combat n'a rien à voir avec la querelle, mais concerne un objectif à atteindre. En bon stratège – après tout, il est parti de rien et a fait de sa petite entreprise une des sociétés les plus respectées en Russie –, il a conscience que ce but doit rester le même, bien que la raison qui le motive change souvent. C'est ce qui s'est passé aujourd'hui : il est arrivé à Cannes avec un but précis, mais ce n'est qu'en commençant à agir qu'il a pu comprendre les vraies raisons qui le motivent. Il avait été aveugle toutes ces années, et maintenant il aperçoit la lumière ; la révélation est enfin venue.

Et justement pour cela, il doit aller jusqu'au bout. Il a pris ses décisions avec courage, abnégation, et parfois avec une certaine dose de folie – pas celle qui détruit, mais celle qui pousse l'être humain à dépasser ses limites. Il a toujours fait cela dans la vie ; il a vaincu parce qu'il a exercé une folie contrôlée au moment de prendre des décisions. Ses amis passaient à une vitesse inouïe du commentaire « tu prends trop de risques » à la conclusion « j'étais certain que tu faisais ce qu'il fallait ». Il pouvait surprendre, innover, et surtout courir les risques nécessaires.

Mais là, à Cannes, peut-être à cause de l'ambiance qui lui était totalement inconnue, il a pris des risques inutiles. Tout aurait pu se terminer plus tôt que prévu parce qu'il était perturbé par le manque de sommeil. Et alors, il ne serait jamais parvenu au moment de lucidité qui lui fait voir maintenant avec d'autres yeux la femme dont il se croyait amoureux, qui méritait des sacrifices et le martyre. Il se souvient du moment où il s'est approché du policier pour avouer ses actes. C'est là qu'a commencé la transition. C'est là que l'esprit de la petite aux gros sourcils l'a protégé et lui a expliqué qu'il faisait ce qu'il devait faire, mais pour de mauvaises raisons. Accumuler de l'amour, c'est une chance, accumuler de la haine, cela entraîne la catastrophe. Celui qui ne reconnaît pas la porte des problèmes finit par la laisser ouverte, et les tragédies peuvent entrer.

Il avait accepté l'amour de la petite. Il avait été un instrument de Dieu, envoyé pour la soustraire à un avenir sombre ; maintenant elle l'aidait à avancer.

Il est conscient, malgré toutes les précautions qu'il a prises, qu'il n'a peut-être pas pensé à tout, et qu'il peut encore voir sa mission interrompue avant d'arriver au bout. Mais il n'a pas de raison de se plaindre ou d'avoir peur : il a fait ce qu'il pouvait, il a agi de manière impeccable, et, si Dieu ne veut pas qu'il termine son travail, il doit accepter Sa décision.

Détends-toi. Parle avec les jeunes filles. Laisse tes muscles se reposer un peu avant le coup final, ainsi ils seront mieux préparés. Gabriela – la jeune fille qui était toute seule au bar quand il est arrivé à la fête – semble extrêmement excitée, et chaque fois qu'un serveur passe avec un verre d'alcool, elle rend le sien, même s'il était à moitié plein, et en prend un nouveau.

« Glacé, toujours glacé ! »

Sa joie est un peu contagieuse. D'après ce qu'elle a raconté, elle vient d'être recrutée pour un film, bien qu'elle ne sache pas le titre ni son rôle, mais, à l'en croire, « elle sera l'actrice principale ». Le réalisateur est connu pour sa capacité à sélectionner de bons acteurs et de bons scénarios. L'acteur principal, qu'Igor connaît et admire, inspire le respect. Quand elle mentionne le nom du producteur, il fait un signe de la tête, voulant dire « oui, je sais qui il est », tout en sachant qu'elle comprendra « je ne sais pas qui il est, mais je ne veux pas passer pour un ignorant ». Elle parle sans arrêt de chambres remplies de cadeaux, du tapis rouge, de la rencontre sur le yacht et de la sélection absolument rigoureuse, de ses projets d'avenir.

« En ce moment, il y a des milliers de filles dans cette ville, et des millions dans le monde entier, qui aimeraient être ici à parler avec vous, et vous raconter ces histoires. Mes prières ont été entendues. Mes efforts ont été récompensés. »

L'autre fille paraît plus discrète et plus triste – peut-être à cause de son âge et de son manque d'expérience. Igor se trouvait exactement derrière les photographes quand elle est passée, il a vu qu'ils criaient son nom, qu'ils l'interviewaient au bout du « couloir ». Mais apparemment personne d'autre à la fête ne savait de qui il s'agissait ; très sollicitée au début, et soudain mise de côté.

Assurément, c'est la fille bavarde qui a décidé de s'approcher de lui, de lui demander ce qu'il faisait là. Au début, il s'est senti gêné, mais il savait que, si ce n'étaient pas elles, d'autres personnes seules feraient la même chose pour ne pas donner l'impression qu'elles étaient perdues, isolées sans amis dans la fête. C'est pourquoi il a accepté leur conversation – ou, plutôt, il a accepté leur compagnie, bien que son esprit fût concentré sur autre chose. Il s'est présenté (Gunther), a expliqué qu'il était un industriel allemand spécialisé dans la machinerie lourde (un sujet qui n'intéresse personne), qu'il avait été invité par des amis à cette soirée. Il allait partir le lendemain (il l'espérait, bien que les voies du Seigneur soient impénétrables).

Quand elle a su qu'il ne travaillait pas dans l'industrie du cinéma et qu'il ne serait pas pour longtemps au Festival, l'actrice a failli s'éloigner ; mais l'autre l'en a empêchée, disant qu'il est toujours bon de connaître des gens nouveaux. Et ils étaient là tous les trois : lui attendant l'ami qui n'arrivait pas, elle attendant un assistant qui avait disparu, et la fille muette n'attendant absolument rien, seulement un peu de paix.

Tout s'est passé très rapidement. L'actrice a dû remarquer une poussière sur la veste du smoking, a levé la main avant qu'il ne puisse réagir, et a demandé, surprise :

« Vous fumez le cigare ? »

À la bonne heure : le cigare.

« Oui, après le dîner.

— Si vous voulez, je vous invite tous les deux à une fête sur un yacht ce soir. Mais avant je dois retrouver mon assistant. »

L'autre fille lui suggère de ne pas aller si vite. D'abord, elle venait d'être recrutée pour un film et elle était encore loin de pouvoir s'entourer d'amis (ou d'un « entourage », le mot universellement connu pour les parasites qui circulent autour des célébrités). Elle devait y aller seule, suivre les normes du protocole.

L'actrice remercie du conseil. Mais un serveur passe, la coupe de champagne à moitié bue est posée sur le plateau, et une autre coupe pleine est retirée.

« Je pense aussi que vous devez cesser de boire aussi vite », dit Igor-Gunther, lui prenant délicatement la coupe de la main et jetant le contenu pardessus la balustrade. L'actrice fait un geste de désespoir, mais elle se soumet : elle comprend que l'homme à côté d'elle ne veut que son bien.

« Je suis très excitée, avoue-t-elle. J'ai besoin de me calmer un peu. Pourrais-je fumer un de vos cigares ?

— Désolé, je n'en ai qu'un. En outre, il est scientifiquement prouvé que la nicotine est un stimulant, pas un calmant. »

Un cigare. Oui, la forme était la même, mais, à part cela, les deux objets n'avaient rien de commun. Dans la poche supérieure gauche de sa veste, il portait un objet qui supprime les bruits, également nommé silencieux. Une pièce longue d'environ dix centimètres qui, une fois accouplée au canon du Beretta rangé dans la poche de son pantalon, peut accomplir un grand miracle :

Transformer « bang ! » en « puff… ».

Et cela parce que de simples lois de la physique entrent en action quand l'arme tire : la vitesse de la balle diminue un peu parce qu'elle est obligée de traverser une série d'anneaux de caoutchouc, tandis que les gaz du tir remplissent le compartiment creux autour du cylindre, se refroidissent rapidement et empêchent que l'on entende le bruit de l'explosion de la poudre.

Très mauvais pour les tirs à distance, parce que cela interfère dans le cours du projectile. Mais idéal pour les tirs à bout portant.

Igor commence à s'impatienter ; est-ce que le couple a annulé l'invitation ? Ou est-ce que – il se sent perdu une fraction de seconde – la suite où il a déposé l'enveloppe était exactement celle qu'ils occupaient ?

Non, ce n'est pas possible ; ce serait vraiment un manque de chance. Il pense à la famille de ceux qui sont morts. S'il avait encore pour unique objectif de reconquérir la femme qui l'a quitté pour un homme qui ne la méritait pas, tout ce travail aurait été inutile.

Il se met à perdre son sang-froid ; est-ce là la raison pour laquelle Ewa n'a pas tenté d'entrer en contact avec lui, malgré tous les messages qu'il lui a envoyés ? Il a appelé deux fois leur ami commun, qui lui a signalé qu'il n'y avait pas de nouveau.

Le doute commence à devenir une certitude : oui, le couple est mort à ce moment. Cela explique le départ subit de l'« assistant » de l'actrice qui est près de lui. Et l'abandon total dans lequel se trouve la fille de dix-neuf ans qui a été recrutée pour apparaître aux côtés du grand styliste.

Dieu est peut-être en train de le punir d'avoir tant aimé une femme qui ne le méritait pas. C'est son ex-épouse qui s'est servie de ses mains pour asphyxier une jeune fille qui avait la vie devant elle, aurait pu découvrir le traitement du cancer ou faire prendre conscience à l'humanité qu'elle était en train de détruire la planète. Même si Ewa n'en sait rien, c'est elle qui l'a poussé à utiliser les poisons ; Igor était certain, absolument certain que rien de tout cela ne serait nécessaire, un simple monde détruit et le message arriverait à destination. Il a apporté le petit arsenal avec lui sachant que tout cela n'était qu'un jeu ; en arrivant dans le bar où elle est allée boire du champagne avant de partir pour la fête, elle devait découvrir sa présence ici, comprendre qu'elle était pardonnée pour tout le malheur et la destruction qu'elle a causés autour d'elle. Il sait par des études scientifiques que des personnes qui ont passé beaucoup de temps ensemble peuvent pressentir la présence l'une de l'autre dans un environnement commun, même si elles ne se sont pas encore repérées.

Ce n'est pas ce qui s'est passé. L'indifférence d'Ewa la veille au soir – ou peut-être sa culpabilité pour ce qu'elle lui a fait – ne lui a pas permis de remarquer l'homme qui feignait de se cacher derrière un pilastre, mais qui avait sur sa table des revues économiques écrites en russe, piste suffisante pour quelqu'un qui est toujours à la recherche de celui qu'il a perdu. Une personne amoureuse croit toujours voir dans la rue, dans les fêtes, dans les théâtres, le grand amour de sa vie : Ewa a peut-être remplacé son amour par les paillettes et le glamour.

Il commence à se calmer. Ewa était le poison le plus puissant qui soit sur la face de la Terre, et si le cyanure l'avait détruite, ce n'était rien. Elle méritait bien pire.

Les deux filles continuent à bavarder ; Igor s'éloigne, il ne peut pas se laisser dominer par la panique d'avoir détruit son œuvre. Il a besoin d'isolement, de froideur, il doit savoir réagir rapidement à un soudain changement de cap.

Il s'approche d'un autre groupe de personnes, qui parlent avec animation des méthodes qu'elles utilisent pour cesser de fumer.

En effet, c'est l'un des quelques sujets préférés dans ce monde : montrer aux amis que l'on est capable d'avoir de la volonté, qu'il y a un ennemi à vaincre et que l'on parvient à le dominer. Pour s'amuser, il allume une cigarette, sachant que c'est une provocation.

« C'est mauvais pour votre santé, commente une femme couverte de diamants, corps squelettique, un verre de jus d'orange à la main.

— Être en vie est mauvais pour la santé, rétorque-t-il. Ça finit toujours par la mort, tôt ou tard. »

Les hommes rient. Les femmes regardent le nouveau venu avec intérêt. Mais à ce moment, dans le couloir qui se trouve à deux dizaines de mètres, les photographes se sont remis à crier.

« Hamid ! Hamid ! »

Même de loin, et la vue entravée par les personnes qui circulent dans le jardin, il peut voir le couturier entrer avec sa compagne – celle qui autrefois a fait le même parcours avec lui, dans d'autres lieux du monde, celle qui lui tenait le bras avec tendresse, délicatesse et élégance.

Avant même qu'il puisse respirer, soulagé, son regard est attiré dans la direction opposée : un homme entre par l'autre côté du jardin, sans être arrêté par aucun des agents de sécurité, et il commence à tourner la tête dans tous les sens ; il cherche quelqu'un, et ce n'est pas un ami perdu dans la fête.

Sans prendre congé du groupe, il retourne vers la murette où les deux filles sont toujours en train de bavarder, et il prend la main de l'actrice. Il adresse une prière silencieuse à la jeune fille aux gros sourcils ; il lui demande pardon d'avoir douté, mais les êtres humains sont encore impurs, incapables de comprendre les bénédictions qu'ils reçoivent aussi généreusement.

« Vous ne trouvez pas que vous allez trop vite ? a demandé l'actrice, sans manifester la moindre volonté de bouger son bras.

— Je trouve. Mais d'après ce que vous m'avez raconté, il semble qu'aujourd'hui les choses se sont beaucoup accélérées dans votre vie. »

Elle a ri. La fille triste a ri aussi. Le policier est passé sans faire attention à eux – son regard s'arrêtait sur des hommes d'une quarantaine d'années, aux tempes grisonnantes.

Mais seuls.

21 h 20

Des médecins regardent des examens dont les résultats montrent que la maladie n'est pas ce qu'ils croyaient – et à partir de là doivent décider s'ils font confiance à la science ou à leur cœur. Avec le temps, ils font plus attention à leurs instincts et constatent que les résultats s'améliorent.

De grands hommes d'affaires qui étudient des graphiques à la suite les uns des autres finissent par acheter ou vendre exactement l'opposé de la tendance du marché et s'enrichissent.

Des artistes écrivent des livres ou des films dont tout le monde dit « ça ne va pas marcher, personne n'aborde ces sujets », et ils finissent par devenir des icônes de la culture populaire.

Des chefs religieux utilisent la peur et la culpabilité au lieu de l'amour, qui théoriquement devrait être ce qui compte le plus au monde ; leurs églises se remplissent de fidèles.

Tous contre la tendance générale, excepté un groupe : les politiciens. Ceux-là veulent faire plaisir à tout le monde, et ils suivent le manuel des attitudes correctes. À la fin, ils doivent renoncer, s'excuser et démentir.

Morris ouvre une page après l'autre sur son ordinateur. Et cela n'a rien à voir avec la technologie, mais avec l'intuition. Il a déjà fait cela avec l'indice

Dow Jones, et pourtant, il n'était pas content des résultats. Mieux vaut maintenant qu'il se concentre un peu sur les personnages qu'il a fréquentés une grande partie de sa vie.

Il regarde une nouvelle fois la vidéo dans laquelle Gary Ridgway, l'« Assassin de la Green River », raconte d'une voix calme comment il a tué quarante-huit femmes, presque toutes prostituées. Il relate ses crimes, non parce qu'il désire l'absolution de ses péchés, ou pour alléger sa conscience ; le procureur a offert de remplacer le risque d'une condamnation à mort par la prison à perpétuité. C'est-à-dire que, bien qu'il ait agi aussi longtemps en toute impunité, il n'a pas laissé de preuves suffisantes pour le compromettre. Mais peut-être qu'il est déjà fatigué ou qu'il en a assez de la tâche macabre qu'il s'est fixée.

Ridgway. Travail stable de peintre de carrosseries de camion, et qui ne peut se souvenir de ses victimes que s'il parvient à les mettre en rapport avec ses journées de travail. Pendant vingt ans, parfois avec plus de cinquante détectives aux trousses, il a toujours réussi à commettre un nouveau crime sans laisser de signature ou de trace.

« C'était une personne pas très brillante, il laissait beaucoup à désirer dans son travail, il n'avait pas grande culture, mais c'était un assassin parfait », dit un des détectives dans l'enregistrement.

C'est-à-dire qu'il était né pour ça. Ce n'était pas un vagabond. Son affaire a été archivée comme insoluble.

Il a déjà regardé cette vidéo des centaines de fois dans sa vie. Normalement, il s'en inspirait pour résoudre d'autres affaires, mais aujourd'hui elle ne produit aucun effet. Il ferme la page, en ouvre une autre, avec la lettre du père de Jeffrey Dahmer, « le Boucher de Milwaukee », responsable d'avoir tué et découpé dix-sept hommes entre les années 1978 et 1991 :

« Sûr que je ne pouvais pas croire ce que la police disait sur mon fils. Je me suis assis souvent à la table qui a servi de lieu de dépeçage et d'autel satanique. Quand j'ouvrais son réfrigérateur, je ne voyais que des bouteilles de lait et des cannettes de soda. Comment est-il possible que l'enfant que j'ai porté dans mes bras si souvent et le monstre qui a maintenant son visage dans tous les journaux soient la même personne ? Ah ! si j'avais été à la place des autres parents qui en juillet 1991 ont reçu la nouvelle tant redoutée – non seulement leurs enfants avaient disparu, mais ils avaient été assassinés. Dans ce cas, je pourrais visiter la tombe où reposeraient ses restes, prendre soin de sa mémoire. Mais non : mon fils était vivant, et il était l'auteur de ces crimes horribles. »

Autel satanique. Charles Manson et sa « famille ». En 1969, trois jeunes entrent dans la maison d'une célébrité du cinéma et tuent tous ceux qui s'y trouvent, y compris un garçon qui sortait à ce moment-là. Deux autres meurtres le lendemain – cette fois, un couple d'administrateurs.

« À moi tout seul, je pouvais assassiner toute l'humanité », dit-il.

Il voit pour la millième fois la photo du mentor des crimes souriant vers l'appareil, entouré d'amis hippies, y compris un célèbre musicien de l'époque. Tous absolument insoupçonnables, parlant de paix et d'amour.

Il ferme tous les dossiers ouverts dans son ordinateur. Manson est ce qui se rapproche le plus de ce qui se passe maintenant – cinéma et victimes connues. Une sorte de manifeste politique contre le luxe, la consommation, la célébrité. Bien qu'il fût le mentor des crimes, il ne se trouvait jamais sur les lieux où ils étaient perpétrés ; il se servait de ses adeptes pour cela.

Non, ce n'est pas la bonne piste. Et, malgré les courriers électroniques qu'il a envoyés expliquant qu'il ne pouvait pas avoir de réponses en si peu de temps, Morris commence à comprendre qu'il a le même pressentiment que tous les détectives, en tous temps, ont eu au sujet des tueurs en série :

L'affaire devient personnelle.

D'un côté, un homme qui a probablement une autre profession a dû planifier ses crimes à cause des armes qu'il utilise, mais ne connaît pas les capacités de la police locale et agit en terrain totalement inconnu. Un homme vulnérable. De l'autre côté, l'expérience de divers organes de sécurité habitués à affronter toutes les aberrations de la société.

Incapables pourtant d'interrompre la course meurtrière d'un simple amateur.

Il n'aurait pas dû répondre à l'appel du commissaire. Il a décidé d'habiter le sud de la France parce que le climat est meilleur, on s'amuse davantage, la mer est toujours proche, et il espère avoir encore des années devant lui pour pouvoir jouir des plaisirs de la vie.

Il a quitté sa division à Londres considéré comme le meilleur de tous. Et maintenant, parce qu'il a fait un faux pas, son échec va parvenir aux oreilles de ses collègues – et il ne jouira plus de la renommée qu'il doit à son travail et à son dévouement. Ils diront : « Il a tenté de compenser ses manques quand il a été le premier à insister pour que des ordinateurs modernes soient installés dans notre département. Et malgré toute la technologie à sa portée, il est vieux, incapable de suivre les défis d'un temps nouveau. »

Il a appuyé sur le bon bouton : éteindre. L'écran s'est éteint peu après avoir montré le logotype de la marque du logiciel qu'il utilisait. Dans la machine, les impulsions électroniques disparaissent de la mémoire vive et ne laissent aucun sentiment de culpabilité, de remords, ou d'impuissance.

Mais son corps n'a pas de tels boutons. Les circuits dans son cerveau continuent à fonctionner, répétant toujours les mêmes conclusions, essayant de justifier l'injustifiable, causant des dégâts dans l'estime qu'il a de lui-même, le convainquant que ses collègues ont raison : son instinct et sa capacité d'analyse ont peut-être été affectés par l'âge.

Il va jusqu'à la cuisine, allume la machine à espresso, qui ne fonctionne pas. Il note mentalement ce qu'il a l'intention de faire : comme tout appareil électroménager moderne, cela coûtera moins cher de la jeter et d'en acheter une neuve demain matin.

Par chance, elle a décidé cette fois de fonctionner, et il boit son café sans se presser. Une grande partie de sa journée consiste à appuyer sur des boutons : ordinateur, imprimante, téléphone, lumière, fourneau, machine à café, fax.

Mais maintenant il doit appuyer sur le bon bouton dans son esprit : cela ne vaut pas la peine de relire les documents envoyés par la police. Pense différemment. Fais une liste, même si elle est répétitive :

a) Le criminel a une culture et une sophistication suffisantes – du moins en ce qui concerne les armes. Et il sait comment s'en servir.

b) Il n'est pas de la région, sinon il aurait choisi une meilleure époque, et un lieu moins surveillé par la police.

c) Il ne laisse pas de signature claire. C'est-à-dire qu'il ne veut pas être identifié. Même si cela semble évident, les signatures sur les crimes sont une manière désespérée pour le médecin de tenter d'empêcher les maux causés par le monstre, pour le Dr Jekyll de dire à M. Hyde : « Je t'en prie, retiens-moi. Je suis un mal pour la société, et je n'arrive pas à me contrôler. »

d) Comme il a su approcher au moins deux victimes, les regarder dans les yeux, connaître un peu de leur histoire, il est habitué à tuer sans remords. Par conséquent, il a déjà dû participer à une guerre.

e) Il doit avoir de l'argent, pas mal d'argent – pas parce que Cannes coûte très cher pendant les journées du Festival, mais à cause du coût de production de l'enveloppe de cyanure. Morris estime qu'il a dû payer environ 5 000 dollars – 40 pour le poison et 4 460 pour le conditionnement.

f) Il ne fait pas partie des mafias de la drogue, du trafic d'armes, des choses de ce genre, sinon il serait déjà suivi par Europol. Contrairement à ce que pensent la plupart de ces criminels, ils ne restent en liberté que parce que l'heure n'est pas encore venue de les mettre derrière les barreaux d'une prison. Leurs groupes sont infiltrés par des agents qui sont payés à prix d'or.

g) Comme il ne désire pas être arrêté, il prend toutes les précautions. Mais il ne peut pas contrôler son inconscient, et il obéit – sans le vouloir – à un schéma déterminé.

h) Il est une personne absolument normale, incapable d'éveiller des soupçons, probablement douce et affable, capable de gagner la confiance de ceux qu'elle attire vers la mort. Il passe quelque temps avec ses victimes, deux d'entre elles de sexe féminin, beaucoup moins méfiantes que les hommes.

Il ne choisit pas ses victimes. Celles-ci peuvent être des hommes, des femmes, n'importe quel âge, n'importe quelle position sociale.

Morris s'arrête un moment. Quelque chose qu'il a écrit ne s'accorde pas avec le reste.

Il relit tout deux ou trois fois. À la quatrième lecture, il trouve :

c) Il ne laisse pas de signature claire. C'est-à-dire qu'il ne veut pas être identifié.

Donc, l'assassin n'essaie pas de nettoyer le monde comme Manson, il ne prétend pas purifier sa ville comme Ridgway, il ne veut pas satisfaire l'appétit des dieux comme Dahmer. Une grande partie des criminels ne désirent pas être arrêtés, mais ils veulent être identifiés. Certains pour accéder à la une des journaux, à la renommée, à la gloire, comme Zodiac ou Jack l'Éventreur – peut-être croient-ils que leurs petits-enfants seront fiers de ce qu'ils ont fait quand ils découvriront un journal poussiéreux dans le grenier de la maison. D'autres ont une mission à accomplir ; installer la terreur et éloigner les prostituées, par exemple. Des psychanalystes entendus sur la question ont conclu que des tueurs en série qui avaient cessé de tuer d'une heure à l'autre avaient agi ainsi parce que le message qu'ils prétendaient envoyer avait été reçu.

Oui. La réponse est là. Comment n'y a-t-il pas pensé plus tôt ?

Pour une raison simple : parce que cela aurait lancé la recherche policière dans deux directions opposées. Celle de l'assassin et celle de la personne à qui il désire envoyer le message. Et dans l'affaire de Cannes, il tue très rapidement : Morris a la quasi-certitude qu'il disparaîtra sans doute bientôt, dès que le message sera remis.

Dans deux, trois jours au maximum. Et comme pour certains des tueurs en série dont les victimes n'ont aucune caractéristique commune, son message doit être destiné à une personne.

Une seule personne.

Il retourne à son ordinateur, le rallume, et envoie un message au commissaire pour le tranquilliser :

« Ne vous inquiétez pas, les crimes vont sans doute cesser rapidement, avant que le Festival se termine. »

Pour le seul plaisir de prendre des risques, il envoie une copie à un ami à Scotland Yard – pour qu'on sache que la France le respecte comme professionnel, qu'elle lui a demandé son aide et l'a obtenue. Il est encore capable d'arriver à des conclusions professionnelles qui plus loin se révéleront justes. Il n'est pas aussi vieux qu'on veut le lui faire croire.

Sa réputation est en jeu, mais il est certain de ce qu'il vient d'écrire.

Hamid éteint son mobile – il ne s'intéresse pas du tout à ce qui se passe dans le reste du monde. Dans la dernière demi-heure, son téléphone a été inondé de messages négatifs.

Tout cela est un signe pour qu'il en finisse une bonne fois pour toutes avec cette idée absurde de faire un film. Il s'est laissé emporter par la vanité, au lieu d'écouter les conseils du cheikh et de sa femme. Il perd contact avec lui-même : le monde du luxe et du glamour commence à l'empoisonner – lui qui s'est toujours jugé immunisé contre cela !

Assez. Demain, quand tout sera plus calme, il convoquera la presse internationale présente ici et dira que, bien qu'il ait investi une somme raisonnable dans la production du projet, il va l'interrompre parce que « c'était un rêve commun à tous ceux qui y étaient impliqués, et l'un d'eux n'est plus parmi nous ». Un journaliste, assurément, voudra savoir s'il a d'autres projets en tête. Il répondra qu'il est encore tôt pour en parler, « nous devons respecter la mémoire de celui qui nous a quittés ».

Il est évident qu'il regrette, comme tout être humain ayant un minimum de décence, le fait que l'acteur qu'il allait recruter vient de mourir empoisonné, et que le réalisateur choisi pour le projet est à l'hôpital – heureusement le pronostic vital n'est pas engagé. Mais les deux affaires contiennent un message bien clair : pas de cinéma. Ce n'est pas sa branche, il y perdrait de l'argent et ne gagnerait rien en échange.

Le cinéma pour les cinéastes, la musique pour les musiciens, la littérature pour les écrivains. Depuis qu'il s'est embarqué dans cette aventure, deux mois auparavant, il n'a réussi qu'à se créer des problèmes : traiter avec des gens qui ont un ego démesuré, refuser des budgets invraisemblables, corriger un scénario qui paraît plus mauvais à chaque nouvelle version qu'on lui remet, supporter avec une certaine complaisance l'air affecté avec lequel les producteurs le traitent, comme s'il ignorait tout de la question.

Il était animé de bonnes intentions : montrer la culture de son pays d'origine, la beauté du désert, la sagesse millénaire et les codes d'honneur des Bédouins. Il avait cette dette envers sa tribu, bien que le cheikh eût insisté pour qu'il ne s'écartât pas du chemin tracé au départ.

« Les gens se perdent dans le désert parce qu'ils se laissent entraîner par des mirages. Vous accomplissez bien votre travail, concentrez sur lui toutes vos énergies. »

Mais Hamid voulait aller plus loin, montrer qu'il pouvait surprendre encore plus, s'élever plus haut, faire preuve de courage. Il a péché par orgueil, et cela ne se reproduira pas.

Les journalistes l'assaillent de questions – apparemment, les nouvelles sont allées plus vite que jamais. Il dit qu'il ne connaît pas encore les détails de l'affaire, mais qu'il fera une déclaration le lendemain. Il répète des dizaines de fois la même réponse, jusqu'à ce qu'un de ses agents de sécurité s'approche et demande qu'on laisse le couple en paix.

Il appelle un assistant. Il lui demande de trouver Jasmine dans la foule qui circule dans les jardins, et de la lui amener. En effet, ils ont besoin de quelques photos avec elle, d'un nouveau communiqué de presse confirmant la négociation, d'une bonne attachée de presse capable de faire tenir le sujet jusqu'en octobre, lors de la Semaine de la mode à Paris. Plus tard, il convaincra personnellement la styliste belge ; il a beaucoup aimé son travail, il est certain qu'elle pourra rapporter argent et prestige à son groupe – ce qui est absolument vrai. Mais à ce moment, il sait ce qu'elle pense : qu'il a essayé de l'acheter pour qu'elle libère le contrat de son principal mannequin. S'il l'approchait maintenant, non seulement cela ferait monter le prix, mais ce serait inélégant. Chaque chose en son temps, mieux vaut attendre le bon moment.

« Je pense que nous devons partir d'ici. »

Apparemment, Ewa supporte mal les questions des journalistes.

« Pas question. Je n'ai pas un cœur de pierre, tu le sais, mais je ne peux pas non plus commencer à souffrir pour quelque chose qui en vérité ne fait que confirmer ce que tu m'avais dit : éloigne-toi du cinéma. Nous sommes dans une fête, et nous y resterons jusqu'à ce qu'elle soit terminée. »

Sa voix est plus dure qu'il ne l'imagine, mais Ewa semble ne pas s'en incommoder – comme si son amour ou sa haine lui étaient absolument indifférents. Il continue, cette fois sur un ton plus convenable :

« Regarde la perfection de ces fêtes. Notre amphitryon doit dépenser une fortune pour sa présence à Cannes, les billets et l'hébergement des célébrités choisies pour participer en exclusivité à ce très onéreux dîner de gala. Tu peux être certaine qu'il fera dix ou douze fois plus de profit grâce à la visibilité gratuite que cela apportera : des pages entières de magazines et de journaux, des espaces sur les chaînes de télévision, des heures sur les télévisions câblées qui n'ont rien d'autre à montrer que les grands événements mondains. Des femmes vont associer leurs bijoux au glamour et aux paillettes, des hommes porteront leur montre pour témoigner qu'ils ont du pouvoir et de l'argent. Des jeunes ouvriront les pages de mode et ils penseront : "Un jour je veux y être, et porter exactement la même chose."

— Allons-nous-en. J'ai un pressentiment. »

C'était la goutte d'eau qui fait déborder le vase. Toute la journée, il a enduré la mauvaise humeur de sa femme, sans se plaindre une seconde. Elle ouvrait à chaque instant son téléphone pour voir si un nouveau message était arrivé, et maintenant il commence à craindre sérieusement qu'il ne se passe quelque chose de bizarre. Un autre homme ? Son ex-mari, qu'il avait vu au bar de l'hôtel, et qui voulait à tout prix lui donner rendez-vous ? Si c'est le cas, pourquoi ne dit-elle pas directement ce qu'elle ressent, au lieu de se renfermer ?

« Ne me parle pas de pressentiments. J'essaie gentiment de t'expliquer pourquoi ils font une fête comme celle-là. Si tu désires redevenir la femme d'affaires que tu as toujours rêvé d'être, si tu désires retravailler dans la vente de haute couture, essaie de prêter attention à ce que je dis. À ce propos, j'ai suggéré que j'avais vu ton ex-mari au bar hier soir, et tu m'as répondu que c'était impossible. C'est à cause de lui que ton mobile est allumé ?

— Il n'a rien à faire ici. »

Elle avait envie de dire : « Je sais qu'il a essayé de détruire, et qu'il y a réussi, ton projet de cinéma. Et je sais qu'il est capable d'aller beaucoup plus loin. Nous sommes en danger, allons-nous-en. »

« Tu n'as pas répondu à ma question.

— La réponse est : oui. C'est pour cela que mon mobile est allumé. Parce que je le connais, je sais qu'il est près de moi, et j'ai peur. »

Hamid rit.

« Moi aussi je suis près de toi. »

Ewa s'empare d'une coupe de champagne et boit d'un seul trait. Il ne fait aucun commentaire : ce n'est qu'une nouvelle provocation.

Il regarde autour de lui, essayant d'oublier les nouvelles qui sont apparues sur l'écran de son téléphone, et espérant pouvoir faire des photos avec Jasmine avant qu'ils soient tous appelés au salon où le dîner sera servi et où les photographes n'ont pas le droit d'entrer. L'empoisonnement de la vedette n'aurait pu arriver à un pire moment : personne n'a posé de questions sur le gros contrat qu'il a signé avec le mannequin inconnu. Une demi-heure plus tôt, c'était la seule chose qu'ils voulaient savoir ; maintenant cela n'intéresse plus la presse.

Malgré toutes ces années à travailler dans le luxe et le glamour, il a encore beaucoup à apprendre : tandis que le contrat engageant des millions a été oublié rapidement, son amphitryon a réussi à maintenir l'intérêt sur la fête parfaite. Aucun des photographes et journalistes présents n'a quitté les lieux pour aller au commissariat ou à l'hôpital, mettre au clair ce qui s'est passé. Bien sûr, ils étaient tous spécialisés dans la mode, mais leurs rédacteurs en chef n'ont pas osé leur demander de se rendre sur place pour une simple raison : les crimes ne fréquentent pas les mêmes pages que les événements mondains.

Des spécialistes en bijoux de luxe ne s'occupent pas d'aventures cinématographiques. Les grands promoteurs d'événements savent que, malgré tout le sang qui coule dans le monde à ce moment précis, les gens voudront toujours voir les photos qui présentent un monde parfait, inatteignable et exubérant.

Des meurtres peuvent se produire dans la maison voisine ou dans la rue devant. Des fêtes comme celle-là n'ont lieu qu'au sommet du monde. Qu'est-ce qui est le plus intéressant pour les mortels ?

La fête parfaite.

La promotion a commencé des mois plus tôt par des notes dans la presse, affirmant qu'une fois encore la joaillerie réaliserait son événement annuel à Cannes, mais que toutes les invitations étaient déjà distribuées. Ce n'était pas tout à fait vrai ; à ce stade, la moitié des invités recevait une sorte de mémorandum, leur demandant gentiment de réserver la date.

Comme ils avaient lu les informations, il est clair qu'ils répondaient immédiatement. Ils réservaient la date. Ils achetaient leurs billets d'avion et payaient les hôtels pour douze jours, même s'ils ne devaient rester que quarante-huit heures. Ils devaient montrer à tout le monde qu'ils appartenaient toujours à la Superclasse, ce qui allait faciliter leurs affaires, leur ouvrir des portes, satisfaire leur ego.

Deux mois plus tard arrivait la luxueuse invitation. Les femmes devenaient nerveuses parce qu'elles ne parvenaient pas à décider quelle serait la plus belle robe pour l'occasion, et les hommes ordonnaient à leurs secrétaires d'appeler certaines connaissances pour leur demander s'il serait possible qu'ils prennent un champagne au bar et discutent d'une affaire professionnelle déterminée avant le dîner. C'était la manière masculine de dire : « J'ai été invité à la fête. Vous aussi ? » Même si l'autre objectait qu'il était occupé et qu'il pourrait difficilement se rendre à Cannes à cette époque, le message était passé : cet « agenda complet » était une excuse pour le fait de n'avoir encore reçu aucune communication à ce sujet.

Quelques minutes plus tard, l'« homme occupé » commençait à mobiliser amis, assistants, associés, jusqu'à ce qu'il obtienne l'invitation. Ainsi, l'amphitryon pouvait sélectionner l'autre moitié qui serait à inviter, en se fondant sur trois éléments : pouvoir, argent, contacts.

La fête parfaite.

Une équipe professionnelle a été recrutée. Quand le jour « J » arrive, l'ordre est de servir le maximum d'alcool, de préférence le mythique et indétrônable champagne français. Les invités étrangers ne se rendaient pas compte que, dans ce cas, on servait une boisson produite chez eux, donc bien moins chère qu'ils ne l'imaginaient. Les femmes – comme Ewa en ce moment – pensaient que la coupe contenant le liquide doré était le meilleur complément pour la robe, les chaussures et le sac. Les hommes aussi avaient une coupe à la main, mais ils buvaient beaucoup moins ; ils étaient là pour rencontrer le concurrent avec qui ils devaient se réconcilier, le fournisseur avec qui ils devaient améliorer leurs relations, le potentiel client qui saurait distribuer leurs produits. Des centaines de cartes de visite étaient échangées dans une soirée comme celle-là – la plupart entre professionnels. Quelques-unes, bien sûr, étaient adressées à de jolies femmes, mais tous savaient que c'était du gaspillage de papier : ils n'étaient pas là pour rencontrer l'homme ou la femme de leur vie.

Mais bien pour faire des affaires, briller, et éventuellement s'amuser un peu. Le divertissement était en option, et de moindre importance.

Les personnes qui sont là ce soir viennent de trois pointes d'un triangle imaginaire. D'un côté, il y a ceux qui ont déjà tout obtenu, passent leurs journées sur les terrains de golf, dans les déjeuners interminables, dans les clubs fermés – et, quand ils entrent dans une boutique, ont assez d'argent pour acheter sans demander le prix. Ils sont arrivés au sommet et se rendent compte d'une chose à laquelle ils n'avaient pas pensé : ils ne peuvent pas vivre seuls. Ils ne supportent pas la compagnie de leur mari ou de leur femme, ils ont besoin d'être en mouvement, convaincus qu'ils changent encore beaucoup de choses pour l'humanité – bien qu'ils aient découvert qu'au moment où ils prennent leur retraite ils sont confrontés à un quotidien aussi ennuyeux que celui d'un quidam de la classe moyenne – petit déjeuner, lecture des journaux, déjeuner, puis la sieste, dîner, télévision. Ils acceptent la plupart des invitations à dîner. Ils vont à des événements sociaux et sportifs le week-end. Ils passent leurs vacances dans des endroits à la mode (même retraités, ils croient encore qu'il existe quelque chose qui s'appelle les « vacances »).

À la deuxième pointe du triangle, ceux qui n'ont encore rien obtenu, essayant de ramer en eaux troubles, de briser la résistance des vainqueurs, de se montrer joyeux même si leur père ou leur mère est à l'hôpital, et vendant ce qu'ils ne possèdent pas encore.

Enfin, au sommet se trouve la Superclasse.

C'est le mélange idéal dans une fête : ceux qui y sont arrivés et ont suivi le chemin normal de la vie ; le temps de leur influence est terminé même s'ils ont encore de l'argent pour plusieurs générations, et ils découvrent maintenant que le pouvoir compte plus que la richesse, mais il est trop tard. Ceux qui ne sont pas encore arrivés et luttent avec toute leur énergie et leur enthousiasme pour animer la fête, pensant qu'ils ont vraiment réussi à faire une bonne impression, et qui découvriront que personne ne leur a téléphoné dans les semaines suivantes, malgré beaucoup de cartes distribuées. Enfin, ceux qui se tiennent en équilibre au sommet, sachant que le vent y souffle fort et qu'un rien pourrait les faire tomber dans l'abîme.

On continue à s'approcher pour lui parler ; personne n'évoque le sujet du meurtre – soit par totale ignorance, parce qu'on vit dans un monde où ces choses-là n'arrivent pas, soit par délicatesse, ce dont il doute. Il regarde autour de lui, et il voit exactement tout ce qu'il déteste en matière de mode : des femmes plus toutes jeunes habillées comme si elles avaient vingt ans. Ne comprennent-elles pas qu'il est temps de changer de style ? Il parle avec l'un, sourit à un autre, remercie pour les éloges, présente Ewa aux rares qui ne la connaissent pas encore. Il n'a qu'une idée fixe : rencontrer Jasmine et poser pour les photographes dans les cinq prochaines minutes.

Un industriel et son épouse relatent avec force détails la dernière fois qu'ils se sont vus – Hamid ne parvient pas à s'en souvenir, mais il acquiesce de la tête. Ils parlent de voyages, de rencontres, de projets qu'ils sont en train de développer. Personne n'aborde de sujets intéressants, par exemple « êtes-vous vraiment heureux ? » ou « après tout ce que nous avons vécu, quel est vraiment le sens de la victoire ? ». S'ils font partie de la Superclasse, il est clair qu'ils doivent se comporter comme s'ils étaient contents et épanouis, même s'ils se demandent : que vais-je faire de mon avenir, maintenant que j'ai tout ce dont j'ai rêvé ?

Une créature sordide, sortie d'une bande dessinée, portant un pantalon serré sous un costume indien, s'approche :

« Monsieur Hamid, je suis désolé...

— Qui êtes-vous ?

— Je travaille pour vous en ce moment. »

C'est absurde.

« Je suis occupé. Et je sais déjà tout ce qu'il fallait savoir concernant le regrettable incident de ce soir, de sorte que vous n'avez pas à vous inquiéter. »

Mais la créature ne s'éloigne pas. Hamid commence à se sentir embarrassé par sa présence, surtout que des amis qui se trouvaient près de lui ont entendu la terrible phrase : « Je travaille pour vous. » Que vont-ils penser ?

« Monsieur Hamid, je vais faire venir l'actrice du film pour que vous la connaissiez. J'ai dû m'éloigner d'elle quand j'ai reçu un message sur mon téléphone, mais...

— Plus tard. En ce moment j'attends Jasmine Tiger. »

L'être étrange s'est éloigné. Actrice du film ! Pauvre fille, recrutée et congédiée le jour même.

Ewa tient une coupe de champagne dans une main, un mobile dans l'autre et une cigarette éteinte entre les doigts. L'industriel sort un briquet en or de sa poche et se précipite pour l'allumer.

« Ne vous en faites pas, j'aurais pu le faire moi-même, réagit-elle. Mais j'ai justement l'autre main occupée parce que j'essaie de moins fumer. »

Elle voudrait dire : « J'ai le mobile dans la main pour protéger cet idiot qui est à côté de moi. Qui ne me croit pas. Qui ne s'est jamais intéressé à ma vie et à tout ce que j'ai traversé. Si je reçois un nouveau message, je fais un esclandre et il sera obligé de sortir d'ici avec moi, qu'il le veuille ou non. Même si après il m'insulte, au moins je serai consciente de lui avoir sauvé la vie. Je connais le criminel et je sens que le Mal absolu est tout près. »

Une réceptionniste commence à demander aux invités de se diriger vers le salon supérieur. Hamid Hussein est prêt à accepter son destin sans trop se plaindre ; la photo, ce sera pour demain, il montera les marches avec elle. À ce moment, un de ses assistants se présente.

« Jasmine Tiger n'est pas à la fête. Elle a dû s'en aller.

— Cela n'a pas d'importance. On a peut-être oublié de la prévenir que nous devions nous rencontrer ici. »

Il a l'air calme de quelqu'un qui a l'habitude d'affronter de semblables situations. Mais son sang bout : elle a quitté la fête ? Pour qui se prend-elle ?

Mourir est si facile. Bien que l'organisme humain soit l'un des mécanismes les mieux connus de la création, il suffit qu'un petit projectile en plomb entre à une certaine vitesse, sectionne ici et là sans aucun critère, et voilà.

La mort : selon le dictionnaire, la fin d'une vie (bien que vie soit aussi quelque chose qui nécessite une définition correcte). La paralysie permanente des fonctions vitales du corps, comme le cerveau, la respiration, le flux sanguin et le cœur. Deux choses résistent à ce processus encore quelques jours ou quelques semaines : les cheveux de même que les ongles continuent à pousser.

La définition change quand on pense aux religions : pour certaines, il s'agit d'un passage vers un monde supérieur, tandis que d'autres affirment que c'est un état provisoire, et que l'âme qui auparavant habitait ce corps reviendra plus tard, pour répondre de ses péchés ou jouir dans une prochaine vie des bénédictions qui lui ont été refusées dans la précédente incarnation.

La jeune fille à côté de lui se tait. Ou bien le champagne a produit tout son effet, ou bien celui-ci est passé – et maintenant elle se rend compte qu'elle ne connaît personne, que c'est peut-être sa première et dernière invitation, que les rêves se transforment parfois en cauchemars. Des hommes se sont approchés d'elle quand il s'est éloigné avec la fille triste, mais apparemment aucun n'a réussi à la mettre à l'aise. Quand elle l'a revu, elle l'a prié de l'accompagner jusqu'à la fin de la fête. Elle lui a demandé s'il avait un moyen de transport pour le retour, parce qu'elle n'a pas d'argent, et son compagnon manifestement ne reviendra plus.

« Oui, je peux vous déposer chez vous. Avec plaisir. »

Ce n'était pas dans ses plans, mais depuis qu'il a remarqué le policier surveillant la foule, il lui est indispensable de montrer qu'il est accompagné ; il est l'une des nombreuses personnes importantes et inconnues qui sont présentes, fier d'avoir à ses côtés une jolie femme, bien plus jeune que lui, ce qui entre parfaitement dans les usages de l'endroit.

« Vous ne pensez pas que nous devrions entrer ?

— Si. Mais je connais ce genre d'événement, et il est plus sage d'attendre que tout le monde soit assis. Au moins trois ou quatre tables ont des places réservées, et nous ne pouvons pas courir le risque de nous trouver dans une situation embarrassante. »

Il note que la jeune fille est un peu déçue qu'il n'ait pas de place réservée, mais elle s'est résignée.

Les garçons recueillent les verres vides répandus dans tout le parc. Les mannequins sont descendues de leur ridicule piédestal, sur lequel elles dansaient pour montrer aux hommes qu'il y a encore une vie intéressante sur la Terre, et rappeler aux femmes qu'elles ont besoin de toute urgence d'une liposuccion, d'un peu de Botox, d'une injection de silicone ou d'une chirurgie esthétique.

« Je vous en prie, allons-y. Il faut que je mange. Je vais me sentir mal. »

Elle le prend par le bras et ils commencent à marcher vers le salon à l'étage supérieur. Apparemment, le message pour Ewa a été reçu et rejeté ; mais maintenant il sait ce qu'il doit attendre d'une personne aussi corrompue que son ex-femme. L'ange aux gros sourcils est toujours à côté de lui, c'est grâce à elle qu'il s'est retourné au bon moment, a remarqué le policier en civil, quand théoriquement son attention aurait dû être concentrée sur le célèbre couturier qui venait d'arriver.

« C'est bon, allons-y. »

Ils montent l'escalier et se dirigent vers le salon. Au moment d'entrer, il lui demande délicatement de lâcher son bras, car ses amis ici pourraient mal interpréter ce qu'ils voient.

« Vous êtes marié ?

— Divorcé. »

Oui, Hamid a raison, son intuition était juste, les problèmes de ce soir ne signifient rien devant ce qu'elle vient de voir. Étant donné qu'il n'a aucun intérêt professionnel à participer à un festival de films, il n'y a qu'une seule raison à sa présence.

« Igor ! »

L'homme là-bas, accompagné d'une femme plus jeune que lui, regarde dans sa direction. Le cœur d'Ewa se met à battre.

« Qu'est-ce que tu fais ? »

Mais Hamid s'est déjà levé sans demander la permission. Non, il ne sait pas ce qu'il fait. Il marche en direction du Mal absolu, sans limites, capable de faire n'importe quoi – absolument n'importe quoi. Il pense qu'il est face à un adulte et qu'il peut l'affronter, par la force physique ou par des arguments logiques. Ce qu'il ne sait pas, c'est que le Mal absolu a un cœur d'enfant, qu'il n'est absolument pas responsable de ses actes, toujours convaincu d'avoir raison. Et quand il n'obtient pas ce qu'il veut, il ne craint pas de recourir à tous les artifices possibles pour satisfaire son désir. Elle comprend maintenant comment l'Ange s'est transformé en démon aussi vite : il a toujours gardé la vengeance et la rancœur dans son cœur, même s'il affirmait qu'il avait grandi et surmonté tous ses traumatismes. Il a été le meilleur parmi les meilleurs quand il a dû prouver qu'il pouvait vaincre dans la vie, et cela l'a conforté dans sa toute-puissance. Il ne sait pas renoncer – puisqu'il a réussi à survivre aux pires tourments qu'il a su traverser sans jamais regarder en arrière, le cœur lourd de ces mots : « Un jour, je reviendrai. Et vous verrez ce dont je suis capable. »

« À ce que je vois, vous avez trouvé plus important que nous, persifle une ex-Miss Europe, assise elle aussi à la table principale, avec deux autres célébrités et l'amphitryon de la fête. »

Ewa s'efforce de dissimuler le malaise qui s'est installé. Mais elle ne sait pas quoi faire. L'amphitryon semble s'en amuser ; il attend sa réaction.

« Pardon. C'est un vieil ami. »

Hamid se dirige vers l'homme, qui semble hésiter. La fille qui se trouve avec lui s'écrie :

« Oui, c'est moi, monsieur Hamid Hussein ! Je suis votre nouvelle actrice ! »

Des gens aux autres tables se retournent pour voir ce qui se passe. L'amphitryon sourit – il est toujours bon qu'il se passe quelque chose hors du commun, ainsi, ses invités auront plus tard un sujet de conversation. À ce moment-là, Hamid s'est planté devant l'homme ; l'amphitryon comprend qu'il y a un problème, et il s'adresse à Ewa.

« Je crois qu'il vaut mieux le faire revenir. Ou bien, si vous voulez, nous pouvons rajouter une chaise pour votre ami, mais sa compagne devra s'asseoir plus loin. »

L'attention des convives s'est déjà détournée vers leurs assiettes, leurs conversations au sujet de leurs yachts, leurs avions privés, la cotation à la Bourse. Seul l'amphitryon est attentif à ce qui se passe.

« Allez-y » insiste-t-il.

Ewa n'est pas là, comme il le croit. Sa pensée est à des milliers de kilomètres, dans un restaurant à Irkoutsk, près du lac Baïkal. La scène était différente ; Igor conduisait un autre homme à l'extérieur.

Péniblement, elle se lève et s'approche.

« Retourne à ta table, lui ordonne Hamid à voix basse. Nous allons sortir tous les deux pour parler. »

C'était exactement l'absurdité à ne pas commettre à ce moment-là. Elle l'attrape par le bras, feint de rire et d'être ravie de retrouver quelqu'un qu'elle n'a pas vu depuis très longtemps, et elle annonce de la voix la plus calme du monde :

« Mais le dîner commence ! »

Elle a évité de dire « mon amour ». Elle ne veut pas ouvrir les portes de l'enfer.

« Elle a raison. Mieux vaut que nous parlions ici même. »

Il a dit ça ? Serait-ce alors qu'elle s'imagine des choses, et que ce n'est pas du tout ce qu'elle pense, l'enfant a enfin grandi et il est devenu un adulte responsable ? Le démon a été pardonné pour son arrogance, et maintenant il regagne le royaume des cieux ?

Elle voudrait se tromper, mais les deux hommes gardent les yeux fixés l'un sur l'autre. Hamid devine la perversité derrière les pupilles bleues, et pendant un instant il se sent frissonner. La fille lui tend la main.

« Enchantée. Je m'appelle Gabriela... »

Il ne répond pas à la politesse. L'autre homme a les yeux brillants.

« Il y a une table dans le coin. Allons nous asseoir ensemble », dit Ewa.

Une table dans le coin ? Sa femme va quitter la place d'honneur et s'asseoir à une table dans un coin de la fête ? Mais à ce stade Ewa a déjà pris les deux hommes par le bras et les conduit vers la seule table disponible, près de l'endroit où sortent les serveurs. L'« actrice » suit le groupe. Hamid se libère une minute, retourne vers l'amphitryon et le prie de l'excuser.

« Je viens de retrouver un ami d'enfance, qui va repartir demain, et je ne veux en aucune manière perdre cette occasion de converser un peu. Je vous en prie, ne nous attendez pas, je ne sais pas combien de temps nous allons rester là-bas.

— Personne ne prendra vos places, répond en souriant l'amphitryon, sachant déjà que les deux chaises resteront vides.

— J'ai cru que c'était un ami d'enfance de votre femme », persifle de nouveau l'ex-Miss Europe.

410

Mais Hamid se dirige déjà vers la plus mauvaise table du salon – réservée pour les assistants des célébrités, qui trouvent toujours un moyen de s'éclipser vers des endroits où ils ne doivent pas se trouver, malgré toutes les précautions.

« Hamid est quelqu'un de bien, pense l'amphitryon, voyant le célèbre styliste s'éloigner tête haute. Et ce début de soirée doit être très difficile pour lui. »

Ils s'assoient à la table du coin. Gabriela comprend que c'est là une occasion unique – encore une des occasions uniques qui se sont présentées ce jour-là. Elle dit qu'elle est ravie de l'invitation, qu'elle fera tout son possible pour répondre à ce qu'on attend d'elle.

« J'ai confiance en vous. J'ai signé le contrat sans l'avoir lu. »

Les trois autres ne disent pas un mot, ils se regardent. Quelque chose ne va pas ? Ou est-ce l'effet du champagne ? Mieux vaut poursuivre la conversation.

« Et je suis encore plus contente parce que, contrairement à ce qui se dit ici, votre procédure de sélection a été juste. Pas de demandes, pas de faveurs. J'ai fait un essai ce matin, et avant même que j'aie terminé de lire mon texte, ils m'ont interrompue. Et ils m'ont envoyée sur un yacht parler avec le réalisateur. C'est un bon exemple pour tout le monde artistique, monsieur Hussein. Dignité envers la profession. Honnêteté au moment de choisir avec qui vous allez travailler. Les gens s'imaginent que le monde du cinéma est complètement différent, que la seule chose qui compte vraiment, c'est… »

Elle allait dire « coucher avec le producteur », mais elle est à côté de sa femme.

« …l'apparence de la personne. »

Le garçon apporte l'entrée et commence à réciter le monologue qu'ils attendent de lui :

« En entrée, nous avons des cœurs d'artichaut dans une sauce à la moutarde de Dijon, assaisonnée à l'huile d'olive et aux herbes, accompagnée de fines tranches de fromage de chèvre des Pyrénées... »

Seule la jeune fille, un sourire aux lèvres, lui prête attention. Il comprend qu'il n'est pas le bienvenu et s'écarte.

« Ça doit être un délice ! »

Elle regarde autour. Aucun n'a porté ses couverts à son assiette. Il y a quelque chose qui cloche ici.

« Vous avez besoin de causer, n'est-ce pas ? Peut-être vaudrait-il mieux que je m'assoie à une autre table.

— Oui, dit Hamid.

— Non, restez ici », dit la femme.

Et maintenant, que faire ?

« Vous appréciez sa compagnie ? demande la femme.

— Je viens de rencontrer Gunther. »

Gunther. Hamid et Ewa regardent Igor, impassible à côté d'eux.

« Et que fait-il ?

— Mais vous êtes ses amis !

— Oui. Et nous savons ce qu'il fait. Ce que nous ne savons pas, c'est à quel point vous connaissez sa vie. »

Gabriela se tourne vers Igor. Pourquoi ne l'aide-t-il pas ?

Quelqu'un vient demander quel type de vin ils désirent boire :

« Blanc ou rouge ? »

Elle vient d'être sauvée par un étranger.

« Rouge pour tout le monde, répond Hamid.

— Pour revenir à notre sujet, que fait Gunther ? »

Elle n'a pas été sauvée.

« Machinerie lourde, d'après ce que j'ai pu comprendre. Nous n'avons pas d'autre relation, la seule chose que nous ayons en commun est que nous attendions tous les deux des amis qui n'arrivaient pas. »

Bonne réponse, pense Gabriela. Qui sait si cette femme n'a pas une liaison secrète avec son nouveau partenaire. Ou une aventure au grand jour, que son mari vient de découvrir ce soir – d'où cette tension dans l'air.

« Il s'appelle Igor. Il possède l'un des plus grands opérateurs de téléphonie mobile en Russie. C'est beaucoup plus important que de vendre de la machinerie lourde. »

Si c'est vrai, pourquoi a-t-il menti ? Elle décide de se taire.

« J'espérais te rencontrer ici, Igor – maintenant elle s'adresse à l'homme.

— J'étais venu te chercher. Mais j'ai changé d'avis », répond-il directement.

Gabriela frappe sur son sac rempli de papier, et prend un air surpris.

« Mon mobile sonne. Je crois que mon accompagnateur vient d'arriver, et je dois aller le retrouver. Je vous demande pardon, mais il est venu de loin pour m'accompagner, il ne connaît personne ici, et je me sens responsable de sa présence. »

Elle se lève. L'étiquette enseigne que l'on ne doit pas serrer la main de quelqu'un qui est en train de manger – même si jusqu'à ce moment aucun d'eux n'a touché à ses couverts. Mais les verres de vin rouge sont déjà vides.

Et l'homme qui s'appelait Gunther il y a encore deux minutes vient de demander qu'on apporte une bouteille pleine pour la table.

« J'espère que tu as reçu mes messages, dit Igor.

— J'en ai reçu trois. La téléphonie ici marche peut-être plus mal que celle que tu as développée.

— Je ne parle pas de téléphone.

— Alors je ne sais pas de quoi tu parles. »

Elle a envie de dire : « Bien sûr que je le sais. »

De même qu'Igor doit savoir que, pendant la première année de sa relation avec Hamid, elle a attendu un coup de téléphone, un message, qu'un ami commun lui dise qu'elle lui manquait. Elle ne voulait pas l'avoir près d'elle, mais elle savait que le blesser serait la pire chose qu'elle pouvait faire – elle devait au moins calmer la Furie, faire comme si à l'avenir ils deviendraient de bons amis. Un après-midi où elle avait bu un peu et décidé de l'appeler, il avait changé de numéro de mobile. Quand elle appela au bureau, elle apprit qu'il « était en réunion ». À ses coups de fil suivants – toujours quand elle buvait un peu et devenait courageuse –, elle découvrait qu'Igor « était en voyage » ou qu'il « rappellerait tout de suite ». Ce qui n'arrivait bien sûr jamais.

Et elle a commencé à voir des fantômes partout, à se sentir surveillée, pensant que bientôt elle aurait le même sort que le mendiant et les autres personnes dont il avait insinué qu'il leur avait « permis de connaître une meilleure situation ». Pendant ce temps, Hamid ne lui posait jamais de question sur son passé, affirmant sans cesse que tout le monde a le droit de garder sa vie privée dans les souterrains de la mémoire. Il faisait tout pour qu'elle se sente heureuse, il disait que sa vie avait un sens depuis qu'il l'avait rencontrée, et il lui prouvait qu'elle pouvait se sentir en sécurité, protégée.

Un jour, le Mal absolu a sonné à leur porte à Londres. Hamid était à la maison et il l'a chassé. Plus rien ne s'est passé les mois suivants.

Petit à petit, elle est parvenue à se tromper elle-même. Oui, elle avait fait le bon choix : à partir du moment où nous choisissons un chemin, les autres disparaissent. Il était puéril de penser qu'elle pouvait être mariée avec l'un et rester amie avec l'autre – cela n'arrive qu'à des gens équilibrés, ce qui n'était pas le cas de son ex-mari. Mieux valait croire qu'une main invisible l'avait sauvée du Mal absolu. Elle est assez femme pour faire que l'homme qui est maintenant à ses côtés devienne dépendant d'elle, et elle tente de l'aider dans tous les rôles : amante, conseillère, épouse, sœur.

Elle consacre toute son énergie à aider son nouveau compagnon. Pendant tout ce temps, elle n'a eu qu'une seule vraie amie – qui a disparu comme elle était apparue. Elle était russe aussi, mais, contrairement à elle, elle avait été abandonnée par son mari, et elle se trouvait en Angleterre sans savoir exactement quoi faire. Elle parlait avec elle presque tous les jours.

« J'ai tout laissé derrière moi, lui disait-elle. Et je ne regrette pas ma décision. »

Mais ce n'étaient que des mensonges. Elle n'essayait pas de convaincre sa seule confidente, mais elle-même. C'était une farce. Derrière la femme forte, en ce moment assise à cette table avec deux hommes importants et puissants, il y avait une petite fille qui avait peur de perdre, de rester seule, pauvre, sans avoir jamais éprouvé la sensation d'être mère. Elle était habituée au luxe et au glamour ? Non. Elle se préparait à tout perdre le lendemain, quand on découvrirait qu'elle était pire qu'elle ne le pensait, incapable de correspondre aux attentes des autres.

Savait-elle manipuler les hommes ? Oui. Tous pensaient qu'elle était forte, sûre d'elle, maîtresse de son destin et qu'elle pouvait d'une heure à l'autre abandonner un homme, fût-il important et désiré. Et ce qui était pire : les hommes le croyaient. Comme Igor. Comme Hamid.

Parce qu'elle savait jouer la comédie. Parce qu'elle ne disait jamais exactement ce qu'elle pensait. Parce qu'elle était la meilleure actrice du monde et qu'elle savait cacher mieux que personne son côté pathétique.

« Qu'est-ce que tu veux ? demande-t-il en russe.

— Encore du vin. »

Sa voix résonne comme si la réponse ne lui importait pas : il a déjà dit ce qu'il désirait.

« Avant ton départ, je t'ai dit quelque chose. Je crois que tu as oublié. »

Il avait dit beaucoup de choses, « je t'en prie, je te promets que je vais changer et que je travaillerai moins », ou « tu es la femme de ma vie », « si tu t'en vas, tu me détruis », des phrases que tout le monde entend, en sachant qu'elles sont absolument vides de sens.

« Je t'ai dit : si tu t'en vas, je vais détruire le monde. »

Elle ne s'en souvient pas, mais c'est possible. Igor a toujours été un très mauvais perdant.

« Et qu'est-ce que cela veut dire ? demande-t-il en russe.

— Ayez au moins la politesse de parler en anglais », intervient Hamid.

Igor le regarde fixement.

« Je vais parler anglais. Pas par politesse, mais parce que je veux que vous compreniez. »

Et il se retourne vers Ewa.

« J'ai dit que j'allais détruire le monde pour que tu reviennes. J'ai commencé à le faire, mais j'ai été sauvé par un ange ; tu ne le mérites pas. Tu es une femme égoïste, implacable, tout ce qui t'intéresse, c'est de gagner plus de célébrité, plus d'argent. Tu as refusé tout ce que j'avais de bon à t'offrir, parce que tu penses qu'une maison au fin fond de la Russie, ça ne va pas avec le monde dans lequel tu rêves de vivre – auquel tu n'appartiens pas, et n'appartiendras jamais.

« Je me suis sacrifié, et j'en ai sacrifié d'autres à cause de toi, et on ne peut pas en rester là. Je dois aller jusqu'au bout, pour pouvoir regagner le monde des vivants avec la sensation du devoir accompli et de la mission terminée. Au moment où nous parlons, je suis dans le monde des morts. »

Les yeux de cet homme inspirent le Mal absolu, pense Hamid, tandis qu'il assiste à cette conversation absurde, entrecoupée de longues périodes de silence. Parfait : il laissera les choses aller jusqu'au bout comme il le suggère, du moment que cette fin n'implique pas la perte de la femme qu'il aime. Mieux encore : l'ex-mari s'est présenté accompagné de cette femme vulgaire, et il l'insulte devant elle. Il le laissera aller un peu plus loin, et il saura interrompre la conversation au moment désiré – quand il ne pourra plus s'excuser et dire qu'il regrette.

Ewa doit entrevoir la même chose : une haine aveugle contre tout et contre tous, simplement parce qu'une certaine personne n'a pas réussi à satisfaire sa volonté. Hamid se demande ce qu'il ferait s'il se trouvait à la place de l'homme qui semble maintenant lutter pour la femme aimée.

Il serait capable de tuer pour elle.

Le garçon se présente et constate que les assiettes n'ont pas été touchées.

« Y a-t-il un problème avec la nourriture ? »

Personne ne répond. Le garçon comprend tout : la femme était avec un amant à Cannes, le mari l'a découvert, et maintenant ils s'affrontent. Il a vu cette scène très souvent, et en général cela se terminait par une bagarre ou un esclandre.

« Encore une bouteille de vin, a dit l'un des hommes.

— Tu ne mérites absolument rien, dit l'autre, les yeux fixés sur la femme. Tu m'as utilisé comme tu utilises cet idiot à côté de toi. Ç'a été la plus grande erreur de ma vie. »

Le garçon décide de consulter le patron de la fête avant de répondre à la demande d'une nouvelle bouteille, mais l'un des hommes s'est déjà levé, disant à la femme :

« Ça suffit. Sortons d'ici.

— Oui, sortons, mais allons dehors, dit l'autre. Je veux voir jusqu'où vous pouvez aller pour défendre une personne qui ne sait pas ce que signifient les mots "honneur" et "dignité". »

Les mâles s'affrontent à cause de la femelle. La femme leur demande de ne pas faire ça, de retourner à la table, mais son mari paraît vraiment disposé à relever l'insulte. Il pense avertir les agents de sécurité qu'il est possible qu'une bagarre ait lieu dehors, mais le maître dit que le service est lent. Que fait-il planté là ? Il a d'autres tables à servir.

Il a parfaitement raison : ce qui se passe dehors n'est pas son problème. S'il disait qu'il écoutait la conversation, il serait réprimandé.

Il est payé pour servir des tables, pas pour sauver le monde.

Ils traversent tous les trois le parc où a été servi le cocktail, et qui se transforme rapidement ; quand les convives descendront, ils vont trouver une piste de danse avec des éclairages extraordinaires, une estrade portant un synthétiseur, quelques fauteuils et beaucoup de bars avec boisson à volonté dans tous les coins.

Igor prend la tête sans rien dire. Ewa le suit en silence et Hamid termine la marche. L'escalier qui descend vers la plage est fermé par une petite porte métallique, qui s'ouvre facilement. Igor leur demande de passer devant, Ewa refuse. Il paraît ne pas s'en incommoder et il continue, descendant les nombreuses marches inégales qui mènent jusqu'à la mer tout en bas. Il sait que Hamid ne se montrera pas lâche. Jusqu'au moment où il l'a rencontré dans la fête, il n'était qu'un couturier sans scrupule, capable de séduire une femme mariée et de manipuler la vanité des autres. Mais, maintenant, il l'admire secrètement. C'est un homme, un vrai, capable de lutter jusqu'au bout pour quelqu'un qui compte pour lui, même si Igor sait qu'Ewa ne mérite même pas les miettes du travail de l'actrice qu'il a rencontrée ce soir. Elle ne sait pas jouer : il peut sentir sa peur, il sait qu'elle transpire, qu'elle se demande qui appeler au secours.

Ils arrivent sur le sable, Igor va jusqu'au bout de la plage et s'assoit près des rochers. Il invite les deux autres à en faire autant. Il sait que, en plus de toute la peur qu'elle ressent, Ewa pense : « Je vais froisser ma robe. Je vais salir mes chaussures. » Mais elle s'assoit à côté de lui. L'homme la prie de s'écarter un peu, il désire s'asseoir là. Ewa ne bouge pas.

Il n'insiste pas. Maintenant ils sont là tous les trois, comme de vieilles connaissances, en quête d'un moment de paix pour contempler la pleine lune qui se lève avant d'être obligés de remonter et d'entendre là-haut le bruit infernal de la discothèque.

Hamid se le promet : dix minutes suffiront pour que l'autre dise tout ce qu'il pense, décharge sa rage et retourne d'où il est venu. S'il tentait quelque violence, il serait perdu : il est physiquement plus fort, les Bédouins lui ont appris à réagir rapidement et avec précision à toute attaque. Il ne voulait pas un esclandre au dîner, mais que ce Russe ne s'y trompe pas : il est prêt à tout.

Quand ils remonteront, il ira s'excuser auprès de l'amphitryon, et il expliquera que l'incident est clos : il sait qu'il peut lui parler ouvertement, lui dire que l'ex-mari de sa femme est arrivé à l'improviste et qu'il a été obligé de lui faire quitter la fête avant qu'il ne cause un problème. D'ailleurs, si l'homme n'est pas parti au moment où ils retourneront là-haut, il appellera un de ses agents de sécurité pour l'expulser. Peu importe qu'il soit riche, qu'il possède une des plus

grandes entreprises de téléphonie mobile en Russie ;
il ne respecte pas les convenances.

« Tu m'as trahi. Pas seulement depuis deux ans que
tu es avec cet homme, mais tout le temps que nous
avons passé ensemble. »

Ewa ne répond rien.

« De quoi seriez-vous capable pour rester avec
elle ? »

Hamid se demande s'il doit répondre ou pas. Ewa
n'est pas une marchandise qui peut se négocier.

« Posez la question autrement.

— Parfait. Donneriez-vous votre vie pour la femme
qui est à côté de vous ? »

Pure méchanceté dans les yeux de cet homme.
Même s'il a réussi à emporter un couteau du restaurant (il n'a pas fait attention à ce détail, mais il doit
penser à toutes les possibilités), il parviendra facilement à le désarmer. Non, il ne saurait donner sa vie
pour personne, excepté Dieu ou le chef de sa tribu.
Mais il doit dire quelque chose.

« Je serais capable de lutter pour elle. Je pense que,
dans un moment extrême, je pourrais tuer pour
elle. »

Ewa ne supporte plus la pression ; elle aimerait
dire tout ce qu'elle sait au sujet de l'homme qui est à
sa droite. Elle est certaine qu'il a commis le crime,
qu'il a mis fin au rêve de devenir producteur que son
nouveau compagnon caressait depuis tant d'années.

« Remontons. »

En réalité, elle veut dire : « Je t'en prie, partons
d'ici immédiatement. Tu es en train de parler avec un
psychopathe. »

Igor semble ne pas l'entendre.

« Vous seriez capable de tuer pour elle. Alors, vous
seriez capable de mourir pour elle.

— Si je me bats et que je perds, je pense que oui.
Mais ne commençons pas une scène ici sur la plage.

— Je veux remonter », répète Ewa.

Mais maintenant Hamid est frappé dans son amour-propre. Il ne peut pas s'en sortir comme un lâche. La danse ancestrale des hommes et des animaux pour impressionner la femelle commence.

« Depuis que tu es partie, je ne suis plus moi-même, dit Igor, comme s'il était seul sur cette plage. Mes affaires ont prospéré. Je gardais mon sang-froid pendant la journée, alors que je passais les nuits totalement déprimé. J'ai perdu une part de moi que je ne retrouverai jamais. J'ai cru que c'était possible, quand je suis venu à Cannes. Mais maintenant que je suis là, je vois que la part qui est morte en moi ne peut pas et ne doit pas être ressuscitée. Tu pourrais te traîner à mes pieds, implorer mon pardon, menacer de te suicider, je ne reviendrais jamais vers toi. »

Ewa respire. Au moins il n'y aura pas de disputes.

« Tu n'as pas compris mes messages. J'ai dit que je serais capable de détruire le monde, et tu n'as pas vu. Et si tu as vu, tu ne l'as pas cru. Qu'est-ce que détruire le monde ? »

Il porte la main à la poche de son pantalon et en sort une petite arme. Mais il ne la pointe sur personne ; il garde les yeux fixés sur la mer, sur la lune. Le sang commence à couler plus vite dans les veines de Hamid : ou bien l'autre veut seulement leur faire peur et les humilier, ou bien il est devant un combat à mort. Mais là, dans cette fête ? Sachant qu'il risque d'être arrêté dès qu'il aura remonté les marches ? Il ne peut pas être fou à ce point – il n'aurait pas réussi tout ce qu'il a réussi dans la vie.

Assez de distractions. Il est un guerrier entraîné à se défendre et à attaquer. Il doit rester absolument immobile, parce que, même si l'autre ne le regarde pas en face, il sait que ses sens sont attentifs à chaque geste.

Tout ce qu'il peut bouger sans être vu, ce sont ses yeux ; il n'y a personne sur la plage. Là-haut on entend les premières notes de l'orchestre, qui accorde ses instruments et se prépare pour la grande joie de la nuit. Hamid ne pense pas – ses instincts sont maintenant entraînés pour agir sans interférence du cerveau.

Entre lui et l'homme se trouve Ewa, hypnotisée à la vue de l'arme. S'il tente quelque chose, il va se tourner pour tirer, elle risque d'être atteinte.

Oui, sa première hypothèse est peut-être correcte. Il veut seulement leur faire un peu peur. Il l'oblige à se montrer lâche, à perdre son honneur. S'il avait vraiment l'intention de tirer, il ne tiendrait pas l'arme négligemment. Mieux vaut parler, le calmer, pendant qu'il cherche une issue.

« Qu'est-ce que détruire le monde ? demande-t-il.

— C'est détruire une simple vie. L'univers s'arrête là. Tout ce que la personne a vu, éprouvé, toutes les choses, bonnes et mauvaises, qui ont croisé son chemin, ses rêves, ses espoirs, ses défaites et victoires, tout cesse d'exister. Quand nous étions enfants, nous apprenions à l'école un passage, dont je découvrirais plus tard qu'il venait d'un religieux protestant. Il disait à peu près : "Quand cette mer devant nous emporte un grain de sable dans ses profondeurs, toute l'Europe devient plus petite. Bien sûr, nous ne nous en apercevons pas, car ce n'est qu'un grain de sable. Mais à ce moment-là, le continent a été diminué." »

Igor fait une pause. Il commence à être irrité par le bruit là-haut, les vagues l'apaisaient et il était tranquille, prêt à savourer ce moment avec tout le respect qu'il mérite. L'ange aux gros sourcils assiste à tout, et elle est contente de ce qu'elle voit.

« Nous apprenions cela pour comprendre aussi que nous étions responsables de la société parfaite, le communisme, poursuit-il. Nous étions tous frères. En réalité, chacun surveillait, dénonçait l'autre. »

Il a retrouvé son calme, il réfléchit.

« Je ne vous saisis pas très bien. »

Cela lui donne un motif pour bouger.

« Bien sûr que si. Bien sûr, vous savez que j'ai une arme dans la main, et vous voulez vous approcher pour voir si vous arriverez à me la prendre. Vous essayez de prolonger la conversation pour me distraire pendant que vous réfléchissez à ce que vous devez faire. S'il vous plaît, ne bougez pas. Le moment n'est pas encore arrivé.

— Igor, laissons tomber tout ça, dit Ewa en russe. Je t'aime. Partons ensemble.

— Parle anglais. Ton compagnon doit tout comprendre. »

Oui, il comprendrait. Et, plus tard, il la remercierait pour cela.

« Je t'aime, répète-t-elle en anglais. Je n'ai jamais reçu tes messages, ou je serais revenue en courant. J'ai essayé de t'appeler plusieurs fois, et je n'ai pas réussi. J'ai laissé beaucoup de messages à ta secrétaire qui n'ont jamais eu de retour.

— C'est vrai.

— Dès que j'ai reçu tes messages aujourd'hui, je n'attendais que l'heure de te rencontrer. Je ne savais pas où tu étais, mais je savais que tu allais me chercher. Je sais que tu ne veux pas me pardonner, mais permets-moi au moins de retourner vivre à tes côtés. Je serai ta domestique, ta femme de ménage, je m'occuperai de toi et de ta maîtresse, si tu décides d'en prendre une. Mais je ne désire rien d'autre qu'être à tes côtés. »

Plus tard elle expliquera tout cela à Hamid. Maintenant il faut dire quelque chose, du moment qu'ils pourront sortir de là et retourner là-haut, dans le monde réel, où il y a des policiers capables d'empêcher que le Mal absolu continue à montrer sa haine.

« Parfait. J'aimerais le croire. Ou, plutôt, j'aimerais croire que je t'aime aussi, et que je veux que tu reviennes. Mais ce n'est pas vrai. Et je pense que tu mens, comme tu as toujours menti. »

Hamid n'écoute plus ce qu'ils se disent – son esprit est loin de là, avec les guerriers d'autrefois, cherchant l'inspiration pour frapper juste.

« Tu aurais pu me dire que notre mariage ne marchait pas comme nous l'espérions. Nous avons tellement construit ensemble ; était-il impossible de trouver une solution ? Il y a toujours moyen de permettre au bonheur d'entrer dans nos maisons, mais pour cela il faut que les deux partenaires se rendent compte des problèmes. J'aurais écouté tout ce que tu avais à me dire, notre mariage aurait retrouvé l'excitation et la joie du temps de notre rencontre. Mais tu n'as pas voulu. Tu as préféré la sortie facile.

— J'ai toujours eu peur de toi. Et maintenant, avec cette arme dans tes mains, j'ai encore plus peur. »

La réflexion d'Ewa fait revenir Hamid sur Terre – son âme n'est plus en liberté dans l'espace, demandant conseil aux guerriers du désert, voulant savoir comment agir.

Elle n'aurait pas dû dire cela. Elle donne du pouvoir à l'ennemi ; il sait maintenant qu'il peut la terroriser.

« J'aurais aimé t'inviter à dîner un jour, te dire que je me sentais seule malgré tous les banquets, les bijoux, les voyages, les rencontres avec des rois et des présidents, continue Ewa. Mais tu sais quoi ? Tu m'apportais toujours des cadeaux de prix, mais jamais tu ne m'as envoyé ce qu'il y a de plus simple au monde : des fleurs. »

C'est devenu une scène de ménage.

« Je vais vous laisser causer tous les deux. »

Igor ne dit rien. Il garde les yeux fixés sur la mer, mais il pointe son arme sur lui, lui signifiant de ne pas bouger. Il est fou ; ce calme apparent est plus dangereux que des cris de colère ou des menaces de violence.

« Enfin, poursuit-il, comme si la réflexion de la femme et le mouvement de l'homme ne l'avaient pas distrait, tu as choisi la sortie la plus facile. Tu m'as abandonné. Tu ne m'as donné aucune chance, tu n'as pas compris que tout ce que je faisais, c'était pour toi, en ton honneur.

« Et pourtant, malgré toutes les injustices, toutes les humiliations, j'aurais accepté n'importe quoi pour que tu reviennes. Jusqu'à ce jour. Jusqu'au moment où je t'ai envoyé les messages et où tu as fait comme si tu ne les avais pas reçus. C'est-à-dire que même le sacrifice d'hommes et de femmes n'a pas réussi à t'émouvoir, à tuer ta soif de pouvoir et de luxe. »

La Célébrité empoisonnée et le réalisateur qui est entre la vie et la mort : Hamid serait-il en train d'imaginer l'inimaginable ? Et il comprend quelque chose qui est plus grave : l'homme à côté de lui vient de signer une sentence de mort par sa confession. Ou bien il se suicide, ou bien il met fin à leur vie car ils en savent trop.

Peut-être qu'il délire. Peut-être qu'il comprend mal, mais il sait que le temps est épuisé.

Il regarde l'arme dans la main de l'homme. Petit calibre. S'il ne vise pas des points critiques du corps, il ne causera pas trop de dégâts. Il ne doit pas avoir d'expérience dans ce domaine, sinon il aurait choisi une arme plus puissante. Il ne sait pas ce qu'il fait, il a dû acheter la première chose qu'on lui offrait en lui disant qu'elle tirait des balles et qu'elle pouvait tuer.

D'autre part, pourquoi ont-ils commencé à jouer là-haut ? Ne comprennent-ils pas que le bruit de la musique empêchera que l'on entende un coup de feu ? Feraient-ils la différence entre un coup de feu et un de tous les bruits artificiels qui en ce moment infestent – le terme est bien celui-là, infestent, empestent, polluent – l'atmosphère ?

L'homme a retrouvé son calme, et c'est beaucoup plus dangereux que s'il continuait à parler, à vider un peu son cœur de son amertume et de sa haine. Il pèse de nouveau ses possibilités, il doit agir dans les secondes suivantes. Se jeter sur Ewa et se saisir de l'arme pendant qu'elle est encore négligemment placée contre sa poitrine, bien que le doigt soit sur la détente. Tendre les bras en avant. L'autre fera un saut en arrière, et à ce moment-là Ewa sortira de la ligne de tir. Il lèvera le bras dans sa direction, pointant l'arme, mais il sera assez près pour pouvoir retenir son poing. Ce sera l'affaire d'une seconde.

Maintenant.

Il se peut que ce silence soit positif ; il a perdu sa concentration. Ou peut-être est-ce le début du film ; il a déjà dit tout ce qu'il avait à dire.

Maintenant.

Dans la première fraction de seconde, le muscle de sa cuisse gauche se tend au maximum, le poussant rapidement et violemment vers le Mal absolu ; la surface de son corps se réduit à mesure qu'il s'étend sur la poitrine de la femme, les mains en avant. La première seconde continue, et il voit l'arme pointée droit sur son front – le mouvement de l'homme a été plus rapide qu'il ne le pensait.

Son corps continue à voler dans la direction de l'arme. Ils auraient dû en parler plus tôt – Ewa ne lui a jamais beaucoup parlé de son ex-mari, comme s'il appartenait à un passé qu'elle n'aurait voulu se rappeler en aucune circonstance. Bien que tout se passe au ralenti, l'autre a reculé avec la rapidité d'un chat. Le pistolet ne tremble pas.

La première seconde s'achève. Il a vu un mouvement sur le doigt, mais il n'y a pas de son, excepté la pression de quelque chose qui brise les os au centre de son front. Après, son univers s'éteint, et avec lui s'en vont les souvenirs du jeune homme qui a rêvé d'être quelqu'un, sa venue à Paris, son père avec sa boutique de tissus, le cheikh, les luttes pour se faire une place au soleil, les défilés, les voyages, la rencontre avec la femme aimée, les jours de vin et de roses, les sourires et les larmes, le dernier lever de la lune, les yeux du Mal absolu, les yeux effrayés de sa femme, tout disparaît.

« Ne crie pas. Ne dis pas un mot. Calme-toi. »

Bien sûr elle ne va pas crier, et il n'a pas besoin non plus de lui demander de se calmer. Elle est en état de choc comme l'animal qu'elle est, malgré les bijoux et la robe payée très cher. Le sang ne circule plus à la même vitesse, le visage est pâle, elle n'a plus de voix, la pression artérielle a commencé à chuter. Il sait exactement ce qu'elle ressent – il a déjà éprouvé cela quand il a vu la carabine du guerrier afghan pointée sur sa poitrine. Immobilité totale, incapacité de réagir. Il a été sauvé parce qu'un compagnon a tiré le premier. Aujourd'hui encore il est reconnaissant à l'homme qui lui a sauvé la vie ; tous imaginent que c'est son chauffeur, alors qu'en réalité il possède beaucoup d'actions de la compagnie, il s'entretient toujours avec lui, ils se sont parlé l'après-midi – il a téléphoné pour demander si Ewa avait fait signe qu'elle avait reçu les messages.

Ewa, pauvre Ewa. Avec un homme qui meurt dans ses bras. Les êtres humains sont imprévisibles, ils réagissent comme cet imbécile a réagi, en se disant qu'à un moment il pouvait le vaincre. Les armes aussi sont imprévisibles : il a pensé que la balle sortirait de l'autre côté de la tête, arrachant un couvercle du cerveau, mais, d'après l'angle du tir, elle a dû traverser le cerveau, être déviée par un os et pénétrer dans le thorax. Qui tremble d'une façon incontrôlée, sans saignement visible.

Ce doit être le tremblement, et non le coup de feu, qui a mis Ewa dans cet état. Il pousse le corps avec ses pieds, et tire dans la nuque. Les tremblements cessent. L'homme mérite d'avoir une mort digne – il a été vaillant jusqu'au bout.

Ils sont tous les deux seuls sur la plage. Il s'age-nouille devant elle et met le pistolet sur son sein. Ewa ne fait aucun mouvement.

Il avait toujours imaginé une fin différente pour cette histoire : elle comprenait les messages et donnait une nouvelle chance au bonheur. Il avait pensé à tout ce qu'il dirait quand enfin ils se retrouveraient comme à présent, sans personne à côté, regardant les eaux calmes de la Méditerranée, souriant et conversant.

Il ne gardera pas ces mots-là pour lui, même si maintenant ils sont inutiles.

« J'ai toujours imaginé que nous irions de nouveau nous promener main dans la main dans un parc, ou au bord de la mer, nous disant enfin l'un à l'autre les mots d'amour qui étaient toujours remis à plus tard. Nous dînerions dehors une fois par semaine, nous voyagerions ensemble dans des lieux où nous ne sommes jamais allés pour le seul plaisir de découvrir des choses nouvelles en compagnie l'un de l'autre.

« Pendant que tu étais partie, j'ai copié des poèmes dans un cahier, pour pouvoir te les murmurer à l'oreille pendant que tu dormirais. J'ai écrit des lettres disant tout ce que je ressentais, que j'aurais laissées quelque part où tu finirais par les découvrir, comprenant que je ne t'ai pas oubliée un seul jour, même pas une minute. Nous discuterions ensemble des projets pour la maison que j'avais l'intention de construire pour nous seuls au bord du lac Baïkal ; je sais que tu avais plusieurs idées à ce sujet. J'ai projeté de construire un aéroport privé, je m'en serais remis à ton bon goût pour t'occuper de la décoration. Toi, la femme qui a donné une justification et un sens à ma vie. »

Ewa ne dit rien. Elle regarde seulement la mer devant elle.

« Je suis venu ici pour toi. Et j'ai compris, enfin, que tout cela était absolument inutile. »

Il a appuyé sur la détente.

On n'a entendu aucun son, ou presque, vu que le canon de l'arme était collé au corps. La balle a pénétré au bon endroit, et le cœur a cessé de battre immédiatement. Malgré toute la douleur qu'elle lui avait causée, il ne voulait pas qu'elle souffre.

S'il y avait une vie après la mort, tous les deux – la femme qui l'a trahi et l'homme qui a permis que cela arrive – marchaient maintenant main dans la main dans le clair de lune qui arrivait jusqu'au bord de la plage. Ils rencontraient l'ange aux gros sourcils, qui leur expliquerait bien tout ce qui s'était passé, et ne permettrait pas de sentiments de rancœur ou de haine ; tout le monde doit quitter un jour la Terre. Et l'amour justifie certains actes que les êtres humains sont incapables de comprendre – à moins de vivre ce qu'il a vécu.

Ewa garde les yeux ouverts, mais son corps perd sa rigidité et tombe sur le sable. Il les laisse là tous les deux, va jusqu'aux rochers, efface soigneusement les empreintes digitales sur l'arme et la jette dans la mer, le plus loin possible de l'endroit où ils contemplaient la lune. Il remonte l'escalier, trouve une poubelle sur le chemin et y jette le silencieux – il n'en a pas eu besoin, le son de la musique était monté au bon moment.

Gabriela va vers la seule personne qu'elle connaisse.

Les invités quittent en ce moment le dîner ; l'ensemble joue des chansons des années 1960, la fête commence, les gens sourient et parlent entre eux, malgré le bruit assourdissant.

« Je vous cherchais ! Où sont vos amis ?

— Où est votre ami ?

— Il vient de sortir, disant que l'acteur et le réalisateur avaient eu un grave problème ! Il m'a laissée là, sans me donner d'autre explication ! Il n'y aura pas de fête sur le bateau, c'est tout ce qu'il m'a dit. »

Igor imagine le problème. Il n'avait pas la moindre intention de tuer quelqu'un qu'il admirait beaucoup, dont il aimait aller voir les films chaque fois qu'il avait un peu de temps. Mais enfin, c'est le destin qui choisit – l'homme n'est qu'un instrument.

« Je m'en vais. Si vous voulez, je peux vous laisser à votre hôtel.

— Mais la fête ne fait que commencer !

— Alors, profitez-en. Il faut que je parte tôt demain. »

Gabriela doit prendre une décision rapidement. Ou bien elle reste là avec son sac bourré de papier, dans un endroit où elle ne connaît personne, attendant qu'une âme charitable décide de l'emmener au moins jusqu'à la Croisette – où elle retirera ses chaussures, avant de monter l'interminable pente jusqu'à la chambre qu'elle partage avec quatre amies.

Ou bien elle accepte l'invitation de cet homme gentil, qui doit avoir d'excellents contacts, et est un ami de la femme de Hamid Hussein. Elle a assisté à un début de dispute, mais elle est convaincue que ces choses-là arrivent tous les jours et que bientôt ils feront la paix.

Elle a déjà un rôle assuré. Elle est épuisée par toutes les émotions de cette journée. Elle a peur de finir par trop boire et tout gâcher. Des hommes solitaires vont s'approcher et lui demander si elle est seule, ce qu'elle va faire après, si elle aimerait se rendre le lendemain dans une bijouterie avec l'un d'eux. Elle devra passer la fin de la soirée à s'esquiver gentiment, sans heurter la susceptibilité de personne, parce qu'on ne sait jamais à qui l'on s'adresse. Ce dîner est l'un des plus sélect du Festival.

« Allons-y. »

Une star se comporte ainsi ; elle sort quand on ne s'y attend pas.

Ils marchent jusqu'au portail de l'hôtel, Gunther (elle ne parvient pas à se rappeler l'autre prénom) demande un taxi, le réceptionniste dit qu'ils ont de la chance – s'ils avaient attendu un peu plus, ils auraient été obligés de se mettre dans une file énorme.

Sur le chemin du retour, elle demande pourquoi il a menti sur ses activités. Il dit qu'il n'a pas menti – il a vraiment possédé une compagnie de téléphonie, mais il a décidé de la vendre parce qu'il pensait que l'avenir était dans la machinerie lourde.

Et le prénom ?

« Igor est un surnom affectueux, le diminutif de Gunther en russe. »

Gabriela attend d'une minute à l'autre la fameuse invitation : « Allons-nous prendre un verre à mon hôtel avant de nous coucher ? » Mais rien ne se

passe : il la laisse à sa porte, prend congé d'un serre-
ment de main et continue.

Quelle élégance !

Oui, c'était son premier jour de chance. Le premier
de beaucoup d'autres. Demain, quand elle récupérera
son téléphone, elle appellera en PCV dans une ville
près de Chicago pour raconter ces grandes nouvelles,
elle leur demandera d'acheter les magazines, car elle
a été photographiée montant les marches avec la
Célébrité. Elle dira également qu'elle a été obligée de
changer de nom. Mais, s'ils demandent, excités, ce
qui va se passer, elle changera de sujet : elle est
superstitieuse, elle ne commente pas des projets
avant qu'ils se réalisent. Ils sauront, à mesure que les
informations commenceront à sortir : actrice inconnue choisie pour le rôle principal. Lisa Winner a été
l'invitée principale d'une fête à New York. Une fille
de Chicago, jusqu'alors inconnue, est la grande révélation du film de Gibson. Son agent négocie un
contrat en millions avec l'une des grandes sociétés de
production d'Hollywood.

Le ciel est la seule limite.

23 h 11

« Mais tu es déjà revenue ?

— Et je serais arrivée bien avant sans les embouteillages. »

Jasmine lance ses chaussures d'un côté, son sac de l'autre, et elle se jette sur le lit, épuisée, sans retirer sa robe.

« Les mots les plus importants dans toutes les langues sont les petits mots. "Oui", par exemple. Ou "Amour", ou "Dieu". Ce sont des mots qui sortent facilement et remplissent des espaces vides. Cependant, il existe un mot – tout petit lui aussi – que j'ai une immense difficulté à prononcer. Mais je vais le faire maintenant. »

Elle regarde sa compagne :

« Non. »

Elle tape sur le lit, lui demande de s'asseoir près d'elle. Elle lui caresse les cheveux.

« Le "non" a la réputation d'être maudit, égoïste, pas très spirituel. Quand nous disons "oui", nous pensons que nous sommes généreux, compréhensifs, bien élevés. Mais voilà ce que je te dis maintenant : "Non." Non, je ne ferai pas ce que tu me demandes, ce à quoi tu m'obliges en croyant que c'est pour mon bien. Bien sûr, tu vas dire que je n'ai que dix-neuf ans et que je ne comprends pas encore ce qu'est la vie. Mais il me suffit d'une fête comme celle d'aujourd'hui pour savoir ce que je désire et ce dont je ne veux absolument pas.

« Je n'ai jamais pensé devenir mannequin. Plus que cela, je n'ai jamais pensé que je pourrais être amoureuse. Je sais que l'amour ne peut vivre qu'en liberté, mais qui t'a dit que j'étais l'esclave de quelqu'un ? Je ne suis esclave que de mon cœur, et dans ce cas le fardeau est doux et ne pèse rien. Je t'ai choisie avant que tu ne me choisisses. Je me suis donnée à une aventure qui paraissait impossible, supportant sans me plaindre toutes les conséquences – des préjugés de la société aux problèmes avec ma famille. J'ai tout surmonté pour être ici avec toi cette nuit, à Cannes, savourant la victoire d'un excellent défilé, sachant que j'aurai d'autres occasions dans la vie. Je sais que je les aurai, auprès de toi. »

Sa compagne s'est allongée sur le lit à côté d'elle et a posé la tête sur son sein.

« Celui qui a attiré mon attention là-dessus, c'est un étranger que j'ai rencontré ce soir, pendant que j'étais là-bas, perdue au milieu de la foule, ne sachant quoi dire. Je lui ai demandé ce qu'il faisait à la fête : il a répondu qu'il avait perdu son amour, il était venu jusque-là pour la chercher, et maintenant il n'était plus certain de le désirer vraiment. Il m'a priée de regarder : nous étions entourés de gens pleins de certitudes, de gloires, de conquêtes. Il a observé : "Ils ne s'amusent pas. Ils pensent qu'ils sont arrivés au sommet de leur carrière, et l'inévitable descente leur fait peur. Ils ont oublié qu'il existait encore un monde entier à conquérir, parce que…"

— …Parce qu'ils se sont habitués.

— Exactement. Ils ont beaucoup gagné, et n'aspirent plus à grand-chose. Ils sont pleins de problèmes résolus, de projets approuvés, d'entreprises qui prospèrent sans qu'aucune intervention ne soit nécessaire. Il ne leur reste plus que la peur du changement, alors ils vont de fête en fête, de rencontre en rencontre – pour ne pas avoir le temps de penser. Pour se retrouver avec les mêmes personnes, et se dire que tout continue. Les certitudes ont remplacé les passions.

— Déshabille-toi », dit la compagne, ne voulant rien ajouter à ces réflexions.

Jasmine se lève, retire ses vêtements et se glisse sous les couvertures.

« Déshabille-toi aussi. Et prends-moi dans tes bras. J'ai besoin que tu me serres fort, parce que aujourd'hui j'ai cru que tu allais me laisser partir. »

Sa compagne retire à son tour ses vêtements et éteint la lumière. Jasmine s'endort tout de suite dans ses bras. Elle reste éveillée quelque temps, regardant le plafond, pensant que parfois une fille de dix-neuf ans, dans son innocence, peut être plus sage qu'une femme de trente-huit. Oui, malgré ses craintes et l'insécurité qu'elle ressent en ce moment, elle sera forcée de grandir. Elle aura un puissant ennemi devant elle, HH va certainement créer toutes les difficultés possibles pour l'empêcher de participer à la Semaine de la mode, en octobre. D'abord, il insistera pour acheter sa marque. Puis, comme ce sera impossible, il tentera de la discréditer auprès de la Fédération, en disant qu'elle n'a pas tenu parole.

Les prochains mois vont être très difficiles.

Mais ce que sait HH et personne d'autre, c'est qu'elle a une force absolue, totale, qui l'aidera à surmonter toutes les difficultés : l'amour de la femme qui maintenant s'est lovée entre ses bras. Pour elle, elle ferait absolument tout, sauf tuer.

Avec elle, elle serait capable de tout – y compris de gagner.

1 h 55

Le jet de sa compagnie a déjà les moteurs allumés. Igor prend son siège préféré – deuxième rang, côté gauche – et attend le décollage. Quand les signaux indiquant d'attacher sa ceinture s'allument, il va jusqu'au bar, se sert une généreuse dose de vodka et l'avale d'un trait.

Pendant un instant, il se demande s'il avait bien envoyé les messages à Ewa, pendant qu'il détruisait des mondes autour de lui. Aurait-il dû être plus clair, mettre un petit mot, un nom, des choses de ce genre ? Extrêmement risqué – on aurait pu penser qu'il était un tueur en série.

Il ne l'était pas : il avait un objectif qui heureusement a été corrigé à temps.

Le souvenir d'Ewa ne lui pèse déjà plus autant qu'avant. Il ne l'aime pas comme il l'aimait, et il ne la hait pas comme il a pu la haïr. Avec le temps, elle disparaîtra complètement de sa vie. Hélas ; malgré tous ses défauts, il retrouvera difficilement une autre femme comme elle.

Il retourne au bar, ouvre une autre petite bouteille de vodka et se remet à boire. Vont-ils se rendre compte que la personne qui faisait disparaître les mondes des autres était toujours la même ? Cela ne l'intéresse plus ; s'il a un seul regret, c'est le moment où il a désiré se livrer à la police, au cours de l'après-midi. Mais le destin était de son côté, et il a réussi à terminer sa mission.

Oui, il a gagné. Mais la solitude n'existe pas chez les vainqueurs. Ses cauchemars ont pris fin, un ange aux sourcils épais veille sur lui, et lui indiquera désormais le chemin à parcourir.

Jour de saint Joseph, 19 mars 2008

Remerciements

Il aurait été impossible d'écrire ce livre sans l'aide de nombreuses personnes qui, de manière ouverte ou confidentielle, m'ont permis d'avoir accès aux informations contenues ici. Quand j'ai commencé la recherche, je n'imaginais pas trouver autant de choses intéressantes dans les coulisses du luxe et du glamour. En plus des amis qui m'ont demandé – et obtiendront – que leurs noms n'apparaissent pas ici, je veux remercier Alexander Osterwald, Bernadette Imaculada Santos, Claudine et Elie Saab, David Rothkopf (créateur du terme « Superclasse »), Deborah Williamson, Fátima Lopes, Fawaz Gruosi, Franco Cologni, Hildegard Follon, James W. Wright, Jennifer Bollinger, Johan Reckman, Jörn Pfotenhauer, Juliette Rigal, Kevin Heienberg, Kevin Karroll, Luca Burei, Maria de Lourdes Débat, Mario Rosa, Monty Shadow, Steffi Czerny, Victoria Navalovska, Yasser Hamid, Zeina Raphael, qui ont collaboré directement ou indirectement à ce livre. Je dois avouer que, pour la plupart, ils ont collaboré indirectement – car je n'ai pas l'habitude de commenter le sujet sur lequel j'écris.

Découvrez les autres titres du même auteur
parus aux Éditions J'ai lu

L'alchimiste

Santiago, un jeune berger andalou, part à la recherche d'un trésor enfoui au pied des Pyramides. Lorsqu'il rencontre l'Alchimiste dans le désert, celui-ci lui apprend à écouter son cœur, à lire les signes du destin et, par-dessus tout, à aller au bout de son rêve.

Merveilleux conte philosophique destiné à l'enfant qui sommeille en chaque être, ce livre a déjà marqué une génération de lecteurs.

N° 4120

Sur le bord de la rivière Piedra
je me suis assise et j'ai pleuré

Pilar et son compagnon se retrouvent après onze années de séparation. Elle, une femme à qui la vie a appris à être forte et à ne pas se
laisser déborder par ses sentiments. Lui, un homme qui possède le don
de guérir les autres et cherche dans la religion une solution à ses
conflits intérieurs. Tous deux sont unis par le désir de changer et de
poursuivre leurs rêves. Ils décident alors de se rendre dans un petit village des Pyrénées, pour découvrir leur vérité intime.

N° 4385

Le Zahir

« Esther, le Zahir. Elle a tout rempli. Elle est la seule raison pour laquelle je suis en vie. [...] Je dois me reconstruire et, pour la première fois de toute mon existence, accepter que j'aime un être humain plus que moi-même. »

Un célèbre écrivain tombe des nues lorsque sa femme, Esther, correspondante de guerre, disparaît mystérieusement. Elle semble l'avoir quitté pour un autre... Mais, au bout de dix ans de mariage, il ne peut accepter son départ sans une véritable explication. Alors que la femme qu'il aime devient son Zahir, son obsession, l'écrivain part en quête de lui-même. De Paris à l'Asie Centrale, son périple lui ouvrira les yeux sur le véritable amour.

N° 7990

Veronika décide de mourir

Veronika a les mêmes rêves, les mêmes désirs que tous les jeunes gens du monde. Elle a un métier raisonnable et vit dans un petit appartement, s'offrant ainsi le plaisir d'avoir un coin à elle. Elle fréquente les bars, rencontre des hommes. Pourtant, Veronika n'est pas heureuse. Quelque chose lui manque. Alors, le matin du 11 novembre 1997, Veronika décide de mourir.

Imagination et rêves, amour et folie. Alors qu'elle s'approche de la mort, Veronika se rend compte que chaque moment de la vie constitue un choix, celui de vivre, ou d'abandonner...

N° 8282

Comme le fleuve qui coule

Comme le fleuve qui coule est un recueil de cent un textes courts publiés par Paulo Coelho entre 1998 et 2005. Au fil des pages, il nous ouvre les portes de son univers d'écrivain, fait de petits morceaux de quotidien et de récits imaginaires qui acquièrent sous sa plume une dimension de contes philosophiques et pédagogiques, à l'usage de tous ceux et de toutes celles qui désirent vivre en harmonie avec le monde qui les entoure.

N° 8285

La sorcière de Portobello

Qui est Athéna, si charismatique et vulnérable à la fois, et dont chacun se demande si elle est vierge, sorcière, martyre ou folle ? Le voyage initiatique d'une femme mystérieuse, un drame qui relate également une tradition ancestrale fondée sur la force féminine et l'amour.

N° 8634

9241

Composition
NORD COMPO

Achevé d'imprimer en Espagne
par ROSÉS
le 5 septembre 2010.

1er dépôt légal dans la collection : mars 2010.
EAN 9782290021408

ÉDITIONS J'AI LU
87, quai Panhard-et-Levassor, 75013 Paris

Diffusion France et étranger : Flammarion